RUHE SANFT IM FICHTELGEBIRGE

Jacqueline Lochmüller, 1965 in Bayreuth geboren, arbeitet seit 2008 als Autorin. Sie schreibt Krimis, Thriller, erotische Bücher, Kurzgeschichten und Heftromane, teilweise unter Pseudonym. Jacqueline Lochmüller hat zwei erwachsene Töchter.

JACQUELINE LOCHMÜLLER

RUHE SANFT IM FICHTELGEBIRGE

Kriminalroman

emons:

Bibliografische Information der Deutschen Nationalbibliothek
Die Deutsche Nationalbibliothek verzeichnet diese Publikation in der Deutschen Nationalbibliografie; detaillierte bibliografische Daten sind im Internet über http://dnb.d-nb.de abrufbar.

FSC www.fsc.org
MIX
Papier | Fördert gute Waldnutzung
FSC® C083411

Umschlagmotiv: Hayden Verry/Arcangel.com
Umschlaggestaltung: Nina Schäfer, nach einem Konzept von Leonardo Magrelli und Nina Schäfer
Umsetzung: Tobias Doetsch
Gestaltung Innenteil: DÜDE Satz und Grafik, Odenthal
Lektorat: Dr. Marion Heister
Druck und Bindung: CPI – Clausen & Bosse, Leck
Printed in Germany 2022
ISBN 978-3-7408-1608-7
Originalausgabe

2007

Auf dem blank gescheuerten Holztisch stand mittig die große Steingutschüssel mit der dampfenden Kartoffelsuppe. Almut Weißgerber sah zu ihrem Mann, der seinen unbewegten Blick über die Familie gleiten ließ. Sohn und Tochter hielten die Augen gesenkt.

Das Ticken der Pendeluhr, die rechts neben dem Sprossenfenster hing, durchbrach die Stille. Alle warteten, dass das Familienoberhaupt das Tischgebet sprach, ehe mit dem Essen begonnen wurde.

»Hast du mir was zu sagen, Artur?«, fragte Bernhard Weißgerber, an seinen Sohn gerichtet. Artur schüttelte schnell und nachdrücklich, aber stumm den gesenkten Kopf.

»Sieh mich an, wenn ich mit dir rede«, verlangte Weißgerber. Er klang ruhig. Almut schlug das Herz bis zum Hals. Ihr Blick ging zu dem Kruzifix, das in der Ecke an der Wand hing, nur knapp unter der niedrigen Zimmerdecke.

Herr, steh uns bei, dachte sie. Es schnürte ihr die Kehle zu.

»Sybille?«, hörte sie ihren Mann die Tochter ansprechen. »Ist alles in Ordnung?«

»Ja, Papa.«

Es dauerte ein paar verräterische Sekunden zu lange, bevor Sybille antwortete. Almuts Augen brannten. Sie betrachtete die helle Tapete mit dem feinen blauen Blumenmuster. In ihr saß der Gilb. Aber der schöne gusseiserne Küchenofen, in dem die Holzscheite knackten und knisterten, war frisch geputzt, und auch das schwarze Ofenrohr glänzte. Bernhard hatte ihr schon oft einen Herd kaufen wollen, mit Cerankochfeld und Zeitschaltuhr und sämtlichen Annehmlichkeiten, die die Hersteller bewarben, aber das wollte sie gar nicht. Sie konnte auf dem antiken Ofen, den er mitsamt dem Hof von seinen Eltern geerbt hatte, wunderbar kochen, und auch Backen war kein Problem. Sie wusste, wie es funktionierte, wie viel Holz sie brauchte, bis der jeweilige Kuchen, oder was immer in der Röhre garte, durch war. Mit Buchenholz ging es am besten. Das brannte so schön gleichmäßig und gab lange die erforderliche Hitze ab. Überhaupt, die mollige Wärme, die so ein alter Ofen abstrahlte, war unvergleichlich angenehm. Das konnte ein moderner Elektroherd nicht leisten. Bernhard hatte vorgeschlagen, den Elektroherd neben den Küchenofen zu stellen, im notwendigen Abstand, das war klar. Platz genug gab es in der geräumigen Küche. Früher waren die Häuser noch für Großfamilien gebaut worden.

»Almut? Wo bist du mit deinen Gedanken?«, fragte Bernhard und riss sie aus ihren stillen Abschweifungen.

»Entschuldige«, sagte sie leise. Bernhard nickte und faltete die Hände.

»Alles kommt aus deinen Händen, alles lebt, weil du es willst. Alle unsre Not muss enden, alles Leid, wenn du es stillst«, sprach Bernhard. Bei dem Wort »Leid« ging sein Blick zu Artur. »Amen.«

»Amen«, murmelte die Familie.

»Guten Appetit«, sagte Bernhard und forderte Almut wortlos auf, die Suppe zu verteilen, indem er zu ihr sah. Sie erhob sich. Im Stehen ging es leichter. Sie brauchte alle Selbstbeherrschung, um das Zittern in ihrem Arm zu kontrollieren.

Zwei Stunden später lagen sie in der Stille ihres Schlafzimmers nebeneinander im Bett. Almut lauschte in die Dunkelheit. Bernhard schlief nicht, das spürte sie, nach fünfundzwanzig Ehejahren.

»Berni?«, flüsterte sie.

»Hm?«, kam es von seiner Bettseite.

»Es war ein Fehler, nicht wahr?« Sie fröstelte, trotz der warmen Bettdecke.

»*Das* konnten wir nicht wissen«, erwiderte ihr Mann leise und betonte das erste Wort.

»Was sollen wir jetzt machen?« Sie stellte die Frage, obwohl sie wusste, dass er sie nicht beantworten konnte. Und doch … Bernhard wusste doch immer Rat. Sie konnte sich immer auf ihn verlassen. Er war ihr Halt, ihr Anker, ihr Fels in der Brandung des Lebens. Er tastete nach ihrer Hand und drückte sie.

1

Kriminalhauptkommissarin Kristina Herbich saß hinter ihrem Schreibtisch im Polizeipräsidium in der Werner-Siemens-Straße und drehte sich auf dem Bürostuhl im Kreis, wobei sie bedächtig mit einem Fuß immer wieder Schwung gab. Sie hielt ihr Handy am Ohr und lächelte.

»Ich freu mich auf dich«, versicherte sie ihrem Freund Philipp Reuter, mit dem sie telefonierte.

»Ich freu mich auch auf dich«, erwiderte Philipp mit weicher Stimme. »Ich vermisse dich.«

Kristinas Lächeln wurde noch breiter, und ein warmes Gefühl stieg in ihr auf. Sie zählte jetzt schon die Stunden, bis er in Bayreuth war.

»Wann wirst du bei mir sein?«, fragte sie und sah aus dem Fenster. Im Licht der Straßenlaterne, die nahe dem Gehweg auf der gegenüberliegenden Straßenseite stand, sah sie den Regen bindfadenartig vom Himmel rauschen, und unentwegt prasselten die Tropfen gegen die Scheibe. Der Wind, der phasenweise aufkam, hatte ein paar Blätter Herbstlaub hochgewirbelt, das sich am Fenster festgesaugt hatte. Typisches Novemberwetter und durch die Zeitumstellung war es jetzt, kurz vor siebzehn Uhr, auch schon dunkel.

»Lass mich mal gucken«, sagte Philipp. Sie hörte Papier rascheln, vermutlich blätterte er in seinem Kalender. »Morgen Nachmittag ist noch mal Tanztraining bei Margot. Wir fangen diesmal erst um siebzehn Uhr an. Offiziell geht das Training bis neunzehn Uhr, aber wahrscheinlich macht sie wieder länger. Ich denke, um neunzehn Uhr dreißig ist Schluss. Dann komme ich sofort zu dir.«

Ein Hauch Enttäuschung legte sich über ihre Vorfreude. Wenn Philipp von neunzehn Uhr dreißig ausging, wurde es sicher zwanzig Uhr oder später mit der Abfahrt. Für die Fahrtstrecke vom Saarland bis nach Oberfranken brauchte er mindestens vier Stunden, ohne Stau und ohne Pausen. Es würde jedenfalls Mitternacht werden, bis er bei ihr war, oder später.

»Kannst du das Training nicht mal ausfallen lassen?«, bat sie und kannte bereits die Antwort.

»Ich konnte letzte Woche schon nicht gehen, weil Ulla sich den Knöchel verstaucht hatte und ich so rasch keine Ersatzpartnerin gefunden habe«, erinnerte Philipp sie. »Außerdem fahre ich lieber nachts, das weißt du doch.«

Abends und nachts war die Strecke wegen geringeren Verkehrsaufkommens angenehmer zu bewältigen als tagsüber. Auf den Punkt hatte Philipp schon häufig hingewiesen. Seit fünf Monaten führten sie nun eine Fernbeziehung und pendelten wechselweise zwischen dem Saarland und Oberfranken. Philipp kam jedoch öfter zu ihr als sie zu ihm, was vorwiegend berufliche Gründe hatte. Als Journalist für eine Saarbrücker Tageszeitung erledigte er viel von zu Hause aus, wobei »zu Hause« ein flexibler Begriff war. Zumindest einen Teil seiner Artikel konnte er auch von Bayreuth aus schreiben.

»Außerdem lasse ich schon den Mittwochs-Tanzkurs ausfallen. Ich möchte ja ein paar Tage bei dir bleiben«, fuhr er fort.

Kristina stoppte die Drehbewegungen mit ihrem Stuhl, griff nach einem ihrer Kugelschreiber, die auf der Schreibunterlage lagen, und spielte damit herum. Philipps Hobby war der Tanzsport. Jede freie Minute verschrieb er sich dieser Beschäftigung, bei der sie nicht wirklich mithalten konnte. Sie hatte weder Rhythmus- noch Taktgefühl und ließ sich, seiner Aussage nach, auch nicht führen, wie es für eine gute Tanzpartnerin erforderlich war, sondern machte angeblich immer, was sie wollte. Zumindest Letzteres stimmte ihrer Meinung nach absolut nicht. Sie gab sich stets die größte Mühe, umzusetzen, was er sich dachte. Leider wusste sie meistens überhaupt nicht, was er sich dachte, jedenfalls beim Tanzen.

»Wenn du schon mittags oder nachmittags losfahren würdest, hätten wir mehr Zeit miteinander«, unternahm sie einen letzten Versuch, ihn zu überzeugen, obwohl ihr jetzt schon klar war, dass er sich nicht würde umstimmen lassen.

»Das stimmt. Aber nachts ist weniger los auf der Autobahn«, sprach Philipp erneut den seiner Meinung nach unwiderlegbaren Punkt an. »Allein wenn ich an die Baustelle auf der A 3 bei Frankfurt denke … Das ist purer Stress. Ich möchte doch halbwegs fit bei dir ankommen.« Er schickte ein leises bedeutungsvolles Lachen durch die Leitung.

Kristina lächelte.

»Bist du noch im Büro?«, fragte er.

»Ja, aber nicht mehr lange. Es ist ruhig im Moment, und wenn nichts weiter ansteht, kann ich freitags auch eher gehen.«

»Schön«, hörte sie Philipp sagen. »Du fehlst mir«, ließ er sie mit leiser Stimme wissen.

»Du mir auch«, versicherte sie, ebenfalls leise.

»Ich komme, so schnell ich kann«, versprach er.

Ja, nach dem doofen Tanztraining. Die Prioritäten waren klar. Erst das Tanzen, dann sie. Für einen Moment war sie ernüchtert, dann riss sie sich zusammen. Philipp nahm viel Fahrerei auf sich für ihre Beziehung. Wenn er Nachtfahrten als angenehmer empfand, musste sie das akzeptieren.

»Gut. Ich warte auf dich«, sagte sie. Es klopfte an ihrer Zimmertür.

»Diesmal bin ich ganz für dich da. Ich habe nämlich ein paar Tage Urlaub«, ergänzte Philipp.

»Philipp, ich muss Schluss machen. Es …«

Die Tür wurde geöffnet, ehe sie hereingebeten hatte. Torsten Willbrandt, ihr Vorgesetzter, betrat den Raum. In der Hand hielt er eine Akte. Hastig drückte Kristina auf die Aus-Taste und legte ihr Handy vor sich auf den Schreibtisch.

»Hallo, Frau Herbich. Wo ist denn Breuer? Ist der schon gegangen?«, fragte Willbrandt und sah auf den leeren Platz ihres Kollegen, dessen Schreibtisch dem ihren gegenüberstand.

»Hallo, Herr Willbrandt. Ja, vor einer viertel Stunde. Er hat einen Termin beim Zahnarzt.« Sie legte die Fingerspitzen aneinander.

»Tatsächlich?« Willbrandt drückte die Tür hinter sich zu und kam näher. »Hoffentlich nichts Schlimmes?«, erkundigte er sich.

»Ich glaube nicht«, wich Kristina aus.

Breuer hatte ihr erzählt, dass er lediglich zur Kontrolle musste, um dieses Jahr noch seinen Stempel im Bonusheft zu bekommen. Er hatte es vor sich hergeschoben, und nun waren die Termine für den Rest des Jahres dünn gesät. Außerhalb der Arbeitszeit war nichts mehr zu bekommen gewesen. Doch das musste Willbrandt nicht wissen. Abwartend sah sie ihn an. Willbrandt kam nie ohne Grund in die Büros seiner Untergebenen. Er hatte ein Anliegen. Schlimmstenfalls eines, das ihre Wochenendpläne einschränkte. Etwas in ihr bereitete sich auf Gegenargumente vor.

»Weswegen ich hier bin ...«, begann er auch wie erwartet.

Das Display ihres Handys leuchtete auf und meldete den Eingang einer Nachricht. Sie war von Philipp. In der Vorschau sah sie, dass er drei Kuss-Smileys geschickt hatte. Willbrandt betrachtete mit undurchdringlicher Miene den verlöschenden Bildschirm. Heiße Verlegenheit durchlief sie, und sie verspürte den Drang, das Mobiltelefon umzudrehen. Am Ende schickte Philipp noch mehr Nachrichten, vielleicht auch welche mit sehr intimem Inhalt – es wäre nicht das erste Mal –, ahnungslos, dass Willbrandt mitlas.

»Es geht um Folgendes.« Er legte seine Akte auf ihren Schreibtisch und stützte sich mit beiden Händen auf der Seitenkante desselben ab. Aus der Position hatte er einen genauen Blick auf ihr Handy. Sie überlegte, ob sie das Telefon beiläufig in ihre Handtasche stecken sollte, die unter dem Tisch stand.

»Ein Insasse der JVA ist heute Nachmittag von seinem Freigang nicht zurückgekommen. Ihm standen vier Stunden zur Verfügung. Er hätte um sechzehn Uhr zurück sein müssen. Es ist davon auszugehen, dass er geflohen ist«, sagte Willbrandt. Während er sprach, behielt er ihr Telefon im Auge.

»Aber das betrifft Hoffmann. Er ist für die Fahndung zuständig«, unterbrach Kristina ihn, einerseits, um ihn an die Aufgabenbereiche zu erinnern, was ihr nichts nützen würde, wenn er aus irgendeinem Grund die Absicht hatte, sie mit einzubeziehen, andererseits aber auch, damit er endlich von ihrem Handy wegsah.

Willbrandt richtete sich auf und blickte sie an. Immerhin, das war gelungen. Sie sortierte ein paar Papiere, als wollte sie Ordnung schaffen, und legte den dünnen Stapel über ihr Telefon.

»Hoffmann hatte heute Morgen einen Unfall mit dem Rad. Jetzt liegt er im Krankenhaus und muss wahrscheinlich am Knie operiert werden. Frau Gerber, die ihm zugeteilt ist und eigentlich übernehmen sollte, liegt mit einem fiebrigen Infekt im Bett. Wir können ja die Fahndung nicht aussetzen, bis die beiden wieder fit sind. Also veranlassen Sie alles Nötige. Bei Ihnen in der Abteilung ist ja im Moment ohnehin nicht viel los. Glücklicherweise, muss man sagen.«

»Aber es ist Freitag, es ist gleich Wochenende, und ich habe keine Bereitschaft«, protestierte sie.

Willbrandt zog die buschigen Augenbrauen zusammen.

»Ich glaube, Sie verkennen den Ernst der Lage, Frau Herbich. Kurz zu Ihrer Information. Es geht um Herbert Weidenberg. Er wurde vor knapp zwölf Jahren wegen Totschlags an Frau und Tochter inhaftiert. Weidenberg hat die Tat stets bestritten.« Er griff nach der Akte und legte sie vor sie. »Hier, lesen Sie nach, worum es geht. Außerdem habe ich ja nicht verlangt, dass Sie persönlich auf Streife gehen sollen. Sie sollen die Fahndung veranlassen, mit allem, was so üblich ist. Also Foto an die Presse, die Medien informieren, Kontrollen an den Ausfallstraßen anordnen et cetera. Das werden Sie ja wohl heute noch schaffen, es ist ja erst fünf Uhr. Und natürlich ansprechbar sein, wenn uns der Fisch ins Netz geht.«

Kristina lehnte sich in ihrem Stuhl zurück. Alles in ihr rebellierte. Sie sah ihr Wochenende gelaufen und die nächsten Tage vielleicht auch, wenn sie Willbrandt nicht überzeugen konnte, die unerwartete Aufgabe jemand anderem zu übertragen.

»Ich bekomme Besuch, Herr Willbrandt«, wandte sie ein, wohl wissend, dass das für ihn keine Rolle spielte.

Willbrandt zeigte mit spitzem Finger zu den Papieren, die sie über ihr Handy gelegt hatte. Bläulich schimmerte das Display durch die Blätter. Die nächste Nachricht ging ein.

»Ich nehme an, von Ihrem ähm ... Saarländer?«, fragte er.
»Ja«, gab sie zu.
»Nun, dann geben Sie die Angelegenheit eben Breuer weiter«, entschied Willbrandt. »Trotzdem. Sie leiten die Fahndung in die Wege, und das umgehend. Und Sie lesen sich bitte ein, damit Sie einen Überblick haben, wer dieser Weidenberg ist und was er auf dem Kerbholz hat. Er ist gewalttätig, und es ist zu befürchten, dass der Mann kurzen Prozess macht, sowie sich ihm jemand in den Weg stellt. Sollte diesbezüglich etwas gemeldet werden, erwarte ich Ihre Einsatzbereitschaft. Ansonsten, wenn Sie die Fahndung eingeleitet und Breuer erreicht haben, können Sie ins Wochenende gehen.«
»Danke«, murmelte Kristina. Dass Willbrandt doch ein wenig Verständnis zeigte, hatte sie gar nicht erwartet. Hoffentlich überlegte er es sich nicht wieder anders. Am liebsten hätte sie ihren Kollegen umgehend angerufen, damit er sofort nach seinem Termin zurück ins Büro kam. Die Wahrscheinlichkeit, ihn jetzt zu erreichen, erschien ihr gering. Breuer hatte seinen Termin um siebzehn Uhr gehabt, jetzt war es wenige Minuten nach siebzehn Uhr. Sie musste ihm schon noch ein wenig Zeit geben. Kristina griff zum Telefon, um sich um die Fahndung zu kümmern.
Eine halbe Stunde später nahm sie die Akte und schlug sie auf. Obenauf lag ein Lichtbild von Weidenberg. Der Mann war ein unauffälliger Typ mit kantigem Gesicht, sehr kurzen dunklen Haaren und einer schlichten Brille mit Metallfassung. Neben seinem linken Nasenflügel sah sie einen kleinen Punkt, möglicherweise ein Muttermal. Auf der Aufnahme wirkte er unrasiert, trug jedoch keinen Bart. Kristina legte das Bild beiseite und begann zu lesen, was ihm zur Last gelegt wurde. Ihre Augen flogen über die Zeilen. Zwischendurch stutzte sie und las ungläubig ein zweites Mal, was sie meinte, falsch verstanden zu haben. Ein Frösteln, das nichts mit der Raumtemperatur zu tun hatte, überlief sie, nachdem sie fertig war. Von einem derartig ungewöhnlichen Fall hatte sie noch nie gehört.

2

Als Kommissar Konrad Breuer die Zahnarztpraxis verließ, hatte der Regen nachgelassen, nur vereinzelt fielen noch ein paar Tropfen vom Himmel. Das Licht der Straßenlaternen spiegelte sich in den Pfützen auf dem Gehweg.

Sein rechter Unterkiefer war taub, die Wange auch. Tatsächlich hatte Dr. Angermaier einem schadhaften Backenzahn eine neue Füllung verpassen müssen. Damit hatte er gar nicht gerechnet. Auf dem Weg zum Auto überprüfte er sein Handy. Der Vibrationsalarm hatte zwei Anrufe gemeldet, während er mit weit geöffnetem Mund auf dem Stuhl gelegen hatte, über sich den Doktor mit sämtlichen zur Folter geeigneten Instrumenten. Die Anrufe waren von seiner Vorgesetzten, KHK Kristina Herbich, gekommen. Um die Uhrzeit am späten Freitagnachmittag bedeutete das, dass etwas passiert war. Breuer zögerte. Er musste sie zurückrufen, so viel war klar. Vermutlich hatte er eine verwaschene Aussprache, mit dem Betäubungsmittel im Kiefer.

Nur wenige Meter von der Arztpraxis entfernt parkte sein Wagen am Rand der Richard-Wagner-Straße, ein schwarzer Audi. Breuer öffnete ihn mit der Fernbedienung des Zündschlüssels, setzte sich hinter das Steuer und rief seine Vorgesetzte an. Sie meldete sich umgehend.

»Herr Breuer, endlich. Alles in Ordnung gewesen beim Zahnarzt?« Sie sprach schnell, und der letzte Zweifel, ihr Anruf könnte doch einen belanglosen Grund haben, schwand. Wobei seine Chefin nie aus belanglosen Gründen anrief.

»Nein. Er hat ein Loch im Backenzahn gefunden. Ich habe eine Füllung bekommen. Das Loch ging tiefer, als ich dachte. Wird möglicherweise ungemütlich, wenn die Spritze nachlässt.« Das Reden ging besser, als er erwartet hatte.

»Das tut mir leid. Herr Breuer. Warum ich anrufe, Willbrandt war bei mir, kaum dass Sie weg waren. Aus der JVA ist ein Straftäter flüchtig. Ein Herbert Weidenberg, sechsundfünfzig Jahre. Er hat sich nach einem Freigang abgesetzt, zumindest wird das vermutet. Ein Unfall ist jedenfalls nicht gemeldet, ich habe mich eben informiert. Hoffmann dagegen, der sich eigentlich um die Sache kümmern müsste, hatte heute Morgen einen Unfall mit dem Rad, und die Gerber ist auch krank. Die beiden fallen also aus, und wir sollen das übernehmen. Die Fahndung habe ich schon veranlasst. Etliche Beamte sind in der Stadt und im näheren Umkreis unterwegs und suchen nach ihm. Außerdem habe ich angewiesen, dass an sämtlichen Straßen, die aus der Stadt rausgehen, Kontrollstellen errichtet werden, auch am Bahnhof und an den Autobahnzufahrten.«

»Das klingt, als hätten Sie das Wichtigste schon erledigt. Was kann ich noch tun?«, fragte Breuer. Mit der Zunge tastete er nach dem Zahn. Fast kam es ihm vor, als setzte bereits ein Prickeln im Kiefer ein, was auf eine nachlassende Wirkung der Betäubung hindeutete.

»In Bereitschaft stehen, für den Fall der Fälle. Willbrandt fürchtet, Weidenberg schreckt vor nichts zurück, wenn sich ihm jemand in den Weg stellt. Wenn die Maßnahmen, die ich jetzt in die Wege geleitet habe, nichts bringen, sollten wir einen Fahndungsring einrichten. Ich denke da an einen Radius von zwanzig Kilometern, für den Moment.«

»Das ist nicht viel. Wenn er ein Auto klaut oder auch nur ein Fahrrad, ist er schnell darüber hinaus«, wandte Breuer ein. »Gibt es Anhaltspunkte, wo er unterkriechen kann? Verwandte, Freunde?«

»Davon habe ich in der Akte nichts gefunden«, gab seine Vorgesetzte zu. »Das muss aber nichts heißen. Vielleicht hat er im Vollzug Kontakte geknüpft, die ihm jetzt weiterhelfen.«

»Sie meinen Mithäftlinge, die inzwischen entlassen sind?«, fragte er.

»Genau. Hier könnten Sie sich gleich mal schlaumachen«, sagte Kristina. »Fahren Sie in die JVA und versuchen Sie was herauszubekommen.«

»Sollten wir nicht erst mal die Ergebnisse der Fahndung

abwarten?« Eigentlich hatte er genug für heute. Außerdem hatte sich Dennis schon oft beschwert, dass er häufig spät nach Hause kam. Er hatte gehofft, ihm eine Freude zu machen, wenn er heute beizeiten daheim war.

»Okay, warten wir bis morgen früh. Aber wenn Weidenberg bis dann nicht festgenommen werden konnte, fahren Sie als Erstes in die JVA«, entschied Kristina.

»Und was machen Sie?«, konnte er sich nicht verkneifen zu fragen.

»Wenn ich die Wahrheit sagen soll, ich bekomme morgen Besuch von Philipp. Also, ich hatte gehofft, dass Sie über das Wochenende für mich einspringen. Montag übernehme ich dann wieder.«

Aha. Der Saarländer war im Anmarsch. Wenn der kam, spielten bei der Herbich stets die Hormone verrückt. Die Spritze ließ wirklich schon nach.

»Herr Breuer?«

»Ja, klar. Mach ich«, antwortete er und verdrängte einen Anflug von Frust. Seine Vorgesetzte plante ein Wochenende mit ihrem Liebhaber und wies ihn an, die Aufgabe zu übernehmen, die Willbrandt ihr angetragen hatte. Als ob er kein Privatleben hätte.

»Super, danke. Ich lege Ihnen die Akte Weidenberg auf den Schreibtisch, dann können Sie sich einlesen.«

»Fassen Sie mal bitte kurz zusammen, worum es geht«, bat Breuer.

»Das ist ein recht spezieller Fall. Weidenberg soll vor zwölf Jahren seine Frau und seine Tochter getötet haben. Vermutlich wurde die Frau erwürgt, bei der Tochter ist die Todesursache unbekannt.«

»Vermutlich und unbekannt? Was heißt das denn?«, unterbrach Breuer seine Vorgesetzte.

»Ja. Tatsache ist, die Leichen wurden nie gefunden. Weidenberg hat die Tat stets bestritten. Seine Frau soll einen Liebhaber gehabt haben, für den sie ihren Mann angeblich verlassen wollte. Die fünfjährige Tochter wollte sie mitnehmen. Weidenberg, der für seinen Hang zur Gewalt bekannt war, soll durchgedreht sein, als sie es ihm gesagt hat«, erläuterte Kristina. »Das Makabre an dem Fall ist, es wäre wohl nie zu einem Verdacht gegen Weidenberg gekommen, wenn der Polizei nicht zwei Fotos der Leichen zugespielt worden wären.«

»Fotos?«, wiederholte Breuer irritiert.

»Ja. Eine Aufnahme, auf der beide tot in Weidenbergs Küche am Boden liegen, und eine weitere, die bei Sophie Weidenberg, das war die Ehefrau, deutlich die Würgemale am Hals zeigt.«

»Puh«, machte Breuer.

»Das heißt, hätten wir die Fotos nicht bekommen, so wäre nach dem Verschwinden von Sophie und Merle Weidenberg davon auszugehen gewesen, dass die beiden mit Sophies Liebhaber, einem Arne Dennstett, auf und davon sind«, ergänzte Kristina. »Es hat sich nie ermitteln lassen, woher die Fotos gekommen sind. Weidenberg hatte für den mutmaßlichen Tatzeitpunkt kein Alibi, aber Kratzspuren an den Armen. Er hat behauptet, die kämen von den Brombeersträuchern in seinem Garten, die er kürzlich zurückgeschnitten hatte. Noch während er in Untersuchungshaft war, hat sich eine der Verletzungen entzündet, und der Arzt hat darin winzige Nagellackpartikel gefunden, die wiederum zu einem Fläschchen im Bad der Eheleute gepasst haben. Weiterhin gibt es eine Aussage von Spaziergängern, die ebenfalls zum fraglichen Zeitpunkt Streit und Schreie aus dem Anwesen von Weidenberg gehört haben wollen. Da aber bekannt war, dass es in der Familie verbal oft hoch herging, haben sie dem keine außergewöhnliche Bedeutung beigemessen.«

»Und woher wissen wir den vermeintlich genauen Todeszeitpunkt? Ich meine, wegen des Alibis von Weidenberg?«, fragte Breuer. Die Betäubung ließ wirklich rasant nach. Die Zahnarztspritzen waren auch nicht mehr das, was sie mal gewesen waren. Hatte er vor zehn Jahren eine Plombe gebraucht, war ihm der Mund oft stundenlang pelzig gewesen.

»Von Georg Schulz. Das ist, oder besser war, der Vater von Sophie Weidenberg. Nach dem Tod von Tochter und Enkeltochter hat der Mann Suizid begangen.«

Breuer massierte sich den Nacken. Vor seinem inneren Auge spielte sich ein Familiendrama ab. Ein gewalttätiger Ehemann, eine verzweifelte Ehefrau, die fremdging, vielleicht in der Hoffnung, eine neue Beziehung würde ihr die Stärke geben, sich aus der verhängnisvollen Abhängigkeit zu lösen. Ein kleines Mädchen, das hilf- und wehrlos im dramatischen Geschehen steckte, miterleben musste, was die kindliche Psyche für das restliche Dasein schädigte, und das darauf angewiesen war, dass die Mutter für Stabilität und Sicherheit in seinem jungen Leben sorgte. Im Hintergrund der Vater der gepeinigten Ehefrau, der möglicherweise versucht hatte, auf seine Tochter einzuwirken, ihren Mann zu verlassen, und nicht verkraftete, dass die Situation infolgedessen eskaliert war.

»Schulz hat am anzunehmenden Tattag mit seiner Tochter telefonieren wollen. Er hat sie auch erreicht, das war ziemlich genau um fünfzehn Uhr. Sie soll aufgeregt gewesen sein wegen eines Gesprächs mit ihrem Mann, das anstand, und gesagt haben, sie würde ihn am späten Nachmittag zurückrufen. Als der Anruf nicht kam, ist Schulz am frühen Abend zum Haus der Eheleute und hat niemanden angetroffen. Er hat sich größte Sorgen gemacht und ist noch am selben Abend zur Polizei gegangen, eben weil sein Schwiegersohn zur Gewalt neigte. Dort hat man ihn nicht ernst genommen. Am anderen Tag lagen die Fotos der Toten früh in der Post.«

»Von wo wurden sie weggeschickt?«, fragte Breuer.

»Sie wurden direkt eingeworfen. Handelsübliches Kuvert, keine Fingerabdrücke, außer denen unserer Kollegen. Ab dem Moment liefen die Ermittlungen auf Hochtouren. Weidenberg war außer sich. Er wollte zur Tatzeit beim Angeln gewesen sein, was niemand bezeugen konnte. Der Liebhaber von Sophie hat einen Bruder am Starnberger See, Leon Dennstett, und war zur fraglichen Zeit bei ihm, was auch von einem Nachbarn bezeugt wurde.«

»Was sagt die Videoaufzeichnung?« Breuer drehte den Zündschlüssel im Wagen gerade so weit, dass die Beleuchtung im Cockpit anging, um zu sehen, wie spät es war. Gleich achtzehn Uhr dreißig. Dennis war bestimmt schon zu Hause. Er drehte den Schlüssel zurück, und die Lichter verloschen.

»Welche Videoaufzeichnung?«, fragte Kristina.

»Vom Briefkasten. Der liegt doch neben dem Haupteingang. Derjenige, der das Kuvert eingeworfen hat, müsste darauf zu sehen gewesen sein.«

»Ach so, ja. Moment.«

Er wartete.

»Hier, ich hab's. Damit war nichts anzufangen. Eine verschwommene Gestalt mit einer Kapuzenjacke, das Gesicht durch gesenkte Kopfhaltung verborgen. Vom Bewegungsablauf her wohl ein Mann. Eingeworfen wurde das Kuvert gegen ein Uhr nachts, also morgens. Zudem war er, wenn wir jetzt tatsächlich von einem Mann ausgehen, sehr schnell. Er ist nur wenige Sekunden im Bild gewesen.«

»Hm«, machte Breuer.

»Gut, Herr Breuer, das war es für den Moment. Die Fotos der Toten liegen übrigens auch in der Akte. Ich mache jetzt Feierabend. Ihnen gute Besserung für den Zahn. Wenn sich was Wesentliches ergibt, sagen Sie mir bitte gleich Bescheid.«

»Geht klar, Frau Herbich«, antwortete er.

3

Der Regen war doch wieder stärker geworden. Jetzt war es zwanzig vor sieben. Breuer dachte nach. Er konnte in der L'Osteria anrufen und zwei Nudelgerichte zum Mitnehmen bestellen, vielleicht auch einen Salat dazu. Wirklich gut war der Gedanke nicht. Erstens wusste er gar nicht, ob Dennis zu Hause war, und wenn er zu Hause war, ob er nicht wieder irgendwas vorhatte, was ihn schon lange nicht mehr einbezog. Er hatte ihm das vor einiger Zeit vorgehalten, doch Dennis hatte sich darauf berufen, dass auf seine Arbeitszeiten kein Verlass war. Entweder er müsse gefühlt endlos auf ihn warten, oder er bekomme im Laufe des Abends die Information, dass er noch arbeiten musste. Dennis hatte einfach keine Lust, ständig allein zu Hause herumzusitzen, schon gar nicht am Wochenende. Das Schlimme war, er hatte recht.

Breuer griff nach seinem Handy, das er auf den Beifahrersitz gelegt hatte. Er konnte ihn anrufen und ihm ein gemeinsames Abendessen vorschlagen. Sein Backenzahn beruhigte sich langsam, wahrscheinlich brauchte er nicht einmal eine Schmerztablette. Sie konnten ein Glas Wein zusammen trinken, vielleicht einen Film ansehen oder reden. Er konnte aber auch das Essen auf gut Glück mitbringen und, falls Dennis noch nicht da war, den Tisch schön decken und ihm eine Nachricht schreiben, dass er auf ihn warte.

Der zweite Gedanke gefiel ihm besser, beinhaltete er doch die Hoffnung auf einen schönen gemeinsamen Abend. Wenn er Dennis erst anrief und ihn nicht erreichte oder gleich eine Absage bekam, weil er seine Zeit schon anderweitig verplant hatte, würde er das Gefühl haben, ins Leere zu fallen.

Richtig doof würde es aber, wenn seine kleine Überraschung gelang und er dann tatsächlich in Sachen Weidenberg aktiv werden musste. Zum Beispiel, weil der sich auf seiner Flucht etwas zuschulden kommen ließ und er zu einem Tatort musste oder ins Präsidium. Ganz entspannt würde es, wenn der Flüchtige geschnappt und zurück in seine Zelle gebracht würde. Leider stand in den Sternen, wie sich der Fall entwickelte.

Breuer googelte die Telefonnummer der L'Osteria, die sich in einem Ausläufer der Fußgängerzone in der Innenstadt befand. Mit dem Auto würde er etwa zehn Minuten bis dorthin brauchen. Im besten Fall waren die Gerichte schon abholbereit, bis er in dem Lokal war. Mehr als schiefgehen konnte sein Vorhaben nicht, und er wollte guten Willen zeigen.

Eine knappe Stunde später verließ er mit dem Abendessen das Restaurant. Die Wartezeit, bis er seine Bestellung mitnehmen konnte, hatte viel länger gedauert als gedacht. Im Lokal war so viel Betrieb gewesen, dass Gäste, die keinen Tisch reserviert hatten, weggeschickt worden waren. Er selbst hatte an der Bar gewartet, bis das Essen fertig war. Der Kellner hatte ihm einen Espresso angeboten, auf Kosten des Hauses, doch er hatte abgelehnt. Koffein um die Uhrzeit brachte ihn seit einigen Jahren um den Schlaf. Inzwischen bereute er es, Dennis nicht vorbereitet zu haben. Je später er nach Hause kam, umso größer war die Wahrscheinlichkeit, dass er nicht da war oder zumindest schon gegessen hatte. Breuer lief zügig zu seinem Wagen. Der parkte in der Dammallee, im eingeschränkten Halteverbot. An den Wochenenden sah es abends in der Bayreuther Innenstadt schlecht aus mit Parkplätzen. Obwohl, eigentlich sah es immer schlecht aus mit Parkplätzen. Ein Blick zu den Scheibenwischern sagte ihm, dass er um den befürchteten Strafzettel herumgekommen war.

Breuer stellte die beiden weißen Papiertüten mit dem roten Werbeschriftdruck des Lokals in den Fußraum des Beifahrersitzes. Er hatte sich für zweimal gemischten Salat und zweimal Rigatoni in Gorgonzolasoße entschieden. Damit konnte er nichts falsch machen. Dennis mochte sowohl Nudeln als auch Käse in nahezu jeder Form.

Bis in den Ortsteil Saas, der am Rand von Bayreuth nahe dem Studentenwald lag, brauchte er weitere fünfzehn Minuten. Breuer fuhr in den Südlichen Ringweg und fand sofort einen

Parkplatz, beinahe unmittelbar vor dem Reihenhaus, in dem er zusammen mit seinem Freund wohnte. Hinter sämtlichen Fenstern war es dunkel. Er versuchte, sich die Ernüchterung fernzuhalten, und stieg aus.

Stille im Haus empfing ihn, wie nicht anders zu erwarten gewesen war. Fast hatte er das Gefühl, allein zu wohnen und sich mit seinem Essen für zwei Personen etwas vorgemacht zu haben.

Breuer streifte die Schuhe ab, hängte die regenfeuchte Jacke an die Garderobe, ging mit seinen Tüten in die Küche und beschloss, Dennis nun doch zu schreiben. Was immer er vorhatte, vielleicht kam er wieder nach Hause, wenn er wusste, dass er auf ihn wartete. Die Hoffnung war gering. Breuer ging in den Wohnraum, an den sich, verbunden mit einem bogenförmigen Durchgang, ein Essbereich anschloss, und knipste die kleinen Lampen an, die er in den Ecken des Zimmers platziert hatte. Er mochte es, wenn die Beleuchtung den Raum in behagliches Licht tauchte. Dennis hatte für diese Feinheiten leider wenig Sinn, er schaltete einfach die Deckenbeleuchtung an, wenn es erforderlich war. Die leuchtete jeden Winkel des Zimmers aus. Das fand Breuer sehr ungemütlich. Aber immerhin kritisierten sie einander nicht wegen dieser unterschiedlichen Handhabung. Er sah auf sein Handy. Dennis hatte seine eben geschickte Nachricht noch nicht gelesen. Er war auch seit über zwei Stunden nicht mehr *on* gewesen. Er würde jetzt den Tisch decken, dann musste er später nur noch die Nudeln in die Mikrowelle stellen, um sie wieder aufzuwärmen.

Um neun Uhr setzte sich Breuer auf seinen Lieblingssessel im Wohnzimmer. Von hier aus konnte er den gedeckten Tisch sehen. Er hatte Teller bereitgestellt und Besteck auf roten Papierservietten danebengelegt und die Weingläser aus dem Schrank genommen. Eine Kerze, die er noch nicht angezündet hatte, stand mittig, den Salat hatte er aus den Pappbehältnissen in Schalen gefüllt und auch schon den Wein geholt. Es fehlte nur noch Dennis, doch der hatte seine Nachricht noch immer nicht gelesen.

Um halb zehn musste er sich seine Enttäuschung eingestehen. Offenbar kam er im Leben seines Lebensgefährten nicht mehr vor. Auch wenn er viel arbeiten musste, so gab er sich doch stets Mühe, Dennis auf dem Laufenden zu halten, wo er war und was er tat und wann er hoffentlich nach Hause kam. Nicht so Dennis. Er kam und ging, wie er wollte, informierte ihn kaum je, was er vorhatte, und wenn, dann ganz lapidar. Das Einzige, was Breuer relativ sicher sagen konnte, war, wann Dennis, der von Beruf Versicherungskaufmann im Innendienst war, arbeiten musste.

Um viertel elf schenkte sich Breuer ein Glas Wein ein. Der Salat war am Zusammenfallen. Er hatte gewaltig Hunger, jedoch keinen Appetit. Stattdessen drängte es ihn, Dennis eine handfeste Szene zu machen, wenn er denn endlich zu erscheinen gedachte. Eine viertel Stunde später war das Glas leer, und er hätte gerne ein zweites getrunken. Ob der Möglichkeit, dass er dienstlich noch gebraucht werden könnte, war es besser, zu verzichten. Er genehmigte sich einen weiteren kleinen Schluck, nur zwei Fingerbreit eingeschenkt, und verkorkte die Flasche wieder.

Zu seiner Enttäuschung und Empörung gesellte sich Müdigkeit. Wenigstens gab der Zahn Ruhe, nur das Zahnfleisch fühlte sich noch ein wenig wund an, an den Einstichstellen der Betäubungsspritze. Breuer setzte sich zurück in seinen Sessel und legte die Beine auf den Hocker, der davorstand. Sekunden darauf war er eingeschlafen.

Ein Geräusch, das aus dem Flur kam, ließ ihn in die Höhe fahren. Im ersten Moment wusste er weder, wo er war, noch, welche Tageszeit es war und warum er im Wohnzimmer im Sessel saß. Er hörte ein leises Stöhnen aus dem Flur. Blitzartig war die Erinnerung wieder da, und augenblicklich fing sein Herz an zu rasen. Dennis war zurück. Hastig sah er auf die Uhr, die links von ihm auf dem Sideboard stand. Halb zwei Uhr morgens.

Dennis erschien unter der Tür, die Flur und Wohnraum trennte. Seine Haare waren wirr, seine Augen gerötet, und er stützte sich, schwer atmend, am Türrahmen ab. In seiner Miene erkannte Breuer Entsetzen, vielleicht auch Angst, er war nicht sicher und zudem noch ein wenig benommen vom Schlaf. Dennis' Blick ging zu dem gedeckten Tisch. Ohne Breuers Mühe zu kommentieren, wandte er ihn wieder ab, lehnte sich nun mit dem Rücken an den Türrahmen und ließ sich langsam an diesem heruntergleiten, bis er am Boden saß, die Beine angezogen.

»Was ist los? Was ist passiert?«, fragte Breuer.

Dennis keuchte.

»Dennis!«

Wut, weil er nicht mit ihm sprach, gesellte sich zu der Furcht vor dem, was geschehen sein mochte. Dennis fuhr sich mit der flachen Hand übers Gesicht.

»Ich kann jetzt nicht. Wir reden morgen«, würgte er hervor.

»Morgen? Es ist morgen! Ich habe Stunden auf dich gewartet«, regte Breuer sich auf.

»Woher hätte ich denn wissen sollen, dass du ausnahmsweise an einem Freitagabend zu Hause bist?«, erwiderte Dennis und sah ihn zum ersten Mal, seit er hereingekommen war, direkt an. Sein Gesicht schien unbewegt, doch Breuer wusste jetzt, welches Gefühl in seinem Lebensgefährten dominierte. Erschütterung. Irgendetwas hatte ihn in den Grundfesten erschüttert.

»Ich hab dir geschrieben«, antwortete Breuer.

»Hab ich nicht gelesen.« Dennis streckte die Beine von sich, stieß mit den Füßen an die ihm gegenüberliegende Seite des Türrahmens, zuckte zurück und schob sie seitlich in den Wohnraum.

»Wo warst du? Was ist passiert?« Er musste es wissen, und zwar jetzt.

Dennis rappelte sich auf.

»Ich geh schlafen. Wir reden später.«

Breuers Puls schoss in die Höhe. Am liebsten wäre er aufgesprungen, um seinen Lebensgefährten an seinem sorgfältig geplätteten schwarzen Hemd zu packen und zu schütteln. Dennis stapfte die Treppe nach oben, die direkt aus dem Wohn-Ess-Zimmer in den ersten Stock führte, ohne ihn eines weiteren Blickes zu würdigen.

4

Emily Weiß radelte den schmalen Fußweg entlang, der die Reihe der dicht an dicht gebauten Häuser von der Ölschnitz trennte. Der asphaltierte Streifen wurde zum Bachbett hin von einem hölzernen Zaun aus schmalen Querbalken begrenzt, vermutlich um zu verhindern, dass spielende Kinder oder nächtliche Heimkehrer, von ein paar Bier im Gasthaus angeschickert, in das Gewässer stolperten. Wobei die alten Streben kaum Schutz boten, sie waren mehr eine psychologische Barriere als eine tatsächliche. Der Fluss, der in den Sommermonaten oft nur behäbig vor sich hinplätscherte, rauschte wie ein kleiner aufgeregter Wildbach durch sein Bett, das gut einen Meter tiefer lag als die Ortschaft. Das war nicht verwunderlich, es regnete ja seit Tagen.

Erst jetzt, in den späten Abendstunden, hatte sich das Wetter beruhigt. Emily trat kräftig in die Pedale, und trotz der kalten Novembernacht kam sie ins Schwitzen. In kleinen Nebelschwaden ballte sich die eigene Atemluft vor ihr. Sie war spät dran, zu spät. Das würde wieder eine Standpauke geben. Die Wahrscheinlichkeit, dass ihr Großvater schon zu Bett gegangen war, ging gen null. Im besten Fall war er vor dem Fernseher eingedöst, und wenn sie viel Glück hatte, konnte sie sich unbemerkt am Wohnzimmer vorbei und nach oben in ihr Zimmer schleichen. Wenn der Großvater später aus seinem Nickerchen hochfuhr, wie lange auch immer es dauerte, würde er im Nachhinein nicht mit Sicherheit sagen können, wann sie nach Hause gekommen war.

Kaltes blaues Mondlicht erhellte ihren Weg, ansonsten gab es seitlich des schmalen Zugangs zu den alten Häusern des Kurortes Bad Berneck keine Straßenbeleuchtung. Nur an der Hauptstraße mitten durch den Ort hatten die Laternen gebrannt, aber die hatte sie schon vor einigen Minuten verlassen. Seit sie an dem Bushäuschen am Ortseingang auf ihr Rad gestiegen war, war ihr keine Menschenseele begegnet. Bad Berneck lag in tiefem Schlaf, und viele Gebäude standen sowieso leer.

Endlich konnte sie das Haus ihres Großvaters sehen. Die schmale Front, von deren Fassade sich stellenweise der Putz löste, die hölzerne Tür, die in den Keller führte, daneben den Blumenkübel, in dem noch die Reste der Geranien ein kümmerliches Dasein fristeten. Einige waren erfroren, es hatte vor Tagen schon den ersten Nachtfrost gegeben. Hinter dem Sprossenfenster, das zum Wohnzimmer gehörte, brannte Licht. Es schimmerte durch den zugezogenen roten Vorhang. Der Großvater wartete immer auf sie, wenn sie unterwegs gewesen war.

Schwer atmend stieg Emily vom Rad und schob es in den Durchgang zwischen den Häusern. Im Mondlicht reckten sich die kahlen Zweige des alten Apfelbaumes gen Himmel, nur hier und da hingen noch ein paar kümmerliche Blätter daran.

Heißer Schrecken fuhr Emily von der Kehle bis in den Magen. Unter dem Apfelbaum stand jemand und sah sie an. Ein Mann, nicht allzu groß, aber von kräftiger Gestalt. Sein Gesicht lag im Schatten, doch sie glaubte zu erkennen, dass er etwas festhielt. Ein Schrei stieg ihr in die Kehle und blieb darin stecken. Eiskalt rann es ihr den Rücken herunter.

Wirkliche Angst hatte sie noch nie gehabt, wenn sie nachts allein die Strecke von der Bushaltestelle nach Hause radelte. Ein bisschen unheimlich war es manchmal schon, durch die stille Ortschaft zu fahren, aber meist war sie noch so erfüllt von den Erlebnissen des Abends in den diversen Lokalen in Bayreuth und mit ihren Freunden, dass sie mögliche Gefahren, von denen der Großvater immer wieder sprach, als übertrieben abtat. Was sollte schon passieren, sie war ja nur etwa anderthalb Kilometer allein unterwegs? Und wenn überhaupt, so hätte sie Gefahren unterwegs für denkbar gehalten, nicht aber wenige Meter vor der Haustür auf Opas Grundstück.

Es schnürte ihr die Kehle zu. Um ins Haus zu kommen, musste sie den Garten betreten und damit auf den Eindringling zugehen. Sie hätte um Hilfe schreien können, aber er war mit

Sicherheit schneller als ihr Großvater oder irgendein Nachbar. Was wollte der Kerl hier? Einbrechen? War sie gerade noch rechtzeitig gekommen, um sein Vorhaben zu verhindern, oder war er schon im Haus gewesen und hatte ihren Großvater …?

Emily stieß einen gellenden Schrei aus. Der Mann wandte sich um, sie hörte etwas poltern, nicht laut, mehr ein Ploppen. Er rannte in den hinteren Teil des Gartens und wurde von der Dunkelheit verschluckt. Die Haustür flog förmlich auf, und ihr Großvater stand im Rahmen. Seine große, hagere Gestalt hob sich dunkel vom Flurlicht dahinter ab.

»Emily! Was ist los?«

»Opa.« Sie fing an zu schluchzen. »Da war jemand. Hier im Garten. Ein Mann. Er stand beim Apfelbaum und hat mich angestarrt.«

Ihr Großvater tastete im Flur neben der Tür nach dem Schalter für die Außenbeleuchtung. Trübes Licht flammte über der Haustür auf.

»Da ist niemand«, sagte er nach einem Blick in den Garten.

»Er ist ja auch weggelaufen.« Sie zeigte in die entsprechende Richtung. »Außerdem kannst du gar nicht genug sehen.« Sie zitterte noch immer, hörte jedoch auf zu weinen.

»Jetzt komm erst mal rein. Es ist gleich Mitternacht. Wir hatten elf Uhr ausgemacht.«

Der Großvater klang vorwurfsvoll, aber nicht so verärgert wie sonst, wenn sie zu spät kam. Sie lehnte ihr Rad an die Hausmauer, legte das Schloss um den Hinterreifen und die Sattelstange und ließ es einrasten.

5

Breuer lag reglos auf dem Sofa im Wohnzimmer, auf dem er die Nacht nahezu schlaflos verbracht hatte. So wütend und enttäuscht, wie er wegen Dennis' Verhalten gewesen war, hatte sich etwas in ihm dagegen gewehrt, sich zu ihm ins gemeinsame Bett zu legen. Er hatte sich für das Sofa entschieden. Stundenlang hatte er keine Ruhe gefunden. Irgendwann gegen fünf Uhr morgens war er doch noch eingeschlafen. Nun war es kurz nach acht, und durch die Spalten der Jalousien drang trübes Licht. Er richtete sich auf und durchquerte steifbeinig den Wohnraum, um die Rollläden hochzuziehen. Vor den Fenstern hingen graue Nebelschwaden und hüllten den kleinen Garten hinter dem Haus ein. Das Wetter passte zu seiner Stimmung. Er sehnte sich nach einer Dusche und einem Kaffee, er wollte sich die Zähne putzen und endlich raus aus der Kleidung, die er seit gestern trug. Vor allem aber wollte er wissen, weswegen Dennis am Abend so verstört nach Hause gekommen war.

Breuer ging in die Küche, um den Kaffee vorzubereiten. Anschließend stieg er die Treppe hoch in den ersten Stock und ging ins Bad. Dabei bemühte er sich nicht, besonders leise zu sein. Es war ihm nur recht, Dennis zu wecken.

Eine halbe Stunde später fühlte er sich zumindest körperlich erfrischt. Durchs Haus zog der Duft des frisch gebrühten Kaffees. Als er die Küche betrat, stand sein Lebensgefährte an der Arbeitsfläche, barfuß, mit einem zerknitterten T-Shirt und einer Boxershorts bekleidet, und schenkte sich mit fahriger Hand eine Tasse des belebenden Getränks ein. Ein paar Tropfen Kaffee landeten daneben, auf der Arbeitsfläche.

»Morgen«, zwang Breuer sich zu einer Begrüßung.

Dennis wandte sich ihm zu.

»Morgen«, erwiderte er.

Er sah keineswegs besser aus als letzte Nacht, im Gegenteil. Fast kam es Breuer vor, als wäre er gealtert, von gestern auf heute. Dennis schlurfte ins Esszimmer, setzte sich an den Tisch und schob den Teller, das Besteck und den Salat beiseite. Breuer goss sich ebenfalls einen Kaffee ein und folgte ihm. Schweigend setzte er sich ihm gegenüber.

»Also, was war los?«, fragte er erneut.

Dennis schluckte. Sein Adamsapfel zuckte auf und ab, er umklammerte den Griff seiner Tasse und sah an Breuer vorbei.

»Ich war gestern in der Stadt unterwegs«, begann er, für Breuer fast schon unerwartet. Eigentlich hatte er damit gerechnet, dass Dennis sich weiter in Ausflüchten erging, weswegen er ein Gespräch verschieben wollte.

»Mit … einem Bekannten.«

In Breuers Magen knotete sich etwas zusammen. Im Grunde brauchte Dennis gar nichts mehr zu sagen. Er wusste Bescheid. Dennis war fremdgegangen. Trotzdem war ihm nicht klar, warum sein Freund so aus der Fassung war.

»Er heißt Tim. Tim Gohlke.«

Breuer schob seinen Kaffee von sich und lehnte sich im Stuhl zurück, so weit nach hinten, wie es ging, um Abstand zwischen sich und Dennis zu bringen.

»Wir waren im Chez Boy verabredet. Es war gut. Es war ein guter Abend.« Er brach ab.

Breuer wartete. Sein Herz schlug hart gegen die Rippen. Das Chez Boy war in der Von-Römer-Straße, gar nicht so weit entfernt von der L'Osteria, wo er das Abendessen geholt hatte. Die Von-Römer-Straße war eine vergleichsweise schmale, kopfsteingepflasterte Gasse in der Innenstadt, die das Flair lang vergangener Zeiten ausstrahlte.

»Kurz nach Mitternacht wollte Tim gehen. Wir sind raus. Tims Wagen stand in der Jean-Paul-Straße, also nicht weit weg. Wir waren kaum um die Ecke, da kam eine Gruppe Kerle auf uns zu. Sie haben sich uns in den Weg gestellt, rumgepöbelt, blöde Sprüche gerissen. Schwules Pack und so. Ich glaube, einer von ihnen hat Tim gekannt. Wir wollten an ihnen vorbei, wir wollten uns auf nichts einlassen. Kein Gespräch, keinen Streit. Aber das ging nicht. Einer hat mich gegen die Schulter gestoßen und sich aufgeführt, ob ich mir zu fein wäre, mit ihm zu reden. Ich bin gegen eine Hauswand geprallt, und Tim ist ... also, er ist dazwischengegangen. Zwischen den Kerl und mich und ... jedenfalls ... kam der nächste von den Typen und ist auf Tim los und ... ich konnte abhauen.«

»Abhauen?« Für Sekunden trat seine Erschütterung, dass Dennis ihn tatsächlich betrog, in den Hintergrund, und an ihre Stelle trat ungläubige Fassungslosigkeit. »Du willst damit sagen, dieser ... Tim ... hat zwar versucht, dir zu helfen, als du angegriffen wurdest, aber als er fällig war, bist du ... abgehauen?«

»Ja, verdammt! Das hab ich doch schon gesagt. Ich fühl mich ja selbst grottenscheiße deswegen. Mann! Ich hatte einfach 'ne Scheißangst. Die waren so was von gewaltbereit!«

»Dennis!« Breuer sprang auf. »Das ist nicht dein Ernst! Du hast keine Hilfe geholt? Du bist weggelaufen, während der ... Dein ... Bist du komplett bescheuert?«

»So schlimm war es auch nicht.« Auf seinen bleichen, eingefallenen Wangen erschienen rote Flecken. Dennis fuhr sich mit der rechten Hand durch die zerzausten Haare. »Ich bin um die Ecke in die Sophienstraße gelaufen, und da kam gerade eine Streife. Sie haben angehalten und sind in die Von-Römer-Straße gerannt. Vielleicht hat sie ein Anwohner verständigt.«

Breuer schob seinen Stuhl ein Stück vom Tisch weg und setzte sich wieder.

»Ihr seid also überfallen worden, und du bist getürmt«, fasste er zusammen.

Dennis gab keine Antwort.

»Du betrügst mich«, fuhr Breuer fort, und plötzlich überwog wieder die Erschütterung ob dieser Erkenntnis. »Schon länger?«

»Du bist nie da. Immer dein Scheißberuf, immer an erster Stelle«, wich Dennis aus und sah an ihm vorbei.

»Gestern war ich da«, erwiderte er.

Dennis stieß die Luft durch die Nase.

»Zufall«, konterte er.

»Wie oft und seit wann?«, fuhr Breuer ihn an.

»Keine Ahnung! Hier und da mal. Es war nichts Wichtiges. Erst mit Tim ist es ein bisschen mehr geworden.«

Breuer sprang erneut auf.

»Hier und da mal? Das heißt im Klartext, du hast rumgehurt, eine Affäre nach der anderen gehabt, bis dieser Tim kam, und mit dem war es was Festes? Wann wolltest du mir das sagen?« Das Zimmer schien immer enger zu werden und ihm die Luft immer knapper.

»Ich wollte dir gar nichts sagen. Ich mag Tim wirklich, er ist okay. Ich hätte aber, wahrscheinlich, über kurz oder lang Schluss gemacht«, hielt Dennis dagegen und begann, mit dem Henkel seiner Kaffeetasse zu spielen.

»Ich glaub es nicht. Ich glaub es echt nicht.« In seinen Ohren rauschte es, er glaubte zu ersticken.

»Jetzt beruhig dich. Vielleicht willst du ihn ja mal kennenlernen. Es muss ja nicht sofort sein.«

Die Worte hämmerten in Breuers Ohren.

»Du spinnst wohl«, brüllte er und schlug mit der flachen Hand auf den Esstisch. Beide Kaffeetassen schwappten über. Das Blut pumpte durch seinen Körper, dass es in allen Gliedern schmerzte und brannte.

Breuer eilte mit großen Schritten in den Flur, schlüpfte in seine Schuhe, riss die Jacke vom Haken und griff nach seinem Schlüsselbund. Wie er aus dem Haus kam, nahm er gar nicht wahr, er hörte nur, wie die Haustür hinter ihm zuschlug und ihn die klamme Kälte des Herbstmorgens umfing. Plötzlich saß er in seinem Wagen und fuhr zügig aus dem Ortsteil Saas, vermutlich mit überhöhter Geschwindigkeit, da war er fast sicher. Nur mühsam gelang es ihm, den Fuß vom Gas zu nehmen. Sein Leben war komplett aus den Fugen, um ihn herum wankte die Welt, immer noch eingehüllt in dichten Nebel. Im Grunde war es fahrlässig, dass er hinter dem Steuer saß. Er umklammerte das Lenkrad und versuchte, an gar nichts zu denken.

Wie lange er gefahren war und in welche Richtung, wusste

er nicht. Schon eine ganze Weile hatte er die Stadt hinter sich gelassen. Die Landschaft links und rechts der Straße wurde noch immer vom Nebel verschluckt. Auch von der Fahrbahn sah er nicht viel, maximal wenige Meter weit. An ein paar Straßenschildern war er auf seiner fluchtartigen Fahrt zwar vorbeigekommen, doch er hatte ihnen keine Beachtung geschenkt.

Die Straße wurde schmaler, und durch die zähe Nebelmasse schälten sich, hoch und mächtig, düstere Tannen, ab und an ein Laubbaum dazwischen. Unvermittelt mündete die Fahrbahn in ein Waldstück. Der Asphaltbelag der Straße endete, der weitere Streckenverlauf war geschottert. Die Sicht war auch hier miserabel. Er war gezwungen, langsamer zu fahren. Allmählich verrauchte die unkontrollierte wütende Empörung, die ihn vorwärtsgetrieben hatte, und machte kalter Enttäuschung Platz. Es war besser, zurückzufahren.

Breuer bremste und hielt an. Hier umzukehren war schier unmöglich, rückwärts aus dem Wald herauszurangieren auch. Die Sicht nach hinten war noch schlechter als nach vorne, wie ihm ein Blick in den Rückspiegel sagte. Ein Stück weiter geradeaus glaubte er eine Abzweigung in einen weiteren Waldweg zu sehen. Vielleicht konnte er ihn für ein Wendemanöver nutzen. Breuer gab Gas. Der Wagen zog an, ruckelte jedoch plötzlich. Er ignorierte es. Die vermeintliche Abzweigung entpuppte sich als Irrtum. Es handelte sich lediglich um eine Lücke zwischen den Bäumen. Breuer fuhr weiter, das Ruckeln im Motorraum wurde stärker. Verdammt!

Auf einmal brach ihm der Schweiß aus. Wenn jetzt der Wagen versagte, war er völlig aufgeschmissen. Er wusste nicht, wo er war und wie lange er schon unterwegs war, und ein hektischer tastender Griff zu seinen sämtlichen Taschen bestätigte ihm, was eigentlich klar war. Er hatte weder sein Handy noch seinen Geldbeutel mitgenommen bei seinem überstürzten Aufbruch. Rechts des Weges tauchte eine Einbuchtung auf, und Breuer erkannte einen Rastplatz für Wanderer. Hier gab es eine Bank, einen Gedenkstein mit verwitterter Inschrift und einen Holztrogbrunnen, wie man ihn oft im Gebirge sah. Vor allem aber sah er vor der Bank genügend Platz, um mit ein wenig Geschick den Wagen zu wenden. Er lenkte nach rechts und stand schon halb auf dem Rastplatz, als der Wagen vorne links abrutschte.

Breuer gab Gas, die Reifen drehten durch, der Wagen neigte sich mit der linken Seite des Motorraums tiefer und bewegte sich keinen Zentimeter von der Stelle. Breuer umklammerte das Lenkrad. Es konnte doch nicht sein, dass er nun im Schlamm feststeckte! Er hatte nicht bedacht, in welchem Zustand das Erdreich nach dem tagelangen Regen sein mochte. Erneut gab er Gas, in einem verzweifelten Versuch, sich aus dem Schlamassel zu befreien, in das er sich gebracht hatte. Der Motor stotterte und soff ab. Breuer zitterte von Kopf bis Fuß, sein Puls jagte, und sein Herz pochte gegen die Rippen. Er saß fest. Er saß komplett fest, und der Wagen hatte auch einen Schaden, er musste vermutlich abgeschleppt werden.

Wie in Trance zog er den Zündschlüssel ab. Er hatte nicht einmal eine Uhr dabei, doch es war wahrscheinlich irgendwann am Vormittag. Er öffnete die Fahrertür und stieß gegen einen Wurzelstock. Die Tür ging nur einen Spaltbreit auf. Mühsam quetschte er sich aus dem Wagen. Hätte er ein paar Kilo mehr gehabt, hätte er über die Beifahrerseite aussteigen müssen. Er drückte die Tür wieder zu. Der Wagen stand tiefer im Morast, als er vermutet hatte. Der linke Vorderreifen war bis zur Hälfte eingesunken, Schlammspritzer verteilten sich über den Kotflügel und die Tür.

Es war nicht zu fassen. Gestern Vormittag um die gleiche Zeit war sein größtes Problem der anstehende Zahnarzttermin gewesen. Er ging nicht gerne zum Arzt und zum Zahnarzt schon gar nicht.

Für einen Moment konzentrierte er sich auf seinen Backenzahn, doch der gab Ruhe, nur die Einstichstellen für das Betäubungsmittel am Zahnfleisch waren noch immer wund. Breuer trat vom Rastplatz auf den geschotterten Waldweg. Die Stille um ihn herum war unheimlich, nur hin und wieder knackte ein Zweig oder raschelte etwas im Laub. Das mochten kleinere

Tiere sein, beruhigte er sich. Es war kalt. Er zog den Reißverschluss seiner Jacke hoch.

Aus einem ersten Impuls heraus wollte er sich nach links wenden, um zu Fuß die Strecke zurückzugehen, die er gekommen war. Doch er war, soweit er sich erinnern konnte, ziemlich lange durch die Einsamkeit gefahren, ehe er das Waldstück erreicht hatte. Vielleicht sollte er in die andere Richtung laufen. Bestenfalls kam er auf dem Weg schneller aus dem Wald wieder heraus, und vielleicht stieß er sogar auf ein paar Häuser und konnte von dort aus telefonieren.

Unvermittelt durchzuckte ihn ein neuer Schreck. Er hatte der Herbich versprochen, an ihrer Stelle in Bereitschaft zu stehen, für die Fahndungssache Weidenberg. Nun war er nicht erreichbar. Er verdrängte die neue Missliebigkeit. Daran ändern konnte er im Augenblick ohnehin nichts. Im besten Fall ging der Flüchtige den Kollegen ins Netz und wurde in die JVA überstellt, und von der Kripo wurde gar niemand gebraucht. Breuer schob die Hände in die Jackentaschen und machte sich auf den Weg.

6

Kristina schaltete den Staubsauger aus, zog den Stecker aus der Dose und trat auf den Schalter für die Einroll-Automatik des Kabels. Wie eine sich windende Schlange schlug das Kabel hin und her und verschwand in hohem Tempo und mit einem surrenden Geräusch im Inneren des Staubsaugers. Sie schob das Gerät in die Abstellkammer und schloss die Tür. Nun wollte sie noch rauswischen, das Bett frisch beziehen, die Wäsche waschen und einkaufen. So gründlich hatte sie sich schon lange nicht mehr durch ihre Wohnung gearbeitet.

Aus den Augenwinkeln sah sie, dass das Display ihres Handys, das auf dem Schuhschrank im Flur lag, verlosch. Sie hatte wohl einen Anruf oder eine Nachricht verpasst. Vielleicht war es Philipp, der ihr einen Gruß schickte. Sie ging nachsehen. Statt einer Nachricht von Philipp meldete das Mobiltelefon drei verpasste Anrufe von Willbrandt. Ihr Magen zog sich zusammen. Das hieß, es war etwas passiert, und ihr würde nichts anderes übrig bleiben, als ihn zurückzurufen. Alles in ihr rebellierte dagegen.

»Frau Herbich! Endlich! Wo stecken Sie denn? Ich habe schon mehrfach versucht, Sie zu erreichen«, empörte sich ihr Vorgesetzter.

»Ich weiß. Tut mir leid. Ich war beim Staubsaugen.«

»Ihr Putzeifer in allen Ehren. Aber wir hatten ausgemacht, dass Sie erreichbar sind, falls Breuer nicht verfügbar ist«, regte sich Willbrandt auf.

Kristina lag augenblicklich Protest auf der Zunge. Das hatte sie anders in Erinnerung. Willbrandt hatte ihr zugestanden, die Bereitschaft an Breuer zu übergeben, was sie getan hatte. Danach durfte sie in ihr Wochenende gehen. Doch das war jetzt nicht der Punkt. Offenbar war etwas vorgefallen, und Breuer war nicht erreichbar. Das war sehr ungewöhnlich. Sie kannte ihn als derart zuverlässig, dass es schon an Perfektionismus grenzte und sie so manches Mal während ihrer bisherigen Zusammenarbeit verstimmt hatte, zeigte es ihr doch ihre eigenen Schwächen auf.

»Ich habe gestern noch länger mit Herrn Breuer telefoniert und ihn informiert. Er hat zugesagt, über das Wochenende einsatzbereit zu sein«, verteidigte sie sich.

»Er hört aber nicht. Im Park der Eremitage ist eine alte Dame überfallen worden, heute in den frühen Morgenstunden. Etwa um fünf Uhr. Ihrer Beschreibung nach ist zumindest nicht auszuschließen, dass es Weidenberg war.«

Kristina ging, mit dem Handy am Ohr, in ihr Wohnzimmer und setzte sich auf den Rand des Sofas.

»Um fünf Uhr? Warum geht sie zu der nachtschlafenden Zeit durch einen kaum beleuchteten Park?«, fragte sie und klemmte den Hörer zwischen Schulter und Ohr, um nebenher die Sofakissen aufzuschütteln. Mit dem schmalen, glatten Gerät war das schwierig. Fast wäre ihr das Telefon dabei entglitten. Sie gab den Versuch auf, nebenbei noch etwas anderes zu tun, und hielt das Handy wieder mit der Hand.

»Sie hat einen betagten Dackel mit Darmverstimmungen. Ihrer Aussage nach war es eben nötig«, erläuterte Willbrandt.

»Wurde sie verletzt?«

Kristina sah geringstenfalls ein paar Stunden ihres Wochenendes schwinden. Entweder sie machte sich auf die Suche nach Breuer, oder sie übernahm die Ermittlungen hinsichtlich des Überfalls, was zumindest eine Befragung der alten Dame bedeutete.

»Sie hat ein paar Prellungen, und ihr Knie ist verstaucht und ein Handgelenk wohl auch, und den Nacken hat sie sich gezerrt. Er muss recht rabiat vorgegangen sein, das passt ja zu Weidenberg. Er hat sich von hinten angeschlichen und wollte ihr die Tasche entreißen. Die trug sie aber mit einem Riemen quer über den Oberkörper. Das machen ja eigentlich mehr die jungen Frauen. Ältere Damen tragen ihre Taschen eher über dem Arm. Wobei ich sowieso nicht verstehe, warum sie das Ding zum Gassigehen mitgenommen hat. Die reinste Einkaufstasche, ihrer Beschreibung nach. Also, von der Größe her, meine ich. Jedenfalls hat sie einen Heidenschreck gekriegt, und der Dackel hat erfolglos versucht, den Angreifer ins Bein zu beißen. Der hat sich förmlich an der Tasche festgekrallt und Frau Hubschmied, so heißt sie, das Teil brutal entrissen und sie zu Boden gestoßen. Dann ist er im Dunkeln verschwunden.«

»Wie konnte sie den Täter insoweit beschreiben, dass wir annehmen können, es war Weidenberg?«

»Ein Jogger mit einer Stirnlampe hat den Dackel und die Schreie von Frau Hubschmied gehört und sich in die entsprechende Richtung gewandt. Der Lichtkegel hat den Täter erfasst, ehe er zwischen den Bäumen verschwunden ist. Frau Hubschmied und der Jogger, er heißt Paul Vogl, sind sich in ihrer Beschreibung recht einig. Leider hatten weder die Hubschmied noch der Jogger ein Handy dabei. Die Hubschmied besitzt gar keines, ihrer Aussage nach. Jedenfalls ist wertvolle Zeit vergangen, bis sie Meldung bei uns gemacht haben. Es sind sofort Beamte losgeschickt worden, um den Bereich weitläufig zu durchkämmen, aber bisher ohne Ergebnis. Was ist denn nun mit Breuer?«

»Ich habe keine Ahnung. Ich kümmere mich darum.« Der letzte Satz kostete sie größte Überwindung. Im besten Fall hatte ihr Mitarbeiter lediglich sein Handy verschusselt, was allerdings überhaupt nicht zu ihm passte.

»Machen Sie das und informieren mich wieder«, wies Willbrandt sie an. »Zeitnah!«, ergänzte er und beendete das Gespräch.

Aufgebracht warf Kristina ihr Telefon auf das Sofa. Auch wenn Philipp erst mitten in der Nacht zu erscheinen gedachte, so wollte sie sich doch in Ruhe auf seinen Besuch vorbereiten und nicht jetzt, von einem Moment auf den anderen, ihre privaten Belange fallen lassen, um Willbrandts Anweisungen nachzukommen.

Erneut läutete ihr Handy, und wieder war es Willbrandt. Was wollte er jetzt noch?

»Ja?«, fauchte sie in das Telefon und schluckte erschrocken. Immerhin war er ihr Vorgesetzter.

»Mir fällt gerade noch was zu Weidenberg ein. Haben Sie daran gedacht zu überprüfen, ob er in der JVA Kontakte geknüpft hat? Ich meine, freundschaftlicher Art. Vielleicht zu jemandem, der zwischenzeitlich entlassen wurde. Dann könnte er dort untergekrochen sein.«

Ihr barscher Ton war ihm anscheinend nicht aufgefallen.

»Ja. Ich hatte Breuer darum gebeten«, sagte sie.

»Nun gut. Aber er ist ja scheinbar nicht verfügbar. Vergessen Sie den Punkt nicht.« Willbrandt verabschiedete sich.

Ungehalten tastete Kristina auf der Ablage unter dem Wohnzimmertisch nach ihrem Adressbuch. Darin hatte sie eine Festnetznummer von Breuer und dessen Lebensgefährten notiert, die er ihr vor Längerem für Notfälle genannt hatte. Anlass war damals ein Defekt am Akku von Breuers Handy gewesen. Willbrandt hatte es sicherlich schon mehrfach und mit zunehmender Ungeduld und Reizbarkeit auf dem Mobiltelefon des Kollegen versucht, von daher wollte sie ihn gleich auf dem Festnetz anrufen.

Sie ließ es klingeln und zählte die ausgehenden Rufe. Niemand hob ab. Das war doch nicht möglich. Sie probierte es nun doch auf Breuers Handy, aber auch hier meldete er sich nicht. Ratlos betrachtete sie ihr Telefon. Ihr blieb nichts anderes übrig, als diese Frau Hubschmied zu befragen, um Willbrandt zufriedenzustellen, und es weiterhin bei Breuer auf beiden Rufnummern zu probieren. Sie konnte auch bei ihm zu Hause vorbeifahren, doch davon versprach sie sich nichts. Ging niemand ans Telefon, war wohl auch niemand daheim. Ihr fiel ein, dass Willbrandt ihr keine Adresse von der alten Dame gegeben hatte. Ihr war absolut nicht danach, ihn noch einmal anzurufen. Stattdessen schrieb sie ihm eine WhatsApp-Nachricht. Willbrandt schrieb umgehend zurück und teilte ihr die Anschrift mit. Tilda Hubschmied wohnte in der Eremitagestraße, die nur wenige Schritte vom Park der Eremitage entfernt lag.

Kristina ging in den Flur, zog ihre Schuhe an und den dunklen Wollmantel, der an der Garderobe hing, und griff nach ihrer Handtasche. Sie war schon fast an der Wohnungstür, als sie wieder umkehrte. Wenigstens ihren Einkaufszettel würde sie mitnehmen, dann konnte sie auf dem Rückweg gleich einkaufen gehen.

Die Parkplatzsuche im Bereich der Eremitagestraße gestaltete sich schwieriger als erwartet, und Kristina stellte ihren Wagen schließlich auf dem Parkplatz ab, der zum Park gehörte. Dies bedeutete, sie musste etwa hundert Meter zur Adresse der alten Dame laufen. An sich nicht schlimm, trotz des miesen Novemberwetters, doch ihr drängte schließlich die Zeit.

Tilda Hubschmied wohnte in einem schmalen Einfamilienhaus mit Sprossenfenstern und einer altrosa gestrichenen Fassade. Aufgeregtes Kläffen war hinter der Haustür zu hören, nachdem Kristina geklingelt hatte. Frau Hubschmied öffnete so schnell, als hätte sie hinter der Tür gewartet. Neben ihr stand ein Dackel mit kurzem Fell, grauen Haaren um die Schnauze und reichlich Übergewicht. Kristina musste an Dackel Arno denken, den Hund ihres Onkels Johan Kunze. Arno mochte sieben oder acht Jahre alt sein, so genau wusste sie das nicht. Er war sehr viel schlanker als dieser Hund hier, und er hatte auch keine grauen Haare, aber er war genauso bellfreudig.

»Otto, aus!«, fuhr die Frau den Hund an.

Widerwillig brach der Dackel ab und grummelte stattdessen vor sich hin. Auch das erinnerte sie an Arno, und dabei fiel Kristina ein, dass sie sich schon wieder eine ganze Weile nicht bei ihrem Onkel gemeldet hatte. Das war dringend nachzuholen.

»Frau Hubschmied? Guten Tag. Mein Name ist Kristina Herbich, ich bin von der Kripo.« Sie hielt ihr ihren Ausweis entgegen.

»Schon gut, schon gut. Kommen Sie herein, ich habe schon auf Sie gewartet«, antwortete die alte Dame. Sie war etwa so groß wie Kristina, jedoch sehr hager, trug einen äußerst akkuraten Kurzhaarschnitt und einen vermutlich selbst gestrickten

Pullover aus dünner orangefarbener Wolle zu einem grauen Rock.

»Wir gehen ins Wohnzimmer«, sagte Frau Hubschmied.

Sie humpelte voran, stöhnte dabei, als bereite ihr das Laufen große Schwierigkeiten, und Dackel Otto watschelte an ihrer Seite mit. Das Wohnzimmer war klein und eng und randvoll. Randvoll mit allem, was ein Leben ausmacht, dachte Kristina und blickte sich rasch um. Sie sah Biedermeiermöbel, Häkeldeckchen, unzählige Bilderrahmen, vermutlich mit Familienfotos, und jede Menge Dekorationsgegenstände, wie Porzellanfiguren, kleine Vasen mit Kunstblumensträußen und eine Sammlung von Puppen mit Porzellanköpfen.

»Bitte, setzen Sie sich«, forderte Frau Hubschmied sie auf und zeigte zu einem unbequem wirkenden Stuhl mit rosa Polsterung, der schräg zum Sofa stand. Sie selbst nahm auf der Couch Platz und streckte dabei das rechte Bein mit schmerzverzerrter Miene von sich. Um ihr Knie trug sie eine Bandage. Mit einem vernehmlichen Ächzen legte sich Dackel Otto zu ihren Füßen auf den bunten Teppich.

»Frau Hubschmied, es geht um den Überfall heute Morgen. Erzählen Sie mir bitte, wo und wie es passiert ist«, bat Kristina. Auf der Stirn der alten Frau sah sie eine Schramme. Ihr Blick ging zum Handgelenk. Auch da hatte sie eine Abschürfung, trug jedoch keinen Verband.

Frau Hubschmied winkte ab.

»Das hab ich schon Ihren Kollegen erzählt. Was ist denn nun mit meiner Handtasche?«

»Soweit ich weiß, wurde sie bislang nicht gefunden. Was hatten Sie alles bei sich?«

»Nicht viel, aber es ist schon sehr ärgerlich. Ich brauche doch immer Tütchen, wenn Otto was fallen lässt, Sie wissen schon. Und ein paar Leckerchen, das ist er so gewöhnt. Meinen Haustürschlüssel hatte ich glücklicherweise in der Manteltasche.«

»Hatten Sie Geld oder sonstige Wertgegenstände dabei?«

»Im Seitenfach hab ich immer paar Münzen. Früher hat

man ja manchmal Telefongeld gebraucht, für die Fernsprecher, wenn mal was war. Das hab ich noch so drinnen. Und Taschentücher und paar Bonbons, meine Lieblingssorte. Himbeer-Sahnecreme. Die bestell ich immer im Internet, ich wüsste gar nicht, wo man die in Bayreuth kaufen kann. Und meine Bonbondose. Um die ist es mir wirklich leid. Die habe ich von meinem Neffen bekommen. Er hat meine Initialen eingravieren lassen. Meinen Sie, ich bekomme die wieder?«

»Ich muss Sie bitten, mir noch einmal zu erzählen, was passiert ist, auch wenn Sie schon mit meinen Kollegen darüber gesprochen haben«, wich Kristina der letzten Frage aus.

Sie vernahm ein klingelndes Geräusch, und gleich darauf ertönte ein »Kuckuck«, mehrfach hintereinander. Über dem Sofa, auf dem Frau Hubschmied saß, hing eine Kuckucksuhr, allem Anschein nach aus Plastik. Ein winziger Vogel war aus einem kleinen Fenster geschnellt und wippte während der Rufe auf und ab. Zwölf Uhr. Sie hatte Hunger, und der Tag drohte ihr unter den Händen zu zerrinnen. Und hier, in der Enge des mit altmodischem Kram überladenen Wohnzimmers, bekam sie kaum Luft.

»Ich sage Ihnen, er war es«, antwortete Frau Hubschmied. Sie zog hinter einem Sofakissen den Nordbayerischen Kurier hervor, die Tageszeitung für Bayreuth und Umgebung. Auf dem Titelblatt war das Fahndungsfoto von Herbert Weidenberg zu sehen.

»Er sah genau so aus, wie es hier steht«, versicherte Tilda Hubschmied und tippte auf den Text unter dem Foto. Kristina überlegte, ob es Sinn machte, sie ein drittes Mal darum zu bitten, ihr den Überfall zu schildern.

»Otto hat am Wegrand geschnüffelt. Ich gehe ja immer nur paar Schritte den Hauptweg, Otto ist nicht mehr so gut zu Fuß. Meine Taschenlampe habe ich auch immer mit dabei um die Zeit. Plötzlich hör ich jemand rennen und schnaufen, und dann packt mich der auch schon am Arm. Ich habe den Schrecken des Todes bekommen!« Sie schlug sich mit der flachen Hand gegen die Brust. »Er hat am Riemen von meiner Tasche gezerrt und gerissen, ich habe mir das Genick verrenkt, so grob war der. Otto hat mich verteidigt, aber er hat doch nur noch seine Backenzähne. Die Taschenlampe ist mir auch runtergefallen, und dann kam der Jogger. Weidenberg hat es geschafft, mir die Tasche zu entreißen, dabei bin ich gestürzt. Das hat richtig wehgetan, ich dachte schon, ich hätte mir sämtliche Knochen gebrochen, und in meinem Alter kann das das Ende sein. Der Kerl ist weggerannt. Mit meiner Tasche!« Aufregung und Empörung ließen ihre Nasenflügel zittern.

»Hat der Täter etwas gesagt?«, fragte Kristina.

»Kein Wort, nee.« Sie tippte mit einem Finger auf das Fahndungsfoto. »Aber er sah so aus, wie es hier steht. Die Brille, die Haare und so. Größe und Gewicht auch, ja.«

Sie musste hier raus. Diese Befragung führte zu nichts. Die alte Dame konnte ihrer Einschätzung nach in der Dunkelheit und in der Schnelligkeit, in der der Überfall passiert war, wohl kaum beurteilen, ob die Beschreibung in der Tageszeitung auf den Täter passte. Vermutlich spielte ihr die Phantasie einen Streich.

»Das kann auch der Jogger bezeugen«, fuhr Frau Hubschmied fort.

Den musste sie auch noch befragen, ging es Kristina durch den Kopf. Auch hier hatte sie keine Adresse, doch da konnte Willbrandt bestimmt behilflich sein.

»Gut, Frau Hubschmied. Vielen Dank für Ihre Aussage und gute Besserung«, sagte Kristina und stand auf.

Stöhnend und mit schmerzverzerrtem Gesicht tat die alte Dame es ihr gleich.

»Ich kann nicht mal stricken.« Anklagend reckte Tilda Hubschmied ihr das Handgelenk entgegen. »Ich habe eine Salbe bekommen, wegen der Schmerzen. Es kann aber paar Tage dauern, hat die Frau Doktor gesagt. Trotzdem habe ich richtig Glück gehabt, nicht wahr?«

»Ja, das stimmt«, erwiderte Kristina.

»Wie geht denn das jetzt weiter? Gibt es eigentlich eine Belohnung, wenn der Weidenberg gefasst wird? Ich meine, ich habe doch jetzt dazu was sagen können, oder nicht?« Erwartungsvoll sah sie sie an.

»Von einer Belohnung weiß ich nichts«, antwortete Kristina.

»Aber wenn es eine gibt?«, drängte die alte Dame.

»Wir halten Sie auf dem Laufenden«, versprach Kristina. Nichts wie raus hier.

Keine Minute später eilte sie zu ihrem Auto und öffnete es mit der Fernbedienung, als sie noch meterweit entfernt stand. Ihr fehlte die Geduld, Willbrandt die nächste Nachricht zu schreiben wegen der Adresse des Joggers, und so rief sie ihn an, kaum dass sie im Auto saß. Diesmal dauerte es, ehe ihr Chef sich meldete.

»Hallo, Frau Herbich, gibt es neue Erkenntnisse?«, fragte er und klang kurzatmig. Sie hatte ihn wohl bei irgendetwas gestört.

»Hallo, Herr Willbrandt, nein, nichts. Ich glaube auch ehrlich gesagt nicht, dass der Handtaschendieb und Weidenberg identisch sind. Die Hubschmied hatte die Tageszeitung da, mit dem Fahndungsfoto, und ich denke, sie hat sich da was zusammengebastelt. Es macht ja auch keinen Sinn. Weidenberg ist wahrscheinlich längst nicht mehr in der Stadt. Warum sollte er im Morgengrauen jemand überfallen und damit die Aufmerksamkeit auf sich ziehen? Der schaut doch, dass er fortkommt.«

»Da bin ich ganz Ihrer Meinung. Trotzdem müssen wir solchen Hinweisen natürlich nachgehen«, erwiderte Willbrandt.

»Ja, sicher. Ich befrage jetzt noch den Jogger. Ich brauche seine Adresse«, sagte sie.

»Was ist mit Breuer?«, forschte Willbrandt. »Ich muss sagen, ich mache mir Gedanken. Er ist doch absolut zuverlässig.«

»Ich kann nicht alles gleichzeitig erledigen«, entgegnete sie ungeduldig.

»Schon klar. Der Jogger wohnt in Seulbitz. Moment, ich muss nachsehen. So, da hab ich es.«

Von der Eremitage bis zur genannten Adresse in Seulbitz war es nicht weit. Theoretisch konnte sie hinlaufen. Das war sinnvoller, als vor Ort wieder am Parkplatz zu scheitern. Kristina stieg aus ihrem Auto.

Zwanzig Minuten später stand sie vor der genannten Adresse. Die Strecke bis dorthin war doch länger gewesen, als sie gedacht hatte. Als auch nach dem dritten Läuten niemand öffnete, machte sie sich genervt auf den Rückweg. Inzwischen war es nach ein Uhr. Sie hatte noch immer nicht eingekauft, in der Wohnung war auch noch viel zu tun, und mittlerweile war ihr ganz schwach vor Hunger. Eine doppelte Portion Nudeln mit Bolognesesoße wäre ihr jetzt gerade recht gewesen. Dabei fiel ihr Breuer wieder ein. Er mochte auch gern Bolognesesoße, bereitete sie jedoch mit Tofu zu. Er war Vegetarier. Sie hatte ihre Zweifel, dass eine Tofu-Nudelsoße überzeugend schmeckte. Doch darüber war mit Breuer nicht zu diskutieren. Er wollte etwas für das Tierwohl und den Umweltschutz tun.

Ein ehrenwerter Gedanke, fand Kristina, die seit einigen Gesprächen mit ihm zu dem Thema häufig das Gewissen plagte, weil sie nicht die Absicht hatte, auf Fleisch und Wurst zu verzichten. Im Moment jedenfalls nicht.

Sie beschloss, ihren Einkauf auf den späten Nachmittag zu verschieben und, ehe sie nach Hause fuhr, doch noch in der Saas am Südlichen Ringweg vorbeizusehen. Je länger der Kollege nicht erreichbar war, umso unruhiger wurde sie.

7

Er hätte beim besten Willen nicht sagen können, wie lange er den Waldweg schon entlanggelaufen war. Allmählich spürte er die klamme Kälte nicht mehr so sehr. Aber er hatte Hunger und Durst und Kopfschmerzen und keinerlei Zeitgefühl mehr. Irgendwann musste der Weg doch irgendwohin führen.

Nach einer gefühlten Ewigkeit lichtete sich der Wald, und plötzlich sah er ein Stück Wiese, über der noch immer der Nebel hing. Die Sicht erschien ihm mittlerweile etwas besser, aber vielleicht hatte er sich auch nur an die watteartigen Schwaden gewöhnt. Breuer lief schneller, und plötzlich stand er am Waldrand. Soweit er die Landschaft erkennen konnte, gab es hier sanfte Hügel, Felder und Wiesen. In einer Senke sah er ein Haus, augenblicklich machte sein Herz einen Sprung, und für Sekunden war er erleichtert. Endlich, Gott sei Dank. Von hier aus konnte er bestimmt telefonieren. Er brauchte ein Taxi, um nach Hause zu kommen, er musste der Herbich Bescheid sagen, dass er eine Autopanne hatte, und er musste seine Werkstatt verständigen, damit sein Wagen aus dem Schlamassel gezogen und repariert wurde. Doch eins nach dem anderen, zuerst das Taxi.

Breuer machte sich auf den Weg zu dem Haus. Es war von gedrungener Bauweise, aber relativ groß, rechts davon gab es zwei weitere Gebäude, die sich beim Näherkommen als Scheunen entpuppten. Wahrscheinlich handelte es sich um einen Bauernhof. Je näher er kam, umso mehr beschlich ihn das dumpfe Gefühl, dass der Hof verlassen war. Ihm war bewusst, dass das täuschen konnte, und er lief weiter, direkt darauf zu, wobei er quer über den nassen Rasen musste. Hinter sämtlichen der kleinen Fenster war es dunkel, nirgends regte sich etwas. Er sah keinen Hofhund, erspähte keine Katze, nirgends parkte ein Auto oder stand ein Fahrrad. Reglose Stille lag über dem Anwesen, und plötzlich überfiel ihn Beklemmung. Er blieb stehen und ließ den Blick über das Gehöft gleiten. Hier war etwas unheimlich, oder nicht? Er verharrte auf der Stelle. Hinter sich wusste er den Wald, vor sich sah er den Bauernhof, und außen herum befand sich vermutlich weitläufige, unbebaute Landschaft, verdeckt von Nebelschwaden.

Hier war gar nichts unheimlich, nur seine Nerven lagen blank, und das war ja auch kein Wunder. Vielleicht waren die Bewohner unterwegs, zum Einkaufen oder so, und er brauchte Hilfe. Notfalls musste er eben warten, bis jemand zurückkam. Breuer setzte sich wieder in Bewegung. Nun hatte er das Gebäude fast erreicht. Nur wenige Meter davor gab es eine schmale geteerte Straße, die nach geschätzten fünfzig Metern vom Nebel verschluckt wurde. Feine Schottersteinchen knirschten unter seinen Schuhen.

Breuer näherte sich der niedrigen Haustür. Neben einer verwittert aussehenden Klingel seitlich des Türrahmens hing ein getöpfertes Schild mit einem unleserlichen Schriftzug, vermutlich dem Namen der Bewohner. Er drückte auf die Glocke, die im ersten Moment nicht nachgeben wollte. Er übte ein wenig mehr Druck aus. Nun verschwand der Knopf in der Tiefe und blieb hängen. Überraschend deutlich vernahm er von innen das Läuten, das er ausgelöst hatte, und dieses Läuten hörte nicht mehr auf. Erschrocken presste er den Finger erneut auf den Knopf, um ihn wieder zu lösen. Erleichtert spürte er, wie er nachgab, und das Geräusch verstummte. Er wartete, doch niemand öffnete. Er zögerte, erneut zu klingeln, und tat es schließlich doch. Diesmal klemmte der Knopf nicht, aber auch im Haus regte sich nichts. Ihn verließ der Funken Hoffnung, den er versucht hatte, am Leben zu halten. Das Haus war doch verlassen. Die Wahrscheinlichkeit, dass er über ein Fenster oder eine Tür hineinkam und gar noch einen funktionierenden Telefonanschluss fand, ging wohl gen null. Er konnte jetzt die Straße entlanglaufen, die ja irgendwohin führen würde, oder er umrundete einmal das Haus. Vielleicht war ja auch jemand dahinter mit irgendwas beschäftigt.

Er wusste, dass er sich etwas vormachte. Hier war niemand, nur aufgeben wollte er so rasch auch nicht. Breuer wandte sich nach rechts und versuchte, durch die fast blinden Fenster ins Haus zu spähen. Ein fadenscheiniger Vorhang versperrte ihm die Sicht, auf dem Fensterbrett stand eine Grünpflanze. Er stutzte. Die Pflanze kämpfte zwar offensichtlich um ihr Dasein, aber sie hatte noch grüne Blätter. Es musste sie also jemand gießen, zumindest gelegentlich, und das wiederum hieß, das Haus war doch nicht verlassen.

Er ging hinter das Gebäude. Dort gab es einen großen, verwilderten Gemüsegarten. Er sah Beete mit Wirsing, Kohlrabi, Lauch und roter Bete, alles in kümmerlichem Zustand. Hier, auf der rückwärtigen Seite des Anwesens gab es eine weitere Tür, mit grünem Anstrich, der abblätterte. Möglicherweise befand sich dahinter die Küche des Hofes. Früher waren die Häuser auf dem Land so gebaut worden, dass man von der Küche gleich in den Nutzgarten kam. Zu beiden Seiten der Tür gab es auch hier niedrige kleine Fenster.

Erneut versuchte Breuer ins Haus zu sehen. Links und rechts der trüben Scheiben hingen Vorhangschals. Er erkannte die Umrisse eines großen Tisches, einen Ofen und eine niedrige Zimmerdecke, von dicken Holzbalken durchzogen. Auf dem Tisch standen ein Teller und eine Tasse, direkt auf der Holzplatte lag ein unförmiger brauner Klumpen, der ihn an ein Brot erinnerte, daneben lag ein großes Messer.

Breuer drückte die rostige Türklinke herunter und erschrak, als die Tür mit einem knarrenden Geräusch nach innen aufging. Abgestandene, muffige Luft schlug ihm entgegen, und unerwartet überlief ihn ein Frösteln. Stimmte hier etwas nicht, oder war er komplett überreizt ob der Situation? Er wollte »Hallo« rufen, um sich bemerkbar zu machen, doch das Wort blieb ihm im Hals stecken. Wozu auch, es hatte ja schon auf sein Klingeln niemand reagiert. Behutsam schob er die Tür weiter auf. Etwa zwei Meter neben dem Ofen gab es eine weitere roh gezimmerte Tür, deren Zargen aus dicken Holzbrettern bestanden, und nahe dieser Tür hing, an der Wand, ein Telefon mit speckigem grauen Plastikgehäuse. Breuer konnte es kaum glauben.

Er betrat die Küche, schloss sacht die Tür hinter sich und eilte zu dem altmodischen Apparat, der noch eine Wählscheibe besaß. Der Hörer lag quer oben auf dem Telefon. Er griff danach und spürte, wie er sich mit einem sachten Ruck von der Gabel löste. Fettige Dämpfe hatten die Teile miteinander verklebt. Ein Freizeichen ertönte nicht. Vor Enttäuschung fühlte er sich ganz schwach, und unvermittelt schnürte es ihm die Kehle zu.

Was passierte hier gerade in seinem Leben? Ein Unglück schien das nächste nach sich zu ziehen. Dennis betrog ihn, und das wohl schon seit Längerem. Er hatte überstürzt das Haus verlassen, um Abstand zwischen ihn und sich und sämtliche unerträglich schmerzhaften Erkenntnisse zu bringen, wobei er sein Handy zu Hause hatte liegen lassen. Und dann hatte er seinen Wagen, der zudem noch irgendein zusätzliches Problem unter der Motorhaube hatte, im Matsch festgefahren.

Nun stand er auf diesem Bauernhof, der einerseits verlassen wirkte, andererseits aber doch einen Bewohner haben musste. Einen Bewohner, der hier aß und trank, ein wenig im Gemüsegarten Hand anlegte, aber im Augenblick nicht hier war. Oder sich nicht blicken ließ. Er bekam eine trockene Kehle. Vielleicht gab es in einem anderen Raum ein funktionierendes Telefon. Im Wohnzimmer oder im Flur oder in einem Schlafzimmer, neben einem Bett.

Breuer öffnete vorsichtig die Tür, die aus der Küche ins Haus führte. Er stand in einem düsteren, schmalen Flur. An einer Garderobe hing eine Vielzahl von Jacken, dicht übereinander, darunter standen mehrere Paar Schuhe, allesamt uralt, abgewetzt und unmodern und teilweise verschlissen. Etliche weitere Türen gingen von der Diele ab, eine davon war deutlich schmaler als die anderen. Ein Telefon sah er nirgends. Er öffnete die erste Tür zu seiner linken Seite, und fassungsloses Grauen packte ihn.

8

Kristina hatte sich bei der Metzgerei in der Nürnberger Straße unweit ihrer Adresse eine Currywurst mit Pommes geholt. Nun saß sie in ihrer Wohnung am Küchentisch und schlang gierig die fettige Mahlzeit hinunter. Sie musste mit Willbrandt sprechen, aber zuerst brauchte sie etwas zu essen. Wenn der Samstag so weiterging, konnte sie froh sein, wenn sie vor Philipps Eintreffen noch zum Duschen kam. Das Bett war auch noch nicht bezogen, vom Einkaufen ganz zu schweigen. Ihr Handy läutete, als sie eben das letzte Stück ihrer Currywurst verspeisen wollte. Auf dem Display sah sie Willbrandts Namen. Sie legte ihre Gabel beiseite und nahm das Gespräch an.

»Hallo, Chef. Eben wollte ich Sie auch anrufen«, begrüßte sie ihn. »Der Jogger war nicht zu Hause …«

»Vergessen Sie den Jogger, Frau Herbich. Wir haben den Handtaschenräuber, und auch die Tasche von Frau Hubschmied wurde inzwischen gefunden«, informierte Willbrandt sie.

»Wie das jetzt?« Kristina lehnte sich in ihrem Küchenstuhl zurück und zog einen Fuß unter den Oberschenkel.

»Die Tasche lag in dem kleinen Fluss, der unten am Park der Eremitage entlangfließt. Sie wissen schon, von dort aus ist es nicht mehr weit bis Seulbitz. Wissen Sie, wo ich meine?«

»Ich denke, ja.«

Sprach er vom Roten Main? Verlief der hinter der Eremitage? Wahrscheinlich schon. Geografie hatte sie bereits in der Schule gelangweilt. Kristina beschloss, ihre unsichere Sachkenntnis für sich zu behalten. Am Ende irrte sie sich mit dem Namen des Gewässers, und irgendwann bekam Willbrandt das mit, und sei es durch Breuer, der ein solides Allgemeinwissen hatte. Das wäre schon peinlich, auch wenn er selbst überfragt schien, wie der Wasserlauf hieß. Sie betrachtete den Rest ihres Essens. Sie war noch überhaupt nicht satt, wagte aber auch nicht, sich das Stück Wurst in den Mund zu schieben, solange sie mit Willbrandt telefonierte.

»Und der Handtaschendieb ist natürlich nicht Weidenberg. Es ist ein fünfundzwanzigjähriger Arbeitsloser, der bei uns schon wegen diverser Diebstähle aktenkundig ist. Florian Fischer. Nachdem er bei der Hubschmied nichts erbeuten konnte, hat er vor ungefähr einer Stunde die nächste Frau überfallen, diesmal im Wald an der Hohen Warte. Sein Pech war, dass sie einen Gürtel in Judo hat und ihn ruckzuck außer Gefecht gesetzt hat. Sie hat dann auch gleich die Polizei verständigt.«

»Okay. Und der Typ hat zugegeben, auch die Hubschmied überfallen zu haben? Einfach so?«

»Nicht gleich. Aber er hatte eine kleine Dose bei sich mit Blümchen und Schnörkeln drauf, so richtig feminin. In der waren Bonbons. In den Deckel waren die Initialen ›T. H.‹ eingraviert. Erst wollte Fischer nicht raus mit der Sprache, wo er die Dose herhat. Aber dann hat ihn der Kollege Wegner vom Raubdezernat darauf hingewiesen, dass an der Schatulle die Fingerabdrücke der tatsächlichen Eigentümerin dran sein müssen und dass er den Verdacht hat, es könnte sich um die Dose von Tilda Hubschmied handeln. Die hat ja angegeben, was alles in ihrer Tasche war. Na ja, dann ist er eingeknickt.«

»Okay.«

Sie war nicht sicher, ob sie eher erleichtert war, weil sich damit nun die Befragung des Joggers erledigt hatte, oder frustriert, weil sie heute schon etliche Stunden von ihrem Wochenende mit der Arbeit zugebracht hatte, was sich jetzt als hinfällig erwies.

»Gibt's was Neues von Breuer?«

Die Frage hatte sie befürchtet, umso mehr, weil sie sich selbst zunehmend Gedanken machte.

»Nein. Ich habe ihn mehrfach versucht anzurufen, sowohl auf dem Handy als auch auf dem Festnetz. Es geht niemand ran.«

»Ich wusste gar nicht, dass er ein Festnetz hat. Geben Sie mir mal die Nummer, damit ich meine Unterlagen vervollständigen kann.«

Heißer Schrecken durchfuhr sie. Sie hatte zu viel gesagt. Das war Breuer mit Sicherheit nicht recht.

»Ich bin vorhin bei ihm zu Hause vorbeigefahren«, sprach sie eilig weiter. »Es hat niemand aufgemacht. Eine Nachbarin, die unmittelbar nebenan wohnt, sagt, sie glaubt, sie hätte heute Morgen eine hitzige Auseinandersetzung zwischen Breuer und seinem Lebensgefährten gehört. Es könnte auch der Fernseher gewesen sein, wobei sie aber meint, die beiden hätten den Fernseher normalerweise nie untertags an.«

»Das klingt nicht gut. Nicht, dass ich schwarzmalen will, aber … Wissen wir irgendwas über diesen Lebensgefährten?«, fragte Willbrandt.

»Ich weiß nur, dass er Dennis heißt. Mehr nicht«, gab sie zu. Willbrandts Sorge schürte ihre eigenen Bedenken.

»Sie arbeiten doch nun schon eine Weile zusammen. Hat er mal Verwandtschaft erwähnt oder Freunde? Kennen Sie Namen? Da könnte man mal nachfragen.«

Das heißt, *ich* könnte nachfragen, dachte Kristina.

»Spontan fällt mir niemand ein«, sagte sie.

»Denken Sie nach, Frau Herbich. Irgendwas stimmt hier nicht. Vielleicht hat er oder dieser Dennis auch einen Unfall gehabt. Dann liegt entweder er oder dieser Dennis in der Klinik, und der andere sitzt bei ihm. Sie verstehen, was ich meine? Da sollten Sie nachfragen. Stand sein Wagen vor dem Haus?«

»Nein, aber es gibt eine Garage. Reingesehen habe ich aber nicht«, antwortete sie. Das letzte Stück Currywurst war inzwischen sicher kalt. Doch bei Willbrandts Überlegungen verging ihr sowieso der Appetit.

»Breuer ist äußerst pflichtbewusst und zuverlässig. Die Situation gibt mir zu denken, Frau Herbich. Sehen Sie zu, dass Sie etwas herausbekommen.« Ihr Chef klang ernst, und Kristina überkam ein mehr als mulmiges Gefühl. »Wann kommt denn Ihr Freund?«, fuhr Willbrandt fort.

»Heute N… Abend.« Dass Philipp quasi mitten in der Nacht

zu erscheinen gedachte, um seinen leidigen Tanzkurs noch mitzumachen, musste ihr Vorgesetzter nicht wissen.

»So, hm. Dann ist ja noch ein wenig Zeit. Sagen Sie mir Bescheid, was auch immer Sie unternommen oder herausgefunden haben«, wies Willbrandt sie an.

»Mach ich«, versprach Kristina. Die Zusicherung kostete sie keine Überwindung. Mittlerweile war sie selbst zu beunruhigt, um die Angelegenheit zu verdrängen.

2007

Er war gerannt, bis er geglaubt hatte, in ihm würde etwas platzen, und er war sehr weit gelaufen. Lange, lange hatte er nicht gewagt, sich umzudrehen. Schließlich hatte er langsamer gehen müssen, weil er keine Luft mehr bekam und seine Beine ganz schwach geworden waren.

Inzwischen war es dunkel, und nun kauerte er in einer Ecke der langen überdachten Brücke. Die Brücke hatte ihm schon immer gefallen. Unter ihm rauschte Wasser. Neben der Brücke war das große Haus, in dem viele Autos standen. Von dem Autohaus ging ein gläserner Tunnel zu dem Einkaufshaus mit den vielen Geschäften. Das kannte er. Er war ab und zu mit Mama da gewesen. Sie sagte dann immer, dass er nichts anfassen durfte und dicht bei ihr bleiben sollte. Das letzte Mal war schon eine Weile her.

Er hatte Hunger und Durst, und ihm war kalt, obwohl es eigentlich Sommer war. Aber er hatte ja auch nur das T-Shirt an.

Der Vater war so wütend gewesen. So wahnsinnig wütend. So hatte er ihn noch nie erlebt, und er hatte furchtbare Angst gehabt. Jetzt traute er sich nicht mehr zurück. Er war auch gar nicht sicher, ob er den Heimweg wiedergefunden hätte. Vielleicht. Aber vielleicht auch nicht.

Ihm war danach zu weinen. Er zog die Beine an den Bauch. Müde war er auch. Sehr müde. Wenn es dunkel war, war es Zeit zum Schlafen. Aber sein Bett war weit weg, und bestimmt war der Vater immer noch wütend. Er hatte ihn angeschrien und gesagt, er sollte sich nie wieder blicken lassen. Es schnürte ihm die Kehle zu, und er musste schniefen. Er musste ein bisschen schlafen. Weiterlaufen konnte er nicht mehr, seine Beine waren auch müde und taten weh. Vorsichtig legte er sich auf die Planken der Brücke und drehte sich seitlich. Beide Hände unter die Wange geschoben schlief er ein.

»Hey … Alter …«

Irgendwer rüttelte ihn an der Schulter. Er schlug die Augen auf und sah drei Gestalten, die dicht bei ihm standen und auf ihn heruntersahen. Der Mond warf einen kalten Streifen Helligkeit unter das Brückendach.

»Verzieh dich, das ist unser Platz«, sagte ein Mann.

In der erhobenen Hand hielt er eine Laterne, in der eine dicke brennende Kerze flackerte. Das Licht tanzte über sein Gesicht. Er hatte einen borstigen Bart und hässliche Zahnstummel. In der anderen Hand hielt er eine zerschlissene pralle Plastiktüte.

Voller Angst setzte er sich auf und kroch rückwärts in die Ecke der Brücke.

»Hau ab«, sagte ein zweiter Mann.

Er sprach ruhig, aber das machte die Angst nicht besser. Von ihm konnte er nur die Umrisse erkennen. Er war groß und kräftig.

»Jetzt lasst den Jungen doch«, sagte die dritte Gestalt. Das war eine Frau. Sie trat noch einen Schritt näher und beugte sich über ihn. Ihre Haare waren lang und strähnig. »Der hat doch Angst. Magst 'nen Schnaps, Junge?«

Sie roch gar nicht gut, und er wollte, dass sie wegging. Heftig schüttelte er den Kopf.

»Aber Hunger wirste haben, oder? Willi, gib mal die Tüte«, forderte sie den Mann auf, von dem er nur die Umrisse sehen konnte.

»Spinnst du? Das reicht kaum für uns«, protestierte der.

»Jetzt mach.«

Er gab ihr einen Beutel, in den sie hineinfasste. Sie hielt ihm eine Banane hin. Soweit er im Laternenlicht erkennen konnte, war sie schon recht matschig. Aber er mochte Bananen, und Hunger hatte er wirklich.

»Nimm«, ermunterte sie ihn. Zögerlich griff er danach.

»Siehste.« Die Frau wandte sich an ihre Begleiter. »Der tut uns nix.« Sie ließ eine große Tasche von ihrem Rücken gleiten, die ein bisschen aussah wie Vaters Rucksack, und zerrte eine dünne Decke hervor.

»Hier. Damit haste es wärmer. Kannst hierbleiben«, sagte sie.

Die Decke roch genauso schlecht wie die Frau. Aber sie war nett.

»Ey, Wanja. Der is nich von der Straße. Den brauchen wir hier nich«, regte Willi sich auf.

»Er kann ja wieder gehen, wenn's ihm bei uns nicht passt«, gab Wanja zurück.

»Du mit deinem dämlichen Muttertrieb«, knurrte Willi.

»Halt die Klappe.« Sie setzte sich neben ihn. »Musst keine Angst haben. Morgen besorgen wir dir 'ne Jacke.«

Er kaute an seiner Banane. Sie war sehr süß. Der Bärtige mit der Laterne setzte sich ihnen gegenüber auf die andere Seite der Brückenwand. Nur Willi blieb stehen.

»Ali! Jetzt sag auch mal was«, zürnte er.

Die Banane war weg. Er wusste nicht, wohin mit der Schale. Schließlich rollte er sie zusammen und stopfte sie neben sich. Und er machte sich ganz klein.

»Lass mal«, hörte er die Stimme des Bärtigen. »Wanja wird schon wissen, was sie tut.« Im Mondlicht sah er, wie der Bärtige aus seiner kaputten Tüte eine dünne Bettdecke nahm. Er faltete sie zusammen, legte sie auf den Boden und sich darauf. »Gute Nacht«, sagte er.

»Ihr seid doch alle nicht ganz dicht«, schimpfte Willi. »Wehe, du machst Ärger, Freundchen!«, drohte er ihm und stapfte von der Brücke.

»Wo willst denn hin?«, rief Wanja.

»Pinkeln!«, knurrte Willi.

Wanja tätschelte ihm das Knie.

»Der beruhigt sich schon. Der ist ganz okay«, versicherte sie ihm.

Wohl war ihm nicht. Aber er hatte jetzt was zum Zudecken und eine Banane im Bauch, und morgen wollte Wanja ihm eine Jacke beschaffen. Nach Hause traute er sich sowieso nicht. Er wickelte sich die Decke um die Schultern und legte sich wieder hin.

9

Breuers Blick ging in den engen Raum, der von einem wuchtigen Doppelbett dominiert wurde. Der Anblick, der sich ihm bot, schnürte ihm die Luft ab. Aufgrund seines Berufes hatte er schon viele Tote gesehen, und oft war deren Zustand entsetzlich, zumal es sich fast immer um gewaltsam aus dem Leben gerissene Menschen handelte. Doch hier war etwas anders, und er empfand es als schauderhaft.

In dem Bett lagen zwei Personen, Seite an Seite, ein Kind und ein Erwachsener, möglicherweise eine Frau, wie ihn die etwa schulterlangen Haare vermuten ließen. Beide waren tot, und das nicht erst seit Kurzem.

Die Haut der Gesichter und auf den zum Teil kahlen Schädeln war schwarzbraun verfärbt, die Augenhöhlen und die Wangen tief eingesunken. Unverkennbar zeichneten sich die Konturen der Gesichtsknochen unter der ledernen Haut ab. Bei beiden Leichen waren die Augenlider spaltweit geöffnet, als hätten sie bis zum letzten Atemzug wahrnehmen wollen, was um sie herum im Zimmer geschah, und waren doch vom Tod überrascht worden. Breuer fixierte die Mumien, selbst wie erstarrt, wobei er das makabre Gefühl hatte, sie würden ihn beobachten. Sein Mund und sein Hals waren so trocken, dass er kaum mehr schlucken konnte.

Die Lippen der Leichen waren schwarz umsäumt und in einer Art schauerlichem Grinsen nach oben gezogen, sodass man einen Teil des Gebisses sehen konnte. Die Ohren klebten knäuelartig zusammengeschrumpft am Kopf. Das Kissen, auf dem die Verstorbenen lagen, war von einer rotschwarzen eingetrockneten Flüssigkeit durchtränkt, auf der in starren Strähnen die Haare der erwachsenen Person anhafteten. Einige wenige Haare meinte er auch um den Schädel des Kindes zu erahnen. Von den Körpern der Toten sah er kaum etwas, sie waren unter einem voluminösen Federbett verborgen.

Auf den Nachtschränkchen links und rechts des Bettes standen Teebecher, randvoll gefüllt. Teebeutel schwammen im Wasser, das Etikett hing an dem Faden über den Rand. Neben den Tassen stand jeweils ein Teller, auf dem grob vom Laib geschnittenes Brot lag, krumm und schief, keine gleichmäßig dicken Scheiben. Das Brot war bestrichen, vermutlich mit Marmelade, und es sah verhältnismäßig frisch aus. Breuer näherte sich dem Bett. Es kostete ihn ungeheure Überwindung, war er doch sozusagen privat hier, nicht beruflich wie sonst, wenn er es mit Todesfällen zu tun hatte. Behutsam trat er auf die alten Dielen unter seinen Füßen, um jedes Geräusch zu vermeiden. Erstaunlicherweise klappte das gut. Langsam streckte er die Hand aus, zu der Tasse auf dem Nachtschrank, der ihm am nächsten stand, und berührte sie. Sie war warm. Er hatte es geahnt. Gleichzeitig mit der Berührung der Tasse wurde ihm eiskalt. Hier war etwas Grauenerregendes im Gange, was er nicht verstand.

Breuer verharrte in der Bewegung. Er hatte etwas gehört, doch sein Gehirn konnte nicht einsortieren, was es gewesen war. Er atmete flach, richtete sich millimeterweise aus der geneigten Haltung auf, die er eingenommen hatte, um die Tasse anzufassen. Die winzigen feinen Härchen auf seinen Armen stellten sich auf, trotz Pullover und Jacke, und in seinem Nacken kribbelte es. Es war jemand hier, ganz in seiner Nähe. Jemand Lebendiges. Etwas hinderte ihn daran, sich umzudrehen. Mittlerweile stand er wieder aufrecht. Er wurde beobachtet, das spürte er, und er saß in einer Falle.

Gegenüber dem Bett gab es ein kleines Fenster, eher eine Luke, vor der ein vergilbter, zerschlissener Vorhang hing. Er hatte keine Chance, durch das Fenster zu fliehen. Nicht nur, weil es zu klein war. Wer auch immer hinter ihm stand, er würde ihn zu fassen bekommen, noch ehe er den kleinen Raum durchquert hatte. In Sekundenbruchteilen sehnte Breuer sich seine Waffe herbei. Die lag auf der Dienststelle im Waffenschrank. Es half nichts. Er musste der Gefahr, die hinter ihm lauerte, ins Auge sehen.

Langsam wandte er sich um, wobei ihm kalter Schweiß ausbrach. Im Türrahmen stand ein Mann undefinierbaren Alters. Seine buschigen dunklen Haare waren von grauen Strähnen durchzogen, und sie sahen aus, als würde er sie selbst schneiden, hätte jedoch keinerlei Geschick dazu. Auch sein Bart war unbeholfen gestutzt, wuchs auf der linken Seite des Kinns länger als auf der rechten. Er trug eine graue, speckige Cordhose mit durchgewetzten Knien, die ihm zu groß war, und einen filzigen braunen Pullover. Mit schmutzigen grobknochigen Fingern umklammerte er den Lauf eines Gewehrs. Er zielte jedoch nicht auf ihn, sondern hielt die Waffe senkrecht, mit der Schussöffnung zur Zimmerdecke. Seine dunklen Augen, mit denen er ihn fixierte, nahmen sich winzig aus in seinem flächigen Gesicht. Mittig auf der Iris glommen zwei goldene Punkte. Der Blick des ungepflegten Mannes fraß sich förmlich an ihm fest.

Nun trat er einen Schritt nach hinten, legte die Waffe an und machte sowohl mit dem Kopf als auch mit dem Gewehr eine ruckartige Bewegung, mit der er Breuer aufforderte, den Raum zu verlassen. Unwillkürlich hob Breuer die Hände, der Mann schüttelte unwillig den Kopf und presste ihm den Lauf der Waffe in die Seite. Das Metall der Gewehrmündung drückte gegen seine Taille, gedämpft zwar durch seine Jacke, aber doch deutlich spürbar. Unsicher, weswegen der Mann den Kopf geschüttelt hatte, ließ Breuer die Ellbogen ein Stück sinken. Der Mann dirigierte ihn aus dem Raum, zurück in den Flur und zu der schmalen Tür, die ihm vorhin schon aufgefallen war. Als Breuer sich an ihm vorbeischieben musste, stiegen ihm die Ausdünstungen des Mannes in die Nase. Er roch Schweiß, den säuerlichen Geruch ungewaschener Haare und den muffigen Geruch seiner Kleidung. Der Mann war nicht nur ungepflegt. Er war heruntergekommen, verlottert, verwahrlost.

Jetzt zeigte er auf die rostige Klinke und bedeutete ihm mit einer Geste, die Tür zu öffnen. Im Schloss steckte ein ebenfalls rostiger Schlüssel. Breuer merkte, dass er feuchte Hände hatte. Das kannte er von sich nicht. Er drückte die Klinke nieder und sah aus den Augenwinkeln, dass der Verlotterte wieder den Kopf schüttelte, und plötzlich fragte er sich, ob er stumm war. Er hatte bisher keinen Laut von sich gegeben. Lediglich leise atmen hatte er ihn hören, vorhin, als er plötzlich hinter ihm gestanden hatte.

Breuer fasste nach dem Schlüssel. Er klemmte, und er hatte Mühe, ihn zu drehen. Knarrend bewegte er sich, und Breuer zog die Tür auf. Dahinter befand sich eine kleine Vorrats- und Putzkammer. An drei Wandseiten standen deckenhohe Holzregale, gefüllt mit Einmachgläsern, zum Teil mit Inhalt, Plastikflaschen, in denen sich Reinigungsmittel befanden, Spültüchern, einem Eimer mit Wischmopp, Holzkisten, in denen schrumpelige Äpfel sowie Kartoffeln lagerten, und manchem mehr.

Der Mann gab ihm einen sachten Schubs mit dem Gewehrlauf. Breuer tat einen Schritt in die Kammer und spürte, wie der andere ihm nun die Hand auf die Schulter legte. Er sah nach hinten. Der Mann schüttelte den Kopf und wies mit einem Blick zu Boden. Vor Breuers Füßen stand ein abgegriffener Karton, in den Plastikschüsseln unterschiedlicher Größe wild hineingeworfen worden waren. Seitlich ragte der Griff einer Pfanne auf. Mit einer Handbewegung bedeutete der Mann ihm, den Karton zur Seite zu schieben. Breuer nahm den Fuß zu Hilfe. Unter dem Karton befand sich eine Falltür, kaum sichtbar im Dunkel der Kammer.

Blankes Entsetzen packte ihn.

»Aufmachen«, wisperte der Mann.

Seine Stimme war heiser, und er nuschelte, brachte wohl kaum die Lippen auseinander, als hätte er Angst, beim Reden könnten ihm die Zähne aus dem Mund fallen.

Breuer sah eine winzige Vertiefung in der Falltür, die wahrscheinlich der Eingriff zum Öffnen war. In ihm tobten Panik und Verzweiflung. Was für ein Loch mochte sich unter der Falltür verbergen? Er würde dort drinnen ersticken, verhungern, verdursten und möglicherweise nie gefunden werden. Seine Finger waren steif und eiskalt. Der Deckel war schwer, als hätte sich das alte Holz voll Feuchtigkeit gesogen.

Unter der Tür ging eine steile Treppe mit ausgetretenen Stufen in die Tiefe. Auf Höhe der ersten Stufe gab es, rechts an der Wand, einen Kippschalter, vermutlich für eine Beleuchtung.

»Runter«, befahl der Mann, so leise und undeutlich, dass er ihn kaum verstehen konnte.

Breuers Beine zitterten. Er hatte Angst zu stürzen. Die Stufen waren ausgetreten und verschwanden im Dunkeln. Er wagte nicht, seinen Arm Richtung Schalter zu bewegen.

»Los!«, zischte der Mann.

In dem Augenblick kehrten Breuers gelähmte Lebensgeister zurück, und auch sein Widerspruchsgeist erwachte.

»Nein! Warum tun Sie das?« Die Frage stellte sich nicht. Rasch sprach er weiter. »Warum soll ich dort runter? Ich tue Ihnen nichts, ich brauche selbst Hilfe. Ich wollte nur telefonieren.«

Grob stieß ihm der Mann den Gewehrlauf in die Seite, sodass Breuer beinahe gestolpert wäre, und zeigte mit einer barschen Handbewegung die Treppe hinunter. Er hätte ihm die Waffe entreißen können. Es brauchte nur einen einzigen schnellen Griff. Die Augen seines Kidnappers schienen ihn zu durchbohren, Breuer fürchtete, er könnte seine Gedanken lesen. Der Mann gab ein kurzes schnaubendes Geräusch von sich und stieß ihm die Waffe in den Rücken, wozu er einen kleinen Schritt rückwärts treten musste. Es gab kein Geländer, an dem er sich hätte festhalten können. Sein Gefühl sagte ihm, dass Widerstand zwecklos war. Die Gefahr, dass ihn der Kerl die steile Stiege hinunterstieß, wenn er nicht freiwillig nach unten ging, war groß.

Mühsam setzte er sich in Bewegung und stützte sich mit der rechten Hand zunächst an einem der Holzregale ab. Der Mann hielt sich hinter ihm, nun drückte der Lauf gegen seine Schulter. Breuer musste das Regal loslassen und stützte sich stattdessen an der rauen, kalten Wand ab. Aus den Augenwinkeln sah er, dass der Mann den Kippschalter betätigte. Aus der Tiefe flammte Licht auf. Am unteren Ende der Stiege befand sich eine weitere Tür. Über ihr hing eine nackte Glühbirne, deren grelle Helligkeit schmerzhaft in seine Augen drang. Er versuchte, daran vorbeizusehen. Die Tür war mit einem massiven Riegel gesichert.

Breuer ahnte, dass er ihn zurückschieben sollte. Dennoch sah er zunächst mit einer vorsichtigen Kopfbewegung nach hinten. Der Mann nickte stumm. Der Riegel ging nur schwer zur Seite. Die Tür schwang nach innen auf. Vor ihnen befand sich ein Gewölbekeller mittlerer Größe. Auch hier hing eine brennende Glühbirne von der Decke, zwei ausgetretene Stufen führten in den Raum. Breuer blieb stehen und krallte die Finger gegen den kalten Putz der Wand. War er hier drinnen, war er verloren.

Der Mann stieß mit dem Gewehrlauf zu. Breuer stolperte nach vorne, stürzte und prallte mit dem Kopf gegen eine Kante. Ihm wurde schwindelig, es rauschte und dröhnte in seinen Ohren, und es wurde dunkel um ihn.

10

Kristina stand vor dem großen Spiegel in ihrem Schlafzimmer und musterte sich kritisch. Sie trug ein hellgraues Strickkleid mit halsfernem Rollkragen, das die ihrer Meinung nach überflüssigen Pfunde, die hartnäckig an Bauch und Hüften saßen, locker umspielte, und dazu schwarze halterlose Feinstrümpfe mit dunklen Tupfen, die mit gummiertem Spitzenrand an den Oberschenkeln gehalten wurden. Philipp hatte seine Freude an hübschem Darunter, und so hatte sie heute Nachmittag noch rasch in die Strümpfe investiert. Das dezente Make-up war ihr gelungen, fand Kristina. Auf ihren Lidern glitzerte ein Hauch bronzefarbener Lidschatten, sie hatte sich die Wimpern getuscht und die Augenbrauen nachgezogen. Ein apricotfarbener Lippenstift vervollständigte das Ganze.

Mit ihrer Frisur hingegen war sie nicht zufrieden. Sie hatte sich, was kaum je vorkam, die Haare nach dem Waschen geföhnt, und das hätte sie besser bleiben lassen. Zwar schmiegte sich der kinnlange Bob jetzt sanft um ihr Gesicht, doch der Pony machte, was er wollte. Mehrere Versuche, ihn in Form zu bringen, hatten die Situation nur verschlimmert. Nun saß er platt und schief auf ihrer Stirn. Das reinste Manko, fand sie. Dass Philipp den misslungenen Pony ebenfalls als Manko sah, war zu bezweifeln. Wahrscheinlich fiel es ihm gar nicht auf, und wenn doch, so spielte es keine Rolle. Seine Interessen galten bei ihren Treffen erfahrungsgemäß zunächst zügig der Zweisamkeit, und danach hatte ihre Frisur dann ohnehin die Form verloren, was ihn höchstens amüsierte.

Kristina wandte sich vom Spiegel ab, ging zurück ins Badezimmer, hob das feuchte Handtuch vom Fußboden auf und hängte es über den Rand der Wanne. Um sich zu entspannen, hatte sie ein Bad genommen. Viel bewirkt hatte es nicht.

Ihre Gedanken waren bei Breuer. Je länger er verschwunden blieb, umso unruhiger wurde sie. Im Laufe des Nachmittags hatte sie sowohl im Klinikum Bayreuth als auch im Krankenhaus an der Hohen Warte angerufen und nach Konrad Breuer beziehungsweise dessen Lebensgefährten gefragt, wobei sie hatte feststellen müssen, dass sie von Letzterem keinen Nachnamen wusste. Das war sehr unprofessionell, zumal sie ja am Vormittag vor dem Reihenhaus des Paars gestanden und geklingelt hatte. Ein aufmerksamer Blick auf das Namensschild hätte genügt. Es war jedoch in beiden Kliniken im fraglichen Zeitrahmen kein Unfallpatient eingeliefert worden, auch niemand mit einem Herzinfarkt oder Schlaganfall. Die letzten vierundzwanzig Stunden waren, was selten vorkam, ruhig gewesen.

Am späten Nachmittag war sie erneut in die Saas gefahren. Nicht, weil sie sich davon etwas versprach, sondern nur, um sich selbst Aktivität nachweisen zu können. Natürlich hatte sie wieder vergeblich geklingelt, aber immerhin wusste sie nun, dass Dennis mit Nachnamen Köster hieß.

Kristina löschte das Licht im Bad, ging ins Wohnzimmer, nahm ihr Handy vom Couchtisch und streckte sich auf dem Sofa aus. Es war kurz nach einundzwanzig Uhr, und von daher dauerte es noch mindestens endlose drei Stunden, ehe mit Philipp zu rechnen war. Kurz vor zwanzig Uhr hatte er ihr eine Nachricht geschrieben, dass er jetzt im Auto säße, noch tanken müsse, aber dann auf direktem Weg zu ihr kommen wollte. Groll und Eifersucht auf sein Hobby, dem er alles andere unterordnete, stiegen in ihr auf. Er hätte längst hier sein können. Sie hätten zusammen abendessen können, bei Kerzenlicht und einem Glas Wein. Sie hätten einander erzählen können, was in den vergangenen drei Wochen, in denen sie sich nicht gesehen hatten, alles passiert war. Wobei sie sich zur Überbrückung dieser Zeiten bei gelegentlichen Telefonaten austauschten, ihr hauptsächlicher Kontakt lief über WhatsApp ab. Ein persönliches Gespräch war jedoch viel schöner. Hätte ihr Beruf ihr Leben nicht so ausgefüllt, wäre ihr das, was im Rahmen ihrer Fernbeziehung möglich war, zu wenig gewesen. Viel zu wenig.

Kristina scrollte sich durch Facebook, betrachtete Bilder

auf Instagram und merkte, wie sie müde wurde. Wenn sie jetzt einschlief, würde sie nur schwer wieder munter werden, wenn Philipp endlich hier war. Vielleicht sollte sie ihm einen Wohnungsschlüssel geben, für künftige Besuche. Dann konnte sie ins Bett gehen, wenn er wieder mitten in der Nacht kommen wollte.

Unvermittelt erschien Breuers Gesicht vor ihrem inneren Auge, und plötzlich fing ihr Herz an zu rasen. Was war mit ihm? Sie setzte sich auf. Instinkt und Unterbewusstsein sagten ihr seit heute Vormittag, dass etwas passiert war. Etwas richtig Schlimmes. Bis eben hatte sie versucht, sich diese Befürchtung fernzuhalten, und sie hatte ständig darauf gehofft, er würde sich melden und eine völlig harmlose Erklärung für sein Verschwinden abgeben.

Verdammt! Sie war bei der Kripo und wusste nicht, wie sie ihren Kollegen aufspüren konnte. Sie kannte weder Namen von Freunden, noch wusste sie etwas über seine Familie. Sie wusste nicht einmal, ob er Hobbys hatte, an die sie jetzt hätte anknüpfen können. Einen Sportverein zum Beispiel.

Sie rief über die Suchfunktion ihres Handys das örtliche Telefonverzeichnis auf und gab den Namen »Breuer« in Bayreuth in die Suchleiste ein. Sie fand eine Margitta Breuer, ohne Adressangabe. Vielleicht war sie seine Mutter oder sonstige Verwandtschaft. Sie spielte mit dem Gedanken, bei der Frau anzurufen, und entschied sich dagegen. Es war inzwischen drei viertel zehn. Handelte es sich bei ihr tatsächlich um ein Familienmitglied und wusste diese Margitta auch nichts über Breuers Verbleib, so erschreckte sie sie bestimmt. Es war besser, bis morgen zu warten.

Kristina gab noch den Namen von Dennis Köster in die Suchleiste ein. Hier gab es gar keinen Eintrag. Erneut legte sie sich auf das Sofa und hielt das Handy dabei fest in der Hand. Falls er sich doch noch meldete, wollte sie eine Nachricht oder einen Anruf auf keinen Fall verpassen. Falls wer sich meldete? Philipp oder Breuer? Egal, sie waren beide wichtig. Ihr fielen die Augen zu.

Sie wurde vom nachdrücklichen Läuten an der Tür geweckt. Kristina fuhr hoch, wusste sekundenlang nicht, wo sie war und warum es klingelte. Philipp! Sie sprang auf und eilte in den Flur.

»Ja?«, sagte sie eilig in die Gegensprechanlage neben der Wohnungstür und hatte den Finger schon auf dem Öffner.

»Schatzi, ich bin's«, drang Philipps vertraute Stimme durch die Leitung.

Er lispelte ein wenig. Sie liebte dieses Lispeln, und ein warmes Gefühl der Zärtlichkeit durchlief sie. Rasch drückte sie auf den Öffner. Sie hörte das Schnappen der Haustür und zog die Wohnungstür auf. Philipp kämpfte sich, beladen mit zwei großen Reisetaschen sowie einer kleineren Tasche, die er über der Schulter trug, die Treppe ins Hochparterre hinauf, wobei er mit seinem Gepäck mehrfach gegen die Wand stieß. Schwer atmend bugsierte er seine Last in ihren Flur und ließ mit einem Aufstöhnen sämtliche Taschen fallen.

»Endlich«, sagte er, strahlte sie an und breitete die Arme aus.

Kristina schmiegte sich hinein, dachte, dass die Wohnungstür noch offen stand, und genoss den zärtlich-leidenschaftlichen Kuss, mit dem er sie begrüßte. Sacht löste sie sich aus seiner Umarmung und schloss die Tür.

»Komm rein«, sagte sie und lächelte ihn an.

»Endlich«, wiederholte Philipp. »Endlich zu Hause. Lass mich schnell was in deinen Kühlschrank stellen, ich habe einiges mitgebracht.«

»Drei Taschen«, sagte sie und lachte. »Willst du bei mir einziehen?«

Philipp schmunzelte. »Darüber habe ich auch schon nachgedacht. Dann bringe ich aber bisschen mehr mit.« Er bückte sich, öffnete die erste Tasche und packte mehrere Dosen aus. »Hier sind Schinkennudeln drin, die können wir morgen Mittag essen. Und hier bisschen Obst, Mandarinen und Weintrauben. Die hab ich diesmal auch in Dosen gepackt, letzte Woche sind mir ein paar Bananen in der Tasche schlecht geworden, die ich vergessen hatte. Das war eine Sauerei, kann ich dir sagen.« Er drückte Kristina die Lebensmittel in die Hand. »Ich dachte, das kann mit anderem Obst auch passieren. Und hier hab ich Dibbelabbes mitgebracht, die magst du doch.« Er hielt ihr eine große Fertigpackung des saarländischen Kartoffelgerichtes entgegen.

Kristina brachte den Stapel Verpflegung in die Küche. Jetzt alles im gut gefüllten Kühlschrank unterbringen zu müssen, überforderte sie. Philipp kam ihr nach und schlang von hinten die Arme um sie.

»Ich hab dich so vermisst«, murmelte er in ihre Haare.

Sein warmer Atem streifte ihren Nacken, und ein wohliges Kribbeln lief über ihren Rücken. Das Lebensmittelpaket hinderte sie daran, seine Zärtlichkeit zu erwidern.

»Stell mal das Zeug ab«, sagte Philipp leise.

Sacht strichen seine Hände über ihren Bauch, den sie unwillkürlich einzog, und wanderten zu ihren Hüften. Bedächtig und zielstrebig zugleich nestelte er den Saum ihres Kleides nach oben.

»Oh«, machte er und lachte. »Hoho. Was merke ich denn da? Du hast dir ja was Nettes druntergezogen. Das will ich mir doch gleich mal ansehen.«

Kristina schubste den Dosenstapel auf das Kochfeld ihres Herdes, die Packung Dibbelabbes glitt über die Kante und landete klatschend auf dem Küchenboden. Philipp nahm sie an der Hand.

»Wir gehen ins Schlafzimmer«, entschied er. »Ich hab so viel Schönes mit dir vor.«

Zwei Stunden später lagen sie, Hand in Hand, nebeneinander in ihrem Bett. Kristina war wohlig erschöpft, doch die Müdigkeit, die sie gebraucht hätte, um einschlafen zu können, wollte sich nicht einstellen. Philipp wandte sich ihr zu, stützte den Ellbogen auf und strich ihr sanft mit den Fingerspitzen über die Wangen.

»Ich liebe dich«, sagte er leise.

Kristina drückte sacht seine Hand. Sie hätte die Liebeserklärung gerne erwidert, doch irgendetwas hielt sie davon ab.

»Was ist los?«, fragte Philipp. Er nahm ihre Hand und küsste ihre Fingerspitzen. »Woran denkst du?«

»Nichts«, behauptete sie.

»Doch«, hielt Philipp dagegen. »Ich merke das. Sonst lachst du mehr, wenn wir uns sehen.«

»Tatsächlich?« Erstaunt sah sie ihn an.

»Ja.«

Er küsste sie. Kristina schmiegte sich an ihn.

»Ich liebe dich auch«, sagte sie leise, und nun kamen ihr die Worte ganz leicht und ehrlich über die Lippen.

»Schön.« Philipp betrachtete sie liebevoll. »Und jetzt will ich wissen, was dich bedrückt und woran du die ganze Zeit denkst.«

»An Breuer«, gab Kristina zu.

»An deinen Kollegen?« Überrascht riss Philipp die Augen auf. »Hoho«, machte er wieder, und sie fragte sich, wann er sich diese Art zu lachen angewöhnt hatte. Das musste in den letzten Wochen passiert sein. »Du denkst also an einen anderen Mann, während ich mir alle Mühe gebe, dich glücklich zu machen.«

»Breuer ist schwul«, erinnerte sie ihn und verdrängte rasch die Erinnerung an ihre erste Begegnung in einem Lokal in der Bayreuther Innenstadt.

Sie hatte auf eine Freundin gewartet und Breuer dort an der Bar kennengelernt. Er hatte ihr ausnehmend gut gefallen, und sie hatte einen unbeholfenen Versuch unternommen, mit ihm zu flirten, als plötzlich sein Lebensgefährte hinter ihnen aufgetaucht war. Die Begrüßung der Männer hatte keinen Zweifel daran gelassen, wie sie zueinander standen. Die beiden hatten sich rasch verabschiedet und das Lokal verlassen. Sie wiederum hatte sich entsetzlich gedemütigt gefühlt und ihrer Enttäuschung mit deutlichen Worten ihrer Freundin Bernadette gegenüber Luft gemacht, als diese gleich darauf erschienen war. Dass Breuer, der seinen Schlüssel am Tresen vergessen hatte, in dem Moment schon wieder hinter ihr gestanden hatte, hatte sie zu spät bemerkt. Sie hatte sich in Grund und Boden geschämt.

Als Willbrandt ihn ihr am darauffolgenden Tag als neuen Kollegen präsentiert hatte, hätte sie am liebsten umgehend die Kündigung eingereicht. Breuer jedoch war kein nachtragender Mensch und hatte ihre Wochen später mühsam hervorgebrachte Entschuldigung mit Gelassenheit angenommen und nur mit einem banalen »Schon in Ordnung« kommentiert. Im Arbeitsalltag kamen sie gut miteinander aus, und auch in den seltenen Momenten, in denen ein wenig Privates zur Sprache kam, herrschte eine gewisse Einigkeit, ein Verständnis für die Belange des anderen. Breuer war einfach ein ruhiger, angenehmer Mensch, souverän und intelligent.

Und nun war er verschwunden und sein Lebensgefährte anscheinend auch, und wenn sie ehrlich war, hatte sie eine Scheißangst um ihren Kollegen.

Philipp legte sich auf den Rücken und schob die verschränkten Arme in den Nacken.

»Mag schon sein. Es passt mir trotzdem nicht, dass du an ihn denkst, während ich bei dir bin«, erklärte er.

Sein Vorwurf legte sich wie eine unsichtbare Last auf ihre Brust. Sie fühlte sich einer Diskussion nicht gewachsen.

»Er ist verschwunden«, erklärte sie dennoch.

»Verschwunden?« Philipp wandte ihr das Gesicht zu.

»Ja.« Kristina erzählte ihm so knapp wie möglich, was passiert war. »So ein Verhalten passt einfach nicht zu ihm«, schloss sie ihren Bericht.

Philipp stützte sich wieder auf seinen Ellbogen und betrachtete sie.

»Mach dir keine Gedanken«, sagte er sanft. »Er wird mit diesem Dennis übers Wochenende weggefahren sein.«

»Nein. Breuer hat mir versprochen, für mich in Bereitschaft zu sein. Er ist absolut zuverlässig.«

»Das mag schon sein. Aber manchmal wiegt Privates schwerer als jede berufliche Pflicht. Vielleicht hat ihm sein Dennis richtig Stress gemacht, wegen der Bereitschaft«, versuchte Philipp sie zu beruhigen.

»Ja, vielleicht.«

Plötzlich war sie total resigniert. Philipp zog sie an sich.

»Du wirst sehen, es ist alles in Ordnung. Am Montag sitzt er im Präsidium auf seinem Platz, als wäre nichts gewesen.«

»Hm«, machte sie. Philipp schätzte Breuer völlig verkehrt ein.

»Lass uns schlafen«, bat Philipp. »Ich bin echt müde.«

Kristina tastete nach dem Schalter ihrer Nachttischlampe und knipste sie aus.

»Gute Nacht, Schatzi«, sagte Philipp.

»Gute Nacht.«

Die Leuchtanzeige ihres Weckers auf dem Nachtschrank zeigte kurz vor vier Uhr morgens. Kristina schloss die Augen und war augenblicklich eingeschlafen.

11

Gottfried Franke saß in seinem dunkelgrünen Ohrensessel, seine langen, knochigen Beine steckten in einer schwarzbraun karierten Stoffhose und seine Füße, an denen er hellgraue Wollsocken trug, in Filzpantoffeln. Akkurat hielt er die Beine nebeneinandergestellt. Das war ein wenig unbequem, aber flegelhafte Haltung lehnte er rundheraus ab. Er las die Tageszeitung, in aller Gründlichkeit. Kater Mikesch lag, mitsamt seinem Übergewicht, auf halber Höhe seines Kratzbaumes auf der viereckigen Liegefläche und döste. In der Küche hantierte Dietlinde, und das ging Franke ziemlich auf die Nerven. Es war schon nach elf Uhr abends, und sie wurde und wurde nicht fertig. Und das nur, weil morgen Helmut kam, ihr Sohn, mit seiner Frau Renate und den Enkelkindern.

»Dietlinde«, rief er ungehalten. »Jetzt sieh zu, dass du fertig wirst. Es ist Zeit, schlafen zu gehen.«

Außerdem zog der Duft der frisch gebratenen Hühnerschenkel durchs Haus, und ihm lief das Wasser im Mund zusammen. Dietlinde kochte immer reichlich. Es wäre kein Problem gewesen, sich einen Schenkel abzuzweigen. Nur war es spät, und dann lag ihm die Leckerei über Nacht schwer im Magen, grummelte in seinen Eingeweiden und ließ ihn nicht zur Ruhe kommen.

»Ich bin gleich so weit«, versicherte seine Frau. »Kannst du bitte rasch die Terrassentür aufmachen? Ich stell den Bräter mit den Hühnerschenkeln draußen auf den Tisch. Im Kühlschrank ist kein Platz, und das Essen ist auch viel zu heiß.«

»Energieverschwendung«, bestätigte Gottfried Franke.

Er war froh, dass er und Dietlinde sich in diesem Punkt und auch in etlichen weiteren einig waren. Es erleichterte das Eheleben ungemein, in wesentlichen Dingen die gleichen Ansichten zu haben. Er schlug die Zeitung zu und erhob sich. Kalte Nachtluft strömte ins Wohnzimmer, als er die Tür öffnete. Dietlinde stellte den Bräter auf den massiven Holztisch. Ihm lag auf der Zunge, das zu beanstanden. Hoffentlich gab es keinen Abdruck auf dem Holz von dem heißen Pott oder auch einen Fettfleck. Dann musste er im Frühling die Platte wieder abschleifen. Dietlinde schob sich an ihm vorbei und ging zurück Richtung Küche.

»Ich mache noch den Abwasch. Geh ruhig schon ins Bett«, rief sie ihm über die Schulter zu.

Ärgerlich drückte er die Terrassentür zu. Sie waren jetzt seit fünfundvierzig Jahren verheiratet, und bis auf wenige Ausnahmen gingen sie stets gemeinsam schlafen.

»Ich warte auf dich«, murrte er und hoffte, sie würde jetzt nicht erwarten, dass er das Geschirr abtrocknete. Küchenarbeit war nichts für ihn.

Er setzte sich wieder in seinen Sessel. Noch immer hing der Duft der Hühnerschenkel im Raum. Es war wie verhext. Er versuchte, sich mit seiner Zeitung abzulenken. Dietlinde klapperte in der Küche mit dem Geschirr. Gottfried Franke studierte das Wochenhoroskop. Ein großes Ärgernis wurde ihm angekündigt. Verstimmt schüttelte er den Kopf. Es war totaler Blödsinn, an ein Horoskop zu glauben, das ihm in drei Sätzen voraussagte, was in den kommenden Tagen passieren sollte. Noch dazu, wo die Weissagung für unzählige Menschen des gleichen Sternzeichens gelten sollte.

Kater Mikesch sprang von seinem Platz hoch, machte einen Buckel und fauchte vernehmlich. Franke zuckte zusammen und sah zur Terrassentür, die der Kater mit zusammengekniffenen Augen fixierte.

»Ruhig, Mikesch«, versuchte er das Tier zu besänftigen. Mikesch zog den Buckel wieder ein, nahm eine aufrechte Sitzhaltung ein und putzte seine Pfote.

Franke schielte zu Dietlinde, die einen Topf abtrocknete. Er konnte an nichts anderes mehr denken als an den Hühnerschenkel. Er resignierte und stand auf. Es widerstrebte ihm, seine Schwäche vor seiner Frau zuzugeben, doch das Verlangen war stärker.

»Ich probier mal, ob dir das Essen gelungen ist«, teilte er ihr mit, ohne eine Miene zu verziehen, und holte sich einen Teller und Besteck.

»Mach das«, erwiderte seine Frau, scheinbar unbeeindruckt.

Zügigen Schrittes eilte er durch das Wohnzimmer und öffnete erneut die Terrassentür. Ungläubig sah er auf die wuchtige Tischplatte. Das war doch nicht möglich.

»Dietlinde!«, rief er. Sein Blutdruck schoss in die Höhe.

»Was ist denn?«

»Komm her und sieh dir das an«, regte er sich auf.

Er spürte die Ader an seiner linken Schläfe pochen. Seine Frau trat hinter ihn und sah an ihm vorbei, zum Terrassentisch.

»Der Bräter ist weg. Das kann doch nicht sein.« Sie klang eher ungläubig als erschrocken.

»Der ist geklaut worden! Mikesch hat es gemerkt, und ich habe es nicht verstanden.« Franke war derart empört, dass es ihm nicht schwerfiel, dies zuzugeben.

»Du meinst vorhin, als er so gefaucht hat?«, fragte Dietlinde.

»Ja, natürlich! Was denn sonst?« Sein Ärger richtete sich jetzt gegen seine Frau. »Ich sage dir, das war der Gustav, der missratene Kerl. Seit der wieder bei seiner Mutter wohnt …«

Er ließ den Satz offen.

»Unsinn. Da hat sich jemand einen Scherz erlaubt. Wahrscheinlich steht der Bräter nur ums Eck. Ich hole die Taschenlampe.«

»Vergiss es! Ums Eck, dass ich nicht lache. Das ist Diebstahl. Der schöne Bräter!«

Und natürlich die köstlichen Hühnerschenkel. Franke wusste gar nicht, wie er wieder zur Ruhe kommen sollte. Vielleicht half ein Obstschnaps.

»Gleich morgen knöpfe ich mir den Tagedieb vor, und mit seiner Mutter rede ich auch«, entrüstete sich Franke.

»Gar nichts wirst du«, entschied Dietlinde. »Die Christa hat schon genug gelitten, und ich bin sicher, dass Gustav die Hühnerschenkel nicht geklaut hat. Der bekommt genug zu essen bei seiner Mutter.«

»Dem geht es doch nicht ums Essen. Der ist einfach durch und durch schlecht. Umsonst hat der doch nicht eingesessen, wegen dem Tankstellenraub. Letzthin hat er die Emmi Weiß zu Tode erschreckt, das hat mir der Fritz erzählt. Sie ist nachts wieder mal zu spät nach Hause gekommen, und da stand der Gustav bei denen im Garten und hat Äpfel geklaut.«

»Äpfel?«

Dietlinde sah ihn an, als sei er nicht mehr ganz bei Trost. Franke umklammerte sein jetzt nutzlos gewordenes Besteck.

»Wenn ich es dir doch sage«, beharrte er. »Er ist weggelaufen, weil die Emmi zu schreien angefangen hat.«

»Der Gustav hat schon als kleiner Junge keine Äpfel gemocht. Weshalb sollte er sie jetzt klauen?«, fragte Dietlinde.

Sie schien nicht ansatzweise so außer sich zu sein wie er, und das, obwohl ihr Essen für morgen sich quasi in nichts aufgelöst hatte.

»Was weiß denn ich«, schimpfte Franke.

»Hat die Emmi ihn erkannt? Es war doch dunkel, wenn sie wieder viel zu spät nach Hause gekommen ist«, insistierte Dietlinde.

»Die Beschreibung passt«, behauptete Franke.

Er würde sich morgen Christa Huber und ihren missratenen Sohn vorknöpfen. Davon würde ihn niemand abhalten, auch nicht seine Frau. Er wusste nicht, was ihn mehr empörte. Der Verlust des Bräters, den er und Dietlinde seinerzeit zur Hochzeit von seinem Patenonkel bekommen hatten, oder die abgängigen Hühnerschenkel.

»Was gibt es denn jetzt morgen zu essen?«, fragte er und trat, nach einem letzten erbosten Blick auf den leeren Terrassentisch, zurück ins Wohnzimmer.

»Nudelsalat«, sagte Dietlinde. »Der passt zu den Hühnerschenkeln, falls wir sie morgen doch noch finden. Weit können die nicht sein.«

Sie schloss die Tür und zog den Vorhang vor. Franke warf ihr einen missbilligenden Blick zu. Da hatte sie stundenlang für die Mahlzeit in der Küche gestanden, und nun nahm sie die Ungeheuerlichkeit noch nicht einmal wirklich ernst. Aber vielleicht hatte sie recht, und er sollte sich die Auseinandersetzung mit Christa Huber und Gustav sparen. Er konnte gleich Anzeige erstatten. Dann wusste der Gauner wenigstens, dass er es mit ihm nicht machen konnte.

12

Herbert Weidenberg rann der Schweiß in Strömen über den Körper. Das lag nicht nur an der Last, die er schleppte, sondern vor allem an der Angst, die ihn auf Schritt und Tritt begleitete. Er musste aufpassen, er musste wachsam sein, so wachsam es irgend ging, und gleichzeitig blieb ihm nichts anderes übrig, als ab und an aus seinem Versteck zu kommen, wollte er nicht verhungern. Der Bräter war noch warm und verdammt schwer. Im Grunde das reinste Festmahl, das ihm das Schicksal in die Hände gespielt hatte.

Er lief schnell, so schnell, wie es die Sicht erlaubte. Am nachtschwarzen Himmel stand zwar der Mond, aber zwischen die hohen Bäume des Waldes drang nur wenig von seinem kalten Licht. Der Waldweg war schmal, von Wurzeln durchzogen und ging stetig bergauf. Er musste ungeheuer achtgeben, dass er nicht stolperte. Seine Sinne waren hellwach, nahmen jedes Geräusch und jede Bewegung in seiner Umgebung wahr. Er beherrschte seinen keuchenden Atem, ignorierte das Stechen in seiner Lunge und das Schwindelgefühl in seinem Kopf.

Gleich hatte er es geschafft. Zwar war der Ort, an dem er sich seit Freitag am späten Nachmittag versteckt hielt, kein sicherer Ort, aber doch einer, in den sich kaum jemand hineinwagen würde, es sei denn, er missachtete sämtliche Hinweisschilder, dass das Betreten des Geländes verboten war. Mit der Polizei musste er natürlich trotz allem rechnen. Er durfte sich nicht mehr lange in Bad Berneck aufhalten. Dass sie ihn suchten, daran bestand kein Zweifel, und sie würden den Radius ihrer Suche ausweiten. So weit war Bad Berneck von Bayreuth nicht entfernt, über kurz oder lang würden sie hier in der Gegend ihre Fühler nach ihm ausstrecken, vielleicht sogar mit Hunden.

Davor graute ihm. Er konnte sich noch so gut verbergen, noch so ruhig verhalten, die feinen Nasen und der untrügliche

Instinkt der Tiere würden seine Spur aufnehmen. Er wollte nicht darüber nachdenken. Er brauchte einen Plan, wie es weitergehen sollte, aber zuerst brauchte er etwas zu essen, ehe sein Kreislauf versagte. Die kümmerlichen Äpfel, die er am Abend zuvor geklaut hatte, waren steinhart und zum Teil madig gewesen und hatten ihm außer bodenlosem Ekel auch noch Magenschmerzen beschert.

Der Schweiß lief Weidenberg brennend in die Augen. Er hatte keine Hand frei, um sie trocken zu reiben, und blinzelte. Endlich tauchte vor ihm das verlassene Hotel auf, in dem er gestern überstürzt Zuflucht gesucht hatte. Das Gelände war von einem hohen Bauzaun umgeben, die ehemalige Zufahrt vergittert. Doch ging man ein Stück am Zaun entlang, so gab es, ziemlich weit hinten, eine Stelle, da hatte rohe Gewalt dafür gesorgt, dass eine Lücke in der Umzäunung war. Sie war nicht sofort erkennbar, dicht umwachsen von Gestrüpp zu beiden Seiten.

Weidenberg schlängelte sich durch das Gebüsch, was mit dem Bräter doppelt schwierig war.

Im Mondlicht erhob sich das alte Gebäude, still und bedrohlich gleichermaßen. Quadratische Fensterlöcher, hinter deren zertrümmerten Scheiben es finster war, hoben sich von den weißen Mauern ab. Balkonbrüstungen zogen sich an der Front des Hotels in den oberen Stockwerken entlang. Schnaufend verharrte Weidenberg auf der kleinen Lichtung, die sich zwischen dem unerlaubten Einlass und dem Gebäude befand. Hier stand eine verwitterte Bank schräg vor einem Gebüsch. Sie war aus ihrer ursprünglichen Verankerung gerissen worden, so willkürlich, wie sie hier stand. Unrat bedeckte die Schottersteine, die vor langer Zeit auf der Lichtung ausgebracht worden waren, dazwischen wucherte Unkraut, standen Disteln in die Höhe, und er musste aufpassen, nicht auf zerbrochene Flaschen zu treten.

Nicht nur hier hatten Vandalen gehaust, auch das einstmals schöne Hotel hatten sie zerstört. Vor knapp zwei Jahrzehnten war es geschlossen worden, das wusste er noch. Mittlerweile eroberte sich die Natur das Gelände zurück. Schlingpflanzen krochen die Stufen zum alten Haupteingang nach oben, und ein Baum reckte seine Äste durch eine Fensterhöhle in das ehemalige Foyer.

Weidenberg ging vorsichtig zu der gläsernen Eingangstür, deren Flügeltüren offen standen. Aus dem Inneren des Gebäudes drangen Geräusche, die ihn schaudern ließen. Irgendwo über ihm knisterte es, von links, einige Räume weit entfernt, hörte er es rascheln, und auch einen Flügelschlag glaubte er zu vernehmen. Er versuchte sich damit zu beruhigen, dass es nur Tiere sein konnten, die, so wie er, in dem Anwesen Zuflucht gesucht hatten.

Die Arme taten ihm weh, viel länger konnte er seine Last nicht tragen. Leise betrat er das Hotel, stellte den Bräter zu seinen Füßen ab und tastete über den Boden. Er spürte Sand, Steinchen und ein Holzstück zwischen den Fingern und eine Scherbe mit scharfen Kanten. Hier, gleich hinter der Tür, hatte er die Taschenlampe deponiert. Er bekam sie zu fassen und schaltete sie ein. Die Taschenlampe auf seinem Streifzug durch den Ort hierzulassen, war eine durchdachte, wenn auch riskante Entscheidung gewesen. Mit dem Lichtkegel in den Gärten und auf den Terrassen der Einwohner nach Nützlichem und vor allem Essbarem zu suchen, war zu gefährlich. Allzu schnell zog er so die Aufmerksamkeit auf sich. Das Mondlicht musste reichen.

Prüfend ließ Weidenberg den Schein der Lampe durch die Eingangshalle des alten Hotels gleiten. Ein aus der Wand gerissener Heizkörper lag quer im Foyer, daneben ein umgestürztes Regal, aus dem etliche Böden herausgebrochen waren. Große spitzkantige Scherben lagen herum. Er musste auch hier auf jeden Schritt achten. Nicht auszudenken, wenn er sich ein Bein daran aufschlitzte.

Welch ungastlicher Ort, und doch der einzige, der ihm bei seiner Flucht als Versteck eingefallen war. Er verhielt mit dem Licht der Lampe an dem hohlen Aufzugsschacht, der einem schwarzen Schlund glich, der alles in die Tiefe zog.

Ohne die Lampe durfte er sich nachts nicht durch die Räume bewegen, überall lauerten Gefahren. Er hörte etwas knistern und hielt den Atem an. Was war das?

Weidenberg löschte die Lampe und lauschte in die Dunkelheit. War er allein hier? Er wusste es nicht, er konnte es nur hoffen. Das Haus war zu groß, um alles zu kontrollieren, und es hatte zu viele Räume, in denen sich jemand verbergen konnte. Es gab nicht nur die ehemaligen Gästezimmer, sondern auch ein Schwimmbecken, einen Sportraum, die Kellerräume, das Dachgeschoss, die Küche, den Speisesaal. Er sah es noch vor sich, wie es früher gewesen war, schmuck und gepflegt. Vor allem in der Frühjahrs- und Sommersaison war das Haus meist voll belegt gewesen. Hier hatte das Leben pulsiert, und sein Aushilfsjob im Servicebereich hatte ihm gefallen und war zudem einträglich gewesen, hatte ihm doch ab und an ein dankbarer Gast, meist weiblicher Natur, einen Schein zugesteckt. Es war lange her.

Weidenberg schaltete die Taschenlampe wieder ein, klemmte sie sich zwischen die Zähne und hob den Bräter hoch. Natürlich war er allein hier, sah man von ein paar Tieren ab. Lächerlich, seine Ängste. Seine Nerven waren nicht die besten, und das war auch nicht verwunderlich. Außerdem hatte er geradezu mörderischen Hunger.

Er stieg über zertrümmerte Möbel, zerschlissene Matratzen, Plastikeimer, zerbrochene Lampen und vieles mehr. Hinten links in der Eingangshalle hatte er sich eine Ecke eingerichtet, die im weitesten Sinne ein wenig wohnlich wirkte. Er hatte einen alten Sessel an die Wand geschoben und eine Matratze, die nicht im übelsten Zustand war, danebengelegt. Auch eine speckige, kratzige Decke hatte er gefunden. Sie war widerlich und stank, aber es war erbärmlich kalt in dem Hotel, und so war er froh, überhaupt etwas zu haben, was ihn wärmte. Ein klebriges Stück Schaumstoff, an dem wohl schon die Mäuse genagt hatten, diente ihm als Kissen. Weidenberg setzte sich auf die Matratze, stellte den Bräter ab und nahm die Lampe aus dem Mund. Er legte sie in angeschaltetem Zustand auf den Sessel. Solange er aß, brauchte er ein wenig Licht. Danach musste er im Dunkeln sitzen, damit die Batterien der Lampe nicht vor der Zeit aufgaben.

Er nahm den Deckel von dem Bräter und griff gierig nach dem ersten Hühnerschenkel. Drei Hühnerschenkel später, die er mit Haut und Knorpel verschlungen hatte, drohte ihm schlecht zu werden. Das Fett klebte an seinen Fingern, um seinen Mund und an seinem Kinn, und nun hatte er Durst und den Drang, sich zu waschen. Er besaß eine einzige Flasche Wasser und in der war nicht mehr viel drin. Lechzend trank er sie aus und löschte das Licht seiner Lampe. Dann verharrte er im Finstern. Langsam wurde er ruhiger. Er brauchte einen Plan, wie es weitergehen sollte. Hier konnte er nicht bleiben.

Weidenberg rutschte auf der Matratze nach hinten und lehnte sich gegen die eisige Wand, die die Kälte sämtlicher Winter, die das Gebäude schon leer stand, gespeichert zu haben schien.

Es war so einfach gewesen, dabei hatte er es gar nicht geplant gehabt. Hätte er es geplant, hätte er sich wahrscheinlich gar nicht getraut. Vier Stunden Ausgang hatte er bekommen, den dritten inzwischen. Knapp zwölf Jahre von dreizehn Jahren hatte er abgesessen. Gut geführt hatte er sich über die Zeit. Nun ja, die ersten Wochen sicherlich nicht, aber das war lange her, und das mochte man ihm nachsehen. An Flucht hatte er nie gedacht, er wollte nur sein Recht und wieder ein freier Mann sein.

Doch kein Mensch hatte ihm geglaubt, auch sein Anwalt nicht. Er war des Totschlags an Frau und Tochter angeklagt und schuldig gesprochen worden. Ein Wiederaufnahmeverfahren war abgelehnt worden, es gab keine neuen Erkenntnisse und schon gleich keine neuen Beweise, die für seine Unschuld sprachen.

Die ersten Monate hatte er geglaubt, den Verstand zu verlieren. Die Enge der Zelle und die unglaublich lange Zeit, die er hinter Gittern verbringen sollte, für ein Verbrechen, von dem er überzeugt war, es nicht begangen zu haben, hatten ihn wahnsinnig gemacht. Doch tief in seinem Inneren hatte ihn ein leiser hartnäckiger Zweifel gequält, der mit der Zeit gewachsen war. Hatte er die Tat doch begangen?

In seinem Kopf war eine Lücke, und je öfter und intensiver er über alles nachdachte, umso größer und dunkler wurde sie. Das Problem war, dass er oft so wahnsinnig wütend wurde. Diese Wut entstand, wenn er nicht weiterwusste, wenn er keine Argumente fand, um einer Situation entgegenzutreten, mit der er nicht einverstanden war. Sie lauerte in seinem Bauch und explodierte immer wieder mit einer Gewalt, der er nicht Herr wurde. Wenn er so wütend war, konnte er sich oft im Nachhinein, wenn der Druck endlich wich, nicht mehr erinnern, was er gesagt oder getan hatte.

Aber Merle und Sophie hätte er doch nie etwas getan. Sie waren sein Leben gewesen. Oder hatte er für Minuten Sinn und Verstand verloren und währenddessen ein unvorstellbares Verbrechen begangen?

Auf jeden Fall war Dennstett schuld, dieser großkotzige Immobilienheld, der mit seinem Unternehmen uferlos Geld scheffelte. Hätte er nicht Sophie den Kopf verdreht, er könnte heute noch in Frieden mit Frau und Tochter leben. Er musste wissen, was damals passiert war, und er musste herausbekommen, wo Sophie und Merle waren. Und dafür wiederum brauchte er Dennstett, den Verbrecher.

Weidenberg legte den Kopf in den Nacken, was ihn zwang, den Rücken von der kalten Wand zu nehmen. Mit brennenden Augen starrte er zu der düsteren Zimmerdecke, über die gelegentlich das Licht des Mondes huschte. Offenbar zogen Wolkenfelder über den Himmel und verdunkelten immer wieder den Mondschein.

Gestern um zwölf Uhr hatte er seine Ausgangsbescheinigung entgegengenommen und zwanzig Euro, damit er sich etwas kaufen konnte.

Eine Tasse Kaffee auf dem Marktplatz, das war sein ersehntes Ziel gewesen. Das Wetter war ein Elend, kalt und neblig, sodass man kaum zehn Meter weit sehen konnte. Trotzdem hatte ein Café in der Sophienstraße drei Tische mit Stühlen in der Fußgängerzone bereitgestellt und auch Decken angeboten, damit die Kunden es behaglich hatten. Außer ihm hatte niemand den Wunsch gehabt, bei dem Novemberwetter draußen zu sitzen. Die Gäste bevorzugten die Wärme und Gemütlichkeit des Innenraums. Doch für ihn gab es nichts Herrlicheres als Freiheit, das hieß, keine Wände um ihn herum. Dafür nahm er die Witterung gerne in Kauf.

So hatte er seinen Kaffee draußen genossen und sich vorgestellt, er wäre frei, frei wie alle anderen Passanten, die an ihm vorübereilten. Und plötzlich war der Gedanke da gewesen. Was, wenn er einfach nicht mehr zurückkehrte? Zuerst hatte er den Kopf über sich geschüttelt. Wo sollte er denn hin? Wie sollte sein Leben weitergehen? Er hatte weder einen erklecklichen Geldbetrag bei sich noch seinen Ausweis, nur den erbärmlichen, erniedrigenden Zettel, der ihn als Freigänger auswies, und vor allem hatte er kein Ziel.

Doch. Dennstett war das Ziel. Früher hatte der in Starnberg gewohnt. Aber da musste er irgendwie hinkommen, und es war längst nicht gesagt, dass Starnberg als Wohnort noch aktuell war. Darüber konnte er später nachdenken.

Der Gedanke, nicht in die JVA zurückzukehren, hatte sich festgenagt, und bis seine Tasse Kaffee leer war, hatte er Gestalt angenommen. Von seinen zwanzig Euro waren noch knapp achtzehn Euro übrig. Damit konnte er sich eine winzige, gut durchdachte Grundausrüstung kaufen, um die nächsten Tage zu überleben.

Er würde den Bus nehmen, um aus der Stadt zu kommen. In welche Richtung er wollte, war ihm zu dem Zeitpunkt noch schleierhaft gewesen, Hauptsache, weg.

Ab dem Moment, als er die Entscheidung getroffen hatte, waren die Probleme auch schon losgegangen. Soweit er sich erinnerte, fuhren die Busse, die in den Landkreis unterwegs waren, vom Hauptbahnhof ab. Das war von der Innenstadt aus zu Fuß nicht weit, in schnellem Schritt war er in zehn Minuten dort. Nur gefiel ihm ein schneller Schritt nicht, er wollte ja nicht auffallen. Wann die Busse fuhren, musste er vor

Ort in Erfahrung bringen. Ein Handy, um nach den Zeiten zu googeln, hatte er ja nicht.

Zuvor wollte er ein paar Kleinigkeiten einkaufen, um sein Überleben für die nächsten Stunden zu sichern. Viel Geld konnte er dafür nicht ausgeben, die Busfahrt gab es ja nicht umsonst, und er hatte keinerlei Vorstellung, wie viel er dafür einkalkulieren musste.

So hatte er in der Fußgängerzone bei der Zentralen Omnibushaltestelle, kurz ZOH genannt, in einem Discounter, den es früher noch nicht gegeben hatte, eine Anderthalb-Liter-Flasche Wasser gekauft, zwei Tafeln Schokolade und die Taschenlampe, die es zufällig als Restposten einer Aktion gegeben hatte. Mit vier Euro und neunundneunzig Cent war die richtig teuer gewesen und doch eine gute Investition. Dabei hatte er sie nur gekauft, weil ihm plötzlich klar geworden war, dass es im November schon sehr zeitig dunkel wurde und er im Moment noch gar nicht wusste, wohin es ihn verschlagen würde. An der Kasse erstand er zudem einen Stoffbeutel, in den er seine neue Habe packte. Eine Kunststofftüte wäre günstiger gewesen. Aber die waren groß und auffällig, und sie raschelten. Sicher war es in den nächsten Tagen wichtig, leise unterwegs zu sein. Die Trageschlaufen des Stoffbeutels waren ungewöhnlich lang, das gefiel ihm nicht. Entweder er trug den Beutel über der Schulter, oder er schleifte am Boden auf. Er hatte sich entschieden, die Stoffschlingen locker um sein Handgelenk zu wickeln und somit einzukürzen.

Nicht ganz die Hälfte seines Geldes war ausgegeben, als er sich auf den Weg zum Hauptbahnhof machte. Dort angekommen stellte er fest, dass die nächste Linie, die aus der Stadt fuhr, Bad Berneck zum Ziel hatte. Die Fahrt würde fünfundzwanzig Minuten dauern, mit Umstieg in der Bernecker Straße, was dort sieben Minuten Aufenthalt bedeutete. Kostenfaktor acht Euro. Damit war seine Barschaft beinahe erschöpft. Und doch war er augenblicklich sicher gewesen, das Richtige zu tun, denn in Bad Berneck im Wald auf einem Hügel vermutete er noch immer das Hotel am Berg, und wenn er ein wenig Glück hatte, stand es noch immer leer, verlassen und dem Verfall preisgegeben. Dort konnte er unterkriechen, die Nacht verbringen und nachdenken, wie es weitergehen sollte. Wenn es nicht zwischenzeitlich abgerissen worden war.

Es war nicht abgerissen worden, und nun saß er schon die zweite Nacht hier und wusste immer noch nicht, wie es weitergehen sollte. Er wusste nur, dass er so weit als möglich von Bad Berneck und Bayreuth wegmusste. Die Frage war bloß, wie. Zu Fuß kam er nicht weit, und zu auffällig war es auch. Er brauchte ein Auto, möglichst randvoll getankt. Und er musste Dennstett finden, den Verbrecher, der seine Ehe ruiniert und Sophie den Kopf verdreht hatte. Der das Leben in Freiheit genoss, während er fast zwölf Jahre hinter Gittern verbracht hatte, so oder so durch dessen Schuld.

Bis zum Starnberger See waren es fast dreihundert Kilometer. Ein Auto war unerlässlich.

13

Ihm war eiskalt, und ihm war schlecht. Langsam kam Breuer wieder zu sich. Wo war er? Was war passiert? Er lag bäuchlings und mit der linken Wange am Boden. Der Boden war rau, staubig und voller winziger Steinchen. Die Unebenheiten kratzten an seinem Gesicht, er atmete Staub ein und musste husten. Mühsam rappelte er sich auf, sah sich um, und plötzlich war die Erinnerung wieder da. Er befand sich im Keller eines alten Gehöfts und in der Gewalt eines Geisteskranken. Augenblicklich fing sein Herz an zu rasen. Sein Kopf schmerzte, und oberhalb der linken Augenbraue brannte es. Vorsichtig tastete er über die Stelle. Sie war angeschwollen, und er sah Blut an seinen Fingerspitzen. Der Kerl hatte ihn die Stufen hinuntergestoßen, so schnell, dass er nicht mehr hatte reagieren können.

Er saß neben zwei aufeinandergestapelten Holzpaletten. Wahrscheinlich war er gegen eine der Kanten geprallt, als der Mann ihn in den Raum gestoßen hatte. Wie lange war er bewusstlos gewesen? Sekunden, Minuten oder länger? Auf der Wandseite den Paletten gegenüber stand eine alte ovale Zinkwanne. Links neben den Stufen der Zugangstür sah er eine Obstkiste.

Breuer versuchte aufzustehen. Der Boden unter seinen Füßen schien zu wanken. Er stützte sich an der Wand ab, bis sein Kreislauf sich erholt hatte, und ging mit vorsichtigen Schritten zu der Obstkiste. In ihr lagen einige mit Essensresten verklebte Plastikschüsseln sowie eine leere, schmuddelige Flasche. Warum stand das Zeug hier unten? Die Essensreste waren angetrocknet, dennoch sahen die Schüsseln nicht so aus, als stünden sie schon endlose Zeiten im Keller. Er stakste die beiden Stufen zu der Kellertür hinauf und zerrte vergeblich an dem Griff.

Sein Verstand weigerte sich, die Lage zu erfassen, gleichzeitig stieg Hysterie in ihm auf. Er saß hier fest. Hier, in diesem Verlies, in den Tiefen eines auf den ersten Blick verlassenen Bauernhofes, auf Gedeih und Verderb einem Irren ausgeliefert. Das war doch nicht möglich! Wie hatte er in diese Situation geraten können?

Er musste hier raus! Vorsichtig ging er die beiden Stufen wieder hinunter. Erneut sah er sich um.

Von dem Raum, in dem er sich befand, gingen zwei bogenförmige Durchgänge ab. Vor einem hing ein speckiger Vorhang aus dunkelrotem Stoff, der andere war offen und verlor sich in der Dunkelheit. Ihm war schlecht. Außerdem hatte er schrecklichen Durst. Vielleicht ließ ihn der Kerl verhungern und verdursten? Dann standen ihm wahrscheinlich entsetzliche Qualen bevor. Ein ungeheures Gefühl der Schwäche überkam ihn. Wieder stützte er sich an die raue, unverputzte Wand und hoffte verzweifelt, aus diesem Irrsinn aufzuwachen.

Er beschloss, sich die beiden bogenförmigen Durchgänge anzusehen, und wandte sich zu dem, der mit dem Vorhang verschlossen war. Je näher er ihm kam, umso deutlicher meinte er, einen unangenehmen Geruch wahrzunehmen. Vorsichtig berührte er den Vorhang. Das Material fühlte sich klebrig an und schwerer, als er gedacht hatte. Er zog ihn ein Stück zur Seite, und augenblicklich schlug ihm ein beißender, unerträglicher Gestank nach Fäkalien entgegen.

Umgehend ließ er den Stoff fallen, doch der Geruch war ihm bereits in die Nase gefahren und hatte sich im Raum verteilt. Es widerte ihn an, und doch war jetzt schon klar, dass er irgendwann diesen Ort aufsuchen musste. Breuer trat einige Schritte zurück. Es war nicht anzunehmen, dass sein Kidnapper selbst diesen Verschlag als Toilette benutzte. Doch wer dann? War er gar nicht allein hier unten? Wie lange hielten sich diese unerträglichen Gerüche in nahezu luftdichten Räumen?

Von einer Sekunde zur nächsten hatte Breuer das Gefühl, keine Luft mehr zu bekommen. Wie lange gab es genug Sauerstoff hier unten? Lief er Gefahr zu ersticken? Kalter Schweiß brach ihm aus allen Poren. Ganz ruhig. Luftdicht war zumindest der große Keller schon deshalb nicht, weil die Tür, durch die der Mann ihn gezwungen hatte, unten nicht bündig schloss. Außerdem hatte er sein Gefängnis noch gar nicht durchsucht. Vielleicht gab es irgendwo Lüftungsschlitze oder ein Oberlichtfenster, auch wenn es vielleicht vergittert war. Er musste die Nerven behalten und sich umsehen.

Breuer wandte sich dem zweiten Durchgang zu, der wie eine schwarze Höhle vor ihm lag, und tastete die raue Wand zur rechten Seite ab. Tatsächlich fand er einen Kippschalter. Er betätigte den Hebel, und auch hier flammte eine nackte Glühbirne auf, die an einem Kabel von der niedrigen Decke baumelte. Das Kabel zog sich unter der Decke entlang und verschwand hinter einer Biegung. Vor ihm lag ein schmaler Gang. Unter seinen Schuhen knirschten grobkörniger Sand und kleine Steinchen, und plötzlich meinte er, ein Geräusch zu hören. Er verhielt im Schritt und lauschte, doch nun war es wieder ruhig. So leise wie möglich lief er weiter.

Nach der Biegung sah er links und rechts Vertiefungen in den grob verputzten Wänden. In manchen waren Regalbretter befestigt, auf denen uralte, eingestaubte Gläser standen, gleich denen oben in der Vorratskammer mit der Falltür. Breuer glaubte, eingewecktes Obst darinnen zu sehen. In einer anderen Vertiefung, ohne Regalbretter, lagen willkürlich hingeworfene Jutesäcke. Unvermittelt stand er am Ende des Ganges. Hier befand sich ein mit Holzbrettern abgetrenntes Kellerabteil, ähnlich denen in Gemeinschaftskellern von Mietshäusern. Die Tür war nur angelehnt, und in einer Ecke an der Wand lag eine zusammengekrümmte Gestalt, das Gesicht in den Händen verborgen. Breuer prallte förmlich zurück, in der Überzeugung, die nächste Leiche entdeckt zu haben.

Er atmete flach, versuchte seinen beschleunigten Puls zu ignorieren und schwankte zwischen nutzloser Flucht zurück in den ersten Kellerraum und dem Drang, nach der Person zu sehen. In dem Verschlag war es sehr düster. Bis hierhin reichte das Licht der Glühbirne nicht, und seine Augen gewöhnten sich nur langsam an das Dunkel. Dennoch meinte er, dass sich ein Bein der zusammengekrümmten Gestalt bewegt hatte.

»Hallo? Hören Sie mich?«, sagte er leise.

In gefühltem Zeitlupentempo kam Bewegung in die Person. Sie richtete sich auf und sah ihn an. Es war eine Frau mit schulterlangen dunklen Haaren, die ihn mit angstverzerrtem Gesicht ansah.

14

Kristina erwachte vom nachdrücklichen Läuten des Telefons. Es dauerte etliche Sekunden, bis sie sich im Hier und Jetzt wiederfand. Neben ihr lag Philipp, in tiefem Schlaf. Er war spät in der Nacht gekommen, und nur Minuten nach seinem Eintreffen hatte er sie behutsam, aber entschlossen überzeugt, zu Bett zu gehen, allerdings zunächst nicht zum Schlafen. Das Telefon läutete immer noch. Kristina schob die Beine über die Bettkante und verließ den Raum. Sehr leise musste sie nicht sein, Philipp weckte so schnell nichts auf.

Das Handy lag auf dem Couchtisch. Es war Willbrandt. Augenblicklich zog sich in ihr etwas zusammen.

»Herbich, guten Morgen, Chef«, sagte sie und merkte erschrocken, dass sie heiser und schlaftrunken klang, obgleich ihr Kreislauf sofort in Schwung gekommen war, als sie seinen Namen auf dem Display gesehen hatte.

»Guten Morgen, Frau Herbich«, antwortete Willbrandt. Er klang so ernst, dass ihr flau im Magen wurde. Sie blieb neben dem Sofa stehen.

»Was ist passiert?«, fragte sie, ehe er weitersprechen konnte.

»Vor einer halben Stunde wurde Konrad Breuer als vermisst gemeldet, und zwar von seinem Lebensgefährten, Dennis Köster. Ich muss Sie bitten, mit dem Mann zu reden, entweder auf dem Präsidium oder bei ihm zu Hause. Es hat einen Vorfall gegeben, der sehr bedenklich klingt.«

»Lieber Himmel.« Es überlief sie eiskalt. »Was für einen Vorfall?«

»Sprechen Sie am besten mit Herrn Köster selbst, und zwar so schnell als möglich«, entgegnete Willbrandt.

»Ja, mach ich.« Ihre Kehle war trocken, und ihr rann wieder ein Schauer über den Rücken. Sie verabschiedete sich von ihrem Vorgesetzten, eilte ins Schlafzimmer und kniete sich auf das Bett.

»Philipp«, murmelte sie, nahe seinem Ohr, und küsste seine

Wange. Ihr Freund zeigte keine Reaktion. »Philipp«, versuchte sie es erneut und streichelte nun seinen Arm. Philipp brummelte etwas, schob seinen Arm unter die Bettdecke und zog sie gleichzeitig höher.

»Philipp! Nun wach doch auf.«

Sie wurde ungeduldig. Sie musste duschen und Zähne putzen und brauchte zumindest einen Kaffee, ehe sie das Haus verlassen konnte. Sie wollte Dennis im Präsidium treffen. Das war ihr lieber, als durch die ganze Stadt zu fahren, von der Nürnberger Straße, wo sie wohnte, bis hinaus in die Saas. Bis zum Präsidium waren es mit dem Auto nur wenige Minuten, theoretisch hätte sie hinlaufen oder das Rad nehmen können. Den beiden letzten Möglichkeiten stand ihre Bequemlichkeit entgegen.

»Was ist denn?«, brummelte Philipp, ohne sich zu ihr umzudrehen.

»Ich muss ins Büro. Willbrandt hat eben angerufen. Dennis hat Breuer als vermisst gemeldet.«

»Wer ist Dennis?« Nun schien ihr Freund doch aufzuwachen.

»Sein Lebensgefährte. Das hab ich dir doch letzte Nacht erzählt.«

»Ach ja.« Philipp streckte den Arm aus und ließ die Fingerspitzen über ihre nackte Schulter und den Ansatz ihrer Brust gleiten. »Hast du noch ein paar Minuten Zeit?«, murmelte er und versuchte, sie an sich zu ziehen.

Kristina entwand sich ihm.

»Nein, mein Schatz«, antwortete sie sachlich. »Schlaf dich aus. Ich komme zurück, so schnell es geht.«

»Und was ist mit einem gemeinsamen Frühstück?«

Sie war nicht sicher, ob in seiner Frage ein Vorwurf steckte.

»Später, wenn es nicht zu spät wird«, entgegnete sie und merkte, dass ihr alles miteinander nicht passte. Ihr drängte die Zeit, sie wollte nicht verhandeln, und sie konnte nichts versprechen. »Ich schreibe dir«, entschied sie sich, ihm in Aussicht zu stellen.

»Mach das. Ich muss noch ein bisschen schlafen.«

Philipp drehte sich weg und zog wieder die Decke hoch bis zu den Ohren. Kristina eilte ins Bad.

Eine halbe Stunde später verließ sie das Haus. Sie hatte sich am zu heißen Kaffee den Mund verbrannt und in aller Eile ein Stück gebutterten Toast gegessen. Philipp musste sich selbst versorgen, falls er überhaupt im Laufe des Vormittags aufstand. Während des hektischen Frühstücks hatte sie Köster auf dessen Festnetztelefon angerufen – eine Handynummer hatte sie von ihm nicht – und ihn gebeten, um zehn Uhr im Präsidium zu sein. Der Mann hatte umgehend zugestimmt. In welcher psychischen Verfassung er war, hatte sie sich im Verlauf des kurzen Telefonats nicht erschließen können. Gleichzeitig hatte sie festgestellt, dass sie sich ihm gegenüber eigenartig beklommen fühlte, fast, als würde sie etwas Privates verbinden. Irritiert versuchte sie, diesen Eindruck zu verdrängen.

Kristina war zehn Minuten vor der vereinbarten Zeit in der Werner-Siemens-Straße. Sie betrat das Gebäude durch die gläserne Tür des Haupteingangs. Links am Empfang saß heute, am Sonntag, nicht wie sonst Rudi Grassmann, sondern Julika Reindl. Sie war mager, hatte ein blasses Gesicht mit vielen Sommersprossen und hellrote Haare, zum straffen Zopf gebunden. Sie lächelte Kristina freundlich zu.

»Guten Morgen, Frau Herbich«, grüßte sie sie.

»Guten Morgen.« Kristina rang sich ein Lächeln ab. »Ich erwarte jemanden. Dennis Köster. Wenn er hier ist, lassen Sie ihn bitte sofort zu mir bringen.«

»Wird gemacht«, antwortete die junge Kollegin.

Kristina eilte den Flur entlang zu ihrem Büro. Erst als sie den Raum betrat, fragte sie sich, warum sie so rannte. Sie war einige Minuten zu früh, Köster war noch nicht hier und jede Eile im Augenblick vergeudete Energie. Sie hängte ihren Wollmantel an den Garderobenständer, lehnte sich an den halbhohen Aktenschrank, auf dem auch die Kaffeemaschine und der Wasserkocher standen, und betrachtete Breuers leeren Platz. Vor zwei Tagen um die gleiche Zeit hatte er ihr hier noch gegenübergesessen und an seinem dampfenden Kräutertee genippt.

Es klopfte an der Zimmertür, und noch ehe sie hereingebeten hatte, wurde geöffnet. Eine junge Polizeibeamtin, die in ihrer Uniform aussah, als müsste sie noch hineinwachsen, stand im Rahmen.

»Guten Morgen. Frau Herbich?«

Kristina nickte. Eine Zurechtweisung, weil sie einfach die Tür geöffnet hatte, lag ihr auf der Zunge.

»Herr Köster ist hier.« Die Beamtin trat zur Seite und winkte ihn in den Raum, ebenfalls, ehe Kristina etwas dazu gesagt hatte. »Ich hol Sie später wieder ab«, sagte die Kollegin zu dem Mann, der abwartend unter der Tür stand. Sie schob sich an ihm vorbei.

Empörung schoss wie eine Stichflamme in Kristina auf.

»Moment!«, fuhr sie hoch, registrierte aus den Augenwinkeln, dass ihr Besucher zusammenzuckte, stieß sich vom Aktenschrank ab und eilte der Beamtin hinterher. »Warten Sie.«

Sie schloss die Bürotür, damit Köster nicht unnötig viel mitbekam.

»Frau …?« Sie sah die junge Polizistin an.

»Annika Bogen«, antwortete diese und erwiderte arglos ihren Blick.

»Sie sind offenbar noch nicht lange bei uns, richtig?«, fragte sie aufgebracht.

»Seit drei Tagen«, sagte die Beamtin, plötzlich unsicher.

»Dann gebe ich Ihnen jetzt eine kleine Einweisung. Das nächste Mal, Frau Bogen, warten Sie nach dem Anklopfen, bis ich Sie hereinbitte. Das gehört eigentlich zur Kinderstube. Wenn Sie jemanden bringen, der zu mir will oder sollte, kündigen Sie ihn an und warten ebenfalls, bis ich etwas dazu gesagt habe, und schicken ihn nicht einfach in mein Büro. Und abschließend: Wer wen wann abholt, entscheiden auch nicht Sie, sondern im speziellen Fall ich.«

Annika Bogen war rot angelaufen, während Kristina ihrem Ärger Luft machte.

»Ist das angekommen?«

»Jawohl«, murmelte sie. Die Röte ging bis zu ihren Ohren.

Kristina atmete durch. Sie ignorierte den Anflug eines

schlechten Gewissens, weil sie sie gar so rüde zurechtgewiesen hatte, wandte sich um und ging mit schnellen Schritten zurück in ihr Büro. Köster stand mitten im Raum, die Augen auf den leeren Stuhl von Breuer gerichtet, so ähnlich wie sie selbst vor wenigen Minuten.

»Herr Köster?«, sprach Kristina ihn an.

Der Ärger auf die neue Kollegin ließ sie nicht los. Tief in sich wusste sie, dass sie überreagiert hatte, weil sie die Sorge um Breuer plagte. Der Angesprochene nickte und hielt ihr die Hand hin.

»Dennis Köster. Sie sind also die Chefin von Konrad. Ich habe Sie mir ganz anders vorgestellt«, sagte er.

Er hatte eine ruhige, angenehme Stimme und schien um einiges jünger zu sein als Breuer. Sie kannte Breuers Alter nicht, vermutete aber, dass er, so wie sie, Mitte vierzig war. Dennis Köster mochte etwa dreißig Jahre alt sein. Er hatte blondes, lockiges Haar, auf Kinnlänge geschnitten, und ihr erster Eindruck war, dass ihm die Frauen sicher in Scharen hinterherliefen. Doch diesbezüglich gab sie auf ihre eigene Einschätzung nichts mehr. Sie war ja auch damals, als sie Breuer kennengelernt hatte, gar nicht auf die Idee gekommen, dass er homosexuell war.

»Tatsächlich?«, sagte sie, und flüchtig ging ihr durch den Kopf, ob sie wissen wollte, wie er sie sich vorgestellt hatte. Grundsätzlich ja, dachte sie. Nur jetzt nicht.

»Bitte setzen Sie sich«, sagte sie, zeigte auf den Besucherstuhl und setzte sich selbst hinter ihren Schreibtisch. Köster nahm Platz, breitbeinig, und stützte die Handflächen auf die Knie.

»Hören Sie, Frau Herbich. Ich mache mir wirklich Sorgen. Es passt überhaupt nicht zu Konrad, einfach zu verschwinden. Wenn ich richtigliege, ist er seit gestern Vormittag nicht mehr nach Hause gekommen. Es muss etwas passiert sein und … ja … ich …« Er brach ab, fuhr sich nervös mit einer Hand in den Nacken, sah zu Boden und dann wieder zu Kristina.

»Wenn Sie richtigliegen?«, fragte sie nach.

»Ja. Ich war unterwegs. Ich bin selbst erst vor zwei Stunden zurückgekommen«, erwiderte er.

»Sie waren von gestern Morgen bis gerade eben unterwegs?«, vergewisserte sie sich.

»Ja.« Irritiert sah er sie an.

»Wo waren Sie?«

»In Bamberg, bei Freunden«, antwortete er, wieder ruhiger.

»Ist gestern, ehe Sie weggefahren sind, irgendetwas vorgefallen? War Breuer anders als sonst?«

Dennis Kösters Blick flackerte. Aha. Es war etwas vorgefallen.

»Wir hatten Streit«, gab er zu, lehnte sich im Stuhl zurück, verschränkte die Arme vor der Brust und löste sie sofort wieder.

»Worum ging es?«, fragte sie.

Dennis sah zur Seite.

»Herr Köster, bitte. Ich brauche ein paar Informationen von Ihnen«, mahnte sie sanft.

»Ich bin in der Nacht von Freitag auf Samstag spät nach Hause gekommen. Konny hat auf mich gewartet. Das wusste ich nicht. Er kommt oft selbst spät.« Er brach ab.

Kristina sah ihn aufmerksam an, ohne etwas zu sagen.

»Und?«, fragte sie schließlich.

Er schien mit sich zu ringen. Es gab etwas, was er nicht aussprechen wollte.

»Ich war in der Nacht von Freitag auf Samstag nicht allein unterwegs.«

»Mit wem waren Sie unterwegs?« Sie bekam eine Ahnung, was der Grund für die Auseinandersetzung gewesen sein mochte.

»Mit einem Freund.«

Wieder wich der Mann ihrem Blick aus.

Er hatte Breuer betrogen. Erstaunlicherweise beruhigte sie diese Erkenntnis, auch wenn es ihr für den Kollegen sehr leidtat. Es gab eine Beziehungskrise, in deren Folge Breuer sämtliche Pflichten entweder verdrängt hatte oder sich nicht mehr in der Lage sah, ihnen nachzukommen. Nun war zumindest nachvollziehbar, warum er nicht erreichbar war. Er ging einfach nicht an sein Handy, weil er sich nicht in der Verfassung dazu fühlte. Möglicherweise hatte es ihn in den Grundfesten erschüttert, dass sein Partner fremdgegangen war. Sie versuchte, sich ihren Mitarbeiter erschüttert vorzustellen, doch es gelang ihr nicht.

»Erzählen Sie mir bitte genau, was passiert ist«, bat sie.

»Er wollte wissen, wo ich war und mit wem. Ich habe es ihm erzählt. Er ist nie da. Wir sind inzwischen beinahe fünf Jahre zusammen. Trotzdem lebe ich fast allein. Irgendwann im letzten Jahr habe ich angefangen, abends wegzugehen, ohne ihn. Na ja.«

Er zuckte mit den Schultern und sah unruhig im Raum hin und her. Kristina wartete ab. Sie war sicher, es gab noch mehr, was er zu sagen hatte. Tatsächlich wandte Dennis ihr wieder den Blick zu.

»Er ist furchtbar wütend geworden und aus dem Haus gestürmt. Das war es. Er hat nichts mitgenommen, weder sein Handy noch seinen Geldbeutel, nur den Schlüsselbund. Ich habe gehört, wie er mit Vollgas weggefahren ist. Ich habe etwa zwei Stunden darauf gewartet, dass er zurückkommt, ist er aber nicht. Dann habe ich mich entschlossen, nach Bamberg zu fahren.«

»Und Breuer ist immer noch nicht zurück, und nun machen Sie sich verständlicherweise Sorgen«, ergänzte Kristina.

Es gelang ihr auch nicht, sich Breuer furchtbar wütend vorzustellen oder wie er mit Vollgas durch die Wohngegend in der Saas jagte. Sie kannte Breuer nicht. Sie kannte nur seine berufliche Seite. Plötzlich war ihr der Kollege fremd, obwohl sie geglaubt hatte, dass sie mittlerweile eine Basis miteinander gefunden hatten, die hier und da ans Kameradschaftliche grenzte.

»Ja. Er ist jetzt mehr als vierundzwanzig Stunden fort. Das passt nicht zu ihm«, beharrte Dennis.

»Kann es sein, dass er während Ihrer Abwesenheit noch einmal nach Hause gekommen ist und ein paar Sachen geholt hat? Seinen Geldbeutel zum Beispiel?«, fragte sie.

»Nein.« Heftig schüttelte Dennis den Kopf. »Es liegt alles noch im Flur auf dem Schuhschrank. Er war nicht da! Das weiß ich schon deshalb, weil Konny immer das Haus abschließt, ehe er geht. Zumindest, wenn ich nicht daheim bin. Ich dagegen ziehe manchmal einfach die Tür hinter mir zu. Deswegen hatten wir auch schon öfter Stress, weil er das leichtsinnig findet. Als ich heute Morgen zurückgekommen bin, war sie nur zugezogen.«

»Könnte er zu Freunden oder Bekannten gegangen sein? Zu Verwandten? Haben Sie schon irgendwo nachgefragt?«

»Ich wüsste nicht, bei wem.« Dennis lehnte sich im Stuhl zurück und verschränkte die Arme vor der Brust.

»Es wird doch irgendwelche Leute in Ihrem Umfeld geben, mit denen Breuer Kontakt hat?«, insistierte sie.

»Ich sage doch, er lebt für die Arbeit.«

»Was ist mit Breuers Familie? Leben seine Eltern noch, hat er Geschwister?«

Als Einzelgänger hatte sie ihn nie gesehen, ohne etwas über sein Privatleben zu wissen. Sie hatte sich aber auch nie dafür interessiert. Zum einen, weil sie genug mit sich selbst zu tun hatte, zum anderen, weil ihr Kollege stets eine freundliche Distanz wahrte. Oder bildete sie sich das ein? Hatte sie schlichtweg Hemmungen, Interesse zu zeigen, weil sie seinerzeit, als sie einander kennengelernt hatten, ein eindeutiges Interesse gehabt hatte?

»Er hat noch seinen Vater, aber die beiden haben keinen Kontakt«, antwortete Dennis.

»Wissen Sie, warum nicht?« Sie griff nach einem Kugelschreiber, als gäbe es einen Grund, sich Notizen zu machen. Noch gab es keinen.

»Konny ist Einzelkind, und sein Vater kommt nicht damit zurecht, dass er mit Frauen nix anfangen kann«, erwiderte Dennis lapidar.

»Sie schließen also aus, dass er bei ihm ist?«, fragte sie.

»Absolut«, antwortete Dennis entschlossen.

»Wie heißt der Mann mit Vornamen und wo wohnt er?«, fuhr sie fort.

»Wilfried Breuer. Er wohnt in Aichig, in der Harzstraße.«

Kristina notierte sich die Adresse.

»Sagt Ihnen Margitta Breuer etwas?«, fragte sie.

Dennis sah sie verwundert an.

»Wie kommen Sie jetzt auf die?«, fragte er.

»Der Name sagt Ihnen also etwas. Ist Margitta seine Mutter?«

»Nein. Sie ist eine Art Tante. Eine Cousine seines Vaters. Ich kenne sie nur vom Namen.«

»Könnte er dort sein?«

Dennis hob die Hände, mit den Handflächen nach oben.

»Was fragen Sie mich das? Sie sind bei der Kripo. Es muss doch möglich sein, dass Sie irgendwas unternehmen. Vielleicht hatte er einen Unfall, so narrisch, wie er davongerast ist. Kann man das nicht herausfinden?«

»Natürlich kann man das herausfinden.« Sie zögerte. »Ich habe schon in den Kliniken angerufen. Es ist in den letzten vierundzwanzig Stunden kein Unfall eingeliefert worden.«

»Sie sind schnell«, sagte Dennis.

Kristina beschloss, ihm nicht zu sagen, dass sie selbst seit gestern nach Breuer suchte, weil er ihren Dienst hätte übernehmen sollen.

»Was ist mit seiner Mutter?«, fragte sie.

»Verstorben«, erwiderte er nur.

»Gut, Herr Köster. Fassen wir zusammen. Sie und Herr Breuer hatten einen heftigen Streit. Er hat aufgebracht das Haus verlassen und lediglich seine Schlüssel und den Wagen mitgenommen. Seither ist er nicht wiederaufgetaucht und hat sich auch nicht gemeldet. So weit richtig?«

»Ja«, stimmte Dennis knapp zu.

»Ich kenne Herrn Breuer als äußerst pflichtbewussten Kollegen. Von daher denke ich, er wird morgen wie üblich an seinem Arbeitsplatz sitzen. So lange sollten wir abwarten.« Während sie sprach, legte sich in ihr etwas quer. Eben weil Breuer pflichtbewusst war, war es ungewöhnlich, dass er nicht für die Bereitschaft zur Verfügung stand. Für ein oder zwei Stunden, das hätte sie sich vorstellen können, aber nicht vierundzwanzig

Stunden oder länger. Sie würde mit Breuers Vater Kontakt aufnehmen und mit dieser Tante. Davon musste Dennis im Moment nichts wissen. Breuers Lebensgefährte sah sie an. In seiner Miene spiegelte sich Angst.

»Sie können doch nicht einfach abwarten. Was ist, wenn …« Er stockte.

»Was?«, fragte sie.

Er verschwieg ihr etwas. Sie wusste nur nicht, was.

»Wenn er sich etwas angetan hat?« Dennis presste die Handflächen aneinander.

Kristina überlief es kalt, und sie suchte nach Worten. Breuer war doch nicht labil, oder? Verdammt, sie kannte ihn überhaupt nicht. Ihr Handy klingelte. Auf dem Display erschien das Foto von Philipp. Sie drehte das Telefon mit dem Bildschirm nach unten. Sekundenlang beherrschte das Läuten des kleinen Gerätes den Raum, dann brach der Ton unvermittelt ab.

»Würden Sie ihn so einschätzen?«, fragte Kristina. Sie brauchte einen Schluck Wasser. Es widerstrebte ihr, diesem Dennis auch etwas zu trinken anzubieten. Er sollte jetzt gehen.

»Eigentlich nicht. Ich hatte aber auch nicht erwartet, dass er derart überreagiert«, sagte Dennis.

Überreagiert. Das Wort hallte in ihrem Kopf nach. Dennis betrog Breuer, der wegen dieser Erkenntnis außer sich das Haus verließ, und nun sprach der Mann davon, dass sein Lebensgefährte überreagiert hatte. Hätte Philipp sie betrogen, sie hätte ihn rausgeworfen. Oder sie hätte postwendend seine Wohnung verlassen, wäre sie bei ihm im Saarland gewesen. Sie musterte den schlanken Mann so unauffällig wie möglich. War er zum ersten Mal fremdgegangen, und Breuer war tief getroffen deswegen? Oder war es schon öfters vorgekommen, und dieses Mal hatte das Fass zum Überlaufen gebracht?

»Herr Köster, ich tue, was ich kann, um Herrn Breuer zu finden. Melden Sie sich bitte umgehend, wenn Sie etwas von ihm hören oder wenn Ihnen noch etwas einfällt«, sagte Kristina.

Im Grunde wusste sie überhaupt nichts. Die beiden hatten sich gestritten, und nun war Breuer verschwunden. Möglicherweise war er längst nicht so unangreifbar, wie sie ihn stets gesehen hatte. Über ihr Handy ging eine WhatsApp-Nachricht ein. Es wurde Zeit, dass Köster ging. Sie glaubte nicht, von ihm noch etwas zu erfahren, was weiterhalf.

»Das ist alles?«, fragte Dennis.

»Wie meinen Sie das?« Kristina musterte ihn. Er sah gut aus, zweifelsohne. Auf ganz andere Art als Breuer, ebenso attraktiv. Wahrscheinlich war er auch sehr charmant und flirtete gerne.

»Ich meine: Was unternehmen Sie?«

»Ich spreche mit seinem Vater und seiner Tante«, informierte sie ihn widerwillig.

Dennis machte eine wegwerfende Handbewegung.

»Zeitverschwendung. Können Sie nicht nach ihm fahnden lassen?«

»Theoretisch ja.«

»Was hindert Sie?«

Das Gefühl, dass es lediglich um eine Beziehungskrise ging, in deren Verlauf Breuer die Nerven durchgegangen waren. Er würde vermutlich bis zum Abend wiederauftauchen.

»Wenn Herr Breuer nicht morgen früh zur gewohnten Zeit an seinem Arbeitsplatz sitzt«, antwortete Kristina und zeigte zu dem Schreibtisch, der ihrem gegenüberstand, »dann kümmere ich mich um eine offizielle Personensuche.«

Dennis stand auf. Wut und Angst spiegelten sich in seiner Miene.

»Haben Sie die Adresse von Margitta Breuer?«, fuhr sie fort.

»Nein. Aber die hat sicher Konnys Vater.« Er ballte die Fäuste, und seine Wangen hatten sich gerötet.

»Herr Köster? Gibt es noch irgendetwas, was ich wissen sollte?«, fragte sie.

»Nein! Auf Wiedersehen«, antwortete er aufgebracht und verließ den Raum.

Sie hätte ihn aufhalten müssen. Es war nicht vorgesehen, dass Besucher allein durchs Präsidium liefen.

15

Die Frau presste sich in zusammengekauerter Haltung an die Wand, die Arme hielt sie um die angezogenen Beine geschlungen. Trotz des trüben Lichts meinte Breuer zu sehen, dass sie zitterte und ihn angstvoll anstarrte.

»Wer sind Sie?«, fragte er leise. »Was machen Sie hier?« Die Frau gab keine Antwort.

»Verstehen Sie mich?«, fuhr er fort. »Ich tue Ihnen nichts. Ich bin hier unten eingesperrt worden. Ich wollte …« Er brach ab. Nur telefonieren. Es war ein Alptraum.

»Sie waren bewusstlos«, sagte sie leise.

Sie hatte ihn schon bemerkt, noch ehe er wieder zu sich gekommen war. Dann war er wohl doch längere Zeit ohnmächtig gewesen.

»Wie lange?«, fragte er.

»Was?«

»Wie lange war ich bewusstlos?«

»Keine Ahnung. Ich habe Sie gehört. Sie und die Tür und das Poltern. Als es wieder still war, wollte ich nachsehen, was los war. Sie lagen am Boden, ohnmächtig. Hat er Sie niedergeschlagen? War es der Kerl mit dem Bart?«, hörte er sie flüstern.

»Er hat mich nicht niedergeschlagen. Er hat mich in den Keller gestoßen, und ich bin mit dem Kopf gegen die Paletten geknallt.« Er meinte, den Sturz und den Aufprall noch einmal zu spüren.

»Er kommt ab und zu runter«, raunte sie ihm zu.

»Und dann?« Unwillkürlich senkte er auch wieder die Stimme.

»Er bringt was. Essen und zwei Eimer. Dann geht er wieder. Er sagt nie was«, wisperte sie.

Breuer musste sich anstrengen, sie zu verstehen.

»Warum hat er Sie eingeschlossen? Was will er von Ihnen?«, fragte Breuer. Obwohl sich seine Lage nicht im Geringsten verbessert hatte, war ihm ein wenig leichter. Er war nicht allein in diesem Verlies.

»Ich weiß es nicht. Ich …« Sie brach ab.

»Tut er Ihnen was?«

»Nein. Aber er … ich … ich darf hier nicht raus. Ich weiß nicht, was er vorhat. Ich glaube, er hat gar nichts vor. Er ist nicht normal.«

Aus dem großen Kellerraum drang ein Geräusch. Ein Schaben, ein Scheppern, dann schlug eine Tür, vermutlich die Tür, die zu dem Gewölbekeller führte. Die Frau hielt die Hände vor den Mund gepresst. Nun war es wieder ganz still, hier unten, unter der Erde.

»Das war er«, flüsterte sie und ließ die Hände sinken.

Breuer wandte sich ab und ging mit schnellen Schritten in den ersten Raum zurück. Die Obstkiste war weg, an ihrer Stelle stand nun eine andere, ein wenig größer als die vorherige. Sie war mit allerlei gefüllt. Rasch ging er hin und musterte den Inhalt. Er sah zwei Flaschen mit einer klaren Flüssigkeit, vielleicht mit Wasser. Ein paar grobe Scheiben Brot lagen auf einem Teller, zwei abgegriffen aussehende Schraubgläser standen daneben, in denen sich laut den schlecht lesbaren Etiketten Mettwurst und Leberwurst befanden, die, so Breuers spontaner Gedanke, so alt sein mochten wie der Hof selbst, und etliche Äpfel und Birnen, zum Teil schrumpelig und mit braunen Stellen. Unter dem Teller mit dem Brot befand sich eine größere Schüssel. Breuer hob den Teller hoch. In ihr lagen gekochte Kartoffeln.

»Er hat mehr Essen gebracht als sonst«, hörte er die Stimme der Frau hinter sich.

Breuer wandte sich um. Sie stand unter dem Durchgang. Jetzt, wo er sie im Licht der Glühbirne ansehen konnte, erkannte er, dass sie um einiges älter schien, als er zunächst vermutet hatte. Ihre dunklen, überschulterlangen Haare waren verfilzt und von grauen Strähnen durchzogen. Sie trug einen knöchellangen Baumwollrock, ein dunkelgrünes T-Shirt und darüber eine bunte Strickjacke, die aus Patchwork-Quadraten zusammengesetzt war. Sie näherte sich ihm und sah in die Kiste.

»Er bringt nie Besteck mit, höchstens mal einen Löffel«, sagte sie. Ihre Gesichtshaut war schlaff und voller Falten. »Er hat immer das Gewehr dabei.«

»Wie lange sind Sie schon hier?«, fragte Breuer. »Warum hält er Sie hier unten fest?«

»Ich weiß es nicht, und wie lange ich schon hier bin, weiß ich auch nicht. Lange.«

Sie setzte sich auf den Boden, nahm eine Scheibe Brot aus der Kiste und biss hinein. Ihre Finger waren schmutzig und die Nägel zu lang. Widerwillen stieg in ihm auf.

»Ich habe kein Zeitgefühl mehr. Anfangs dachte ich, er will mir Gewalt antun oder hat irgendwelche sadistischen Züge. Aber bisher … nichts. Er hält mich hier unten fest, stellt ab und zu etwas zu essen runter, und manchmal tauscht er die Eimer aus.« Sie zeigte zu dem Durchgang mit dem Vorhang. »Es gibt Licht, rechts an der Wand ist der Schalter.«

»Die Eimer?« wiederholte Breuer, und zornige Scham durchlief ihn.

»Ja. Einen mit Wasser, vermutlich zum Waschen, und einen … Sie wissen schon. Während er die Eimer austauscht, sperrt er mich dort hinten ein, wo Sie mich gefunden haben.«

Sie deutete mit einer Kopfbewegung zu dem zweiten Durchgang.

»Vielleicht will er Lösegeld für Sie«, sagte Breuer, in dem hilflosen Versuch, eine rationale Erklärung zu finden.

Er sah die beiden verwesten Personen in der Schlafkammer vor sich. Hielt der Mann willkürlich gefangen, wer ihm in die Quere kam? Hatte er perverse Züge? Hatte er auch die beiden Toten hier unten festgehalten und irgendwann, als sie das Zeitliche gesegnet hatten und sich nicht mehr wehren konnten, oben aufgebahrt? Doch wenn es so gewesen war, woran waren sie gestorben? Verhungern ließ er seine Gefangenen ja offenbar nicht. Man mochte hier unten irgendwann dem Wahnsinn verfallen, doch daran starb man nicht. Hatte er sie umgebracht?

Hatte er Profit aus seinen Opfern schlagen wollen? Für eine Lösegeldforderung fehlte dem Mann vermutlich der Intellekt, dem äußeren Erscheinungsbild nach zu urteilen. Aber da konnte man sich auch verschätzen, das sagte ihm seine Berufserfahrung.

»Lösegeld?«

Die Frau stieß ein kurzes unfrohes Lachen aus und legte ihre angebissene Scheibe Brot zurück auf den Teller. Neuer Ekel stieg in ihm auf. Über kurz oder lang brauchte er auch etwas zu essen und vor allem zu trinken. Auch den besagten Eimer würde er benutzen müssen. Es war unerträglich und demütigend. Vielleicht wusste jemand aus dem Umfeld der Frau, wo sie hingegangen war. Vielleicht wurde sie schon gesucht, und die Rettung war nahe.

Er klammerte sich an den Gedanken.

»Es gibt niemanden, der für mich zahlen würde. Es gibt auch niemanden, der mich vermisst«, zerstörte sie seine schwache Hoffnung. »Ich verrotte hier unten, wenn der Typ nicht ein Einsehen hat.«

»Gibt es denn niemanden, der weiß …« Er brach ab.

»Nein. Vergessen Sie es.«

Breuer spürte eine ungeheure Schwäche in den Beinen. Mit staksigen Schritten ging er zu der Wand neben der Tür, setzte sich und lehnte den Rücken an die eisigen Mauersteine. Die klamme Kälte des groben Bodens kroch in seinen Körper. Er riskierte eine Blasenentzündung, da war er empfindlich.

»Wie sind Sie hierhergekommen?« Er dachte an seinen kaputten Wagen und plötzlich auch an Dennis. »Wo sind wir hier eigentlich?«

Nicht einmal das wusste er, er war ja quasi blindlings losgefahren.

»Ganz in der Nähe von Bad Berneck. Ich habe einen Ausflug gemacht. Es war Sonntag und herrliches Wetter.« Sie streckte die Beine von sich und lehnte den Kopf an die Wand. Ein Sonntag mit herrlichem Wetter? Das musste schon eine Weile her sein. An einen solchen konnte er sich gar nicht mehr erinnern.

»Ich wohne in Mehlmeisel. Kennen Sie den Ort?«

»Hab schon davon gehört, ja«, antwortete er, ohne sie anzusehen.

»Ich bin mit dem Bus bis Bad Berneck gefahren und von dort zu Fuß weiter, die Gegend erkunden, raus aus der Ortschaft und über ein paar Feldwege, mehr oder weniger aufs Geratewohl. Das mache ich öfter und habe dabei oft schon herrliche Fleckchen in der Landschaft entdeckt. Nach gut zwei Stunden bin ich an eine schmale asphaltierte Straße gekommen, die mich direkt zu dem Bauernhof geführt hat. Er hat mir total gut gefallen. So richtig romantisch. Alles verwildert, hinter dem Haus der alte Brunnen, der Gemüsegarten, die Schuppen. Genau das, was ich suche.«

Ihre Stimme plätscherte an ihm vorbei. Er hatte Mühe, ihrem weitschweifigen Bericht zuzuhören.

»Ich dachte, ich sehe ihn mir genauer an. Vielleicht kann ich ihn kaufen.« Sie stockte. »Hören Sie mir überhaupt zu?«, fragte sie.

»Natürlich.«

Ihm war erbärmlich kalt. Bis auf die Jutesäcke im Flur hatte er nichts gesehen, was er nutzen konnte, um sich zu wärmen, und die schienen ihm nicht geeignet.

»So einen Hof wünsche ich mir schon lange. Ich möchte mich selbst versorgen, wissen Sie. Mit einem großen Obst- und Gemüsegarten, ich möchte Hühner halten, vielleicht sogar eine Kuh. Geht das, nur eine Kuh? Oder braucht sie Gesellschaft? Wissen Sie das?«

»Nein, keine Ahnung.«

»Ich möchte unabhängig leben.« Plötzlich schwankte ihre Stimme. »Ich will leben! Der lässt mich hier nicht mehr raus.«

Ein hysterischer Unterton schwang in ihren Worten mit.

»Wie hat er Sie in den Keller gebracht?« Er wollte wissen, ob sie von den Toten in der Schlafkammer wusste.

»Er stand plötzlich hinter mir, in dem Garten. Ich dachte gerade, der Hof ist doch nicht verlassen. Ich meine, es ist ja alles verwildert, aber ... ein paar Sachen wachsen dort, die muss man jedes Jahr neu setzen. Tomaten, Zucchini, Blumenkohl. Wobei die Tomaten und Zucchini abgeerntet waren. Der Blumenkohl war fast hinüber.«

»Und dann?«, erinnerte Breuer sie an seine Frage.

»Er hatte ein Gewehr in der Hand. Ich war total geschockt. Erst dachte ich, er hat Angst, dass ich ihn bestehlen will. Ich wollte ihn beruhigen und wollte ein paar Worte zu seinem Hof sagen. Dass er mir gefällt. Aber er hat nur aufgebracht mit dem Gewehrlauf gefuchtelt. Ich hatte furchtbare Angst, dass das Ding losgeht. Wegzulaufen habe ich mich nicht getraut. Bis ich um die Ecke gekommen wäre, hätte er … Na ja. Er hat mich gezwungen, ins Haus zu gehen, und in den Keller gesperrt. Seither sitze ich hier unten.« Ihre Stimme zitterte.

Breuer zog die Beine an den Körper und presste die Finger in die Schienbeine.

»Wir müssen hier raus«, stieß er hervor.

»Ach was. Wenn Sie wissen, wie? Ich bin dabei.«

Vielleicht konnte er den Kerl überwältigen, wenn er das nächste Mal nach unten kam. Er war größer, er war jünger, und er war bei der Kripo. Es konnte doch nicht sein, dass er keinen Ausweg fand.

»Und Sie?«, fragte die Frau.

»Was?«

Von einer Sekunde zur anderen war er gereizt. Er wollte nachdenken, keine Fragen beantworten. Es musste schnell gehen. Er musste ihm die Waffe entwenden, sowie er die Tür öffnete. Dazu konnte er sich nur hinter die Tür stellen, damit er ihn nicht sofort sah. Aber das war schlecht, denn bis er um sie herum war, dauerte es zu lange. Oder er knallte sie ihm gegen den Schädel, sowie er sie öffnete? Auch das konnte schiefgehen. Vielleicht traf er nur das Gewehr oder die nächste Lebensmittelkiste. Entweder rastete der Kerl dann aus, oder er ließ sie hier unten verhungern.

»Wie sind Sie hierhergekommen?«, fragte sie.

Verdammt, sie ließ ihn nicht nachdenken! Er drückte die Handballen gegen die Schläfen, als könnte er so aus seinem Gehirn den richtigen Gedankengang herauspressen.

»Hallo? Wie heißen Sie eigentlich? Ich bin Andrea.«

»Breuer. Konrad Breuer.«

»Konrad? Ein schöner Name. Viele verhunzen ihn ja und machen ›Konny‹ daraus. Sie sind verletzt.«

Sie betrachtete sein Gesicht. Unwillkürlich berührte er die Stelle über der Augenbraue, mit der er an die Paletten geschlagen war.

»Wie war das mit Ihnen?«, fuhr sie fort. »Haben Sie sich auch den Hof angesehen?«

»Nein. Ich hatte eine Panne mit dem Auto und kein Handy dabei. Ich wollte von hier aus telefonieren.«

»Telefonieren? Hier ist wahrscheinlich vor über hundert Jahren die Zeit stehen geblieben. Gab's damals schon Telefon? Na ja, ich hätte es wahrscheinlich auch versucht. Gibt es jemanden, der Sie suchen wird? Ich denke, das ist unsere einzige Chance.«

»Haben Sie ein Handy?«, fragte er und wusste gleichzeitig, dass es hier unten sicher keinen Empfang geben würde und kein Akku endlos hielt.

»Nein. Ich habe es nicht so mit dem digitalen Zeug.« Wirklich überrascht war er nicht von der Antwort.

»Haben Sie überhaupt irgendwas dabei? Eine Handtasche? Was ist da drin?« Vielleicht eine Nagelfeile aus Metall oder ein Stielkamm. Irgendwas, was ihm als Werkzeug oder Waffe dienen konnte.

»Meinen Rucksack. Aber da ist nichts drin, was uns helfen könnte. Nur mein Geldbeutel und eine Flasche Cola, die inzwischen leer ist.«

Breuer stützte die Ellbogen auf die Knie und den Kopf in die Hände. Es war aussichtslos, zu fliehen oder den Kerl mit den zur Verfügung stehenden Möglichkeiten zu überwältigen. Sie brauchten Hilfe von außen.

Vermutlich würde Dennis ihn früher oder später durchaus suchen. Seine Hoffnung stützte sich auf seine Chefin, im weitesten Sinn sogar auf den entflohenen Häftling. Ließ der sich was zuschulden kommen, mussten er oder die Herbich verfügbar sein. Die Herbich würde stutzig werden, wenn er nicht erreichbar war. Trotzdem war es kaum denkbar, dass sie ihn in den Tiefen dieses verlassenen Ortes des Grauens fand. Von einer Sekunde zur nächsten spürte er den Drang aufzuspringen und auf die uralte Kellertür einzudreschen, in der Hoffnung, dass sie nachgab. Nur mühsam gelang es ihm, sich zu beherrschen. Er musste jeden Millimeter des Gewölbes in Augenschein nehmen. Vielleicht gab es irgendeinen Ausweg.

16

Kristina verließ das Präsidium und ging zu ihrem Wagen. Der Tag war kalt, aber trocken. Sie würde als Erstes nach Aichig fahren, zu Breuers Vater. Sie setzte sich hinters Steuer, klemmte ihr Handy in die dafür vorgesehene Halterung, die Philipp ihr bei seinem vorherigen Besuch bei einem Stadtbummel gekauft hatte, und wählte seine Nummer. Während der Ruf rausging, legte sie den Sicherheitsgurt an und startete den Motor.

Philipp nahm den Anruf nicht an. Verärgert brach sie den Ruf ab. War er noch einmal eingeschlafen? Inzwischen war es gleich elf Uhr am Vormittag. Ungeachtet dessen, dass es Sonntag war, störte sie sich an seinen endlosen Schlafenszeiten.

Von der Werner-Siemens-Straße bis nach Aichig in die Harzstraße brauchte sie gut zehn Minuten.

Wilfried Breuer lebte in einem Reihenhaus, ähnlich dem, in dem sein Sohn mit seinem Lebensgefährten wohnte. Kristina fand einen Parkplatz am Straßenrand, beinahe vor dem Grundstück des Mannes. Gerade als sie aus dem Wagen stieg, ging die Haustür auf. Ein hagerer Mann mit schlohweißem Haar, der Breuer verblüffend ähnlich sah, stand in Strickjacke und Pantoffeln im Rahmen und zerrte eine Zeitung aus dem Briefkasten, der an der Hausmauer angebracht war.

»Herr Breuer?«, rief sie.

Der Mann blieb stehen und musterte sie mit unbewegter Miene.

»Guten Morgen. Mein Name ist Kristina Herbich, von der Kripo Bayreuth. Ich brauche Ihre Hilfe.«

»Sie brauchen meine Hilfe? Worum geht es?«

»Eigentlich brauche ich ein paar Informationen«, korrigierte sie sich, öffnete das kleine Gartentürchen und betrat den schmalen Streifen Grundstück vor dem Haus.

»Ich kann mich nicht erinnern, Sie hereingebeten zu haben«, sagte der alte Mann und rückte seine Brille mit dem dünnen Goldrand nach hinten.

Kristina zog wortlos ihren Ausweis aus der Tasche und hielt ihn Breuers Vater entgegen. Was für ein unfreundlicher Mensch.

»Sie sind also dienstlich hier«, resümierte Wilfried Breuer. »In welcher Angelegenheit?«

»Es geht um Ihren Sohn. Konrad Breuer.«

Der alte Mann klemmte sich die Zeitung unter den Arm und legte die rechte Hand auf die Türklinke.

»Ich habe keinen Sohn«, entgegnete er, mit unmissverständlicher Härte in der Stimme.

»Herr Breuer, bitte. Mein Kollege ist seit gestern verschwunden. Er ist eigentlich im Dienst, und er ist sehr zuverlässig. Es muss etwas passiert sein. Bei Ihnen ist er also nicht?«

»Bei mir? Sehe ich so aus, als dulde ich ... Unter meinem Dach ist kein Platz für eine Schwuchtel!«

Wilfried Breuers Gesicht lief rot an, den Rücken hielt er sehr gerade durchgedrückt. Über den Gehweg kam eine Frau, die einen Kinderwagen schob. Neben ihr her lief ein Hund undefinierbarer Rasse. Breuers Blick fuhr zu der Frau, die ihn nicht beachtete und an seinem Grundstück vorbeilief.

»Es ist besser, Sie gehen jetzt. Oder bin ich von Gesetzes wegen verpflichtet, mich mit Ihnen zu unterhalten?«, zürnte der alte Mann.

Er steht da wie ein preußischer General, ging es Kristina durch den Kopf.

»Jeder Bürger ist zur Mithilfe verpflichtet, wenn es um die Aufklärung einer Straftat geht«, konterte sie und schämte sich, noch während sie sprach, in Verbindung mit Breuers Verschwinden eine Straftat in den Raum zu stellen. Doch sie wollte diesem unbeugsamen Mann eine Grenze aufzeigen. Was für ein harter, böser Mensch, der Vater von Breuer. Wie war es möglich, dass er selbst so liebenswürdig, höflich und gelassen war?

»Steht denn eine solche im Raum?«, erkundigte sich Wilfried Breuer aufgebracht.

»Wir können nichts ausschließen. Wo könnte sich Ihr Sohn aufhalten?«

»Was weiß denn ich? Wahrscheinlich bei dieser Tunte, mit der er zusammen...lebt! Sodom und Gomorrha!«

Dennis Köster hatte recht gehabt. Mit Wilfried Breuer zu reden war Zeitverschwendung. Hier war Breuer mit Sicherheit nicht.

»Wo finde ich Margitta Breuer?«, fragte sie. Sie wollte nur noch weg.

»Meinen Sie, da ist er untergekrochen?«

»Wo finde ich sie?«, wiederholte Kristina ihre Frage und sprach jetzt ebenfalls in unerbittlichem Ton.

Wilfried Breuer streckte den Arm aus.

»Da lang. Wenn Sie um die Ecke sind, das zweite oder dritte Haus. Hausnummer weiß ich nicht mehr, wir haben keinen Kontakt. Name steht aber an der Tür. Guten Tag.« Er wandte sich ab und schloss die Haustür hinter sich.

Am liebsten hätte sie der Tür einen Tritt gegeben. Was für ein schrecklicher Mensch.

Kristina verließ mit schnellen Schritten das Grundstück. Sie würde die geschätzten fünfzig oder hundert Meter bis zur Adresse von Margitta Breuer laufen. Auf Höhe ihres Autos sah sie durch das Seitenfenster, dass das Display ihres Mobiltelefons, das noch in der Halterung steckte, aufleuchtete. Sie hatte vergessen, es mitzunehmen. Sie öffnete den Wagen und löste es aus den Klemmen. Drei verpasste Anrufe von Philipp. Noch während sie halb in ihr Fahrzeug gebeugt stand, rief sie ihn zurück.

»Schatzi!« Philipp meldete sich umgehend. »Du hast angerufen, als ich gerade im Bad war. Wann kommst du? Ich geh rasch zum Bäcker, dann können wir doch noch frühstücken. Der Kaffee ist auch gleich fertig.«

»Philipp, warte. Es dauert noch. Ich muss noch jemanden befragen«, unterbrach sie ihn.

Sie richtete sich auf und sperrte den Wagen mit der Fernbedienung ab.

»Und wie lange dauert das?« Er klang frustriert.

»Ich weiß es nicht. Nicht lange wahrscheinlich. Ich denke, ich bin in einer halben Stunde zu Hause.«

Das war spekulativ. Wusste diese Margitta irgendwas, musste sie dem nachgehen. Dass Breuer bei ihr war, schloss sie aus, ohne dass sie es hätte begründen können. Kristina eilte den Gehweg entlang.

»Wenn ich das gewusst hätte, hätte ich liegen bleiben können«, entgegnete Philipp.

Ihr Magen zog sich zusammen, und plötzlich war der Tag noch kälter als ohnehin schon. Vielleicht gab es sogar bald Schnee.

»Tut mir leid. Ich konnte nicht wissen …«, verteidigte sie sich.

»Schon gut. Ich hole die Brötchen trotzdem und was Süßes auch. Hast du einen Schlüssel für mich, damit ich nachher wieder in die Wohnung komme?«

»Ja. Im Schlüsselkasten, neben dem Garderobenschrank. Der mit dem roten Anhänger.«

»Okay, bis später. Küsschen«, sagte Philipp.

»Küsschen«, murmelte sie verlegen und sah rasch rund um sich, doch niemand war in Hörweite zu sehen. Überhaupt schien Aichig an diesem späten Sonntagvormittag weitgehend verlassen.

Bei dem Anwesen von Margitta Breuer handelte es sich um ein kleines Einfamilienhaus mit hohem Giebel und Glasbausteinen an der Außenwand des Treppenhauses. Der Garten um das Haus war nur wenig größer als der ihres Cousins. Ein großer Ilexstrauch wuchs rechts neben der Haustür. Die kräftigen dunkelgrünen Blätter mit ihren stacheligen Spitzen ragten über ein kleines Fenster im Erdgeschoss, vermutlich ein Toilettenfenster. An den Zweigen saßen leuchtend rote, runde Früchte. Auch über die Haustürglocke streckte sich ein Ast. Mit spitzem Finger drückte Kristina den Zweig nach unten, um an die Glocke zu kommen. Nach einer Weile, die ihr unverhältnismäßig lange vorkam, wurde die Tür einen Spaltbreit geöffnet, und eine kleine, alte Frau musterte sie misstrauisch. Eine Sperrkette war vorgelegt.

»Guten Morgen«, sagte Kristina und lächelte auf das betagte Weiblein hinunter.

Die Frau war vermutlich keinen Meter fünfzig groß. Kristina erfüllte selbst mit gerade einem Meter fünfundsechzig die Mindestkörpergröße, die für eine Polizistin in Bayern vorgeschrieben war, doch im Moment fühlte sie sich regelrecht stattlich. Die Frau nickte verhalten, sagte jedoch nichts.

»Mein Name ist Kristina Herbich, ich bin Kriminalhauptkommissarin der Kripo Bayreuth. Es geht um meinen Mitarbeiter, Konrad Breuer. Haben Sie einen Moment Zeit für mich?«

Bei der Nennung ihres Berufes schlug die alte Dame in sichtlichem Erschrecken die Hand vor den Mund. Ihr Handrücken war so knitterig, dass er Kristina an zerdrücktes Pergamentpapier erinnerte.

»Hat sie ihm was getan?«, nuschelte sie mit schreckgeweiteten Augen.

»Wer soll wem was getan haben?« Ihr wurde flau im Magen, und gleichzeitig wurde ihr bewusst, dass sie fürchterlichen Hunger hatte. Die Scheibe Buttertoast vor über zwei Stunden war viel zu wenig gewesen. Zu Hause wartete Philipp mit dem Frühstück.

»Die Frau, die ständig hinter Konny her war. Hat sie …?«

»Welche Frau? Ich suche Herrn Breuer. Er ist also nicht bei Ihnen?«

Sie wurde ungeduldig. Es war kalt und plötzlich auch windig, und Margitta Breuer schien gar nicht auf die Idee zu kommen, sie hereinzubitten. Kristina erinnerte sich an ihren Ausweis und nestelte ihn hervor.

»Darf ich reinkommen?«, fragte sie und hielt ihn der alten Dame hin.

»Was ist das? Ihr Personalausweis? Ich sehe so schlecht ohne meine Brille. Kommen Sie nur herein. Sie sind eine Kollegin von Konny, sagten Sie?«

Mit fahrigen Bewegungen machte sich die alte Dame an der Sicherungskette zu schaffen.

»Mein Dienstausweis. Herr Breuer ist mein Mitarbeiter. Er ist seit gestern Morgen nicht erreichbar. Ich hatte gehofft, er ist bei Ihnen oder Sie wissen, wo er sich aufhält«, sagte Kristina und steckte ihren Ausweis wieder ein.

Endlich hatte Margitta Breuer es geschafft, die Kette zu lösen.

»Bei mir ist er nicht«, sagte sie und ließ Kristina herein. Sie betrat einen engen, düsteren Flur. An einer holzgetäfelten Wand hingen unzählige Bilder, die meisten in Postkartengröße.

Sie folgte der Frau in eine kleine Küche am Ende des Flures. Auf dem Küchentisch lag eine Wachstuchdecke und auf dieser eine angefangene Handarbeit in Form eines grauen gehäkelten Rechtecks. Kristina vermutete, es sollte ein Topflappen werden. Daneben lag eine Brille.

»Setzen Sie sich doch und erzählen mir, was passiert ist«, bat Frau Breuer und schob ihre Handarbeit achtlos beiseite. Die Häkelnadel rutschte aus der letzten Masche.

Kristina setzte sich ihr gegenüber. In der Küche war es angenehm warm.

»Ich suche Herrn Breuer«, wiederholte sie und beschloss, sich auf das Notwendigste zu beschränken. »Er hat das Wochenende Bereitschaft und ist … unauffindbar. Da ich ihn als sehr zuverlässig kenne, mache ich mir Gedanken. Wo könnte er sein, und von welcher Frau haben Sie gesprochen?«

Margitta Breuer zupfte ein Taschentuch aus ihrem Ärmel und fuhr sich damit unter der Nase entlang.

»Das ist ja furchtbar«, murmelte sie und hielt die Augen gesenkt.

»Bitte, Frau Breuer, wenn Sie irgendetwas wissen oder irgendeine Vermutung haben … Sagen Sie es mir.«

»Also, hier ist er nicht, und zuverlässig ist er, da haben Sie recht. Haben Sie denn schon mit seinem Freund gesprochen?«, fragte die alte Dame und sah sie jetzt aufmerksam an.

»Ja. Er vermisst ihn ebenfalls«, gab Kristina Auskunft.

Margitta Breuer nickte. »Konny wurde von einer Frau gestalkt. Es ist schon ein paar Wochen her, seit wir zuletzt telefoniert haben. Er ruft mich ab und zu an, wissen Sie, und manchmal kommt er auch vorbei. Nicht oft, er hat ja viel zu tun.«

»Welche Frau und worum genau geht es?« Letzteres ahnte sie bereits. Breuer war ein attraktiver Mann.

»Ich weiß nicht, wie sie heißt. Er hat für sich und Dennis Pizza geholt, in der Pizzeria Holzofen bei der Stadthalle. Dort hat er sie kennengelernt. Die war hinter ihm her und ist total wütend geworden, als sie gemerkt hat, dass er ... Sie wissen schon. Sie kennen ihn doch, nicht wahr?«

»Ja.« Ein unangenehmes Thema, immer wieder, auch wenn sie im Alltag nicht mehr oft daran dachte. »Hat sie ihn bedroht?« Stalker wurden selten wirklich gefährlich. Es war vornehmlich die psychische Belastung, die den Opfern zusetzte, und die war nicht zu unterschätzen.

»Ich weiß es nicht. Sie ist vor seinem Haus herumgeschlichen, hat versucht ihn abzupassen und so. Konny hat gesagt, ich soll mir keine Sorgen machen. Sie hatte sich eben was eingebildet und musste nun akzeptieren, dass es so nicht ist.«

»Haben Sie eine Vorstellung, wo Herr Breuer sich aufhalten könnte?«, fragte Kristina.

»Nein, wirklich nicht. Liebe Güte, ich hoffe so, die Frau ist nicht gewalttätig geworden. Aber er hätte doch gewusst, wie er sich wehren kann, nicht wahr? Ich meine, er ist doch bei der Polizei.«

»Sicher, Frau Breuer. Ich glaube nicht, dass ihm die Frau etwas angetan hat. Bitte melden Sie sich bei mir, falls Sie irgendetwas von ihm hören«, sagte Kristina und stand auf.

Es lohnte sich nicht, länger hier zu sitzen. Das, was Margitta Breuer wusste, hatte sie ihr gesagt. Sie musste noch einmal mit Dennis sprechen, und zwar sofort. Vielleicht wusste er, wer die Stalkerin war. Sie würde auf direktem Weg zu ihm fahren.

17

Kristina eilte mit gesenktem Kopf zu ihrem Wagen. Ein kalter Wind blies, und es hatte zu schneien begonnen. Winzig kleine, aber sehr harte Schneekörnchen prasselten ihr ins Gesicht. Sie flüchtete sich ins schützende Innere ihres Fahrzeugs. Sie sehnte sich nach einer riesigen Tasse heißem Kaffee und einer üppigen Portion Rühreier mit Speck, dazu reichlich gebutterten Toast und zum Abschluss ein Brötchen, dick mit Erdbeerkonfitüre bestrichen. Ihr lief das Wasser im Mund zusammen, und der Hohlraum in ihrem Bauch wurde immer größer.

Zu gern wäre sie nach Hause gefahren, um sich mit einem kräftigen Frühstück zu stärken, ehe sie weiter nach Breuer suchte. Wobei es für ein Frühstück längst zu spät war. Mittlerweile war es zwölf Uhr dreißig. Doch allein bei der Vorstellung, gemütlich in ihrer Wohnung im Warmen über einer opulenten Mahlzeit zu sitzen, während der Kollege verschwunden war, schämte sie sich fürchterlich. Wie egoistisch.

Ihr Handy läutete, und ein Schrecken durchfuhr sie. Tatsächlich war es wieder Philipp.

»Schatz, es tut mir leid. Ich fürchte, du musst den Tag ohne mich verbringen«, sagte sie, ohne Begrüßung und ohne ihm die Möglichkeit zu geben, selbst etwas zu sagen.

»Wirklich?« Er klang ungläubig und enttäuscht.

Vielleicht konnte sie nach dem Gespräch mit Dennis für zwei Stunden zu ihm fahren. Aber eigentlich auch wieder nicht. Falls Breuers Lebensgefährte wusste, wer die Stalkerin war, so musste sie als Nächstes versuchen, sie ausfindig zu machen, um mit ihr zu reden. Wahrscheinlich verging auf die Weise der ganze Sonntag. Zu essen brauchte sie allerdings schon etwas, und zwar zeitnah.

»Ich bin in einer viertel Stunde bei dir. Kochst du mir einen Kaffee? Hast du was vom Bäcker geholt?« Wenn sie vor Hunger schlappmachte, war Breuer nicht geholfen. Falls er überhaupt Hilfe brauchte. Vielleicht saß er auch in irgendeinem Hotel und leckte seine Wunden, die Dennis ihm verpasst hatte. Möglicherweise machte sie sich den ganzen Stress umsonst.

»Klar. Aber eben hast du gesagt –«

»Ja, ich weiß. Ich erklär dir das gleich. Bekomm ich Rühreier?« Philipp konnte phantastische Rühreier zubereiten.

Er lachte leise.

»Sicher. Bis gleich.«

»Tschüss.« Sie drückte das Gespräch weg und legte das Handy auf den Beifahrersitz.

Es läutete erneut, gerade als sie den Motor angelassen hatte. Mit einem flüchtigen Blick streifte sie das Display. Es war Willbrandt, der sicher wissen wollte, ob sie schon etwas in Erfahrung gebracht hatte. Sie würde ihn später zurückrufen.

Bis Kristina in die Hofeinfahrt bei ihrer Wohnung in der Nürnberger Straße eingebogen war, um hinter dem Haus zu parken, hatte Willbrandt dreimal angerufen. Inzwischen war sie derart genervt von seiner Hartnäckigkeit, dass sie, sobald sie geparkt hatte, den Ruf auf lautlos stellte. Eine halbe Stunde Zeit für eine Mahlzeit würde sie sich jetzt nehmen. Ganz abgesehen davon konnte ihr Vorgesetzter, war etwas derart unaufschiebbar dringlich, auch selbst aktiv werden und beispielsweise eine Befragung vornehmen. Dass Breuer mittlerweile aufgetaucht war und Willbrandt ihr das mitteilen wollte, erschien ihr unwahrscheinlich.

Kristina stieg aus ihrem Peugeot und schloss das Fahrzeug mit der Fernbedienung. Oder hatten die Kollegen Weidenberg aufgespürt? Für einen Augenblick war sie in Versuchung, Willbrandt zurückzurufen. Irgendetwas veranlasste sie, sich umzudrehen. Sie sah Philipp am Küchenfenster stehen und ihr zulächeln. Kristina steckte das Handy in die Jackentasche und eilte ins Haus.

18

»Es war köstlich«, versicherte Kristina dankbar. Der Bund ihrer Hose spannte, doch das war es wert gewesen. Philipp schmunzelte.

»Schön, dass du hier bist und ich dich ein wenig verwöhnen konnte. Das Beste kommt aber erst noch.«

Sie spürte seinen Fuß, mit dem er unter dem Tisch ihre Wade entlangglitt. Sie lächelte ihm zu.

»So verlockend dein Vorschlag ist, ich muss wieder los. Willbrandt zerlegt mich in Einzelteile, wenn ich mir einen schönen Sonntagnachmittag mache, während Breuer unauffindbar ist. Apropos, er hat vorhin schon mehrfach angerufen. Ich muss ihn zurückrufen.«

Hoffentlich wollte er nicht wissen, warum sie nicht rangegangen war.

»Ein bisschen Zeit wirst du doch noch haben«, sagte Philipp, schob seinen Stuhl zurück und klopfte sacht mit beiden Handflächen auf seine Oberschenkel, zum Zeichen, dass sie sich auf seinen Schoß setzen sollte.

»Eigentlich nicht.«

Sie war in Versuchung nachzugeben. Nicht so sehr, weil ihr die Hormone zusetzten, sondern vielmehr, weil der Sonntag zur Neige zu gehen drohte, ohne dass sie Zeit für Philipp gehabt hatte. Und morgen musste sie wieder regulär arbeiten.

»Wie lange bleibst du bei mir?«, fragte sie, in der Hoffnung, seine Aufmerksamkeit auf ein sachlicheres Terrain zu lenken.

»Bis Donnerstag. Ich dachte, ich fahre nach dem Frühstück.«

»Du könntest die ganze Woche bei mir bleiben und das nächste Wochenende auch noch.« Bis dahin hatte sich sicher alles geklärt. Breuer war hoffentlich wieder da, kassierte eine ordentliche Abreibung von Willbrandt und hatte einiges von seiner Souveränität eingebüßt. Er war eben auch nur ein Mensch, und dass er eine durchaus verletzliche Seite hatte, wie der Vorfall zeigte, brachte ihr den Kollegen, der stets Haltung bewahrte, um einiges näher. Im besten Fall wurde im Laufe der Woche auch Weidenberg gefasst.

»Schatzi, Donnerstag ist Tanzkurs und Freitag Training«, erinnerte Philipp sie. »Jetzt komm doch mal her zu mir.«

»Die Tanzerei hat absolute Priorität bei dir«, sagte Kristina verärgert.

Philipp nahm die Hände von den Oberschenkeln und rückte seinen Stuhl wieder an den Tisch.

»Du hast Priorität bei mir«, erwiderte er. »Außerdem bist du diejenige, die seit heute Morgen unterwegs ist, und wenn du jetzt auch wieder losmusst, ist der Sonntag quasi gelaufen.«

Die Diskussion drohte sich festzufahren. Sekundenlang wurde es still zwischen ihnen, und Kristina rang mit dem aufsteigenden Frust. Die Entfernung, die sie für ihre Beziehung immer wieder überbrücken mussten, nahm ihnen viel gemeinsame Zeit. Wenn sie sich sahen, sollte es schön werden. Es sollte harmonisch sein, entspannt und einfach nur guttun. Sie spürte Philipps Blick, und plötzlich zog ein Lächeln seine Mundwinkel auseinander. Das zärtliche Lächeln, voller Humor und Zuneigung, das sie so mochte.

»Jetzt geh. Ich ruhe mich auf deinem Sofa aus. Dann bin ich später fit für dich. Was möchtest du abends essen? Die Dibbelabbes oder die Schinkennudeln? Ich kann uns auch was kochen, oder wir bestellen was. Oder möchtest du ausgehen?«

Wenn er kochte, war er wenigstens beschäftigt, und ihr schlechtes Gewissen hielt sich im Rahmen. Zudem konnte er gut kochen, nur die Küche würde hinterher fürchterlich aussehen. Man musste Kompromisse schließen.

»Ich würde mich freuen, wenn du für uns kochst«, entschied sie. »Und ich lasse mich überraschen. Der Kühlschrank ist voll, und im Gefrierschrank liegt auch einiges.«

»Schön.«

Philipp stand auf, ging um den Tisch und streckte die Hände nach ihr aus. Behutsam zog er sie hoch, zog sie an sich und küsste sie. Er strich über ihren Rücken, knetete ihren Po und schob ein Bein zwischen ihre Oberschenkel. Sie wollte ihn wegschieben und endlich Willbrandt zurückrufen. Philipps Hände glitten unter ihren Pullover, wanderten nach oben und tasteten nach dem Verschluss ihres BHs. Ihre Gedanken waren bei Breuer, bei Willbrandt und bei ihren Pflichten. Der BH war jetzt offen, und Philipp zog ihr den Pullover über den Kopf. Er nestelte am Knopf ihrer Jeans.

»Ich will dich«, murmelte er und zerrte ihr Hose und Slip über die Hüften. Jetzt war es zu spät, Nein zu sagen, nicht wahr?

»Aber nur kurz«, protestierte Kristina, um ihr Gewissen zu beruhigen.

»Jetzt kurz und später lange«, antwortete er, schob mit dem Unterarm das Geschirr beiseite, das noch auf dem Tisch stand, und hob sie auf die Tischplatte.

Zwanzig Minuten später sammelte Kristina ihre am Boden liegende Kleidung zusammen und eilte ins Bad. Drei Minuten danach holte sie ihr Handy aus der Tasche ihres Mantels, der an der Garderobe hing. Sechs verpasste Anrufe von Willbrandt sowie eine Sprachnachricht. Ihr wurde siedend heiß. Sie rief die Nachricht ab.

»Frau Herbich, wo um Himmels willen stecken Sie denn? Rufen Sie mich augenblicklich im Büro zurück!«

Hastig drückte sie auf Anrufen.

»Na endlich!«, fuhr Willbrandt sie an, der abgenommen hatte, kaum dass der erste Ruf hingegangen war. »Ich weiß gar nicht, wie oft ich versucht habe, Sie zu erreichen! Warum sind Sie nicht ans Telefon gegangen?«, zürnte er.

»Tut mir furchtbar leid, Chef. Ich muss wohl versehentlich auf lautlos gestellt haben.«

»Auf lautlos? Aus Versehen? Und das, während Sie für zwei Fälle erreichbar sein müssen? Darüber sprechen wir noch. Jetzt sehen Sie zu, dass Sie ins Präsidium kommen. Das Blatt wendet sich, und nicht zum Guten. Es sitzt hier jemand, mit dem Sie sich dringend und umgehend unterhalten müssen!«

»Wer?«, würgte sie hervor.

»Kommen Sie einfach her.« Willbrandt legte auf.

Kristina steckte ihr Handy zurück in die Tasche des Mantels und nahm denselben vom Garderobenhaken.

»Was ist los?«, hörte sie Philipps Stimme hinter sich.

Sie wandte sich ihm zu. Er war nackt, bis auf ein Handtuch um die Hüften.

»Willbrandt ist im Büro, und er ist stinksauer. Er hat x-mal versucht mich zu erreichen. Es ist jemand im Präsidium, mit dem ich reden soll, und zwar sofort.«

»Wer?«, fragte er.

»Hat er mir nicht gesagt. Ich weiß nicht einmal, ob es um den entflohenen Häftling geht oder um Breuer.«

Philipp nickte.

»Bis später. Fühl dich wie zu Hause«, sagte sie und schlüpfte in ihre Schuhe.

»Ich bin zu Hause«, korrigierte Philipp sie. Sie schenkte ihm ein verkrampftes Lächeln. Irgendetwas an seiner Antwort verunsicherte sie.

19

Kristina eilte den Flur entlang, zum Büro ihres Vorgesetzten. Außer Atem klopfte sie an seine Tür.

»Herein!«, rief Willbrandt.

Sie betrat den Raum. Willbrandt saß hinter seinem wuchtigen Schreibtisch. Seine dichte graue Haartolle, die er über der Stirn trug und die üblicherweise sorgsam frisiert war, klaffte auseinander, als wäre ein Friseurtermin überfällig, und zudem hatte er wohl vergessen, die Frisur mit Spray zu fixieren. Seine Wangen waren gerötet. Seine dunklen Augen unter den dickbuschigen Augenbrauen funkelten empört. Ihm gegenüber im Besucherstuhl saß ein junger Mann. Er trug einen Verband um den Kopf, und sein linker Arm steckte bis zum Ellbogen in Gips. An der rechten Wange hatte er eine blutverkrustete Schramme.

»Na endlich!«, herrschte Willbrandt sie an und fuhr sich mit dem Zeigefinger unter den Kragen seines grau karierten Flanellhemdes. »Das ist Herr Gohlke. Herr Gohlke, Frau Herbich, Kriminalhauptkommissarin und die Vorgesetzte von Herrn Konrad Breuer. Erzählen Sie ihr bitte, was Sie mir erzählt haben.«

Kristina hatte die Bürotür hinter sich geschlossen. Ohne dass Willbrandt sie dazu aufgefordert hatte, setzte sie sich auf den zweiten Besucherstuhl. Offenbar kannte der Mann ihren Kollegen. Sie musterte ihn rasch. Unter seinem linken Auge war ein Bluterguss, und es war zur Hälfte zugeschwollen.

»Guten Tag«, begrüßte sie ihn.

Der Mann nickte ihr zu.

»Ich war in der Nacht von Freitag auf Samstag mit Dennis Köster unterwegs«, sagte er.

Er klang angespannt, als müsste er sich wappnen für das, was er aussprechen wollte. Durch Kristinas Adern schoss pures Adrenalin bei seinen Worten.

»Wir waren im Chez Boy in der Von-Römer-Straße. Gegen Mitternacht sind wir gegangen. Wir waren noch nicht weit vom Lokal entfernt, da sind wir von einer Gruppe Männer angegriffen worden. Sie haben uns beschimpft, als Schwuchteln, Tunten und so weiter bezeichnet, und sie haben Dennis angegriffen. Ich bin dazwischengegangen. Dennis konnte abhauen, mich haben sie zusammengeschlagen. Ich weiß nicht, ob ich das überlebt hätte, wenn nicht Kollegen von Ihnen gekommen wären.«

Er sprach schnell. Sie sah die Angst in seinem Gesicht, die er mit der Erinnerung durchlitt, und während er sprach, erfüllte sie eine unglaubliche Wut auf Dennis Köster. Nicht nur, weil sie hörte, dass er weggelaufen war und diesen Mann hier seinem Schicksal überlassen hatte, sondern auch, weil Dennis ihr diese Information verschwiegen hatte.

»Ich war bis vor zwei Stunden im Krankenhaus, und ich habe seit dem Überfall überlegt, was ich jetzt machen soll. Ich habe einen der Kerle erkannt und würde ihn gern anzeigen. Aber dann kommt alles raus, und ich wollte Dennis raushalten.«

»Obwohl er Sie im Stich gelassen hat?«, entfuhr es ihr. Willbrandt warf ihr einen warnenden Blick zu.

»Es geht gar nicht so sehr um Dennis. Ich weiß, dass er mit einem Ihrer Kollegen zusammen ist. Konrad Breuer. Ich wollte … Ach, ich weiß auch nicht.« Unruhig ging sein Blick durchs Zimmer.

»Was wollten Sie?«

»Dennis und ich hatten eine Affäre. Ich hatte mich in ihn verguckt, und dass er gebunden ist, hat er mir erst gesagt, nachdem wir uns schon ein paarmal getroffen hatten. Ich weiß, uns wird gern nachgesagt, dass wir es querbeet treiben. Es ist aber nicht jeder von uns so. Ich jedenfalls nicht. Ich war echt geschockt und auch enttäuscht von Dennis, hab es aber nicht fertiggebracht, es zu beenden. An dem Abend dachte ich, ich muss das jetzt durchziehen. So eine Liebschaft ohne Zukunft ist nix für mich.«

Er war bleich, und das blaugrün unterlaufene Auge hob sich scharf von seinem Gesicht ab. Seine Mundwinkel zitterten.

Kristina versuchte, die Neuigkeit einzuordnen. Dennis und seine Affäre waren aufgrund ihrer sexuellen Ausrichtung von einer Gruppe Männer angegriffen, beschimpft und attackiert worden, was Dennis ihr verschwiegen hatte. Warum? Hatte Dennis ihr noch mehr verschwiegen? Waren er und Breuer schon öfter Anfeindungen ausgesetzt gewesen? Breuer hatte nie etwas in der Richtung erwähnt. Sein Verschwinden bekam eine neue Dimension.

Oder hatte sich der Angriff gezielt gegen Gohlke gerichtet, und Dennis war zufällig in die Schusslinie geraten?

»Dennis hat klargemacht, eine Trennung von Konrad kommt für ihn nicht in Frage.« Seine Stimme wackelte. »Ich wollte Ihren Kollegen schonen. Es muss doch furchtbar für ihn sein, wenn alle hier wissen, dass ihn sein Partner betrogen hat.«

Da mochte er recht haben. Kristina spürte einen Anflug von Sympathie für den jungen Mann. Wenn sie sich seine Blessuren wegdachte, mochte er auch nicht unattraktiv sein.

»Sie hätten die Sache zur Anzeige bringen können, ohne zu erwähnen, dass Sie und Dennis mehr verbindet als eine Bekanntschaft«, bemerkte Kristina.

Gohlke warf ihr einen undurchdringlichen Blick zu.

»Ach ja? Selbst wenn niemand von Ihren Kollegen die richtigen Schlüsse gezogen hätte, Dennis' Lebensgefährte hätte die Zusammenhänge erkannt.«

Er hatte recht, sie wusste es.

»Aber wie dem auch sei, es geht nicht, dass ich nichts sage. Ich will nicht, dass die Typen damit durchkommen«, fuhr Gohlke mit resignierter Stimme fort. Er saß zusammengesunken auf seinem Stuhl. Seine Körperhaltung stand in Kontrast zu seinen Worten.

»Das ist auch völlig richtig«, bestätigte sie. »Sie sagten, Sie haben einen der Angreifer erkannt. Wer war das?«

»Christian Schmittke. Ich war ein paar Wochen mit seiner

Schwester zusammen. Claudia Schmittke. Bis vor Kurzem bin ich noch überhaupt nicht mit mir klargekommen. Ich wusste, dass ich mit Frauen nix anfangen kann. Trotzdem, ich mochte Claudia und dachte, es könnte gut gehen. Ist es aber nicht. Christian hatte von Anfang an was gegen mich. Ich war ehrlich mit Claudia, als ich mich von ihr getrennt habe. Sie hat ihrem Bruder erzählt, dass ich schwul bin. Daraufhin hat er mich verhöhnt, ist total aggressiv gegen mich geworden und wollte sich damals schon mit mir prügeln. Er hat gesagt, er hätte gleich gewusst, das mit mir etwas nicht stimmt. Das ist erst ein paar Monate her.«

»Gut.« Kristina sah zu Willbrandt. »Ich würde gerne sofort noch einmal mit Dennis Köster reden. Es ist doch sicher jemand im Haus, der die Anzeige gegen Schmittke aufnehmen kann.«

Willbrandt nickte. »Das kann Frau Bogen machen«, stimmte er zu. »Ich sage ihr Bescheid.«

»Bogen?«, fragte Kristina. Das war doch die junge Beamtin von heute Morgen, die von ihr gründlich gemaßregelt worden war.

»Annika Bogen, ja. Sie ist die Tochter einer Freundin meiner Frau«, erläuterte Willbrandt.

Auch das noch. Kristina stand auf.

»Herr Gohlke, vielen Dank, dass Sie zu uns gekommen sind. Ich wünsche Ihnen gute Besserung.«

»Danke«, murmelte der Mann.

Kristina nickte ihrem Vorgesetzten zu, verabschiedete sich und verließ zügig das Büro.

20

Kristina stand vor dem Reihenhaus im Südlichen Ringweg in der Saas und hielt den Daumen unverhältnismäßig lange auf den Klingelknopf gedrückt.

»Moment, Moment«, hörte sie Dennis' Stimme von innen, ehe die Tür geöffnet wurde.

Dennis war barfuß, trug einen karierten Bademantel, und seine Haare waren feucht.

»Was ist los?«, fragte er statt einer Begrüßung, und sie sah Angst und Entsetzen in seinem Gesicht.

»Das frage ich Sie. Kann ich reinkommen?«, fuhr sie ihn an.

»Bitte.«

Er trat zur Seite und ließ sie ins Haus. Kristina ging direkt und ohne Aufforderung in das Wohnzimmer, das, verbunden durch den kurzen Flur, der Haustür gegenüberlag.

»Was haben Sie sich dabei gedacht?«, regte sie sich auf und wandte sich ihm ruckartig zu.

»Wobei?« Er sah sie völlig unbewegt an.

»Sie haben mir ganz Wesentliches verschwiegen, Herr Köster. Den Überfall auf Sie und Ihre … Liebschaft in der Nacht von Freitag auf Samstag und auch, dass Herr Breuer gestalkt wurde. Glauben Sie, das ist nicht wichtig? Ihr Lebensgefährte ist verschwunden! Offenbar gab es Anfeindungen gegen Sie beide. Das rückt Breuers Verschwinden in ein ganz anderes Licht!«

»Woher wissen Sie von Tim?«, stieß Dennis hervor.

»Das spielt jetzt keine Rolle! Sie hätten es mir sagen müssen.«

»Es gibt keine Anfeindungen! Zumindest nicht gegen mich und Konny. Er ist auf und davon, weil ich eine Affäre hatte«, protestierte Dennis und wurde nun doch rot. »Die Stalkerin hat einfach ein Rad ab. Mit der ist er doch mit links fertiggeworden. Der Überfall galt mehr oder weniger Tim. Ich bin da zufällig reingeraten.«

»Das, meinen Sie, können Sie beurteilen? Breuer ist absolut zuverlässig. Er hat das Wochenende Bereitschaft und ist seit gestern Morgen wie vom Erdboden verschluckt. Da stimmt was nicht! Wenn er keinen Unfall hatte, kann es durchaus sein, dass er Zielscheibe eines homophoben Angriffs geworden ist.«

Dennis verschränkte die Arme vor der Brust. Die Röte wich zusehends aus seinen Wangen.

»Das kann ich mir nicht vorstellen«, presste er hervor.

»Ich will jetzt alles wissen! Jedes Detail! Gab es noch mehr Attacken gegen Sie und Herrn Breuer? Sind Sie bedroht worden?« Sie war wütend auf ihn. Furchtbar wütend.

Dennis schüttelte den Kopf.

»Ich sag doch, es gab keine A…« Er brach ab, ohne das letzte Wort zu beenden. »Nein«, fuhr er fort. »Zumindest weiß ich nichts davon.«

»Wer ist die Stalkerin? Wie lange geht das schon?«

»Sie heißt Kirsten Scholz. Es hat vor etwa vier Wochen angefangen. Konny hat Pizza für uns geholt, von der Pizzeria Holzofen, bei der Stadthalle. Ich habe draußen im Wagen gewartet. Es ist dort schlecht mit Parkplätzen. Die Scholz war auch in dem Lokal, um was abzuholen. Sie hat ihn in ein Gespräch verwickelt, in dem es um Essen und Ernährungsweisen ging. Wir leben vegetarisch, manchmal inzwischen sogar vegan. Sie hat sich sehr interessiert gezeigt. Konny hat mir erzählt, sie hat ihm ihre Visitenkarte in die Hand gedrückt und wollte unbedingt in Kontakt mit ihm bleiben, angeblich um Rezepte auszutauschen. Lächerlich! Dass sie uns hinterhergefahren ist, haben wir erst gemerkt, als wir quasi schon zu Hause waren. Ab da ging der Terror los.«

»Was hat sie gemacht?«

»Nachrichten geschrieben. Sie wollte ihn treffen. Er ist nicht darauf eingegangen. Zweimal stand sie vor der Tür, wollte unbedingt hier rein. Mich hat sie als Geschmacksverirrung bezeichnet und ihm unterstellt, er wäre zumindest bi. Ein Mann wie er könnte gar nicht schwul sein. Wir haben sie weggeschickt. Sie hat ihn abgefangen, wenn er aus dem Haus ist, und ist ihm nachgelaufen.«

»Sie hat Nachrichten geschrieben? Hat er ihr seine Handynummer gegeben?«

Das konnte nicht sein. Breuer war äußerst zurückhaltend mit allem, was sein Privatleben betraf.

»Natürlich nicht. Sie hat die Nachrichten auf Papier geschrieben und in den Briefkasten gesteckt«, klärte Dennis sie auf. »Nachdem Konny sich auf nichts eingelassen hat, ist sie wütend geworden und ausfallend. Er hätte ihr Hoffnungen gemacht und würde sie nun wieder fallen lassen und lauter so einen Blödsinn.«

»Kann ich die Nachrichten sehen?«

»Die haben wir weggeworfen.«

»Haben Sie die Visitenkarte von ihr noch?«

»Keine Ahnung. Vielleicht liegt sie in der Schublade im Schuhschrank.«

»Sehen Sie nach«, verlangte Kristina.

Dennis ging in den Flur. Sie beobachtete, wie er die genannte Schublade öffnete und darin herumkramte.

»Sorry. Wahrscheinlich hat er sie auch weggeworfen. Sie war unattraktiv.«

»Was?« Der letzte Satz irritierte sie.

»Die Scholz. Hager wie ein Vogel und lauter Narben im Gesicht. Ich weiß gar nicht, wieso die sich so reingefressen hat, dass sie mit Konny was haben könnte. Selbst wenn er auf Frauen stünde, ich bin sicher, die hätte nie eine Chance bei ihm gehabt. Ästhetik! Die ist ihm wichtig.«

»Wissen Sie, wo sie wohnt?«

»Nein.«

»Warum haben Sie mir den Überfall verschwiegen?«

Es ließ ihr keine Ruhe. Schon heute Morgen hatte sie gewusst, dass er ihr etwas verheimlichte. Nun hatte sich die Annahme bestätigt.

»Weil es mit der Sache nichts zu tun hat. Das ist mein Privatleben, das geht niemanden etwas an«, antwortete er, verschränkte wieder die Arme vor der Brust und biss die Zähne zusammen, sodass sie die Bewegungen seiner Kiefermuskulatur sah.

»Ihr Privatleben? Es geht möglicherweise um Leben und Gesundheit von Breuer! Das hat ohne jede Diskussion Vorrang vor Ihrem *Privatleben*!«, fuhr sie ihn an.

Dennis sah an ihr vorbei und gab keine Antwort. Sie würde eine Fahndung nach Breuer veranlassen. Nach ihm und nach seinem Wagen. Ihr war, als würde der Boden unter ihr brennen. Breuer war nicht nur kopflos und wegen Liebeskummer davongerannt. Hier steckte noch viel mehr dahinter.

Kristina ging zur Tür. Plötzlich fiel ihr noch etwas ein, und sie wandte sich noch einmal Dennis zu.

»Sie sagten, der Überfall galt mehr oder weniger Tim. Woraus schließen Sie das?«, fragte sie.

Dennis zuckte mit den Schultern.

»Er hat ab und zu Ärger gehabt, weil er schwul ist«, gab er widerstrebend zu.

»Welchen Ärger genau?« Erneut schrillten in ihr die Alarmglocken.

»Fragen Sie ihn selbst. Damit haben Konny und ich nichts zu tun«, erwiderte Dennis und verschränkte erneut die Arme vor der Brust.

Sie verzichtete auf die abschließende Bemerkung, dass er das nicht beurteilen konnte, und beschloss, zeitnah noch einmal mit Gohlke zu reden. Doch zuerst musste sie sich um die Fahndung nach Breuer kümmern.

21

Daniel Weigel schlich durch den Flur und lugte durch die halb geöffnete Wohnzimmertür. Seine Mutter war im Fernsehsessel eingeschlafen, neben ihr auf dem Boden stand eine halb volle Flasche Schlehengeist. Ihr Mund stand ein Stück offen. Vermutlich schnarchte sie, was aber von der Lautstärke des Fernsehers übertönt wurde. Es lief eine Comedy-Sendung. Sein Vater brüllte vor Lachen und schlug sich immer wieder auf die Schenkel. Über seinem Bauch spannte das Feinrippunterhemd, die roten Hosenträger sorgten dafür, dass seine speckige Cordhose in etwa da blieb, wo sie hingehörte, falls er aufstehen musste, um Bier zu holen. Daniel beschloss, sich nicht zu verabschieden. Er wollte ja nur ein paar Stunden vor die Tür, an diesem trüben Novembersonntag.

Leise verließ er die Wohnung im dritten Stock des Hauses. Er beeilte sich, an den Wohnungen im zweiten und ersten Stockwerk vorbeizukommen. Besonders Frau Wächter ließ keine Gelegenheit aus, ihn abzupassen und sich über seine Eltern aufzuregen. Wegen der Lautstärke vom Fernseher beispielsweise. Oder wegen der Hausordnung, weil seine Mutter nie die Treppe fegte. Oben läuten traute sie sich nicht mehr, seit sein Vater ihr mit erhobener Hand empfohlen hatte, das Weite zu suchen. Die Wohnung im Erdgeschoss stand leer, dort konnte er gefahrlos vorbei.

Daniel verließ das Haus. In einem halben Jahr hatte er seine Lehre als Kfz-Mechaniker fertig, und Gröber, dem der Betrieb gehörte, in dem er lernte, hatte ihm eine Festanstellung in Aussicht gestellt. Dann würde er das Kaff verlassen und sich in Bayreuth eine Wohnung nehmen. Den Führerschein würde er auch machen, das war ein Klacks, im Grunde konnte er längst ein Fahrzeug führen. Für den Moment musste sein Fahrrad reichen. Vom Ausbildungsgehalt konnte er sich die ersehnte Fahrerlaubnis nicht leisten, und von seinen Eltern war kein Zuschuss zu erwarten. Mama ging putzen, wenn sie nicht gerade betrunken war, und das war sie ständig, und sein Vater bezog gerade wieder Geld vom Amt.

Daniel schwang sich auf sein Rad und trat in die Pedale. Der tagelange Regen hatte endlich aufgehört, doch jetzt war es kalt geworden. Die Luft roch sogar nach Schnee. Daniel kam am Haus von Emilys Großvater vorbei und fuhr langsamer. Die Emmi gefiel ihm, und wenn er ein Auto gehabt hätte, hätte er sie gefragt, ob sie mit ihm nach Bayreuth fahren wollte, um ihn in die Mia zu begleiten, den Nachtclub, oder ins Palace, die Shishabar in der Kanzleistraße. Wahrscheinlich durfte man in beide Lokale erst ab achtzehn Jahren, und Emmi war erst siebzehn. Aber das war nicht schlimm, er konnte ja für sie eine Personenfürsorge übernehmen. Dass weder ihre Mutter noch ihr Großvater Emmi diesen Zettel unterschreiben würden und schon gleich nicht, wenn er die Fürsorge übernehmen wollte, verdrängte Daniel. Er hatte ja ohnehin weder Auto noch Führerschein.

Daniel war an dem Anwesen vorbei und fuhr wieder schneller. Er wollte aus Bad Berneck raus, ein Stück über die Felder und zum nahen Wald. Dort war er gerne. Der Wald war abgelegen und ruhig, im Frühling hörte er dort die Vögel zwitschern, im Herbst gab es Stellen, an denen er Eichhörnchen, Igel und manchmal Rehe beobachten konnte. Und es gab den Rastplatz mit dem Holztrogbrunnen. Dort hatte er mit seiner großen Schwester Lissy gespielt, als die Welt noch in Ordnung gewesen war. Das war zwölf Jahre her. Jetzt verdiente Lissy ihr Geld, indem sie nett zu Männern war, die sich das was kosten ließen. Er hatte seit Jahren nichts von ihr gehört. Trotzdem oder gerade deswegen saß er gerne an dem Rastplatz mit dem Holztrogbrunnen und dachte an früher.

Nun war er schon fast am Ortsrand angekommen. Dort vorne war das Haus von Gottfried Franke. Über den lachte die ganze Ortschaft. Auch Daniel musste grinsen, als er daran dachte. Franke hatte sich heute Morgen beim Bäcker, als Daniel sich zwei Schokocroissants zum Frühstück gekauft hatte, ganz fürchterlich über Gustav Huber aufgeregt. Der sollte ihm angeblich letzte Nacht eine stattliche Ladung gebratener Hühnerschenkel geklaut haben, samt Bräter, den seine Frau Dietlinde auf den Terrassentisch gestellt hatte. Anzeigen wollte er Gustav.

Greta Habicht war ihm über den Mund gefahren. Der Gustav war vergangene Nacht bei einem Freund in Bindlach gewesen und konnte die Hühnerschenkel gar nicht geklaut haben. Das wusste sie genau, weil sie selbst mit Gustavs Mutter Christa am Abend ein Schwätzchen am Telefon gehalten hatte.

Franke, von jeher ein Sturkopf, hatte das nicht gelten lassen. Wahrscheinlich hatte Gustav seiner Mutter gegenüber nur behauptet, in Bindlach gewesen zu sein, und hatte stattdessen sein Unwesen in Bad Berneck getrieben. Er sollte ja auch neulich bei Emmis Großvater im Garten Äpfel geklaut haben.

Die Behauptung war so aus der Luft gegriffen, dass niemand von den Kunden in der Bäckerei Franke länger zugehört hatte. Gustav hasste Äpfel, das wussten viele im Ort. Daniel grinste noch immer, während er die letzten Häuser der Ortschaft passierte.

Über den Feldweg ließ es sich schlecht radeln. Stellenweise waren die Pfützen angefroren, die sich durch den Regen der letzten Zeit gebildet hatten, und plötzlich fielen feine, harte Schneekörnchen vom Himmel. Er beeilte sich, zu den schützenden Bäumen des Waldes zu kommen, und rangierte sein Rad, so gut es ging, um Schlaglöcher und dünne Eisschichten. Dort vorne begann der Wald, er war nahezu am Ziel.

Daniel lehnte sein Rad an einen dünnen Baumstamm und schloss es ab. Hier kam selten jemand entlang, er sah keine große Gefahr, dass sein alter Drahtesel entwendet wurde. Er schob die Hände in die Jackentaschen und betrat über den schmalen Pfad den Wald. Es war angenehm still zwischen den Bäumen, nur hier und da knackte ein Zweig, und das Laub raschelte, wenn ein Vogel darüberhüpfte. Daniel war inzwischen gut zwanzig Minuten unterwegs. Längst hatte sich der Pfad mit einem geschotterten Waldweg gekreuzt, der um einiges breiter war. Die Steinchen knirschten unter seinen Schuhen, durch die Äste der Bäume fiel körniger Schnee, jedoch von den Zweigen im Niederprasseln gebremst. Dennoch überzog bereits eine dünne Schicht den Weg.

Gleich war er beim Rastplatz. Er blieb stehen. Was war das? Stand da etwa ein Auto? Das konnte doch nicht sein. Plötzlich empfand er die Stille und Einsamkeit des Waldes als unheimlich. Er war schon sehr oft hier gewesen, und nie hatte er sich gefürchtet. Manchmal, wenn das Wetter gut war, kamen vereinzelte Spaziergänger den Weg entlang. Ein Auto, noch dazu auf dem Rastplatz, das war nahezu unmöglich, und doch stand hier eins.

Vorsichtig näherte er sich der Stelle. Es war ein schwarzer Audi A1, neueren Baujahres, sehr gepflegt mit sportlich-eleganten Alufelgen. Der Kostenpunkt für so ein edles Gefährt lag bei der Neuanschaffung mindestens bei zwanzigtausend Euro, wahrscheinlich aber mehr. Leider war der Reifen des schmucken Wagens vorne links im Erdreich eingesunken, und das war wohl auch der Grund, warum die Karosse hier parkte. Einen Fahrer sah Daniel weit und breit nicht, aber einen Schlüsselbund. Nur wenige Schritte von der Fahrertür entfernt lugte er zwischen altem Laub hervor. Er bückte sich, hob ihn auf und schüttelte die anhaftenden Blätter ab. Der Wagen war nicht verschlossen.

Daniel sah durch die Fenster. Auch der Innenraum des Fahrzeugs war sehr gepflegt, die Sitze sauber, das Armaturenbrett offenbar frisch geputzt, und weder auf der Rückbank noch in den Fußräumen lag etwas herum, wie er es in der Kfz-Werkstatt bei Autos häufig sah. Es gab ja Kunden, die ließen so ziemlich alles in ihren Wagen liegen, auch wenn sie sie in die Werkstatt brachten. Leere Chipstüten, benutzte Taschentücher oder Leergut für den Sammelbehälter gehörten da noch zu den harmlosen Abfällen. Daniel ließ den Finger über die Motorhaube gleiten, wobei er eine feine Spur in die immer dichter fallenden Schneeflocken zog, die sich daraufgesetzt hatten.

Ein wirklich schönes Auto. Wahrscheinlich war der Besitzer

zu Fuß unterwegs, um Hilfe zu holen. Das musste ein ziemlicher Dämlack sein, hier auf den Rastplatz zu fahren. Daniel besah sich den eingesunkenen Reifen. So schlimm saß der gar nicht fest, zumal jetzt, wo die Temperaturen gefallen waren. Der Schlamm begann zu frieren, sodass das Rad mehr Halt im Erdreich fand.

Daniel öffnete die Tür des Beifahrersitzes und nahm die Fußmatte heraus. Wenn er die unter den Reifen schob, sah er eine Chance, den Wagen freizubekommen. Sehr sorgfältig positionierte er die Matte und begutachtete gründlich, ob sie so lag, wie er es für erfolgversprechend hielt. Ganz zufrieden war er nicht, die Matte saß immer ein wenig schief, egal, wie er ansetzte. Trotzdem wollte er sein Glück versuchen. Er blieb vor der geöffneten Fahrertür stehen und genoss den Moment.

Was für ein Gefühl! Gleich würde er hinter dem Steuer sitzen und dieses edle Auto fahren, wenigstens ein paar Meter. Meter? Das war eine vertane Chance. Eine kleine Spritztour konnte er sich gönnen, das traute er sich durchaus zu. Er konnte ein Stück Richtung Himmelkron fahren. Es war unwahrscheinlich, dass er auf der Landstraße und schon gleich bei dem Wetter in eine Polizeikontrolle geriet.

Daniel setzte sich in den Wagen, steckte den Zündschlüssel ins Schloss, legte den Sicherheitsgurt an, ließ die Hände über das Lenkrad gleiten und stellte sich vor, ihm gehörte das Fahrzeug. Herrlich! Schade, dass er nicht bei Emmi vorfahren und sie zu einer Fahrt einladen konnte. Achtsam trat er die Kupplung nieder. Motor anlassen, Rückwärtsgang einlegen, nach hinten gucken, vielleicht auch noch ein Rundumblick und dann behutsam Gas geben, damit der festgefahrene Reifen an der Matte Halt fand. Daniel drehte den Zündschlüssel. Nichts passierte. Verblüfft hielt er inne, wartete einige Sekunden und versuchte es erneut. Der Motor gab kein Lebenszeichen von sich. Augenblicklich sank seine Stimmung. Hier lag noch was im Argen.

Er suchte den Hebel, um die Motorhaube zu entriegeln, und fand ihn am äußersten linken Rand unterhalb des Lenkrades.

Mit einem leisen Klacken reagierte die Mechanik. Er stieg wieder aus, öffnete die Klappe des Motorraums und warf einen prüfenden Blick auf die Technik des Wagens. Der Fehler war rasch gefunden. Hier war ein Marder am Werk gewesen. Daniel musterte das durchgenagte Kabel. Das konnte er provisorisch richten. Er musste nur die Enden ein wenig abisolieren und anschließend zusammendrehen.

Kaum eine Minute später saß er wieder hinter dem Lenkrad. Diesmal sprang der Wagen an. Daniel grinste triumphierend. Das war ein Klacks gewesen! Er wandte sich um für einen Blick durch die rückwärtige Scheibe und fühlte sich sehr erwachsen und professionell dabei. Vorsichtig trat er das Gaspedal. Der Reifen bewegte sich, aber nicht der Wagen. Er gab mehr Gas, die Räder drehten durch, hitziger Schreck fuhr ihm in den Magen, das eingesunkene Rad packte an, und das Fahrzeug schoss nach hinten. Hart trat er auf die Bremse.

Sein Herz jagte wie bescheuert. Der Wagen stand quer auf dem geschotterten Waldweg. Daniel brauchte einige Sekunden, ehe er sich wieder gefasst hatte. Das war knapp gewesen. Fast wäre er auf der gegenüberliegenden Waldseite gegen einen dicken Stamm geknallt. Allmählich beruhigte er sich wieder. Es war ja nichts passiert. Er legte den ersten Gang ein und fuhr los, ganz langsam und vorsichtig. Der Schreck von eben saß ihm noch in den Knochen.

Nach wenigen Minuten lichtete sich der Wald. Durch die Baumstämme konnte er auf weitläufige Wiesen und brachliegende Felder sehen, in einiger Entfernung stand ein Haus, vermutlich ein Bauernhof. Der geschotterte Weg machte eine Biegung nach links. Daniel schlug das Lenkrad ein. Alles klappte wunderbar. Hoffentlich war er bald aus dem Wald draußen. Viel weiter als bis zum Rastplatz war er bisher kaum je unterwegs gewesen. Er wollte ein Stück die Straße entlangfahren, das Fahrzeug beschleunigen und sich vorstellen, er hätte nach einem zufriedenstellenden Arbeitstag als Kfz-Meister einer eigenen Werkstatt wohlverdienten Feierabend und führe nach Hause. In ein sauberes, ordentliches Zuhause, mit einem gefüllten Kühlschrank und einem geputzten Bad. Oder er fuhr in den Urlaub, ans Meer oder zum Zelten.

Dort vorne führte der Waldweg ins Freie. Ja! Und tatsächlich begann dort auch eine asphaltierte Straße. Ein Traum! Daniel fuhr schneller, legte den nächsten Gang ein und genoss das Hochgefühl, dass alles funktionierte. Er hatte den Wagen im Griff.

Es schneite nicht mehr, aber auf der Straße lag eine dünne Schicht Schnee. Der Audi schnurrte über die Landstraße. Obwohl es noch nicht einmal vier Uhr am Nachmittag war, schien das Tageslicht zu schwinden. Daniel suchte nach der Bedienung für das Abblendlicht und fand sie nicht. Mist. Er richtete seine Aufmerksamkeit wieder auf die Straße und sah sich unerwartet auf eine lang gezogene Kurve zusteuern. Er war zu schnell, versuchte abzubremsen und geriet ins Schlingern. Gerade eben schaffte er es, den Wagen wieder in die Spur zu bekommen.

In einiger Entfernung tauchte links am Straßenrand ein gemauertes Bushäuschen auf. Wieder suchte er nach dem Abblendlicht, auch diesmal vergeblich. Den Radfahrer, der an der rechten Straßenseite entlangfuhr, bemerkte er erst im allerletzten Moment. Daniel verriss das Steuer, sah unvermittelt die Wand des Bushäuschens vor sich und knallte gegen die Mauer.

Es wurde schwarz um ihn.

22

Polizeihauptmeister Erwin Struck kratzte sich nachdenklich am Hinterkopf. Die Motorhaube des schönen schwarzen Audi war komplett demoliert. Der Fahrer, ein achtzehnjähriger Jungspund, dem der Wagen gar nicht gehörte, hatte keinen Führerschein, aber vermutlich jetzt einen gebrochenen Arm und ein gebrochenes Bein sowie etliche Prellungen und Schürfwunden, einen Schock und eine Gehirnerschütterung. Eben wurde er vom Rettungsdienst in einen Krankenwagen verfrachtet.

Das Eigenartige an der Sache war, dass der Wagen, den Daniel Weigel gegen das Bushäuschen gesetzt hatte, einem Kollegen gehörte, und zwar Kriminalkommissar Konrad Breuer. Der galt seit gestern Vormittag als vermisst, und seine Vorgesetzte KHK Herbich hatte den Pkw des abgängigen Mitarbeiters erst vor einer Stunde in die Fahndung gegeben. Obwohl Struck nun wirklich nichts dafürkonnte, war er fast ein wenig stolz, dass er zu der Vermisstensache so zeitnah etwas beitragen konnte. Er musste seine Erkenntnisse gleich an die Zentrale durchgeben.

Die Unfallstelle war von zwei Polizeibeamten abgesichert worden, zudem hatten sie ihre Fahrzeuge so positioniert, dass das betroffene Areal ausgeleuchtet war. Inzwischen war es nahezu dunkel, und noch immer rieselte feiner Schnee vom Himmel.

Am Straßenrand stand Gustav Huber, der von Polizeimeisterin Julia Kirsch befragt wurde. Huber war bei den Gesetzeshütern kein Unbekannter. Bis vor ein paar Monaten hatte er in der JVA Bayreuth wegen Beteiligung an einem Tankstellenraub eingesessen. Drei Jahre hatte er bekommen. Wegen günstiger Sozialprognose war das letzte Jahr in eine Bewährungsstrafe umgewandelt worden. Huber war Ersttäter gewesen, hatte bei seiner Mutter einen festen Wohnsitz, und auch sein Arbeitgeber, Rainer Hentschel, der in Warmensteinach eine Gärtnerei betrieb, war bereit gewesen, ihn wieder einzustellen.

Huber hatte den Unfall mitbekommen und sich vorbildlich verhalten. Er hatte sofort einen Notruf abgesetzt und auch versucht, Erste Hilfe zu leisten. Hierbei war er zwar recht erfolglos gewesen, aber immerhin hatte er dem geschockten Jüngling, der hinter dem Steuer des Audi eingeklemmt gewesen war, durch seine Anwesenheit Beistand leisten können und ihm Mut zugesprochen.

Die Kollegin Kirsch näherte sich Erwin Struck.

»Ich habe den Unfallhergang aufgenommen. Herr Huber fragt, ob er jetzt nach Hause kann?«

Struck nickte und richtete seine Mütze. Der Schnee rann ihm in den Kragen.

»Kann er. Ist der Abschleppdienst verständigt?«, fragte er.

»Ja, wird gleich hier sein«, erwiderte die Kollegin.

»Gut. Sowie der Wagen aufgeladen ist, kann die Unfallstelle geräumt werden«, wies Struck Julia Kirsch an. »Ich spreche noch mal mit dem Fahrer.«

Mit gewichtigen Schritten machte er sich auf den Weg zum Rettungswagen. Ein Sanitäter legte Weigel gerade eine Infusion. Der Junge war regelrecht grün im Gesicht.

»Kann ich dem Patienten noch ein paar Fragen stellen?«, erkundigte sich Struck bei dem Notarzt, der gerade seine Tasche schloss, und rückte wieder an seiner Mütze. Egal, wie er sie aufsetzte, er bekam Schnee in den Kragen.

»Morgen, ja. Jetzt muss er in die Klinik«, wies der Arzt ihn zurück.

Struck suchte nach einem Gegenargument. Der Fahrer des Rettungswagens schlug die rückwärtigen Türen zu, eilte um das Fahrzeug und setzte sich hinter das Steuer. Verstimmt wandte Struck sich ab. Er hätte zu gern gewusst, wie Weigel an das Auto von KK Breuer gekommen war. Am Ende hatte er ihn …? Dann wäre ihm ein ganz dicker Fisch ins Netz gegangen. Struck straffte die Schultern. Er würde jetzt gleich der Zentrale durchgeben, was vorgefallen war.

23

Kristina lag auf dem Sofa, ihre Beine ruhten auf Philipps Oberschenkeln, der sanft ihre Füße massierte. Gleich nach dem Gespräch mit Dennis hatte sie Willbrandt über den Stand der Dinge informiert und im Anschluss eine Fahndung nach Breuer und seinem Wagen veranlasst. Von Willbrandt hatte sie erfahren, dass es in Sachen Weidenberg nichts Neues gab. Er war unauffindbar, genau wie Breuer. Sie hatte die Adresse von Kirsten Scholz ganz einfach im Telefonverzeichnis gefunden, die Frau jedoch bei ihr zu Hause nicht angetroffen. Um siebzehn Uhr hatte Kristina beschlossen, den Arbeitstag für heute zu beenden. Es war schließlich Sonntag, Philipp wartete in ihrer Wohnung auf sie, und sie war seit dem Vormittag beruflich im Einsatz gewesen.

Nach Breuer und dessen Fahrzeug suchten jetzt Kollegen von der Streife. Ihre Gedanken kreisten um sein Verschwinden und die Gründe dafür, und ihre Sorge um ihn wurde immer größer. Was war passiert?

»War ein harter Tag für dich, was?«, fragte Philipp und streichelte ihre Beine.

»Allerdings. Den Sonntag hatte ich mir anders vorgestellt«, erwiderte Kristina.

Auf dem Couchtisch brannte eine Kerze, daneben standen zwei Gläser Wein, eins für sie und eins für Philipp. Um an ihr Getränk zu kommen, hätte sie sich hinsetzen müssen.

»Ich mir schon auch«, erwiderte er, lächelte sie dabei jedoch liebevoll an. »Aber jetzt bist du ja hier. Ich habe Schnitzelchen vorbereitet, mit Ananas und Käse überbacken, und dazu Pommes. Hast du Hunger?«

»Klingt köstlich. Klar hab ich Hunger«, antwortete Kristina.

Das Läuten ihres Handys fuhr ihr wie ein Hieb in den Magen. Nicht schon wieder! Philipps Lächeln fiel in sich zusammen.

»Du könntest das Ding einfach mal ausschalten«, sagte er.

»Das nutzt doch nix. Ich bin ja auch noch über das Festnetz erreichbar«, sagte Kristina.

Das Handy lag neben ihrem Weinglas. Diesmal war es nicht Willbrandt, sondern jemand von der Zentrale des Präsidiums, das konnte sie sogar aus ihrer liegenden Position sehen. Sie setzte sich auf. Philipp schob ihre Beine von seinen Oberschenkeln.

»Ans Festnetz musst du nicht ran. Du kannst ja auch mal unterwegs sein«, ergänzte er, und sie hörte seiner Stimme an, dass er jetzt richtig verärgert war. Aus seiner Sicht konnte sie das absolut nachvollziehen. Ohne ihm zu antworten, nahm sie das Gespräch an.

»Herbich«, meldete sie sich.

Die Nennung ihres Titels war überflüssig. Wer immer es war, der jetzt in der Zentrale Wochenenddienst hatte, er oder sie wusste, dass ausschließlich sie unter dieser Nummer erreichbar war.

»Hallo, Frau Herbich, hier Julika Reindl. Eben kam eine Meldung von Polizeihauptmeister Struck herein. Es geht um Folgendes …«

Kristina setzte sich aufrecht. Adrenalin jagte durch ihren Körper, während sie der Kollegin zuhörte. Breuers Wagen war aufgetaucht. Ein junger Mann hatte mit dem Auto einen Unfall verursacht, vermutlich mit Totalschaden. Der Mann lag nun im Krankenhaus und wurde eben operiert. Befragen konnte sie ihn heute nicht mehr, aber es gab jetzt einen Ansatzpunkt. Sie wagte nicht, zu Philipp rüberzusehen.

»Vielen Dank, Frau Reindl, dass Sie mich sofort informiert haben«, beendete Kristina das Gespräch.

»Worum geht es? Ich nehme an, du musst wieder los?« Er klang derart frustriert, dass ihr ganz elend wurde.

»Nein, muss ich nicht«, entgegnete sie.

Am liebsten wäre sie dennoch sofort in die Klinik gefahren. Es brannte ihr förmlich unter den Nägeln, mit dem Fahrer zu reden. Nur half ihr das nicht, der Mann lag in Narkose auf dem

OP-Tisch. Vor morgen früh konnte sie ihn nicht befragen. Sie fasste für Philipp zusammen, was die Kollegin ihr berichtet hatte. Philipp ließ sich mit dem Rücken gegen die Sofalehne fallen.

»Ich höre immer nur Breuer, die Arbeit, die Ermittlungen, einen Handtaschenraub, einen flüchtigen Freigänger, Willbrandt, du musst hier mit jemandem reden und da …«

Kristina rückte ein Stück von ihm weg zur Seite.

»Es tut mir leid, Philipp«, sagte sie steif. »In meinem Beruf passiert es immer wieder, dass ich weder Wochenende noch Feierabend habe.«

»Ich brate jetzt die Schnitzelchen.« Mit diesen Worten stand er auf und verließ das Wohnzimmer.

Eine halbe Stunde später saßen sie einander am Küchentisch gegenüber. Er hatte den Tisch sorgfältig gedeckt. Neben ihren schlichten weißen Tellern lagen rote Papierservietten, auf die goldene Sterne aufgedruckt waren. Die Servietten gehörten zu ihrem sparsamen Weihnachtssortiment. Sie erinnerte sich, sie vor ein paar Jahren in einem Discounter gekauft zu haben. Wo sie sie bislang aufbewahrt hatte, hätte sie nicht sagen können, aber Philipp war eindeutig in ihren Küchenschränken fündig geworden. Außerdem hatte er die Kerze aus dem Wohnzimmer geholt, in die Mitte des Tisches gestellt und das Deckenlicht ausgeschaltet. Nur die Kugellampe, die in einer Ecke ihres Küchenfensters stand, brannte und verbreitete zusammen mit der Kerze romantisches Licht. Leider konnte sie bei der Romantik ihr Essen auf dem Teller nur unzureichend sehen, doch sie wollte seine Bemühungen würdigen und protestierte nicht. Zudem sah es wirklich gemütlich aus. Auch das Essen schmeckte wunderbar. Philipp konnte sehr gut kochen.

Trotz allem empfand sie die Stimmung als angespannt. Sie aßen schweigend. Gelegentlich sah sie rasch und unauffällig über den Tisch und versuchte, seine Miene zu ergründen. Der Schein der Kerze flackerte über sein Gesicht. Ob er merkte, dass sie ihn beobachtete, konnte sie sich nicht erschließen.

Philipp stach mit seiner Gabel in ein besonders langes Pommesstäbchen.

»Ich will mit dir in Urlaub fahren«, sagte er unvermittelt, ehe er es in den Mund steckte.

»Was?« Kristina hätte sich beinahe verschluckt.

»Ans Meer«, ergänzte er und stach das nächste Kartoffelstäbchen auf.

»Aber ich kann jetzt nicht weg«, hielt sie dagegen. Wann war sie zuletzt in Urlaub gewesen? Es war Jahre her.

»Von jetzt hab ich nichts gesagt«, korrigierte Philipp sie. »Ich hab dir paar Prospekte mitgebracht.«

»Prospekte?« Sie schob ihr Schnitzel auf dem Teller hin und her, als könnte sie sich nicht entschließen, von welcher Seite sie ein Stück abschneiden sollte.

»Ja. Von Tanzreisen.«

»Tanzreisen?« Kristina ließ die Hände mit dem Besteck auf die Tischplatte sinken.

»Ja. Ich wollte schon immer mal eine Tanzreise machen. Warte, ich hole die Unterlagen.«

Ehe sie etwas erwidern konnte, war er aufgestanden und hatte die Küche verlassen. Sie sah ihn durch den Flur gehen, weiter ins Schlafzimmer und hörte ihn in einer seiner Reisetaschen herumkramen. Kurz darauf kam er zurück. Er hielt ihr drei Flyer entgegen. Bulgarien, Türkei, Mallorca. Sie sah Sandstrände, blauen Himmel, blaues Meer. Palmen, Cocktails und strahlende Gesichter und viele Aufnahmen von tanzenden, anscheinend glücklichen Menschen in einem großen Saal mit weißen Säulen und glänzendem gefliesten Boden. Auf einer anderen Aufnahme wurde um einen Außenpool herum im gleißenden Sonnenlicht ebenfalls getanzt. Der Anbieter der Bulgarienreise warb mit Discofox-Kursen aller Stufen, vom Grundkurs bis zu weit fortgeschritten sowie einem Spezialkurs für Fall- und Liegefiguren. Wer in die Türkei wollte, konnte Salsa und Bachata lernen, und Mallorca-Reisende durften sich in Standard und Lateintänzen üben. Kristina legte die Broschüren neben ihren Teller.

»Da wird den ganzen Urlaub nur getanzt?«, erkundigte sie sich.

Wie konnte er ihr so eine Reise vorschlagen? Er wusste doch, dass sein Hobby auf ihrer Prioritätenliste eigentlich gar nicht vorkam.

»Nicht nur. Man muss auch die Kursangebote nicht mitmachen. Es wird früh zwei Stunden geübt, mit einer Pause dazwischen, und nachmittags auch noch mal. Abends ist freies Tanzen. Aber es ist keine Pflicht. Außerdem gibt es begleitete Ausflüge. Du hast dir die Broschüren ja gar nicht richtig angesehen.«

Er würde jedes einzelne Angebot mitmachen wollen. Von wegen »man muss nicht«. Und begleitete Ausflüge mochte sie sowieso nicht, sie ging lieber ihre eigenen Wege.

»Welche Reise interessiert dich denn am ehesten?«, rang sie sich zu fragen durch.

»Discofox«, erwiderte Philipp prompt, griff nach seinem Besteck und aß weiter. »Lies mal auf der Innenseite weiter. Es gibt auch Stunden in Disco-Chart. Ich fände es toll, ihn mit dir zu tanzen. Das lernst du, ich helfe dir. Wir sollten rasch buchen. Bis Anfang Dezember gibt es Rabatt.«

Auch noch Disco-Chart. Ein sehr enger Tanz, Körper an Körper. Der kleinste Fehlschritt und nichts harmonierte mehr. Sie zumindest geriet dann völlig ins Stolpern, was grundsätzlich zu Verstimmung zwischen Philipp und ihr führte. Alles in ihr sagte Nein. Kristina zog den Prospekt für die Bulgarienreise hervor. Reisetermin war vom 17. bis 25. Mai.

»Die findet Mitte Mai statt. Ich habe am 17. Mai Geburtstag«, sagte sie.

»Ist doch super. Dann feiern wir deinen Geburtstag in Bulgarien.« Ungerührt aß er weiter.

»Nein, Philipp. Dann ›feiern‹ wir meinen Geburtstag auf dem Flughafen oder wo auch immer.«

»Wir sind am frühen Abend in Bulgarien im Hotel. Es gibt Büfett und eine Begrüßungsansprache des Veranstalters. Übrigens ein hervorragender Tanztrainer, ich kenne ihn von vielen

Kursen. Im Anschluss findet eine Eröffnungsparty statt. Das ist doch ein toller Rahmen für deinen Geburtstag. Wie alt wirst du, Schatzi?«

Kristina legte den Flyer auf die anderen beiden und schob den dünnen Stapel beiseite.

»Das kann ein toller Rahmen sein, wenn man so ein fanatischer Tänzer ist wie du. Für mich ist das nix.«

Außerdem besuchte sie an ihrem Geburtstag immer ihren betagten Onkel Johan Kunze und dessen Dackel Arno. Onkel Johan buk einen Kuchen, meistens Erdbeersahnetorte, und sie tranken zusammen auf seiner Terrasse Kaffee, wenn es das Wetter erlaubte. Wenn es das Wetter nicht erlaubte, saßen sie eben in seiner Küche beisammen. Der Besuch bei ihm an ihrem Geburtstag war unumstößlich, seit vielen Jahren. Sie besuchte ihren Onkel sowieso viel zu selten. Philipp hatte seinen Teller leer gegessen und legte sein Besteck quer darüber.

»Das heißt, du möchtest nicht mit mir nach Bulgarien fliegen?«, fragte er ruhig und ohne Regung in seinem Gesicht.

»Das heißt, es ist der falsche Zeitpunkt.« Und eine Tanzreise war der falsche Plan.

»Dann fliegen wir eben in die Türkei. Das ist zwei Wochen später und auch ein bisschen billiger. Salsa will ich unbedingt lernen.«

Kristina verging endgültig der Appetit. Er würde wie besessen und hoch konzentriert seinem Hobby nachgehen, mit angespannter Miene, ständig unzufrieden, weil irgendwas nicht klappte, und nebenher würde er sie permanent kritisieren, weil seiner Ansicht nach alles, was nicht gelang, auf ihre Unfähigkeit zurückzuführen war. Das waren die besten Voraussetzungen für einen völlig misslungenen Urlaub.

»Muss es denn unbedingt eine Reise sein, auf der ständig getanzt wird? Wir können doch auch was anderes machen.«

»Ich wollte schon immer eine Tanzreise machen«, wiederholte er sich.

»Du könntest ja auch mal fragen, was ich will. So ein Urlaub sollte uns ja beiden gefallen.«

Philipp musterte sie. Ein feines Lächeln zog seine Mundwinkel auseinander.

»Gut, Schatzi. Was möchtest du?«

»Jedenfalls keine Tanzreise machen«, erwiderte Kristina. Der Abend war gelaufen, das wusste sie jetzt schon.

»Dann schlag was anderes vor.« Sein Lächeln erlosch.

»Ich denke darüber nach«, versprach sie.

Unerwartet ertappte sie sich bei dem Gedanken, dass sie jetzt gerne allein gewesen wäre.

24

Vor den zerbrochenen Scheiben des Hotels am Berg zog ein neuer grauer Morgen herauf. Sein kraftloses Licht schaffte es kaum in das zerstörte Foyer des ehemals schicken, lebensfroh wirkenden Anwesens. Weidenberg war durchgefroren bis auf die Knochen. Er hatte Hunger, er hatte Durst, zu allem Übel war seine Armbanduhr stehen geblieben, und er hatte kein Zeitgefühl mehr. Er wusste nicht einmal, wie viele Tage und Nächte er mittlerweile an diesem verlassenen Ort zugebracht hatte.

Er fühlte sich schmutzig und klebrig, sehnte sich nach einer heißen Dusche, sauberer Kleidung und Nahrung, egal was es war, Hauptsache, er wurde satt davon. Letzte Nacht war er vergeblich durch Bad Berneck geschlichen, um etwas Essbarem habhaft zu werden. Obwohl es gefühlt schon sehr lange dunkel gewesen war, waren noch etliche Menschen im Ort unterwegs gewesen, sodass er rasch zurück in den schützenden Wald geflohen war. Im Wald wiederum hatte er Mühe gehabt, den Weg zurück zu finden. Die Nacht war allzu finster gewesen, und er hatte nur sporadisch gewagt, seine Taschenlampe einzuschalten. Zum einen fürchtete er stets, aufzufallen, vielleicht sah man den Lichtschein weiter, als er sich vorstellen konnte. Zum anderen merkte er, dass die Batterien an Kraft einbüßten.

Weidenberg schob die speckige, kratzige Decke beiseite. Er hatte noch eine halbe Tafel Schokolade, die er aufbewahrte, als eiserne Notration. Wahrscheinlich musste er heute darauf zurückgreifen. Schlimmer als der Hunger war der Durst. Vor zwei Nächten war er deswegen in Versuchung gewesen, seine leere Pfandflasche mit dem Wasser der Ölschnitz zu füllen, auch wenn ihn die Vorstellung anwiderte, was darin alles schwimmen mochte.

Abgehalten davon hatte ihn letzten Endes die Schwierigkeit, ans Wasser zu kommen, ohne hineinzufallen. Er hätte eine Stelle gebraucht, an der er ungesehen und halbwegs sicher zu dem Fluss hinuntersteigen konnte. Gerade als er gemeint hatte, eine Möglichkeit entdeckt zu haben, war ein Spaziergänger mit einem Hund gekommen und hatte, ziemlich genau auf seiner Höhe, ein Telefonat auf dem Handy entgegengenommen, wozu er stehen geblieben war. Letzten Endes hatte Weidenberg sich unverrichteter Dinge davongemacht, um kein Aufsehen zu erregen. Da der Durst jedoch unerträglich gewesen war, hatte er das Risiko auf sich genommen und war mit gesenktem Kopf und erzwungener Langsamkeit zum Marktplatz gelaufen, wo es einen Brunnen gab.

Dort hatte es das Schicksal besser mit ihm gemeint, und es war ihm gelungen, seine Flasche aus dem Wasserspeier zu füllen. Auch das war nicht leicht gewesen. Er hatte sich auf den Brunnenrand setzen müssen und hatte nur mit Mühe das Ziel der Wünsche erreicht. Natürlich war es auch dabei ein großes Risiko gewesen, aufzufallen. Doch der qualvolle Drang nach frischer, klarer Flüssigkeit hatte ihn leichtsinnig werden lassen. Es war gut gegangen. Ein weiteres Mal wollte er das nicht riskieren.

Weidenberg kratzte sich am Kinn. Sein Bart wuchs, er hatte sich seit Tagen nicht rasieren können. Es juckte entsetzlich. Abgesehen davon, dass er Bärte grundsätzlich nicht mochte und an sich selbst schon gar nicht, plagte ihn von jeher ein heftiger Juckreiz, sowie das Haar wuchs. Seine Haut war zu trocken, hatte ihn in jungen Jahren eine Liebschaft wissen lassen, die von Beruf Friseurin gewesen war. Abhilfe konnte Bartöl schaffen, doch daran war ihm nicht gelegen. Oder waschen mit mildem Shampoo, doch hier hatte er keines.

Weidenberg rappelte sich mit steifen Gliedern von seinem Lager hoch. Bisher hatte er sich im Hotel kaum umgesehen. Er verbrachte die Tage mit Grübeln, wie es weitergehen sollte, ohne zu einem Entschluss zu kommen. Er musste aktiv werden, wenn er hier nicht verrotten wollte, doch er fühlte sich, als hätte er das sprichwörtliche Brett vor dem Kopf. Zu Fuß kam er nicht weiter, Geld hatte er keines und Papiere sowieso nicht, zudem wurde sicher mit Nachdruck nach ihm gesucht, und unzählige

Menschen kannten sein Gesicht. Dass ihm mittlerweile ein Bart gewachsen war, war nur ein winziger Vorteil. Hätte er einen Rasierer gehabt, hätte er ihn dennoch entfernt, zu sehr plagte ihn der Juckreiz. Er brauchte einen Plan und wenigstens ein Auto, um so viel Abstand wie möglich zwischen die JVA und sich zu bringen. Er scheiterte bereits an einem Plan.

Für den Moment aber trieb ihn die schwache Hoffnung, irgendwo im Gebäude doch noch etwas Ess- oder Trinkbares aufzutreiben, voran. Vielleicht gab es in der ehemaligen Küche oder in den Kellerräumen noch ein paar Vorräte, die seinerzeit liegen gelassen worden waren. Falls ja, so waren sie sicher über jedes Verfallsdatum hinaus, aber darauf konnte er keine Rücksicht nehmen. Er konnte auch die Wasserhähne aufdrehen, die dem Vandalismus entgangen waren. Vielleicht kam hier oder da doch noch ein Rinnsal. Dass es voll mit Keimen und Bakterien sein mochte, verdrängte er.

Weidenberg machte sich auf den Weg. Er stieg über sämtlichen Unrat und Schutt im Haus, dessen Anblick ihm längst vertraut geworden war. Glasscherben, Teppichfetzen, Holzteile unbekannter Herkunft lagen über den Boden verteilt. Unter einer zersprungenen Plastikwanne ragte der Griff eines Hammers hervor. Der Fund war nicht der schlechteste. Der Hammer konnte ihm vielleicht noch nützlich sein, und sei es als Waffe. Weidenberg trug ihn zu seinem Lager und klemmte ihn zwischen Wand und Matratze.

In der ehemaligen Küche fand er Töpfe, manche wohl mutwillig verbeult, Pfannen und Einzelteile von Geschirr, einiges zertrümmert, aber nichts Essbares. Er durchsuchte sämtliche Schränke, fand Staub und blinde Gläser und ein altes Kochbuch. Die Wasserhähne gaben keinen Tropfen Nass ab.

Er sah in diverse Hotelzimmer, in denen entweder gähnende Leere herrschte oder zerstörtes Mobiliar lag. In einem der dazugehörigen Badezimmer hing ein Spiegelschrank über dem Waschbecken. Der Spiegel hatte blinde Flecken, und ein spinnennetzartiger Riss ging über die Scheibe. Er öffnete ihn und fand eine uralte Zahnbürste mit gelblichen Borsten, eine vertrocknete Tube Zahnpasta, eine leere Parfümflasche und einen originalverpackten Damenrasierer zur einmaligen Benutzung. Die Folie, in die er eingewickelt war, war zerschlissen. Dennoch erschien ihm das Teil wie das reinste Geschenk.

Weidenberg mühte sich vor dem Spiegel ab, mit dem winzigen Rasierer, der wohl für die Achsel- und Bikinizone der Frauen gedacht war, die Haare im Gesicht zu entfernen. Es war eine langwierige, schmerzhafte Prozedur, ohne Wasser und Rasierschaum, und zudem hatte er Sorge, sich zu verletzen. Die Klinge war angerostet. Tatsächlich schnitt er sich zweimal, kämpfte mit Panikattacken, infolgedessen eine Blutvergiftung zu erleiden, und drückte an den Schnittstellen, um herausbluten zu lassen, was ihm zur Gefahr werden konnte. Schließlich gab er es auf. Er sah verheerend aus.

Die Treppe in den Keller lähmte ihn. Unten gab es wahrscheinlich kein Licht. Weidenberg ging zurück ins Foyer und holte seine Taschenlampe. Stufenweise tastete er sich in die Tiefe, schaltete die Lampe immer nur für Sekunden an und ließ ihr Licht über die Mauern huschen. Unten angekommen fand er reichlich Unrat, vergleichbar mit dem im Erdgeschoss. Zudem gab es leere Regale, Räume mit alten Putzutensilien, einen Stapel Gartenstühle, zwei Stehlampen mit rustikalen Stoffschirmen, aber auch hier nichts, womit er gegen Hunger und Durst ankam. Niedergeschlagen stapfte er die Treppe wieder hoch.

Irritiert stellte er fest, dass vor den zerstörten Fenstern ein Sonnenstrahl durch die Wolken gebrochen war und einen Teil des Foyers in goldgelbes Licht tauchte. Es fiel auf den umgestürzten Tresen des Empfangs. In einer der Schranktüren steckte ein Schlüssel. Weidenberg versprach sich nichts davon, öffnete jedoch die Tür. Dahinter fand er zwei Flaschen Kognak und eine Flasche klaren Schnaps. Verblüfft betrachtete er seinen Fund. Als Durstlöscher waren die edlen Tropfen nicht geeignet, und einen Rausch mochte er auch nicht riskieren, er brauchte einen wachen Kopf. Trotzdem, vielleicht konnte er sich heute Abend ein paar Schlucke genehmigen. Es war sehr lange her, dass er Alkohol getrunken hatte.

Weidenberg zog den Schlüssel aus der Schranktür und probierte ihn am nächsten Schloss. Er funktionierte. Hinter der Tür lagen Notizblöcke, alte Kugelschreiber und zwei Flaschen Coca-Cola. Sein Herz machte einen Satz. Der alte Plastikverschluss ließ sich nur mühsam öffnen und brach bei seinen Anstrengungen, ihn zu drehen, doch er bekam die Flasche auf. Der Inhalt roch süß und schal. Weidenberg setzte die Öffnung an den Mund und trank, gierig und schnell, sodass er kaum noch Luft bekam während des Schluckens. Keuchend setzte er die Flasche ab. Das Zeug schmeckte entsetzlich alt und abgestanden, und es hatte keinerlei Kohlensäure mehr. Viel weniger geworden war sein Durst auch nicht, aber er hatte ja noch anderthalb Flaschen. Mit diesen sowie einer der Kognakflaschen verzog er sich wieder zu seinem Matratzenlager. Das Überleben für diesen Tag war gesichert. Heute Nacht wollte er sich in Bad Berneck nach einem Auto umsehen, das er klauen konnte, um damit den Ort zu verlassen.

25

Kristina stand am Bett von Daniel Weigel. Der junge Mann hatte sowohl einen Arm in Gips als auch ein Bein, eine flächige Schürfwunde an der linken Schläfe und einen Bluterguss unterhalb des linken Auges.

»Da war niemand«, beharrte er und versuchte wiederholt und vergeblich, den unverletzten rechten Arm mit dem linken, der in Gips steckte, zu verschränken.

»Ich bin bisschen spazieren gegangen, und da seh ich den Wagen auf dem Rastplatz stehen. Ich dachte, so ein schickes Teil mitten im Wald. Wer parkt denn schon auf einem Rastplatz? Aber gesehen habe ich niemanden.« Er zupfte an der Bettdecke und schlug die Augen nieder.

Kristina war sicher, er hatte sich gar nicht umgesehen, zumindest nicht gründlich. Auf die Idee, dass jemand in der Gegend hätte sein können, der etwas dagegen hatte, dass er sich mit dem Fahrzeug beschäftigte, war der junge Mann gar nicht gekommen. Das Einzige, was ihn interessiert hatte, war das Auto gewesen. Der Schlüssel hatte angeblich nur wenige Schritte vom Fahrzeug entfernt im Laub gelegen. Weigel war Kfz-Lehrling, hatte aber noch keinen Führerschein, und er hatte die aus seiner Sicht günstige Gelegenheit nutzen und den Wagen unbedingt einmal fahren wollen. Ihn aus dem Schlamm zu befreien, in den eines der vorderen Räder eingesunken war, war offenbar kein Problem gewesen. Auch als das Fahrzeug nicht angesprungen war, hatte er schnell die Ursache gefunden. Ein Marder hatte das Zündkabel durchgenagt, und er hatte die Kabel zusammengedreht. Danach war Breuers Audi bereit für die Spritztour gewesen. Jetzt war er reif für den Schrottplatz, zumindest laut PHM Struck. Und Breuer war nach wie vor verschwunden. Vielleicht hatte er gesundheitliche Probleme, von denen auch sein Lebensgefährte nichts wusste, und er war in der Nähe des Rastplatzes zusammengebrochen? Sie musste sofort großräumig den Bereich, wo Weigel den Wagen gefunden hatte, nach ihm absuchen lassen.

»Ich weiß echt nicht, wo Ihr Kollege steckt. Jetzt hab ich richtig Ärger an der Backe, was?«, erkundigte sich der junge Mann.

»Sie müssen auf jeden Fall die Konsequenzen für Ihr Handeln tragen«, stimmte sie ihm zu. »Sie haben sich einen Wagen angeeignet, der Ihnen nicht gehört, sind ihn ohne Führerschein gefahren und haben einen Unfall mit Totalschaden verursacht.«

»Mann, ey. Ich wollte nur eine Runde mit dem Ding drehen. Ich kenne mich mit Autos aus. Können Sie nicht ein gutes Wort für mich einlegen? Immerhin habe ich den Wagen von Ihrem Kollegen gefunden«, bettelte er.

»Ich kann nichts für Sie tun, Herr Weigel. Diebstahl und Verkehrsdelikte fallen nicht in meinen Aufgabenbereich. Falls Ihnen noch etwas einfällt, melden Sie sich bei mir.«

Kristina verabschiedete sich von dem jungen Mann, verließ sein Krankenzimmer und zog noch im Flur ihr Mobiltelefon aus der Tasche. Sie musste umgehend die Suchaktion veranlassen und natürlich Willbrandt Bescheid geben.

Wenige Minuten später hatte sie die Gespräche geführt und steckte ihr Telefon wieder ein. Sie würde jetzt zu dem besagten Rastplatz fahren und sich die Gegend ansehen. Sie wusste, von welchem Waldstück Weigel gesprochen hatte. Es war nicht allzu groß, und es lag etwa einen Kilometer östlich von Bad Berneck Richtung Himmelkron. Einen Namen hatte das Waldstück nicht, zumindest nicht, soweit sie wusste. Eine schmale asphaltierte Straße zweigte seitlich der B 303 ab, die schließlich in eine Forststraße mündete. Es mochte noch mehr Wege geben, doch sie kannte nur diesen. Nach Weigels Beschreibung konnte sie den Rastplatz gar nicht verfehlen.

Willbrandt war absolut dagegen gewesen, dass sie sich allein auf den Weg machte.

»Es ist dort eine total einsame Gegend, Frau Herbich. Mittlerweile schließe ich nicht aus …« Ihr klangen seine Worte im

Ohr, und diese Worte trieben sie regelrecht vorwärts. »… dass ein Verbrechen zugrunde liegt.«

Ein Verbrechen. Das war es, woran sie die ganze Zeit nicht hatte denken wollen, und nun hatte Willbrandt es ausgesprochen. Ihr Handy läutete, während sie aus dem Krankenhaus eilte. Philipp? Ungehalten zog sie es hervor. Es war noch einmal Willbrandt.

»Frau Herbich, ich teile Ihnen Frau Bogen zur Unterstützung zu. Ich möchte nicht, dass Sie im Alleingang unterwegs sind. Das gilt auch für die Suche nach Weidenberg, den wir, bei allen Sorgen, die ich mir selbst mache, nicht vergessen dürfen.«

»Was?«, entfuhr es ihr. »Die hat doch noch von nichts eine Ahnung.«

Erschrockene Hitze durchlief sie, während sie protestierte. Einmal, weil sie gegen Willbrandts Anweisung umgehend rebellierte, zum anderen, weil er ihr ausgerechnet dieses unbeholfene junge Ding zuteilen wollte. Offenbar besaß die Dame eine Art Heimvorteil, weil ihre Mutter mit Willbrandts Frau befreundet war.

»Annika ist eine fähige junge Beamtin. Wir sind chronisch unterbesetzt, und ich möchte nicht, dass Sie ohne Beistand –«

»Herr Willbrandt, ich bin quasi schon unterwegs. Wir dürfen keine Zeit verlieren«, unterbrach sie ihn.

»Das ist eine dienstliche Anordnung. Von mir aus fahren Sie vor, ich schicke Annika mit den Einsatzkräften hinterher.«

Sein Tonfall schloss jeden Zweifel aus. Er würde nicht mit sich handeln lassen. Kristina umklammerte ihr Telefon. Diese plumpe, linkische Person würde ihr nur im Weg stehen. Willbrandt hatte aufgelegt. Zornig stopfte Kristina ihr Telefon zurück in die Tasche und rannte beinahe die Stufen des Klinikums hinunter und zum Parkplatz. Es hatte zu schneien begonnen.

Als sie knapp vierzig Minuten später neben der Zufahrtstraße zu dem Waldstück hielt, standen bereits etliche Einsatzfahrzeuge da. Dann war die Bogen auch schon da, und sie selbst kam quasi als Letzte. Frustriert schlug sie die Wagentür ihres

Peugeot zu. Am Zugang zum Wald lehnte an einem dünnen Baumstamm ein Fahrrad. Das mochte das Rad von Daniel Weigel sein. Beinahe im Laufschritt eilte Kristina in den Wald. Vielleicht hätte sie mit dem Wagen reinfahren sollen, um schneller zu sein. Umkehren wollte sie aber nicht.

Sie entdeckte den Einsatzleiter des Suchtrupps, Marcel Giese, beinahe gleichzeitig mit dem Rastplatz, von dem Weigel gesprochen hatte. Außer Atem kam sie bei ihm an. Annika Bogen stand in einiger Entfernung und musterte das Erdreich, als erwartete sie aufschlussreiche Erkenntnisse. Beim Näherkommen erkannte Kristina Reste von Reifenspuren, in die sich die Schneeflocken setzten.

»Herr Giese, guten Morgen. Gibt es schon Ergebnisse?«

»Guten Morgen, Frau Herbich. Wir haben jetzt einen Umkreis von etwa hundert Metern abgesucht, ohne Ergebnis.«

»Das reicht nicht. Notfalls muss das ganze Waldstück durchkämmt werden, so groß ist es ja nicht. Breuer muss doch irgendwo in der Nähe sein, wenn sein Wagen hier aufgefunden wurde. Wenn er im Wald nicht gefunden wird, suchen wir die Umgebung außerhalb ab«, wies sie Giese an.

»Geht klar.«

»Lassen Sie Suchhunde kommen«, ergänzte sie.

»Da hat Frau Bogen schon drum gebeten. Sind bereits unterwegs«, antwortete der Einsatzleiter.

»Was?« Hitzige Empörung schoss in Kristina auf. »Frau Bogen hat keinerlei Weisungsbefugnisse«, fuhr sie den verdutzten Giese an.

Der rückte seine Mütze zurecht.

»Nun ja, ich dachte, da sie Ihnen laut Herrn Willbrandt zur Hand gehen soll … Außerdem hat sie die Hunde nicht angefordert, sondern nur vorgeschlagen, und ich dachte –«

»Schon gut. Drehen Sie jedes Blatt und jeden Kieselstein nach Herrn Breuer um. Ich bin sicher, er befindet sich in einer Notlage. Wir müssen ihn finden, und jede Minute zählt«, fauchte sie ihn an.

Sie sah Breuer zusammengebrochen in irgendeinem Winkel

des Waldes liegen, hilflos, verletzt oder gar … So weit wollte sie nicht denken. War er in eine Falle gelockt worden? Aber ein Marderbiss am Zündkabel und ein festgefahrener Reifen klangen eher nach banalen Missständen, nicht nach Heimtücke, so ärgerlich es auch war.

»Jawohl, Frau Herbich.« Giese straffte die Schultern. Kristina schob die Hände in die Jackentaschen. Die Kälte kroch ihr in sämtliche Glieder.

Gut zwei Stunden später war das Waldstück gründlich und vergeblich abgesucht worden. Kristina stand mit sämtlichen Einsatzkräften, etlichen Suchhunden und in sicherem Abstand zu der jungen Kollegin, die ihr stellvertretend für Breuer zur Seite stehen sollte, am Waldrand. Sie sah sanfte Hügel, Felder und Wiesen und in einer Senke ein Haus, vermutlich ein alter Bauernhof, alles überzogen von einer dünnen, wässrigen Schneedecke, die unter ihren Füßen schmolz.

»Wir dehnen die Suche aus«, sagte sie zu Giese, der neben ihr stand und einen Schäferhund hielt. Ihr Mund fühlte sich pelzig an und ihr Hals trocken. »Sagen wir, weitere dreihundert Meter Umkreis und natürlich bis zu dem Haus hinunter.«

»Geht klar«, brummte Giese.

26

Sie kamen immer näher. Es waren viele, zu viele. Sie trugen Uniformen, und sie hatten Hunde dabei. Sie wollten bestimmt auch wieder ins Haus. Jeder, der hierherkam, wollte ins Haus. Er umklammerte den Schaft seines Gewehrs, und trotz der Kälte, die die alten Mauern des Hofes ausstrahlten, drang ihm der Schweiß aus allen Poren, und sein Hals fing an zu jucken. Er fuhr sich mit dem Zeigefinger in den Kragen seines filzigen Pullovers. Er konnte nicht hierbleiben. Es schnürte ihm die Kehle zu. Er musste sie allein lassen. Das war nicht gut. Er hatte doch versprochen, sie zu beschützen.

Mit der freien Hand fasste er sich in die Haare und zerrte daran. Wenn er jetzt ging, würde er sie womöglich nie wiedersehen, und doch sagte ihm etwas, dass er so schnell wie möglich hier wegmusste. Hinten raus, durch die Küche, wo sie ihn nicht sehen konnten, und dann in einem großen Bogen, verborgen von den Büschen am Rand des Feldweges, der hinter dem Hof verlief, irgendwohin. Vielleicht konnte er heute Abend schon zurück. Oder morgen? Morgen war besser. Er hätte sich so gerne noch verabschiedet, aber die Zeit drängte. Schon schlugen die Hunde an. Das Gewehr musste er auch hierlassen, das war zu auffällig, falls er jemanden traf. Er öffnete den schmalen grünen Schrank, auf dessen Türen Blumenranken gemalt waren, stellte die Waffe hinein und huschte durch den Flur in die Küche.

***

Der Hof schien unbewohnt. Woraus sie das schloss, hätte Kristina nicht sagen können. Es schien, als würde bereits die Dämmerung hereinbrechen, obwohl es gerade erst drei Uhr war. An den blinden kleinen Fenstern hingen zerschlissene Vorhänge. Seitlich des Kiesweges, der zu einer niedrigen Haustür führte, war ein rostiger Briefkasten an einem Holzpflock befestigt. Rechts von dem Gehöft gab es zwei Schuppen. Zwischen dem Haus und dem Schuppen stand eine niedrige Mauer, etwa kniehoch, wie ein Überbleibsel eines ehemaligen Gebäudes. Die Mauer mochte circa anderthalb Meter lang sein. In unregelmäßigen Abständen waren rostige Haken eingeschlagen, an zweien hingen leere Blumentöpfe. Über allem lag eine lähmende, unheimliche Stille, nur unterbrochen vom Hecheln der Hunde und den Schritten des Suchtrupps.

»Ich gehe vor«, entschied Kristina.

Sie drückte auf die verwitterte Klingel seitlich des Türrahmens. Klar und laut vernahm sie das Läuten im Haus. Sie trat einen Schritt zurück und ließ den Blick über die Fassade des Anwesens gleiten. Hinter keinem der Fenster war eine Bewegung zu erkennen und schon gleich kein Licht. Hier war niemand. Das Holz der Haustür brauchte dringend einen neuen Anstrich, die Farbe blätterte an vielen Stellen ab. Das Türschloss war verrostet. Neben der Tür war ein getöpfertes Schild befestigt, darauf sah sie einen unleserlichen Schriftzug.

»Herr Giese?«, rief sie über die Schulter. »Leuchten Sie bitte mal.«

Sie deutete auf das Schild. Giese kam der Aufforderung nach. Sein Hund schnupperte an der Tür und begann zu bellen.

»Er hat was gewittert, auf das er uns aufmerksam machen will«, sagte Giese.

»Dann war Breuer hier«, sagte Kristina, und ihr Herzschlag beschleunigte sich.

»Möglich«, stimmte der Einsatzleiter zu.

Sie versuchte zu entziffern, was auf dem Türschild stand. Der erste Buchstabe war vermutlich ein W, in der Mitte meinte sie ein G zu lesen, die übrigen Buchstaben waren unkenntlich.

»Wir gehen rein«, entschied sie. »Sehen Sie bitte ums Haus, ob wir hinten irgendwie reinkommen, wenn nicht, muss die Tür geöffnet werden.«

»Jawohl«, brummte Giese wieder sein Lieblingswort.

Er gab seinen Leuten die Anweisung weiter und stapfte,

seinen Hund sicher an der Leine, um das Gebäude. Kristina folgte ihm.

Hinter dem Anwesen gab es einen großen Gemüsegarten, in dem noch einiges wuchs, soweit sie das bei dem verlöschenden Tageslicht erkennen konnte. Vielleicht waren es mehrjährige Gewächse, mit Gartenanbau kannte sie sich nicht aus.

»Die Küchentür ist nicht verschlossen«, verkündete Giese mit gesenkter Stimme.

»Gut. Wir sehen uns innen um«, sagte Kristina und bedeutete ihm, voranzugehen. Giese betrat mit drei von seinen Leuten das Haus. Sein Hund hielt die Nase am Boden, schnupperte konzentriert und unüberhörbar und zog seinen Herrn vorwärts.

Im Haus war es nahezu komplett dunkel. Das rasch abnehmende Tageslicht hatte nicht die Kraft, durch die winzigen Fenster zu dringen. Giese schaltete seine Taschenlampe ein. Kristina tastete neben der Tür nach einem Lichtschalter. Tatsächlich fand sie einen altmodischen Kippschalter, doch er funktionierte nicht. Im Lichtkegel von Gieses Lampe sah sie einen großen Tisch, einen altmodischen gusseisernen Ofen und neben diesem eine weitere Tür. Einer der Männer ging eben durch diese, und Kristina sah dahinter einen schmalen Flur. Giese ließ das Licht der Lampe durch den Raum schweifen. An einem dickwandigen Spülstein, der auf einem Holzgestell stand, blieb er hängen. Er trat hin und sah hinein.

»Der Hof ist nicht unbewohnt«, sagte er leise.

Kristina ging zu ihm und folgte seinem Blick. Im Spülbecken standen mehrere Teller, daneben lag Besteck. Auf dem obersten Teller befand sich ein Rest einer grünlichen Masse, vermutlich Senf, nicht eingetrocknet. Ebenso stand ein Teebecher mit einem Teebeutel in der Spüle, und ein wenig Tee benetzte den Tassenboden.

»Chef?« Die Stimme des Kollegen, der gesprochen hatte, klang wie brüchiges Glas. »Wir haben was gefunden.«

Kristina überlief es eiskalt.

27

Fassungslos betrachtete Kristina die beiden Toten in dem wuchtigen Doppelbett.

Es handelte sich um ein Kind und eine erwachsene Person, beide in einem Verwesungsstadium, das sie an Mumifizierung denken ließ. Der Raum, in dem sie standen, war klein und eng, und dass die einzige Beleuchtung die Taschenlampen der Einsatzkräfte waren, machte die Situation komplett unwirklich. Kristina hatte bereits die Spurensicherung angefordert und Ulf Keller von der Rechtsmedizin. Die Kollegen waren unterwegs, ebenso zwei Beamte mit Tatortlampen, um den Raum auszuleuchten.

Kristina spürte eine Bewegung neben sich.

»Die sind doch schon Jahre tot«, vernahm sie die Stimme von Annika Bogen.

Obwohl sie sie gerne umgehend zurechtgewiesen hätte wegen ihrer lapidaren Einschätzung, musste sie ihr recht geben. Die Frage war, wie viele Jahre. Ihr drängte sich ein Gedanke auf, der mit Breuers Verschwinden überhaupt nichts zu tun hatte. Handelte es sich bei den Toten etwa um Weidenbergs Frau und Tochter? Gleichzeitig stieg hilflose Verzweiflung in ihr auf. Wo war Breuer? Der Einsatztrupp hatte ihn suchen und finden sollen! Stattdessen fanden sie hier in diesem Einödhof zwei Tote, denen man ob ihrer Liegezeit auf den ersten Blick nicht einmal mehr das Geschlecht ansah. Gieses Hund saß artig neben seinem Herrn. Sie hatte so gehofft, das Tier hätte eine Spur zu Breuer gefunden, als er an der Haustür angeschlagen hatte.

»Wer sind die beiden?«, fragte Annika.

»Was fragen Sie mich das?«, regte Kristina sich auf.

Im Grunde war es kaum vorstellbar, doch ihr fielen spontan nur zwei Personen ein, die seit Jahren unauffindbar und definitiv gewaltsam aus dem Leben gerissen worden waren. Sophie und Merle Weidenberg.

»Mutter und Kind«, resümierte Annika.

»Ihre Spekulationen sind nicht sehr hilfreich«, fuhr sie die junge Frau an und schämte sich, noch während sie sprach. Sie stand unter Druck, ihre Nerven lagen blank, und eben drohte ihr die Situation zu entgleiten. Offenbar dachte hier, außer ihr, niemand mehr an Breuer.

Kristina schaffte es nicht, sich bei Annika zu entschuldigen. Plötzliche Helligkeit flutete die Schlafkammer. Sie kniff die Augen zusammen und wandte sich um. Ein Beamter hatte die erste Tatortlampe gebracht und eingeschaltet. Hinter ihm betrat Ulf Keller den Raum, seinen forensischen Koffer in der Hand. Ein wenig erleichterte sie das Erscheinen des Rechtsmediziners, lenkte es doch die allgemeine Aufmerksamkeit auf ihn.

»Hallo, Frau Herbich, hallo, Frau Bogen. Ist der Kollege Forsch noch nicht da?«, fragte er.

»Hallo, Herr Keller. Nein. Aber er wird wie üblich verärgert sein, wenn Sie anfangen, ehe er sich ein Bild gemacht hat und erste Spuren sichern konnte«, antwortete Kristina.

Die Suche nach Breuer musste umgehend weitergehen. Draußen war es mittlerweile stockdunkel, wie sie durch das winzige Fenster sah.

»Herr Giese, ich möchte, dass Sie mit Ihren Leuten die Suche nach Breuer auf einen Umkreis von, sagen wir, einem Kilometer ausweiten.« Was es hier noch zu tun gab, konnte die Spurensicherung übernehmen.

»Geht klar«, brummte Giese. »Komm, Wastl«, bedeutete er seinem Hund.

Sofort stand der Schäferhund auf und sah aufmerksam zu seinem Herrn hoch.

»Toll, wie er hört«, sagte Annika beeindruckt.

»Das muss er auch.« Stolz lächelte Giese der jungen Frau zu. »Sogar wenn er sich an jemandem festgebissen hat und ich verlange, dass er loslässt, muss das funktionieren. Er gehorcht aufs Wort. Er macht nichts ohne Anweisung, zumindest im Dienst. Er –«

»Herr Giese, ich wäre Ihnen dankbar, wenn Sie weiter nach

Herrn Breuer suchen würden. Sie können sich gern ein anders Mal mit Frau Bogen über die Vorzüge von, ähm, Wastl austauschen.«

Wastl. Ein unmöglicher Name für einen Polizeihund. Zudem hatte sie genug von den Lobeshymnen, schon gleich, da die Aufgabe des Hundes eine andere gewesen war, als die beiden Mumifizierten zu finden. Ihr war, als hätte man ihr einen Pflock zwischen die Beine geworfen, der sie daran hinderte, zielstrebig weiter Breuers Verbleib herauszufinden.

Trotz allem musste sie dem Leichenfund die notwendige Bedeutung beimessen.

»Herr Keller«, sprach sie den Rechtsmediziner an, der gerade seinen Koffer öffnete.

»Hm?«, machte er und sah hoch.

»Vielleicht ist es völlig aus der Luft gegriffen, trotzdem. Mir geht ein Gedanke zu der möglichen Identität der beiden Toten hier durch den Kopf«, begann sie.

»Welcher?«, fragte Keller und sah sie aufmerksam an.

»Sagt Ihnen der Fall Herbert Weidenberg etwas?«, fragte sie, in der Hoffnung, nicht die Vorgeschichte zusammenfassen zu müssen.

»Natürlich. Es ist zwar schon eine Weile her, aber im Moment auch wieder sehr präsent, durch seine Flucht.«

»Gut.« Immerhin konnte sie sich eine Erläuterung sparen. »Wir können nicht ausschließen, dass es sich bei den Toten um Frau und Tochter von Weidenberg handelt. Die Leichen wurden nie gefunden, das Mädchen war damals fünf Jahre alt.«

Keller nickte. »Ich weiß. Den Gedanken hatte ich auch schon.«

»Ehrlich gesagt ist mir die Identität der beiden hier fast wichtiger als die Todesursache«, ergänzte sie.

»Sobald ich Ergebnisse habe, melde ich mich«, versprach Keller.

»Guten Abend.« Alexander Forsch, der Leiter der Spurensicherung, erschien unter der niedrigen Schlafzimmertür. »Das ist ja die reinste Volksversammlung hier. Dürfte ich jeden, der nur im Weg steht, bitten, den Raum vorübergehend zu verlassen?«

»Bin schon weg«, versicherte Giese.

Forsch trat zur Seite, um ihn in den Flur zu lassen. Annika folgte ihm.

»Was ist mit Ihnen, Frau Herbich? Hier drinnen ist es verdammt eng.«

»Schon gut. Sie teilen mir bitte ebenfalls sämtliche Ergebnisse zeitnah mit«, entgegnete Kristina.

»Wie üblich, ja«, stimmte Forsch zu.

Drei Stunden später saß Kristina Willbrandt in dessen Büro gegenüber.

»Wem gehört der Hof?«, fragte ihr Vorgesetzter und spielte mit einem Bleistift.

»Das weiß ich noch nicht. Ich habe Frau Bogen beauftragt, das herauszufinden. Ein Namensschild an der Tür war unleserlich«, antwortete Kristina.

»Gut. Ich gebe Ihnen recht, wir können nicht ausschließen, dass es sich bei den Toten um Merle und Sophie Weidenberg handelt«, stimmte er ihrer Überlegung zu. »Was sagt Herr Keller?«

»Dass er sich vorrangig um die Identität der beiden kümmert. Ansonsten hält er sich wie üblich mit Einschätzungen zurück. Auf jeden Fall liegt der Todeszeitpunkt Jahre zurück. Weitere Ergebnisse will er in den nächsten vierundzwanzig Stunden liefern«, informierte ihn Kristina.

Willbrandt nickte und legte die Fingerspitzen aneinander.

»Von Weidenberg selbst gibt es nichts Neues, nehme ich an?«, erkundigte er sich.

»Nein«, gab Kristina zu.

»Haben Sie in der JVA wegen eventueller Kontakte nachgefragt?«

Kurz durchzuckte sie ein Schreck.

»Nein. Ich bin … noch nicht dazu gekommen.«

Willbrandt musterte sie.

»Ich mach das selbst«, sagte er unerwartet.

Irritiert erwiderte sie seinen Blick.

»Es ist viel zu tun. Konzentrieren Sie sich auf Breuer und den Leichenfund«, ergänzte er.

»Ja«, murmelte sie. »Danke.«

Willbrandt ging nicht auf ihren Dank ein.

»Ich sehe keine Verbindung von Weidenberg zu dem Gehöft«, überlegte er stattdessen.

Kristina nickte nur.

»Gibt es schon Ergebnisse der Spurensicherung?«, fuhr er fort.

»Nein. Als ich vorhin gegangen bin, hatte Forsch noch nicht mal angefangen. Er will sich zunächst das Schlafzimmer vornehmen, dann das restliche Haus. Im Außenbereich sieht er so gut wie keine Chance, irgendwas zu finden, falls es sich um einen gewaltsamen Tod gehandelt hat. Die Witterung hat längst alle Spuren zerstört, falls es welche gegeben haben sollte.«

Willbrandt wippte mit der Rückenlehne seines Stuhls. Seine Miene war angespannt.

»Reden Sie mit dieser Stalkerin. Ich glaube ja nicht, dass sie was mit Breuers Verschwinden zu tun hat, dennoch, wir dürfen nichts außer Acht lassen. Ansonsten machen Sie Feierabend für heute. Aber lassen Sie um Himmels willen Ihr Handy auf laut. Ist Ihr Lebensgefährte noch bei Ihnen?«

»Ja.« Sie versuchte, gelassen zu bleiben.

»Ich hoffe sehr, er hat Verständnis dafür, dass Sie im Augenblick mit allem Einsatz bei der Arbeit sind. Das sind Sie doch, Frau Herbich?«

»Ich bitte Sie, Herr Willbrandt. Es geht um Breuer. Ich denke quasi an nichts anderes mehr.« Es war die Wahrheit. Willbrandt nickte.

»Wir warten die Ergebnisse von Keller und Forsch ab. Danach sehen wir weiter. Bis morgen, Frau Herbich.«

»Bis morgen, Chef.«

Ihre Beine waren steif, als sie vom Stuhl aufstand. Sie würde jetzt gleich noch diese Frau Scholz aufsuchen. Philipp musste warten, so leid es ihr tat. Und morgen würde sie Onkel Johan besuchen. Oder wenigstens anrufen. Ja, sie würde ihn anrufen. Besuchen konnte sie ihn, wenn Philipp am Donnerstag zurückfuhr.

28

Es war sehr kalt geworden. Die Wetter-App auf ihrem Handy zeigte minus fünf Grad. Kristina zog ihren Mantel fester um sich. Kirsten Scholz wohnte in einer Seitenstraße der Neuen Heimat. Eine Straßenlaterne war ausgefallen, der Schein der nächsten ergoss sein trübes Licht über eine trostlose Fassade gleichförmiger Mehrfamilienhäuser und einen schmalen Gehweg. Auf einer Mülltonne, die unweit der Haustür stand, die Kristinas Ziel war, hockte eine Katze und beobachtete sie aus zusammengekniffenen Augen.

Um bei Kirsten Scholz zu klingeln, musste sie geradewegs an dem Tier vorbei. Wohl war ihr nicht. Die Katze wirkte angriffslustig und als wolle sie den Eingang bewachen. Tatsächlich machte sie einen Buckel und fauchte, als Kristina sich der Tür näherte. Sie gab vor, sich nicht beeindrucken zu lassen, und hielt Abstand, so gut es ging. Sie ließ das Licht ihres Mobiltelefons über die Reihen der Klingelschilder gleiten und drückte die Glocke neben dem Namen Scholz. Geschmeidig sprang die Katze vom Deckel der Mülltonne und stolzierte, mit hocherhobenem Schwanz, zu Kristina. In ihr ging alles auf Abwehr, und am liebsten hätte sie erneut und mit mehr Nachdruck geläutet, um rasch ins Haus zu kommen. Wobei sie wusste, dass sie das Tier so nicht loswerden würde, wenn es sich an ihre Fersen heften wollte.

»Mau«, hörte sie ein Geräusch zu ihren Füßen, und im gleichen Moment schmiegte die Katze ihren Kopf und ihren Körper gegen ihre Beine. Bevor Kristina sich darüber im Klaren war, was sie davon hielt, surrte der Türöffner. Im Treppenhaus flammte das Licht auf, noch ehe sie das Haus betreten hatte. Tatsächlich huschte die Katze an ihr vorbei und eilte, geschmeidig und geräuschlos, die Treppe hoch. Kristina folgte ihr.

Im zweiten Stockwerk stand, unter einer Tür zur linken Flurseite, eine Frau von etwa fünfzig Jahren. Die Katze huschte an der Frau vorbei in deren Wohnung.

»Frau Scholz?«, fragte Kristina und tastete schon nach ihrem Dienstausweis.

Die Frau nickte.

»Kristina Herbich, Kriminalhauptkommissarin. Ich habe ein paar Fragen an Sie. Kann ich kurz hereinkommen?«

Frau Scholz verschränkte die Arme vor der Brust.

»Polizei? Worum geht es?«

Ihre Gestalt war hager, und sie hatte unverhältnismäßig große Hände mit auffallend groben Knochen. Über ihre rechte Wange zog sich ein spinnennetzartiges Narbengeflecht. Dennis hatte recht, sie war optisch nicht sehr ansprechend. Umrahmt wurde ihr Gesicht jedoch von einer Fülle schimmernder brauner Haare, um die Kristina sie augenblicklich beneidete und die ihr in weichen Wellen bis zu den knochigen Schultern fielen.

»Um meinen Kollegen Konrad Breuer.« Ein Zucken lief über das Gesicht der Frau.

»Konrad ist Polizist?«, fragte sie und drückte die Finger in die Arme. Sie trug einen dünnen weißen Pullover und vermutlich keinen BH darunter.

»Ja. Und er ist seit Samstagmorgen verschwunden.«

»Was hat das mit mir zu tun?«

»Sie kannten ihn.«

»Wenn er Polizist ist, kennt er sicher eine Menge Leute. Ich wüsste nicht, was sein Verschwinden mit mir zu tun hat«, konterte sie und wich nicht von der Stelle.

»Frau Scholz, im Moment geht es nur um ein paar Fragen. Wir können das sofort erledigen, ich kann Sie aber auch vorladen lassen. Kann ich jetzt reinkommen?«

»Bitte.«

Mit frostiger Miene trat sie zur Seite.

Kristina betrat einen schmalen Flur. Gleich links stand eine Tür zu einem kleinen Badezimmer offen. Die Katze hockte dort vor einem Napf und fraß. Kirsten Scholz ging voran in ein Wohnzimmer. Eine hellgraue Couch dominierte den Raum. Auf ihr lagen etliche rosa Kissen und eine rosa Wolldecke, wahrscheinlich selbst gestrickt.

»Also, was wollen Sie von mir?«, fragte die Frau, wandte sich ihr zu und verschränkte erneut die Arme vor der Brust.

»Wie ich schon sagte, mein Kollege ist verschwunden.«

»Dabei kann ich Ihnen nicht helfen.«

»Wie gut kannten Sie Herrn Breuer?«

»Nur flüchtig.« Sie sah zum Sofa, als überlegte sie, ob sie sich setzen sollte.

»Sie sollen sehr nachdrücklich auf einem besseren Kennenlernen bestanden haben«, fuhr Kristina fort. Sie mochte die Frau nicht.

Aufgebracht wandte Kirsten Scholz ihr den Blick zu.

»Ach ja? Wer sagt das? Der Typ, mit dem er in einer WG wohnt? Der wollte mir ernsthaft erzählen, sie wären zusammen. Lächerlich! Wenn Sie eine Kollegin von Konrad sind, dann kennen Sie ihn doch. Schwul! Dass ich nicht lache. So wie der aussieht, kann er doch jede Frau haben, die er will. Mich wollte er nicht.« Ihr Finger fuhr in die Höhe und zeigte auf das Narbengeflecht in ihrem Gesicht. »Ich bin entstellt und damit raus. So einfach ist das. Das hab ich schon x-mal erlebt. Ja, Konrad hätte mir gefallen, und ja, ich wollte ihn kennenlernen. Er mich leider nicht. Ich war total verletzt. Ich wollte, dass er mir ins Gesicht sagt, warum nicht.« Wieder zeigte sie auf ihre Narben. »Hat er aber nicht. Stattdessen hat er behauptet, er wäre mit dem Kerl zusammen. Da bin ich echt wütend geworden. Er sollte wenigstens Manns genug sein, zu seinen Gründen zu stehen.« Ihre Wangen brannten, und ihr Blick flackerte.

»Wie ist das passiert?«, fragte Kristina und betrachtete die Narben.

»Ein Unfall, als ich sieben Jahre alt war. Mein Vater war Glaser. Ich habe auf dem Werkstatthof gespielt und bin in eine alte Fensterscheibe gefallen.«

Kristina überlegte, Bedauern zu äußern.

»Außerdem hatte ich gehofft, dass, wenn er sich auf ein Treffen mit mir einlässt, ich ihn davon überzeugen kann, dass ich durchaus meine Qualitäten habe«, fuhr Kirsten Scholz fort, ehe Kristina zu einem Entschluss gekommen war, und krampfte wieder die Finger in die Oberarme. »Aber er war so was von abweisend, distanziert, unerbittlich! Wie kann man nur? In der Pizzeria hat er mit mir geflirtet! Wissen Sie, warum? Weil ich so am Tisch gesessen habe, dass er mein Gesicht nur zu Hälfte sehen konnte.«

»Sie sind ihm nachgefahren.«

»Na und? Ich wollte wissen, wo er wohnt.«

»Sie haben ihn gestalkt.«

»Unsinn. Ich wollte den Kontakt halten. Wissen Sie, was ich glaube? Dieser Typ, mit dem er zusammenwohnt, wollte unsere Beziehung verhindern. *Der* steht auf ihn. Wahrscheinlich hat Konrad sich einfach nicht getraut, sich mit mir zu verabreden.« Unvermittelt ließ sie die Arme sinken, ging mit schleppenden Schritten zum Sofa und ließ sich darauffallen. Ihre dunklen Augen füllten sich mit Tränen. »Wir könnten längst zusammen glücklich sein.« Sie fing an zu schluchzen. »Schwul! Wenn ich das schon höre! Bis vor ein paar Jahren wurde das noch bestraft. Und jetzt kann hier jeder machen, was er will. Was sind denn das für Zustände? Konrad braucht nur die richtige Frau an seiner Seite. Eine, die ihn liebt, wie er ist. Wissen Sie was? In der Pizzeria, als wir auf unsere Bestellungen gewartet haben, da war er er selbst! Er hat meine Visitenkarte genommen! Und dann ist er raus, und dort hat der Typ im Auto auf ihn gewartet, und ab da war Konrad wie verwandelt.« Sie zerrte ein Taschentuch zwischen den Sofakissen hervor und trocknete sich das Gesicht. Sichtlich erschöpft lehnte sie sich zurück. »Wir müssen einfach mal eine Weile allein sein. Ungestört, verstehen Sie? Zeit zum Reden haben. Das wird ihm die Kraft geben, sich aus dieser unwürdigen Bindung zu lösen. Ich bin für ihn da. Er ist doch völlig verwirrt.«

Die Frau war krank. Wahrscheinlich hatte sie eine psychische Störung, bog sich die Wirklichkeit zurecht, wie sie sie haben wollte. Sie musste in Behandlung. Die Frage war nur, ob sie sich etwas hatte zuschulden kommen lassen. Hatte sie Breuer in ihrer Gewalt?

»Wo waren Sie Samstagvormittag?«, fragte Kristina und versuchte, ruhig zu bleiben.

»Was weiß ich! Hier wahrscheinlich. Allein, wie meistens. Oder einkaufen, keine Ahnung mehr.«

Das war kein Alibi. Einen Grund, sie für ein Protokoll mit ins Präsidium zu nehmen oder gar verhaften zu lassen, gab es dennoch nicht.

»Was machen Sie beruflich, Frau Scholz?«

»Ich war im Vorstand der Allgemeinen Kreditbank.«

»Was heißt: Sie waren?«

»Ich bin langfristig krankgeschrieben«, antwortete Kirsten Scholz lapidar.

»Warum?«

»Das geht Sie nichts an.«

»Das mag sein. Würden Sie es mir trotzdem sagen?«

»Burn-out. Mein Leben war die Arbeit, sonst hatte ich nichts. Jetzt habe ich nicht einmal mehr die.«

Kirsten Scholz starrte blicklos in den Raum. Kristina fand keine Antwort. Sie hatte das Gefühl, dass die Frau log. Vielleicht war ihr auch gekündigt worden. Aber auch, wenn sie tatsächlich krankgeschrieben war, hatte sie alle Zeit der Welt. Sollte sie es irgendwie geschafft haben, Breuer in ihre Gewalt zu bringen, so hatte sie auch die Möglichkeit, »mit ihm allein zu sein«.

Sie würde Willbrandt vorschlagen, sie beobachten zu lassen. Die Wahrscheinlichkeit, dass er dem zustimmte, war nicht groß. Personal war knapp und die Scholz wohl zu labil, um eine Entführung durchzuziehen.

Sie würde ihn trotzdem fragen.

29

Er lief schnell, aber er rannte nicht. Es war kalt geworden, doch die warme Jacke und der dicke Pullover schützten ihn. Unter seinen Schuhen brachen die gefrorenen Grashalme, sein Atem ballte sich in kleinen nebligen Wolken vor seinem Gesicht. Längst war die Dunkelheit hereingebrochen. Jeder andere nächtliche Wanderer hätte ein Problem gehabt, seinen Weg zu finden. Er nicht. Der Mond stand hell am Himmel, sein kaltes silberblaues Licht genügte ihm. Vorwärts, nur vorwärts. Zurück konnte er nicht, jedenfalls nicht im Moment. Viele fremde Menschen waren in sein Haus eingedrungen, störten seine Ruhe, berührten, was sie nichts anging und was ihm lieb und wert war. Das war entsetzlich, doch für den Augenblick nicht zu ändern.

Er war so achtsam gewesen.

Zwei ungeladene Besucher hatte er davon abhalten können, seinen Frieden zu stören. Und plötzlich waren sie in Scharen gekommen, nicht einzeln wie zuvor. Sie hatten Hunde mitgebracht. Ein Mann und eine Frau waren direkt zum Haus gekommen. Der Mann hatte einen der Hunde bei sich gehabt.

Er wusste, wann er besser den Rückzug antrat.

Jetzt brauchte er ein Dach über dem Kopf. Er wusste auch, wo er hinwollte. Es gab einen Ort, an dem er sich früher schon manchmal aufgehalten hatte. Damals, als er zunächst nicht gewusst hatte, wohin. Den Ort gab es sicher noch. Es war auch nicht so weit bis dahin.

Der Mond leuchtete ihm den Weg. Schon sah er die bewaldete Anhöhe, zu der er wollte. Zwischen den Bäumen wurde es schwieriger, den Weg zu finden. Doch er vertraute auf seinen Instinkt.

Er tauchte in den Schatten des Waldes. Laub raschelte unter seinen Füßen, und Zweige knackten. Bis hier hinein hatte es der Frost noch nicht geschafft, doch in den nächsten Stunden würde er auch da seine kalten Finger ausstrecken. Es ging bergauf, sacht, nicht steil, aber stetig. Das Gelände, zu dem es ihn trieb, war eingezäunt, doch das war für ihn kein Hindernis. Er war geschickt, er kam überall drüber. Zudem gab es eine Stelle, an der, auch ohne zu klettern, ein Durchkommen war. Wenn er sich nicht irrte, führte ihn sein Weg zwischen den Bäumen direkt dorthin.

***

Weidenberg wachte ruckartig auf und lag ganz still. Seit er geflohen war, hatte er das Gefühl, in ständiger Alarmbereitschaft zu schlafen. Ein Geräusch war in sein Unterbewusstsein gedrungen, das nicht zwischen die verlassenen Mauern des alten Hotels gehörte. Er atmete flach, lag regungslos auf der muffigen Matratze, das klebrige Stück Schaumstoff im Nacken. Mondlicht zerteilte die tiefschwarze Nacht, doch viel drang nicht durch die zertrümmerten Fenster.

Da! Da war das Geräusch wieder. Weidenberg überlief es eiskalt. Es waren Schritte, behutsam aufgesetzt, ganz eindeutig. Es war jemand hier. Eisiges Grauen überlief ihn. Die Polizei? Hatten sie ihn? Sein Herz drosch gegen die Rippen, und doch sagte ihm irgendetwas, dass es keine Beamten der Justiz waren, die hier ins Gebäude schlichen. Die Härchen auf seinen Armen stellten sich auf. Er tastete nach seiner Taschenlampe, die mittlerweile nahezu sämtliche Leuchtkraft eingebüßt hatte, und umklammerte die metallene Hülle. Die Schritte kamen näher, und nun hörte er auch jemanden atmen. Es war der blanke Horror. Er lag hier im Dunkeln, die Gefahr näherte sich, und er konnte nichts tun, nur hoffen, dass sie an ihm vorbeiging. Zwischen seiner Matratze und der Wand lag der Hammer. Um nach ihm zu greifen, musste er sich umdrehen. Er wagte nicht, sich zu rühren.

Etwas klirrte und schepperte, Schritte und Atem verstummten. Durch eines der Fenster fiel ein breiter Mondstrahl. In diesen Mondstrahl tauchte eine Gestalt. Es war ein Mann, groß und kräftig. Buschige Haare umrahmten sein bärtiges Gesicht. Der Mann schnupperte, als wäre er ein Tier. Seine Augen durchdrangen die Dunkelheit, und sein Blick heftete sich auf Weidenbergs provisorische Schlafstatt. Er war nicht sicher, ob der Mann ihn sehen konnte. Seine Ecke lag in völliger Finsternis. Wieder schnupperte er.

Weidenberg umklammerte die Taschenlampe, und unerwartet knackte das Metall unter seinen Fingern. Der Klang dröhnte in seinen Ohren und schien den gesamten Raum des Foyers auszufüllen. Der Mann hob ruckartig den Arm und streckte ihn, mit der Handfläche nach vorne, in seine Richtung aus, als wollte er ihn abwehren.

Hatte der Kerl selbst Angst? Wer war das? Jemand aus dem Ort, der ihm bei seinen nächtlichen Diebestouren, mit denen er sein Überleben sicherte, gefolgt war und ihn nun stellen wollte? Vielleicht war eine Belohnung auf seine Ergreifung ausgesetzt worden, und die wollte er sich verdienen? Von einem Augenblick zum anderen beschloss Weidenberg, seine Deckung aufzugeben. Er setzte sich, schaltete die Lampe ein und richtete den matten Lichtkegel auf seinen Besucher. Der riss beide Hände vor die Augen.

»Mach das weg«, verlangte er. Seine Stimme klang heiser.

»Wer bist du? Was willst du hier?« Weidenberg sprach mit gesenkter Stimme. »Bist du allein?«, fuhr er fort.

Das Licht der Taschenlampe wurde schwächer. Sie hielt nicht mehr lange durch.

»Allein, ja.« Er nickte und drehte den Kopf weg.

»Was willst du hier?« Weidenberg war nicht sicher, ob er sich beruhigen durfte.

Angriffslustig schien der Typ nicht zu sein. Aber was trieb ihn hierher, mitten in der Nacht? War es überhaupt mitten in der Nacht? Jetzt, im November – vielleicht war es auch schon Dezember, er hatte kein Zeitgefühl mehr –, wurde es ja schon im Laufe des Nachmittags dunkel. Natürlich war es Nacht, der Mond stand schließlich am Himmel.

»Schlafen«, antwortete der Mann und zeigte zu den Überresten des ehemaligen Empfangstresens, die in Bruchstücken unweit des Schlunds des Aufzugs lagen.

Er wollte hier übernachten. War er ein Landstreicher? Die Taschenlampe erlosch. Verdammt! Durch das Mondlicht sah Weidenberg, wie der Mann Richtung Aufzug ging.

»Stopp!« Abrupt blieb sein Besucher stehen und wandte sich ihm zu. »Da ist ein verdammter Schacht in der Wand. Du siehst doch gar nichts. Wenn du dort runterfällst, bist du im Arsch.«

Er war ein Idiot. Warum warnte er den Kerl? Er war eine Gefahr für ihn. Bestimmt wusste jeder im Landkreis, dass er aus der JVA geflohen war. Bestimmt kannte jeder sein Gesicht, aus den Medien. Spätestens wenn es hell wurde, lief er Gefahr, dass der Typ ihn erkannte. Dann ging es Auge um Auge, Zahn um Zahn. Er wollte ihm nichts tun. Aber für ihn ging es ums nackte Überleben, darum, Dennstett zu finden, herauszubekommen, was passiert war, wo Sophie und Merle waren, es ging um seine Zukunft und sein Leben. Er hatte nichts, um ihn auch nur zu fesseln. Er konnte ihn höchstens mit dem Hammer bedrohen, doch irgendetwas hielt ihn davon ab. Vielleicht sollte er versuchen sich davonzumachen, sowie der Kerl eingeschlafen war.

»Ein Schacht?«, fragte der Mann, noch immer heiser und mit gedämpfter Stimme.

»Da war mal ein Aufzug. Das geht dort verdammt in die Tiefe. Also pass besser auf«, raunte er jetzt wütend.

»Besser hier?« Der Mann zeigte auf die Wand, die Weidenbergs Schlafplatz gegenüberlag.

»Ja, dort ist es besser«, grunzte er.

Bis zu der Wand waren es etliche Meter Abstand. Der Mann stapfte zu der Stelle, auf die er gezeigt hatte, legte sich auf den Boden und rollte sich zusammen, das Gesicht ihm zugewandt, beide Hände unter die Wange geschoben. Weidenberg sah nur noch die Umrisse seines Körpers. Direkt auf den Boden! Bei dem, was hier alles rumlag. In welchem Zustand der Boden war, konnte man selbst im Mondlicht sehen. Der Kerl war nicht ganz dicht. Er legte sich selbst auch wieder hin, auf die Seite, sodass er ihn im Blick behalten konnte. Er musste unbedingt wach bleiben.

Seine Augen brannten, während er in die Dunkelheit starrte. Sein Besucher atmete tief und geräuschvoll, schnarchte aber nicht. Er konnte nicht länger hierbleiben. Er musste weg, am besten sofort. Weidenberg lauschte. Schlief der Kerl endlich? Er wusste es nicht. Millimeterweise schob er die Beine unter der Decke hervor. Seine Schuhe standen am Ende der Matratze. Er tastete danach, fand sie und steckte vorsichtig einen Fuß in den ersten hinein.

Er stieß gegen etwas Weiches, Zappelndes, ein Schmerz fuhr in seinen mittleren Zeh, und mit einem unterdrückten Keuchen zog er hastig den Fuß zurück. Etwas sprang mit einer federleichten Berührung auf seinen Fußrücken, und im Mondlicht sah er eine Maus durch den Raum huschen. Eine Maus! Seit er hier war, war ihm keine aufgefallen. Ausgerechnet jetzt.

Sein Gast bewegte sich, gab einen Schnarchlaut von sich und fuhr hoch. Er starrte durch die Dunkelheit in seine Richtung. Weidenberg verhielt regungslos auf der Matratze. Bedächtig legte der Mann sich wieder hin. Weidenberg wartete ab, bis sein Atem gleichmäßig ging. Diesmal nahm er die Schuhe in die Hand. Eine gute Idee war das nicht, bei dem, was hier alles verstreut lag. Sein mittlerer Zeh am rechten Fuß brannte. Das Mistvieh hatte ihn gebissen. Im Mund-Rachen-Raum einer Maus mochte es reichlich Bakterien geben. Hoffentlich bekam er keine Entzündung. Die Taschenlampe wagte er nicht zu benutzen, obwohl er ein wenig Hoffnung hatte, dass die Batterien noch einmal ein paar Energien gesammelt hatte.

Weidenberg stemmte sich von seinem Lager hoch. Behutsam setzte er den ersten Schritt, spürte einen dünnen Holzstecken unter der Sohle und kleine Steinchen. Er setzte den zweiten Schritt, trat auf ein Stück Karton, setzte den dritten Schritt, und ein messerscharfer Stich durchdrang seine Sohle. Er schaffte es nicht, den Schmerzensschrei komplett zu unterdrücken. Erneut fuhr sein Gast in die Höhe.

»Was los?«, hallte die heisere Stimme durch die Finsternis.

Weidenberg keuchte vor Schmerz. Er musste einen Glassplitter im Fuß haben. Mühsam balancierte er auf dem unverletzten Fuß und fürchtete dabei um sein Gleichgewicht.

»Nix! Schlaf weiter!«, fuhr er ihn an.

Schweiß brach ihm aus allen Poren. Der Mann stand auf und kam zu ihm. Unter seinen Schuhen knirschte, was am Boden lag. Er musterte Weidenberg, so gut es das spärliche Mondlicht zuließ. Sein Blick blieb an seinen bestrumpften Füßen hängen, und er schüttelte den Kopf.

»Nicht gut, ohne Schuhe.« Er deutete auf Weidenbergs malträtierten Fuß, den dieser inzwischen mit der Ferse aufstützte. »Hast dir wehgetan«, stellte der Mann fest und packte Weidenberg derb am Arm. Ohne weitere Worte drängte er ihn zurück zu seinem Lager. »Morgen ist sicher wieder besser«, tröstete er ihn.

Weidenberg ließ sich niedergeschmettert auf die Matratze drücken. Sein Fuß pochte, er spürte etwas Warmes, Feuchtes am Strumpf, und eine Welle der Panik durchjagte ihn. Wenn er sich wenigstens hätte ansehen können, was genau passiert war. Vielleicht verblutete er über Nacht? Oder er bekam eine Blutvergiftung? Wenn er Glück hatte, musste ihm nur der Fuß amputiert werden oder das Bein, und im Knast landete er sowieso wieder, er konnte ja jetzt nicht mehr fliehen.

Ein trockenes Schluchzen stieg in seine Kehle, und urplötzlich tauchte das Gesicht von Dennstett vor ihm auf. Dieses arschglatte, wohlgefällige Gesicht mit der lässigen dunklen Haartolle über der Stirn und dem überheblichen Lächeln. Es drängte ihn mit aller Macht, ihm Letzteres mit gezielten Faustschlägen aus der Visage zu dreschen. Diese Wut verlieh ihm neue Kraft.

Er würde sich nicht unterkriegen lassen. Sobald es hell wurde, würde er sich seine Verletzung ansehen. Bestimmt war es halb so schlimm. Verbluten würde er nicht, solange der Splitter steckte, der dichtete nämlich die Gefäße ab. Und eine Blutvergiftung, falls er denn überhaupt eine zu befürchten hatte, kam auch nicht von jetzt auf gleich. Ein paar Stunden hatte er noch Zeit. Vielleicht konnte er morgen den Fremdkörper entfernen, mit dem Schnaps die Verletzung desinfizieren und in der kommenden Nacht in Bad Berneck einen Wagen klauen. Und dann erst einmal weg hier, aus der gefährlichen Gegend. Behutsam streckte er sich auf der Matratze aus. Sein Gast lag bereits wieder an der gegenüberliegenden Wand und atmete laut und gleichmäßig.

30

Kristina sperrte die Tür auf. Im Wohnzimmer brannte Licht, doch es war eigenartig still in der Wohnung.

»Philipp?«, rief sie. »Ich bin wieder da.« Im Halbdunkel des Flures sah sie zwei gefüllte Reisetaschen neben der Garderobe stehen. Heftiger Schreck fuhr ihr in den Magen.

»Philipp?«, rief sie.

Im Badezimmer rauschte die Toilettenspülung, Sekunden darauf kam er aus dem Bad. Seine Miene war ernst. Er trug eine Jeans, Hemd und Pullover statt Jogginghose und T-Shirt. Eindeutig, er war im Aufbruch.

»Philipp, was ist los? Was soll das?«

Sie zeigte auf die gepackten Taschen. Die dritte Tasche fehlte. Er kam zu ihr und legte ihr behutsam die Hände auf die Schultern.

»Ich fahre zurück. So macht das keinen Sinn.«

»Philipp, bitte. Es tut mir leid, aber ich kann es nicht ändern.«

Es schnürte ihr die Kehle zu, und unerwartet war sie den Tränen nahe.

»Ich weiß.« Er ließ die Hände sinken und stand mit hängenden Armen vor ihr. »Ich bin dir auch nicht böse. Aber seit ich hier bin, sitze ich allein in deiner Wohnung und warte auf dich. Malte hat mich angeschrieben. Morgen beginnt ein neuer Workshop. Spezialtechnik-Figuren. Er braucht noch einen Herrn, der einspringt. Ich bekomm den Workshop bisschen günstiger. Ehe ich hier nur herumsitze, mache ich den mit. Wir sehen uns, sobald deine Fälle abgeschlossen sind.«

»Das ist jetzt nicht dein Ernst.« Sie konnte es nicht fassen.

»Doch, Schatzi.« Er hob die Hand und strich ihr sanft mit dem Daumen über die Wange. »Ich liebe dich, und ich will mit dir zusammen sein. Überleg dir das mit dem Urlaub und denk an den Frühbucherrabatt. Ich ruf dich an.« Er beugte sich vor und küsste sie, schnell und leicht.

»Philipp.«

Ihr stiegen Tränen in die Augen. Sie war müde, sie hatte ihm erzählen wollen, was heute über den Tag alles passiert war. Sie musste ansprechbar sein, wenn Forsch, Keller oder Willbrandt sich meldeten. Es konnte jederzeit sein, dass sie wieder losmusste, wenn sich noch mehr Neues ergab. Breuer war nach wie vor wie vom Erdboden verschluckt. Sie hatte Willbrandt angerufen und ihm abgerungen, die Scholz observieren zu lassen, zunächst für vierundzwanzig Stunden. Hatte sie Breuer in ihrer Gewalt, so war es gut möglich, dass sie innerhalb dieser Zeit nach ihm sah. Oder hielt sie ihn in ihrer Wohnung gefangen? Nein, das war sehr unwahrscheinlich. Dazu hätte Breuer sie mehr oder weniger freiwillig dorthin begleiten müssen. Sie war schon ganz wirr im Kopf. Von Forsch und Keller hatte sie noch nichts gehört, aber dazu war es auch noch zu früh.

»Du wolltest bis Donnerstag bleiben. Jetzt ist es Montagabend.«

Sie fing an zu schluchzen und verstand sich selbst nicht. Gestern Abend hatte sie noch den Wunsch gehabt, allein zu sein. Nun, wo Philipp vor der vereinbarten Zeit fahren wollte, fühlte sie sich leer und verlassen und hatte Angst vor dem Moment, in dem er die Tür hinter sich schloss. Sacht zog Philipp sie in seine Arme und streichelte ihren Rücken.

»Du kannst dich viel besser auf deine Arbeit konzentrieren, wenn ich nicht da bin«, sagte er gütig.

Gegen dieses Argument wusste sie nichts einzuwenden, gleichzeitig überkam sie trostlose Schwäche.

»Du hast gesagt, du hast Urlaub und bist ganz für mich da«, erinnerte sie ihn unter Tränen.

»Ja-ha.« Er dehnte das Wort in die Länge und lachte leise, aber es klang nicht fröhlich. »So hatte ich mir das auch vorgestellt. Wir holen es ein anderes Mal nach.« Er ließ die Arme sinken.

»Ohne Urlaub.« Sie trat einen Schritt zurück.

»Wahrscheinlich. Ich muss los, Kristina.«

Dass er sie mit ihrem Vornamen ansprach, verpasste ihr

den nächsten Tiefschlag. Wieder lag ihr Protest auf der Zunge. Warum fuhr er nicht erst morgen früh, wenn er schon eher zurückwollte? Die Antwort war klar, er bevorzugte die Nachtfahrten.

»Ja, in Ordnung.«

Sie resignierte und trat einen weiteren Schritt nach hinten. Philipp zog seine Schuhe an, stellte die Pantoffeln, die er vor Monaten bei ihr deponiert hatte, in den Schuhschrank, nahm seine Jacke vom Garderobenhaken und schlüpfte hinein.

»Wo ist deine dritte Tasche?«, erkundigte sie sich.

»Schon im Auto. Bis bald.«

Er küsste sie noch einmal, auch dieses Mal schnell, als sei er in Eile, ergriff seine Taschen und ging zur Wohnungstür. Sie schaffte es nicht, ihm nachzukommen und die Tür zu öffnen, sodass er eine der Taschen wieder absetzen musste. Ohne sich noch einmal umzudrehen, verließ Philipp die Wohnung. Die Tür schnappte zu. Am liebsten hätte Kristina sich heulend auf den Boden gesetzt. Gleichzeitig spürte sie den Drang, sich eine Flasche Wein aus der Küche zu holen und die Verzweiflung zu betäuben. Das war keine gute Idee. Es konnte ja sein, dass sie heute Nacht noch gebraucht wurde.

31

Kristina erwachte von dem anhaltenden Läuten ihres Mobiltelefons. Sie brauchte Sekunden, um aufzuwachen und in der Wirklichkeit anzukommen. Sie lag im Wohnzimmer auf dem Sofa, ihr Nacken war steif, ihr Kopf schmerzte, und ihre Augen brannten. Außerdem hatte sie wohl mit offenem Mund geschlafen, denn der war völlig ausgetrocknet. Sie griff nach ihrem Handy, das auf dem Couchtisch lag. Der Anruf kam von Keller. Sie rappelte sich in eine sitzende Position und nahm das Gespräch an.

»Herbich«, nuschelte sie in das Gerät.

»Guten Morgen, Frau Herbich, hab ich Sie geweckt?«

»Ja. Wie spät ist es?« Sie brauchte einen Schluck Wasser. Noch wollten ihre Beine den Befehl, aufzustehen und in die Küche zu gehen, um sich selbiges zu holen, nicht annehmen.

»Sechs Uhr früh.«

»Du liebe Zeit.« Nun stand sie doch auf. »Sind Sie schon auf der Arbeit, oder haben Sie die Nacht durchgearbeitet?«

Philipp war weg. Er war ohne jede Ankündigung gefahren. Wäre sie eine viertel Stunde später nach Hause gekommen, hätte sie nur noch seine Notiz vorgefunden, die auf dem Wohnzimmertisch gelegen hatte.

»Letzteres«, erwiderte Keller. »Sie wollten doch so rasch als möglich Ergebnisse.«

»Stimmt. Was haben Sie herausgefunden?« Auf dem Küchentisch stand ihr Glas von gestern und daneben die Wasserflasche. Kristina stellte ihr Handy auf Lautsprecher und legte es auf den Tisch, um sich etwas einzuschenken.

»Das Wichtigste zuerst: Bei dem Kind handelt es sich nicht um Merle Weidenberg«, sagte Keller.

Kristina setzte sich an den Tisch und trank einen großen Schluck Wasser. Sie versuchte die Information einzusortieren. Wirklich daran geglaubt hatte sie nicht, rein zufällig und gerade während Weidenberg auf der Flucht war, seine Frau und seine Tochter nach all den Jahren gefunden zu haben.

»Nicht?«, fragte sie dennoch nach, als sie wieder sprechen konnte.

»Nein. Das Kind ist ein Junge. Zum Todeszeitpunkt war er etwa vier Jahre alt«, antwortete Keller.

»Woran ist er gestorben?«

»Ich kann Ihnen sagen, dass zwei seiner Rippen gebrochen sind. Der Lage nach zu urteilen, hat eine Rippe die Lunge durchbohrt. Möglicherweise kam es zu einem Lungenkollaps.«

»Was heißt das?« Kristina sah einen Wassertropfen auf der Oberfläche des Küchentisches. Sie legte ihren Zeigefinger hinein und zog eine feuchte Linie über die Platte.

»Durch solch eine Verletzung kann der Lungenflügel in sich zusammenfallen. Das ist nicht so schlimm, wie es sich anhört. Es gibt ja noch den zweiten Lungenflügel. Wenn sich aber Luft zwischen Brustwand und Lunge sammelt, wird der Druck im Brustkorb erhöht, es kommt zu wenig Blut zurück zum Herzen, und auch der nicht betroffene Lungenflügel wird zusammengedrückt. Das wiederum nennt man Spannungspneumothorax. Die Folge sind Herzrasen, beschleunigte Atmung, das kann bis zum Schock gehen. Bei älteren Menschen ist ein Spannungspneumothorax ohne sofortige ärztliche Behandlung lebensgefährlich. Es muss sofort eine Thoraxdrainage gelegt werden. Bei Kindern kommt es selten zu solchen Komplikationen.«

»Das heißt, an den gebrochenen Rippen und der möglichen Verletzung der Lunge ist er nicht gestorben?«, vergewisserte sie sich.

»Nein. Nach allem, was ich bisher feststellen konnte, kann ich nur Vermutungen zur Todesursache anstellen«, sagte Keller.

»Und welche sind das?« Vermutungen halfen ihr nicht wirklich weiter. Sie brauchte Fakten. Dennoch wollte sie wissen, woran Keller dachte.

»Ich habe bei ihm eine Orbitabodenfraktur … ähm, einen Bruch der unteren Augenhöhle rechtsseitig festgestellt und einen Nasenbeinbruch«, fuhr Keller in seinem Bericht fort, als hätte sie keine Frage gestellt.

»Aha. Wie kann das passiert sein? Ein Unfall?«, erkundigte sie sich und versuchte, sich weitere erschütternde Möglichkeiten fernzuhalten.

»Vielleicht. Er kann aber auch misshandelt worden sein«, sprach der Rechtsmediziner aus, woran sie nicht hatte denken wollen. Ihr schwirrte von sämtlichen Erläuterungen der Kopf. Das arme Kind hatte wohl sehr gelitten und mit ziemlicher Wahrscheinlichkeit keine ärztliche Hilfe bekommen.

»Zu meiner Vermutung: Wenn er gestürzt sein sollte, unabhängig davon, ob es durch Misshandlung oder einen Unfall passiert ist, kann, wenn er in Rückenlage aufgeprallt sein sollte, die Zunge nach hinten geklappt sein und die Atemwege verschlossen haben. Dann ist er tatsächlich erstickt«, ergänzte Keller.

»Aber wenn er gestürzt und in Rückenlage aufgekommen ist, wie erklärt sich dann ein Bruch von Augenhöhle und Nasenbein?«, forschte Kristina.

»Nun, nur mal angenommen, die Brüche stammten von einem Faustschlag in das kleine Gesicht, und er ist infolgedessen rückwärtig gestürzt, auf einen Teppich zum Beispiel oder einen Rasen, dann –«

»Schon gut, Herr Keller. Ich hab's verstanden.« Sie hatte genug gehört. Es war entsetzlich.

»Er könnte auch, rein theoretisch gesprochen, beispielsweise eine Treppe hinuntergestürzt sein. Aus Unachtsamkeit oder kindlichem Spieltrieb. Vielleicht stand am Ende der Treppe ein Regal oder eine Kommode, und er ist mit dem Gesicht dagegengeprallt und letzten Endes in Rückenlage gefallen«, mutmaßte Keller weiter.

»Hm«, machte Kristina. Eine Treppe war ihr auf dem Hof nicht aufgefallen.

»Es sind etliche Szenarien denkbar«, sagte Keller.

»Was können Sie mir über die andere Leiche sagen?«, fragte sie.

Sie bemühte sich, die schrecklichen Bilder in ihrem Kopf zu verdrängen und sich auf die Fakten zu konzentrieren. Wenn das tote Kind ein Junge war, war davon auszugehen, dass die zweite Leiche nicht Sophie Weidenberg war. Die Frage war, wer waren die beiden dann? Darum sollte sich die Bogen kümmern. Unter anderen Umständen hätte sie diese Aufgabe Breuer übertragen. Kristina bekam ein flaues Gefühl im Magen. Vielleicht war er gar nicht mehr am Leben. Es war Dienstag, und es war schon zu viel Zeit vergangen.

»Hier handelt es sich tatsächlich um eine Frau. Nach Zustand der Zähne sowie diversen anderen Hinweisen, die Sie sicher nicht interessieren, schätze ich sie auf circa fünfunddreißig Jahre.«

»Welche anderen Hinweise?«

»Der Verknöcherungsgrad der Schädelnähte, die degenerativen Veränderungen am Skelett –«

»Ja, schon gut. Sie haben recht. Woran ist sie gestorben?«, fragte sie.

»Ich habe eine Kalottenfraktur gefunden, und zwar ziemlich ausgeprägter Natur. Sie hat –«

»Herr Keller. Was ist eine Kalottenfraktur? Was ist überhaupt eine Kalotte?« Sie konnte nicht verhindern, dass sie ungehalten klang. Es nervte sie ungeheuer, wenn Keller sich seiner Fachbegriffe bediente, die sie nicht verstand.

»Eine Kalotte ist ein kugelförmiger Knochen, in dem Fall der obere Teil des Hirnschädels im Bereich der Stirn«, erklärte der Rechtsmediziner geduldig. »So etwas kann durch einen Sturz passieren, aber auch durch gezielte Gewalteinwirkung. Soweit ich das bisher beurteilen kann, war die Haut über der Schädeldecke aufgeplatzt. Ich vermute, es ist Gehirnflüssigkeit ausgelaufen.«

»Ist sie daran gestorben?«

»Am Auslaufen der Gehirnflüssigkeit? Eher nicht. Aber es muss ihr so oder so sehr schlecht gegangen sein. Starke Kopfschmerzen, Übelkeit, Nackensteife und so weiter. Gehirn ist in diesem Sinn nicht mehr existent. Es sind nur noch einige klebrige Reste vorhanden, die an den Knochen anhaften. Manches deutet auf eine Gehirnblutung hin, die einen massiven Druck im Schädelinneren ausgelöst haben könnte, um genauer zu sein: Im Schädel befindet sich eine schwarze, krümelige Masse, die da nicht hingehört. Hier vermute ich eher die Todesursache. Wenn bei einer Gehirnblutung nicht rasch neurochirurgisch eingegriffen wird, kann der Patient daran versterben.«

»Meinen Sie, es war ein Unfall?«, fragte Kristina.

»Ich weiß es nicht. Es ist wie bei dem Jungen. Es ist möglich, es kann aber auch eine Gewalttat vorliegen.«

Warum waren die beiden Menschen in dieser Schlafkammer aufgebahrt worden? Oder hatte sich die Frau mit dem Kind noch selbst ins Bett gelegt? Hatten die beiden allein auf dem Hof gelebt? Waren sie überfallen worden? Doch wer überfiel eine Frau und ein Kind, verletzte beide schwer und legte sie dann ins Bett?

»Außerdem ist das linke Schlüsselbein der Frau gebrochen, und zwei Rippen sind angeknackst, ebenfalls linksseitig«, fuhr Keller fort.

»Kann es sein, dass sie geschlagen wurde?«

»Ich kann es nicht ausschließen«, erwiderte Keller.

»Hm«, machte Kristina. »Wann sind die beiden verstorben?«

»Wenn wir davon ausgehen, dass sie seit Eintritt des Todes in dieser Schlafkammer lagen und damit keinen Witterungseinflüssen ausgesetzt waren, schätze ich, vor etwa fünf Jahren. Mehr Informationen habe ich im Moment noch nicht«, sagte der Rechtsmediziner. Er klang müde.

»Das ist sehr viel, danke, Herr Keller.« Ihr lag auf der Zunge, ihn nach Hause zu schicken, damit er sich schlafen legte. Sie verzichtete auf den Hinweis. Keller war ein erwachsener Mann, er konnte seine Entscheidungen selbst treffen.

»Immer gerne, wenn es nicht so traurig wäre«, antwortete Keller.

Kristina beendete das Gespräch und schob das Handy so weit als möglich von sich. Sie musste Willbrandt informieren, aber zuvor noch mit Annika Bogen sprechen. Vielleicht wusste sie inzwischen, wem das Anwesen gehörte. Ihr Blick ging zur Küchenuhr. Halb sieben. Das war sehr früh am Morgen, aber es gab ja reichlich Arbeit. Da konnte sie auf die Schlafenszeiten und Befindlichkeiten der Kollegin keine Rücksicht nehmen. Sie zog das Handy wieder zu sich und wählte die Nummer der Zentrale. Rudi Grassmann saß bereits am Empfang.

»Guten Morgen, Herr Grassmann, hier Herbich. Ich brauche die Handynummer von Annika Bogen.«

»Guten Morgen, Frau Herbich, Moment, hab ich sofort für Sie«, hörte sie die Stimme des Kollegen.

Kristina stand auf, um von der Arbeitsfläche in der Küche Zettel und Stift zu holen. Sekunden darauf notierte sie die Zahlenfolge, die Grassmann ihr durchgab, bedankte sich und beendete das Gespräch. An die Arbeitsfläche gelehnt, gab sie die Nummer ein.

»Annika Bogen«, meldete sich die junge Frau, kaum dass der Ruf rausgegangen war.

Sie klang derart aufgeweckt, dass Kristina sofort ärgerlich wurde. Sie selbst fühlte sich wie durch den Fleischwolf gedreht und sah mit Sicherheit auch so aus. Sie brauchte eine Dusche, einen Kaffee oder zwei und etwas zu essen, um überhaupt irgendwie zu funktionieren, und die Bogen hörte sich an, als sei sie nicht nur putzmunter, sondern auch guter Dinge. Wie konnte sie in der momentanen Situation guter Dinge sein?

»Herbich hier, guten Morgen, Frau Bogen. Haben Sie herausgefunden, wem das Anwesen gehört?«

»Noch nicht. Es ist ja erst halb sieben. Ich bin noch gar nicht im Büro. Ich –«

»Dass Sie noch nicht im Büro sind, dachte ich mir schon. Gestern haben Sie also nichts mehr in der Sache unternommen?« Sie war nicht bereit, ihren Unmut zu kaschieren.

»Nein. Es war ja schon relativ spät. Ich dachte, beim Grundbuchamt erreiche ich jetzt sowieso niemanden mehr.«

Kristina lag eine scharfe Antwort auf der Zunge. Nur mühsam beherrschte sie sich. Sie konnte sich nicht mehr genau an die Uhrzeit erinnern, als sie der jungen Kollegin den Auftrag gegeben hatte. Möglicherweise war es tatsächlich nach sechzehn Uhr gewesen, und die Ämter machten ja gern pünktlich Feierabend.

»Ich brauche die Information rasch. Rufen Sie mich an, sobald Sie etwas wissen«, verlangte sie. »Und noch etwas. Überprüfen Sie, ob rückwirkend von 2017 eine Frau von damals circa fünfunddreißig Jahren und ein Junge von etwa vier Jahren als vermisst gemeldet wurden.«

»Wo?«, fragte Annika Bogen.

»Wie: wo?«, entgegnete sie ungehalten.

»Na ja, ich meine, nur in Bayreuth und Umgebung? Oder ganz Oberfranken? Oder deutschlandweit?«

Die Frage nervte sie, gleichwohl war sie berechtigt.

»Oberfranken«, entschied Kristina auf gut Glück. Sie hörte, wie Papier raschelte. Offenbar suchte Frau Bogen etwas zum Schreiben.

»Und wie lange zurück?«, fragte die Kollegin und sprach sehr geschäftsmäßig.

Keine Ahnung, dachte Kristina erschöpft. Breuer hätte nicht so viele Fragen gestellt, sondern rasch und umsichtig gehandelt. Aber Breuer war auch ein erfahrener Kollege und sie beide inzwischen ein eingespieltes Team. Das konnte sie von der jungen Frau noch nicht erwarten.

»Zwei Jahre«, sagte sie aufs Geratewohl.

»Alles klar«, erwiderte Annika Bogen.

»Melden Sie sich zeitnah«, forderte Kristina und beendete das Gespräch.

Als Nächstes wählte sie die Nummer von Alexander Forsch, dem Leiter der Spurensicherung. Forsch war ein Frühaufsteher und hatte vermutlich schon eine erste Joggingrunde hinter sich, auch wenn es draußen stockfinster und noch nicht einmal sieben Uhr war. Auch er ging rasch ans Telefon.

»Guten Morgen, Frau Herbich«, erwiderte er ihren Gruß. »Ich hätte Sie ohnehin gleich angerufen. Es gibt tatsächlich eine alte Blutspur im Haus, die vom Schlafzimmer durch den Flur und zur Haustür führt. Beziehungsweise vermutlich umgekehrt. Die Spur ist nicht durchgängig, sondern in Tropfen über den Boden zu verfolgen. Ich habe Proben für Keller entnommen, er kann sie mit den Toten abgleichen. Ansonsten habe ich leider nichts für Sie, was hilfreich sein könnte. Es scheint jemand auf dem Hof zu wohnen, aber das haben Sie ja sicher selbst festgestellt. Frisch benutztes Geschirr in der Küche, ein angeschnittener Brotlaib, vermutlich selbst gebacken, und Asche im Küchenofen, die noch Restwärme enthalten hat, sprechen eine eindeutige Sprache.«

»Dann hat jemand mit den Toten quasi zusammengewohnt«, sagte Kristina. Die Erkenntnis hatte etwas Schauderhaftes.

»So scheint es zu sein. Ich habe meine Leute das ganze Haus und auch die Schuppen absuchen lassen. Es war niemand da. Entweder derjenige hat Sie und die Kollegen kommen sehen und ist getürmt, oder er, oder vielleicht auch sie, war gerade unterwegs und hat bei der Rückkehr unsere Aktivitäten bemerkt. Ich habe jedenfalls die Türen versiegeln lassen. Schlüssel haben übrigens innen gesteckt, sowohl in der Haustür als auch in der Küchentür zum Gemüsegarten.«

»Vielen Dank, Herr Forsch.« Sie würde sich selbst noch einmal auf dem Hof umsehen. Forsch suchte nach Spuren, nach Hinweisen auf ein Verbrechen, aber nicht nach Dokumenten, Ausweisen oder Tagebüchern. Irgendwo musste es doch Hinweise auf die Bewohner des Hauses geben und vielleicht auch auf die Identität der Toten.

32

Sie hatte geduscht, sich die Haare gewaschen und geföhnt und, während sie im Bad war, versucht, an Philipps Utensilien vorbeizusehen. An seinem Zahnputzzeug, seinem Rasierer, seinem Duschgel. Nun saß Kristina mit einer großen Tasse Kaffee am Küchentisch und nagte an einem halben gebutterten Brötchen vom Sonntagmorgen, das schon recht trocken war. Sie hatte Hunger, aber keinen Appetit. Es zog sie zu Onkel Johan, wie meist, wenn sie Kummer hatte. Gleichzeitig wehrte sich etwas in ihr, mit dem Onkel über den Grund ihrer Trübsal zu sprechen. Vielleicht, weil er schon seit Jahren der Ansicht war, sie engagierte sich zu sehr in ihrem Beruf und legte zu wenig Fokus auf das Privatleben.

Die Jahre vergingen, sie war jetzt sechsundvierzig und hatte weder Mann noch Kinder, wie Onkel Johan schon öfter zu bedenken gegeben hatte. Das mit dem Mann stimmte aktuell nicht ganz, es gab ja Philipp. Nur war der für dieses Mal abgereist, weil sie zu viel arbeitete. Kristina legte die trockene Brötchenhälfte zurück auf den Teller. Ihr schmeckte nichts, auch nicht der Kaffee. Sie würde jetzt ins Präsidium fahren, den Schlüssel für das mysteriöse Gehöft holen und sich vor Ort noch einmal umsehen.

Kristina parkte direkt vor dem Hof.

Alexander Forsch war bereits im Präsidium gewesen, als sie sich den Schlüssel hatte holen wollen. Von ihm wusste sie, welche Strecke sie fahren musste, um direkt zu dem Bauernhof zu kommen. Am Tag zuvor war sie ja im Grunde genommen zu Fuß dorthin gelangt, durch das Waldstück, vorbei an dem Rastplatz, wo Breuers Wagen gestanden hatte.

Einen Moment blieb sie hinter dem Steuer sitzen und betrachtete das Anwesen. Es war ein gedrungener Bau, gemauert aus massigen Steinquadern mit kleinen Fenstern. Ein winziges

Dachbodenfenster direkt unter dem Giebel war nachlässig mit Holzbrettern verschlossen.

Links vom Gebäude, in einigen Metern Abstand, ragte eine Mauer in die Höhe, etwa anderthalb Meter hoch und circa zwei Meter lang. Am Ende der Mauer hing ein marodes Holztor, das jeden Moment herauszubrechen drohte. Sein Gegenstück fehlte. Wahrscheinlich handelte es sich um den Rest einer Begrenzung des Hofes. Zwischen den Mauersteinen wuchs Unkraut, hier und da ragten vertrocknete Blumen aus den Fugen. Zur rechten Hofseite gab es zwei Scheunen. Neben der hölzernen Tür der einen Scheune lehnte ein altes Wagenrad, von Schlingpflanzen überwuchert. Alles, was sie vom Grundstück vor dem Haus und seitlich davon sehen konnte, war verwildert. Es war, als würde sie einen Blick in die Vergangenheit werfen.

Ein großer schwarzer Vogel stob aus den dürren Zweigen eines Strauches, flatterte dicht an der Windschutzscheibe ihres Wagens vorbei, peilte das Mauerstück an und ließ sich darauf nieder.

Kristina stieg aus dem Wagen. Der Tag war jetzt hell und kalt. Milchiges Sonnenlicht flutete über die Landschaft. Gräser, immergrüne Sträucher und die kahlen Äste sämtlicher Bäume waren von weiß glitzerndem Raureif überzogen. Es war ein schönes, friedliches Bild, das sich ihr bot. Mittendrin lag der stille Hof, der ein erschütterndes Geheimnis barg.

Sie machte sich auf den Weg zur Haustür. Die feinen Schottersteinchen unter ihren Füßen waren durch den Frost der Nacht zu einer Einheit zusammengefroren. Bei jedem Schritt, den Kristina machte, brachen einige knirschend auseinander. Das Verschlusssiegel an der Haustür war unversehrt. Sie betrachtete noch einmal das Namensschild mit dem unleserlichen Schriftzug. Der erste Buchstabe war ein W, eindeutig. Etwa in der Mitte meinte sie ein G zu erkennen. Leider gab es noch ein paar Buchstaben nach dem G. Ansonsten hätte sie den Namen Weidenberg hineininterpretieren können. Doch damit wäre sie in ihren Ermittlungen auch nicht weitergekommen. Wäre Weidenberg der Eigentümer dieses Hofes gewesen, so hätten die Kollegen dies sicher damals bei seiner Festnahme bereits in Erfahrung gebracht und in seiner Akte vermerkt. Und selbst wenn, bei dem Kind handelte es sich nicht um seine Tochter, sodass anzunehmen war, dass auch die tote Frau nicht Sophie Weidenberg war.

Kristina umrundete das Haus, wobei sie sämtliche Fenster überprüfte. Sie waren alle geschlossen. Hinter dem Haus ging ihr Blick als Erstes zur Küchentür. Auch hier war das Siegel unversehrt. Wer immer sich in letzter Zeit in dem Anwesen aufgehalten hatte, berechtigt oder nicht, es sah nicht so aus, als hätte er in der letzten Nacht versucht, das Gebäude zu betreten.

Der Nutzgarten glich einer Wildnis, in der besonders resistentes Gemüse allen Widrigkeiten zum Trotz gedieh. Am Ende des Gartens sah sie einen überdachten Brunnen mit einer Kurbel und einem Holzeimer an einer Gliederkette. Der Brunnen war ihr gestern nicht aufgefallen. Doch es war ja schon nahezu dunkel gewesen, und ihre Aufmerksamkeit hatte sich auf das Haus gerichtet. Ein Stück hinter dem Nutzgarten verlief eine Hecke aus diversen Sträuchern, wie eine natürliche Begrenzung des Grundstücks, und dahinter erspähte sie einen Feldweg.

Kristina öffnete das Siegel an der Küchentür und betrat das Haus.

Sie würde jetzt Raum für Raum durchsuchen.

Drei Stunden später verließ sie das Anwesen auf dem gleichen Weg. Sie fühlte sich schmutzig, hatte staubige, klebrige Hände vom Durchsuchen alter Schränke, Kommoden und Regale und war doch mit ihrer Suche erfolglos gewesen. Sie hatte absolut nichts finden können, was namentlich auf die Bewohner oder Besitzer des Hofes hinwies oder auf die Identität der Toten.

In einer engen Vorratskammer hatte sie uralte Lebens- und Putzmittel gefunden, mittig auf dem Fußboden hatte ein großer Karton gestanden, der auseinanderzufallen drohte. In ihm lagen ausgeblichene, zum Teil beschädigte Plastikschüsseln und eine schwere gusseiserne Pfanne, deren Griff wackelte. Sie hatte die Pfanne in eine Tüte gepackt, um sie Forsch zu geben. Vielleicht waren der Frau die Kopfverletzungen damit zugefügt worden? Dann mochten noch Blutspuren daran haften. Möglicherweise war ihr Gedanke sehr weit hergeholt, doch man durfte nichts außer Acht lassen.

In einem Flurschrank lag stapelweise sorgsam geplättete Bett- und Tischwäsche, an deren Falzstellen der Gilb saß. Eine Toilette, zwischen Küche und Wohnraum, war in unerträglichem Zustand, sowohl von der Optik als auch vom Geruch her, beißend und erstickend gleichermaßen. Hastig hatte sie den Kragen ihres Mantels vor Mund und Nase gezogen und umgehend befürchtet, der Gestank würde sich an die Fasern ihrer Kleidung hängen. Die Toilettenspülung mochte schon endlos nicht mehr funktionieren, vermutlich war seit Jahren oder gar Jahrzehnten das Wasser abgestellt. Dennoch war das stille Örtchen wohl noch eine Zeit lang benutzt worden, bis es der Füllstand der Schüssel nicht mehr zuließ.

Neben der Küche gab es ein winziges Bad ohne Fenster, das nur aus einem Waschbecken und einer altmodischen Badewanne bestand. Die Wanne stand auf zierlichen Füßen, die optisch an Pfoten eines Tieres erinnerten und ursprünglich wohl einmal messingfarben gewesen waren. Mittlerweile war die Farbe an vielen Stellen von Schwärze überzogen. Zum Beheizen des Badewassers gab es einen mannshohen Kessel, die Anschürklappe hing verrostet in den Angeln.

Das Wohnzimmer war beengt, mit niedriger Decke wie in allen anderen Räumen auch, doch hier fiel es besonders auf, weil sich dicke Balken über die Zimmerdecke zogen. Wie war es möglich, dass sich die Menschen in solch bedrückender Atmosphäre hatten wohlfühlen können? Oder hatten sie sich gar nicht wohlgefühlt? Hatten sie nur die Gegebenheiten nicht in Frage gestellt?

In einem schmalen Vitrinenschrank aus dunklem Holz war hinter den Türen mit Glaseinsatz weißes Geschirr mit Goldrand aufbewahrt. Im unteren Teil des Schrankes waren zwei Fotoalben verstaut. Sie hatte sie flüchtig durchgeblättert. Es waren größtenteils Familienaufnahmen von nicht allzu guter

Qualität. Sie sah Bilder von einem großen, stattlichen Mann mit gepflegtem grauem Bart, einer zierlichen Frau mit verhärmtem Gesichtsausdruck und einem Jungen und einem Mädchen. Auf etlichen Aufnahmen waren die Kinder noch recht klein, dann gab es Fotos von dem Mädchen mit einer Schultüte und von dem Jungen mit einem Fahrrad. Auf anderen Fotos waren die beiden zu Teenagern herangewachsen. Kristina konnte nur vermuten, wer auf den Fotos abgebildet war, doch sie ging davon aus, dass es sich bei den Personen um die ehemaligen Hofbewohner handelte.

Es gab zwei weitere Räume, schmal und sparsam möbliert, mit jeweils einem Bett, einem Schrank und einem Tisch mit Stuhl. In den Schränken hatte sie in einem Raum Kleidung gefunden, die sie einem männlichen Teenager zuordnete, im anderen Raum passte die Garderobe zu einem Mädchen.

Vor der Schlafkammer hatte Kristina zurückgescheut. Hier hatte sie sich als Letztes umgesehen, aber nichts Aufschlussreiches gefunden. Ein oberes Stockwerk gab es nicht, lediglich eine Dachbodenklappe im Flur. Sie fand keinen Ziehhaken, um die Treppe herunterzulassen. So musste der Dachboden warten.

Sie klebte ein neues Siegel über das Türschloss. Tief atmete sie die kalte Luft des Vormittags ein. Inzwischen hatte die Sonne an manchen Stellen den Raureif zum Schmelzen gebracht. Kalt war es jedoch nach wie vor, besonders hier, hinter dem Haus, die Küchentür im Rücken und den Blick auf den Gemüsegarten gerichtet.

Vielleicht sollte sie das Haus auch beobachten lassen, so wie Kirsten Scholz. Von ihr gab es wohl nichts zu berichten, sonst hätte sie sicher schon eine Meldung bekommen. Aber derjenige, der den Hof bewohnte, wollte bestimmt wieder hierher zurück. Kristina schlug den Kragen ihres Mantels hoch. Willbrandt würde nicht begeistert sein von ihrer Idee. Sie würde ihm die Entscheidung überlassen.

Sie nahm ihr Handy aus der Tasche und wählte die Nummer von Annika Bogen. Es war besetzt. Sie steckte das Telefon wieder ein. Sie würde jetzt zu Onkel Johan fahren. Jetzt sofort. Sie brauchte seine Ruhe, seine Nähe, seine Geduld und seinen Rat. Vor allem aber tat es unendlich gut, ihm alles sagen zu können, was ihr auf der Seele lastete, ohne dass er es wertete.

Fast wäre sie bei dem Gedanken an ihren betagten Onkel in Tränen ausgebrochen. Kristina schniefte. Warum war sie plötzlich so angreifbar? Sie hatte doch sonst nicht so nahe am Wasser gebaut. Niedergeschlagen ging sie zu ihrem Auto. Und von Breuer noch immer keine Spur, dachte sie, während sie sich anschnallte. Vielleicht sollte sie sich Dennis erneut vorknöpfen. Am Ende verschwieg er noch mehr.

33

Die Haustür des alten Pfarrhauses war rotbraun lackiert, auf halber Höhe gab es eine Glasscheibe, um Licht in den Flur des Hauses zu lassen. Rechts neben dem Eingang stand eine uralte Bank aus Stein und darauf ein Körbchen, mit Erikakraut und Silberblatt bepflanzt.

Kristina drückte auf die Klingel neben dem Namensschild »Johan Kunze«. Augenblicklich ertönte von innen das Gebell von Dackel Arno, und ein warmes Gefühl entstand in ihrem Bauch. Der kleine Rauhaardackel und ihr Onkel Johan, ein eingeschworenes Zweiergespann, vermittelten ihr stets ein Stück Geborgenheit. Sie besuchte die beiden viel zu selten.

»Arno, aus!«, hörte sie die Stimme des Onkels.

Arno gab ein nörgelndes Grummeln von sich, und wider sämtlichen Kummer musste Kristina lächeln. Die Haustür wurde geöffnet. In Filzpantoffeln und Strickjacke stand ihr Onkel im Flur. Sein Bauch hatte ein wenig an Umfang zugenommen, auf der Nase trug er eine Brille mit schmalem Goldrand, die offenbar neu war, und sein schneeweißer Haarkranz erschien ihr dichter und buschiger als bei ihrem letzten Besuch. Aber vielleicht waren die Haare auch nur ein wenig länger und der letzte Friseurbesuch eine Weile her.

»Ja, Tinchen!«, rief Johan Kunze freudig und streckte beide Arme nach ihr aus.

Arno rannte schwanzwedelnd um Kristinas Beine, schnupperte an ihrer Jeans und stupste gegen ihre Waden. Kristina trat ins Haus, ließ sich von ihrem Onkel in den Arm nehmen und brach augenblicklich in Tränen aus.

Onkel Johan hatte sich in seinen abgeschabten Lieblingssessel mit dem braunen Karomuster gesetzt. Auf dem rustikalen Wohnzimmertisch, einem Erbstück seiner Eltern, dessen Platte mit cremefarbenen Kacheln belegt war, standen eine große

Tasse Tee für Kristina und eine Schale mit Marmeladenplätzchen.

Ihre Augen waren verquollen und brannten, und ihre Nase war verstopft. Sie hatte noch keinen Schluck getrunken und auch von den Plätzchen noch keines probiert, dabei mochte sie die Sorte am liebsten. Butterplätzchen, mit Johannisbeergelee gefüllt, und obendrauf Puderzucker. Onkel Johan konnte wunderbar kochen und backen, und mit dem Weihnachtsgebäck fing er stets schon Ende November an. Das Johannisbeergelee stellte er über den Sommer immer selbst her.

»Probier mal den Tee«, bat Onkel Johan sanft. »Der wird dir guttun.«

Sie nickte, griff nach der Tasse und nippte daran. Er war wirklich nicht schlecht, aber nur noch lauwarm. Das war ihr Verschulden. Es hatte zu viel gegeben, was sie ihrem Onkel erzählen musste, und anfangs war der Tee auch noch zu heiß gewesen. Und essen konnte sie auch nicht, wenn sie Kummer hatte.

Nun wusste Onkel Johan von Breuers Verschwinden, dem Leichenfund auf dem alten Hof, dem noch immer flüchtigen Weidenberg und Philipps vorzeitiger Abreise. Sie war richtig erschöpft vom Reden. Onkel Johan hatte ihr ruhig und geduldig zugehört. Kristina trank noch einmal von dem Tee und stellte die Tasse wieder ab.

Arno lag zu ihren Füßen und schmatzte immer wieder entspannt und genüsslich vor sich hin. Unglaublich. Sie mochte das Kerlchen wirklich gerne, aber sensibel für ihr Leid war er nicht. Sonst hätte er nicht so wohlig schmatzen können.

»Ich fass mal zusammen. Philipp schmollt, weil du nicht genug Zeit für ihn hattest, und deswegen bist du ziemlich unglücklich. Das Verschwinden von deinem Kollegen setzt dir gewaltig zu. Ein paar Anhaltspunkte ergeben sich aus seiner Homosexualität, aber, wenn ich es richtig verstanden habe, nichts Konkretes. Er hat oder hatte eine Stalkerin, die ihr jetzt beobachten lasst. Er hatte Stress mit seinem Lebensgefährten, der ihn betrogen hat, und sein Vater ist unversöhnlich zornig, weil er mit seiner gleichgeschlechtlichen Beziehung ein Problem hat. Der Lebensgefährte wiederum ist zusammen mit seiner Affäre von einer Gruppe Männer angegriffen worden. Hat diese Frau Bogen hier was herausgefunden?«, fragte Johan Kunze.

Kristina betrachtete ihre Fingernägel. Sie hatte bisher nicht nachgefragt. Die Bogen hatte auf Willbrandts Anweisung die Anzeige aufnehmen sollen, die Gohlke erstatten wollte. Das war ihr letzter Kenntnisstand.

»Nicht, dass ich wüsste«, gab sie zu.

»Lassen wir das für den Moment außen vor. Hätte sich etwas Relevantes ergeben, hätte man es dir sicher gesagt«, fuhr Onkel Johan fort und milderte damit das schlechte Gewissen, das sie bei seiner Frage augenblicklich empfunden hatte. »In Sachen Weidenberg kannst du eigentlich nichts tun. Das ist Angelegenheit der Fahndung, es sei denn, Weidenberg begeht eine Straftat. Also nimmt zum Beispiel eine Geisel oder so, richtig?«

»Richtig«, stimmte sie zu.

Onkel Johan hatte recht. Weidenberg war ein Punkt auf ihrer To-do-Liste, der nicht vergessen werden durfte, aber nebenherlief, solange nichts Neues passierte.

»Bleiben wir bei Breuer. Sein Wagen taucht wieder auf, den wahrscheinlich er selbst in einsamer Gegend zurücklassen musste. Ihr startet eine Suchaktion, mit Hilfe von Hunden.«

»Richtig«, sagte Kristina.

»Einer der Hunde führt euch zu dem Bauernhof, auf dem ihr die beiden Toten findet«, fuhr Johan Kunze fort.

Arno schnaufte vernehmlich, legte sich auf die Seite und schmatzte wieder. Kristina betrachtete den Dackel. Das Tierchen schien völlig sorgenfrei.

»Genau«, stimmte sie ihrem Onkel zu.

Es tat gut, ihm zuzuhören. Wirklich helfen konnte er ihr nicht, und doch klärten sich ihre verworrenen Gedanken, während er sprach. In Sachen Weidenberg konnte sie abwarten. Was auf dem Bauernhof vorgefallen war, war zu klären, hatte aber nicht die Dringlichkeit wie das Auffinden von Breuer.

Schließlich waren die Toten schon lange tot, und offenbar hatte bisher auch niemand nach ihnen gefragt. Oder doch? Die Bogen hätte sich längst melden müssen. So lange konnte es doch nicht dauern, die beiden Aufträge abzuarbeiten, die sie ihr erteilt hatte. Die Frau war einfach zu langsam.

»Jetzt stockt die Suche nach Breuer, und du musst herausfinden, wer die Toten sind und was passiert ist und wer auf dem Hof wohnt beziehungsweise wem er gehört«, sprach Johan Kunze weiter.

»Stimmt.«

»Zu dem Hof kann ich dir bisschen was erzählen.«

»Was?« Überrascht sah Kristina hoch.

»Ja. Deiner Beschreibung nach kann es sich nur um den Weißgerber-Hof handeln. Auf dem haben der Bernhard und die Almut Weißgerber gewohnt, zusammen mit ihrer Tochter Sybille und Artur. Bernhard war Pfarrer, so wie ich. Als ich mit meinem Theologiestudium angefangen habe, war der Bernhard so um die vierzig, also einiges älter als ich. Er hatte damals eine Gemeinde in Gefrees. Ich durfte ein Praktikum bei ihm machen, so hab ich ihn kennengelernt. Bernhard war alleinstehend und ist ganz in seinem Beruf aufgegangen. Er war ein aufrechter, herzensguter Mann, immer auf der Seite der Menschen, mit denen es das Leben nicht so gut gemeint hat. Wir sind auch nach dem Praktikum in losem Kontakt geblieben. Dein Tee ist bestimmt schon kalt. Ich kann dir einen frischen kochen.«

Kristina schüttelte den Kopf.

»Ich trink ihn schon aus. Erzähl weiter bitte«, sagte sie.

Des Onkels Blick hing an der Plätzchenschale. Pflichtschuldig nahm sie eines und knabberte daran herum. Ein paar Krümel fielen auf ihre Hose. Sie streifte sie zu Boden. Arno rappelte sich hoch, schnupperte daran und schleckte sie auf. Erwartungsvoll sah der Dackel zu ihr hoch. Kristina tat, als bemerkte sie es nicht. Ein zuckriges Plätzchen, gefüllt mit süßem Gelee, war nicht das Richtige für den Hund. Arno wedelte bedächtig mit dem Schwanz und fixierte sie.

»Bernhard war schon einiges über sechzig, und die Pensionierung stand an, da hat er die Almut Schmied kennengelernt. Ein spätes Mädchen, wie man zu meiner Zeit gesagt hat. Die Almut war wohl fünfundzwanzig Jahre jünger als der Bernhard und hatte lang ihre Mutter gepflegt, die nach einem Schlaganfall bettlägerig war. Na ja. Aus den beiden wurde ein Paar. Sie haben recht schnell geheiratet und sind, nach Bernhards Pensionierung, auf den Hof seiner Eltern gezogen, den Weißgerber-Hof. Der war lange vermietet und stand so zwei Jahre leer, ehe die beiden eingezogen sind. Bernhard wollte bisschen was modernisieren lassen, aber Almut mochte den Hof so, wie er war. Zumindest hat man sich das so erzählt. Magst du wirklich keinen frischen Tee? Du siehst völlig mitgenommen aus, Tinchen. Das ist doch alles zu viel für dich.«

»Alles gut, Onkel Johan«, beschwichtigte sie ihn und trank von dem Tee. Er war tatsächlich nur noch lauwarm, aber er schmeckte ihr dennoch, fruchtig, nach Mandarine und ein wenig Zimt.

»Die beiden wollten unbedingt noch ein Kind. Es hat aber nicht geklappt. Die Almut soll sehr unglücklich gewesen sein. Ihr sind ja die Jahre davongelaufen. Irgendwann schiebt halt die Natur einen Riegel vor. Adoptieren konnten sie auch nicht, sie waren schon zu alt. Aber der Bernhard kannte ein paar Leute und hat alles drangesetzt, um vielleicht ein Pflegekind zu bekommen. Das hat auch geklappt. Sie konnten den kleinen Artur zu sich nehmen. Er war damals knapp zwei Jahre alt, hatte zuvor in einem Kinderheim gelebt und war kurzzeitig bei zwei Familien in Pflege gewesen.«

»Gleich bei zweien? Obwohl er noch so klein war?«, fragte Kristina.

Arno hatte sich wieder hingelegt. Mit weiteren Kekskrümeln war nicht zu rechnen.

»Ja. Bernhard hat mir das erzählt, als wir uns mal zufällig in der Wirtschaft in Berneck getroffen haben. Über Arturs Herkunft war nichts bekannt. Er lag eines Morgens vor der Tür eines Kinderheims der Diakonie in Bamberg, als Neugeborenes. In seinem Hemdchen steckte ein Zettel, darauf stand sein Name. Artur. Der Nachname war unleserlich geschrieben. Man hätte ihn als ›Dettmer‹ entziffern können. Es gab aber weit und breit niemanden mit diesem oder ähnlichem Namen, sodass man den Kleinen hätte zuordnen können. Er blieb ein halbes Jahr im Kinderheim und kam dann zu einem Ehepaar, das ihn nach ein paar Wochen zurückgebracht hat. Er soll permanent geschrien haben und wollte nicht trinken. Sie waren überfordert. Mit etwa einem Jahr kam er zu einer Familie, die schon einen Sohn hatte. Der Sohn hat extrem eifersüchtig reagiert, und so kam Artur erneut zurück ins Heim. Bernhard und Almut hatten sich vorgenommen, ihm ein liebevolles, sicheres Zuhause zu geben.«

»Klingt schön«, murmelte Kristina. Sie sah einen einsamen kleinen Jungen vor sich, der, nachdem er immer wieder herumgereicht worden war, endlich einen Platz der Geborgenheit gefunden hatte.

»Es war wohl von Anfang an schwierig. In dem Alter war Artur jetzt sehr still, wollte weder spielen noch sprechen und hat oft nur auf seinem Platz gesessen und vor sich hingestarrt. Almut und Bernhard haben sich Sorgen gemacht, dass mit ihm etwas nicht in Ordnung ist. Sie waren beim Arzt mit ihm. Ob was dabei rausgekommen ist, weiß ich nicht. Der Artur war drei Jahre alt, da ist die Almut völlig unerwartet schwanger geworden, mit sechsundvierzig Jahren.«

Augenblicklich ging Kristina die Vorstellung durch den Kopf, selbst von einer Schwangerschaft zu erfahren. Es würde ihr den Boden unter den Füßen wegziehen.

»Ob Bernhard und Almut darüber noch glücklich waren, kann ich nicht sagen. Behauptet hat er es. Es sei ein Segen, ein Geschenk, mit dem sie nicht mehr gerechnet hätten. Aber ehrlich, die wenigen Male, wo ich ihn getroffen habe, hatte ich immer das Gefühl, es liegt ihm was auf der Seele. Ich bin nie dahintergekommen, was.«

»Vielleicht das Alter«, warf Kristina ein. »Wenn Almut bei der Schwangerschaft sechsundvierzig war und er fünfundzwanzig Jahre älter, hat er sich sicher Sorgen gemacht, ob er noch mit ihr zusammen das Kind großziehen kann.«

»Ja, wahrscheinlich«, stimmte Johan Kunze zu. Nachdenklich sah er zu Boden.

»Aber das Wichtigste kommt erst noch«, ergänzte er. Kristina hatte unvermittelt den Eindruck, es fiele ihm schwer, auszusprechen, was er ihr erzählen wollte.

»Was?«, fragte sie und betrachtete ihn aufmerksam.

Sie fühlte sich ruhiger, je länger sie bei ihm war. Onkel Johan war die Stütze in ihrem Leben. Unvermittelt zog sich in ihr etwas schmerzhaft zusammen. Wie viel Zeit blieb ihnen? Noch war ihr Onkel rüstig, nahm aktiv am Leben teil und war, zumindest soweit sie wusste, gesund. Doch wie schnell konnte sich etwas ändern.

Sie wollte mehr Zeit mit ihm verbringen. Das hatte sie sich schon so oft vorgenommen, und es ging im Alltag immer wieder unter.

»Mit den Jahren wurde deutlich, dass Artur … ich drücke es jetzt mal ganz trivial aus … nicht der Hellste war.«

»Was heißt das?«

»Seine Entwicklung ist sehr langsam und nicht altersgemäß vorangegangen. Im Kindergarten war er mit den Fähigkeiten weit hinter den anderen Kindern hinterher und musste wieder rausgenommen werden. Er hat eine Sonderschule besuchen müssen. Sein Sprachschatz war dürftig. Mit den Jahren ist klar geworden, dass er lebenslänglich Unterstützung brauchen wird. Das hat Almut und Bernhard schwer belastet.«

»Das kann ich mir vorstellen«, sagte Kristina. Ihr Tee war leer. Sie stellte die Tasse auf den Couchtisch.

»Artur war ein stiller Junge, sehr in sich zurückgezogen. Nur als er in die Pubertät kam …« Johan Kunze brach ab.

»Ja?«

»Vielleicht ist es auch nur eine schlimme Unterstellung.« Der pensionierte Pfarrer wand sich.

»Was denn?«, fragte Kristina nach und betrachtete ihren Onkel aufmerksam.

»Ich will ihm nichts nachsagen. Ich erzähle dir nur, was im Dorf die Runde gemacht hat«, fuhr Johan Kunze fort.

»Schon gut. Mach dir keine Gedanken«, bat Kristina.

»Er hat seiner Schwester nachgestellt«, rang sich ihr Onkel zu sagen durch. »Das erste Mal angeblich, als sie vierzehn Jahre war und er achtzehn«, ergänzte er.

»Ach du Scheiße«, entfuhr es Kristina.

»Ja.« Johan Kunze lehnte sich in seinem Sessel zurück. »Offen ausgesprochen hat das keiner im Ort. Aber hinter vorgehaltener Hand hat jeder gemeint, was zu wissen. Er soll versucht haben, sich an ihr zu vergreifen. Bernhard und Almut waren außer sich. Sie sollen sich in Grund und Boden geschämt haben und völlig verzweifelt gewesen sein. Artur hat wohl nicht begriffen, was er tut. Sybille war ein hübsches Mädchen, auch gut in der Schule. Freunde hat sie allerdings nie mit nach Hause gebracht, wohl auch wegen ihrem Bruder.«

»Wie schrecklich«, murmelte Kristina.

Johan Kunze nickte.

»Almut und Bernhard haben Artur nicht mehr aus den Augen gelassen, wenn Sybille daheim war, und auch sonst nicht, soweit möglich. Das war sehr schwierig. Mit den Jahren war Artur umtriebig geworden. Er war oft mit seinem Fahrrad in der Gegend unterwegs. Er war aber friedlich, hat nie jemanden belästigt oder gar jemandem etwas getan. Auf dem Hof haben ihn die Eltern mit Gartenarbeit beschäftigt und einfachen Arbeiten im Haushalt. Als die Sybille siebzehn war, ist die Situation eskaliert. Der Bernhard soll gerade noch rechtzeitig dazugekommen sein, als … Nun, du kannst es dir denken. Er soll Artur vom Hof gejagt haben. Danach war der Junge verschwunden und Almut und Bernhard fix und fertig.«

Kristina überlief es kalt. Die armen Eheleute. Wahrscheinlich hatten sie sich entsetzlich schuldig gefühlt, beiden Kindern gegenüber. Artur, der nicht verstand, dass er nicht durfte, was er wollte, und Sybille, der eigenen Tochter gegenüber, die sie nicht wirklich hatten schützen können. Johan Kunze schwieg und schien in den Erinnerungen versunken.

»Und dann?«, fragte Kristina, weil er nicht weitersprach.
Kunze zuckte mit den Schultern und sah sie an.
»Artur war weg, und Sybille ist ein paar Jahre später auch gegangen. Wohin, weiß ich nicht. Almut und Bernhard sind kurz nacheinander gestorben. Seither stand oder steht der Hof leer. Von Rechts wegen müsste er Sybille gehören. Vielleicht hat sie ihn aber auch verkauft.«
»Das sollte die Bogen inzwischen herausgefunden haben«, sagte Kristina.
Sie zog ihr Handy aus der Tasche. Keine Nachricht, kein verpasster Anruf. Es war zum Aus-der-Haut-Fahren. Sie würde sie sich nachher vorknöpfen.
»Insgesamt eine üble Geschichte. Die Weißgerbers hatten es gut gemeint. Sie wollten dem kleinen Artur ein Zuhause geben, und letzten Endes ist ein Familiendrama daraus entstanden«, fasste Johan Kunze zusammen.
»Dieser Hof ist kein guter Ort«, sagte Kristina. Sie sah wieder die beiden Toten vor sich, die wie aufgebahrt in der Schlafkammer lagen.
»Weiß man, was aus Artur geworden ist?«, fragte sie ihren Onkel.
Der zuckte wieder mit den Schultern.
»Nicht mit Sicherheit. Angeblich hat er sich, nachdem sein Vater ihn davongejagt hatte, eine Zeit lang in dem Wald herumgedrückt, der nahe dem Hof liegt. Also der Wald, wo der Wagen von Breuer gefunden wurde. Das kann ich mir auch gut vorstellen. Er wusste bestimmt nicht, was er machen sollte. Zurück hat er sich wahrscheinlich nicht getraut.«
Kristina beobachtete das Mienenspiel ihres Onkels. Da war noch was, sie kannte ihn.
»Onkel Johan, woran denkst du?«, forschte sie.
»Es gab eine Hütte im Wald, ein Stück entfernt von dem Rastplatz, auf dem der Wagen von deinem Kollegen gefunden wurde. So eine Hütte, wo Wanderer sich ausruhen können, mit Bank und Tisch und so. Kann sein, Artur hat dort geschlafen. Ein paar Wochen nachdem der Bernhard den Jungen verjagt

hatte, ist die Hütte abgebrannt. Der schwarze Qualm und die Flammen waren gut zu sehen, natürlich auch vom Hof aus. Die Almut hat die Feuerwehr gerufen, aber bis die da waren, war von dem Hüttchen nichts mehr übrig, nur noch paar verkohlte Stämme. Etliche Bäume standen auch schon in Flammen. Die Feuerwehr hat aber glücklicherweise den Brand löschen können, ehe große Teile vom Wald abgefackelt sind.«

»Und?«, fragte Kristina beklommen.

»In Schutt und Asche hat man am anderen Tag einen Toten gefunden, bis zur Unkenntlichkeit verbrannt.« Johan Kunze stützte die Handflächen auf die Knie.

»Lieber Himmel«, murmelte Kristina.

»Es soll Artur gewesen sein«, sprach Johan Kunze aus, was sie vermutet hatte.

»Es soll?«, wiederholte sie und sah ihren Onkel fragend an. Johan Kunze zuckte erneut mit den Schultern.

»Man hat damals nicht viel erfahren. Wurde alles unter dem Deckel gehalten. Ich denke, man wollte Bernhard und Almut Weißgerber schonen. Die hatten genug mitgemacht.«

»Aber wie kam es zu dem Brand?«, fragte sie. Kunze hob die Handflächen nach oben.

»Das kann ich dir nicht sagen. Natürlich hat es dazu Ermittlungen gegeben, da wurde auch im Ort drüber gesprochen. Aber immer nur hinter vorgehaltener Hand, es war ja ohnehin alles schon schrecklich genug. Es war ein heißer, trockener Sommer. Angeblich soll durch die Sonneneinstrahlung auf eine Glasflasche oder Scherbe der Brand entstanden sein. Ein Unglücksfall also.«

»Aber er hätte doch merken müssen, wenn es brennt, und weglaufen«, hielt Kristina dagegen.

»Nicht, wenn er geschlafen hat«, entgegnete Kunze.

»Am helllichten Tag?«

Wieder hob ihr Onkel ratlos die Schultern.

»Er könnte betrunken gewesen sein«, überlegte Kristina. »Vielleicht war eine Schnapsflasche sein Verderben, im doppelten Sinn.«

»Ich weiß es wirklich nicht.«

»Aber wie soll er an den Schnaps gekommen sein?«

»Er kann ihn geklaut haben, oder es lag ein Rest in der Hütte rum. Manchmal haben sich dort Jugendliche aus dem Ort getroffen und gefeiert. Ging aber immer verhältnismäßig friedlich zu«, sagte Kunze.

»Hm«, machte Kristina nachdenklich. »Wie haben die Weißgerbers das aufgenommen?«

Johan Kunze seufzte.

»Es war furchtbar. Ich war einmal bei ihnen. Almut war grau im Gesicht und völlig in sich zusammengesunken. Sie hat kein Wort gesprochen. Sybille war nicht zu Hause, und Bernhard hat ständig um Vergebung gefleht. Um die Bestattung hat sich übrigens das Ordnungsamt gekümmert. Almut und Bernhard haben darauf bestanden, dass der Tote nicht Artur sei und sie sich deswegen nicht kümmern würden. Was von ihm noch übrig war, wurde eingeäschert. Ich denke, sie haben einfach nicht verkraftet, was passiert war. Und wie gesagt, das Mädchen ist ein paar Jahre später gegangen, und bald darauf sind die Eltern kurz nacheinander verstorben.«

»Puh«, machte Kristina. »Das ist heftig.«

Onkel Johan sah sie an.

»Ja, das sind schlimme alte Geschichten. Wie kann ich dir denn jetzt helfen, Tinchen?«, fragte er.

»Du hast mir schon ganz viel geholfen«, antwortete Kristina.

»Mit dem lauwarmen Tee und alten Gruselgeschichten?« Johan Kunze lächelte.

»Der Tee war gut und der Blick in die Vergangenheit … entsetzlich, aber aufschlussreich«, erwiderte sie und lächelte ihrerseits.

Hauptsächlich aber hatte er damit geholfen, dass er da war. Dass seine Tür immer für sie offen stand, dass er sich immer Zeit nahm, wenn sie Kummer, Ratlosigkeit oder manchmal auch Schuldgefühle zu ihm trieben. Sie bekam es nicht ausgesprochen.

»Wegen Breuer wollte ich noch sagen, sprich doch noch

mal mit seinem Freund und auch mit diesem Gohlke. Möglicherweise steckt ein Beziehungsdrama dahinter, Eifersucht, die eskaliert ist.«

»Oder ein genereller Hass auf Schwule?«, fragte Kristina.

Sie sah ihren attraktiven, stets souverän wirkenden Kollegen vor sich. War er einem Verbrechen zum Opfer gefallen? Von einem Moment zum anderen fühlte sie sich völlig unfähig. Breuer war seit Tagen unter mysteriösen Umständen verschwunden, und sie kam bei der Suche nach ihm keinen Schritt weiter.

»Vielleicht auch das«, stimmte Johan Kunze zu.

»Ich rede noch mal mit Gohlke«, beschloss sie. Aus Dennis würde sie wohl nicht mehr herausbekommen, das sagte ihr ihr Gefühl.

34

Weidenberg erwachte ruckartig. Ein schmerzhaft heller Sonnenstrahl drang durch die zerstörten Scheiben des Hotels. Augenblicklich war seine Erinnerung wieder da. Er wandte den Blick zur Seite. Sein nächtlicher Besucher war weg, und diese Erkenntnis jagte einen heißen Schrecken durch seinen Körper. Hastig setzte Weidenberg sich auf. Wie spät war es? Wo war der Kerl? Er musste hier weg, ehe er ihn verriet, und sei es aus Einfalt.

Er hörte Schritte, und durch die zweiflügelige Eingangstür, deren Scheiben mit dem Schriftzug »Go Hell« beschmiert waren, kam der bärtige Typ. Nun, bei Tageslicht, erkannte Weidenberg, dass der Mann älter war, als er des Nachts vermutet hatte. Er mochte um die fünfzig Jahre sein, und dem Äußeren nach zu urteilen, war er ein Landstreicher. Sein Bart war unbeholfen gestutzt und wuchs auf einer Seite länger als auf der anderen.

»Wo warst du?«, fuhr er ihn an.

»Pissen«, gab der Mann bereitwillig Auskunft. Er setzte sich an die Wandseite, an der er geschlafen hatte. »Dein Fuß wieder gut?«, fragte er.

»Weiß nicht.«

Er zwang sich, sich auf die Kante der Matratze zu setzen und seinen bestrumpften Fuß anzusehen. Es half nichts, die Socke musste runter, und obwohl sich die Schmerzen, die er spürte, in Grenzen hielten, graute ihm vor dem, was er zu sehen bekäme. Vorsichtig schob er den Bund des Strumpfes herunter, über die raue, schrundige Ferse, fuhr zusammen, als das Material an der verletzten Stelle hängen blieb, und zog mit zusammengebissenen Zähnen den Socken vom Fuß. Der Spann war unverletzt. Er betrachtete die Fußsohle. Ein beleidigend kleiner Splitter steckte darin. Unglaublich. Er hatte geglaubt, in eine Scherbe getreten zu sein, die mindestens die Länge eines

Streichholzes hatte und gefühlt nicht unter einem Zentimeter Durchmesser war.

»Schlimm?«, fragte sein Besucher.

Weidenberg zuckte mit den Schultern. Der Splitter saß schief, das war wohl beim Strumpfausziehen passiert. Er musste raus, sonst konnte er nicht auftreten. Um die Einstichstelle hatte sich ein roter Rand gebildet, das war trotz ein wenig angetrocknetem Blut zu erkennen. Das war gefährlich. Mit der rechten Hand hielt er seinen Knöchel auf den Boden gedrückt, mit der linken näherte er sich, Daumen und Zeigefinger an der Spitze aneinandergehalten, dem Grund seiner Qual. Je näher er der kritischen Stelle kam, umso mehr zitterte seine Hand.

»Ich helfe dir«, ließ ihn sein Besucher wissen, stemmte sich hoch und kam zu ihm.

Weidenberg brach der Schweiß aus allen Poren. Er wagte nicht, an den verdammten Splitter zu fassen. Schlimmstenfalls stieß er ihn sich ganz ins Fleisch, oder das hervorstehende Stück brach ab. Oder er stach sich auch noch in den Finger.

»Nein«, zürnte er.

»Du hast Angst. Nicht gut. Ich kann das«, sagte er.

»Nein!«

Er sollte es nicht wagen. Der Mann zuckte mit den Schultern, wandte sich ab und ging zurück zu seinem Platz. Weidenberg ließ sich wieder auf sein Lager sinken. Er würde sich gleich um den Splitter kümmern. Nur noch einen kurzen Moment, dann würde er ihn herausziehen. Er legte den Unterarm über die Augen. Er war ernsthaft zu feige, sich einen Splitter aus dem Fuß zu ziehen. Er war ein gestandenes Mannsbild, er hatte Jahre in der JVA eingesessen, er war geflohen, er streifte nachts durch den Ort, um Lebensmittel zu klauen, und er plante, Dennstett zur Rechenschaft zu ziehen für alles, was er ihm angetan hatte. Und er schaffte es nicht, sich einen Splitter aus dem Fuß zu ziehen. Es war erbärmlich. Er setzte sich wieder auf.

»Doch!«, fuhr er den Landstreicher an und umklammerte erneut seinen Knöchel.

Der nickte, stand auf und kam wieder zu ihm. Er bückte

sich und schob seine Hand, mit der er den Knöchel umfasst hielt, beiseite. Die Fingernägel des Mannes waren zu lang, und sie waren nicht sehr sauber. Weidenberg hatte ein hysterisches Flattern im Bauch. Die Blutvergiftung war ihm sicher. Mit einem flinken Griff zog der Mann das spitze Glasstück aus seinem Fuß und hielt es in die Höhe. Es war blutig und doch immerhin etwa einen Zentimeter lang. Weidenberg keuchte. Sein Besucher warf den Splitter seitlich in den Raum.

»Schuhe anziehen«, ermahnte er ihn. »Zu gefährlich.«

Er deutete auf den Boden. Weidenberg fuhr sich mit dem Unterarm über die Stirn und gab keine Antwort. Er robbte mit dem Po an das Kopfende der Matratze, wo die Kognakflasche stand, und entkorkte sie. Betörend stieg ihm der Duft des Alkohols in die Nase. Er konnte nicht widerstehen und nahm einen winzigen Schluck. Köstlich. Heiß und brennend rann die goldfarbene Flüssigkeit durch seine Kehle und breitete sich warm in seinem gähnend leeren Magen aus. Mehr durfte er nicht trinken, sonst hatte er ruckzuck einen Rausch und war nicht mehr Herr seiner Sinne. Misstrauisch beobachtete ihn der Landstreicher. Weidenberg gab ein wenig von dem Kognak in die hohle Hand und rieb den Alkohol auf die kleine Wunde an seiner Fußsohle. Es brannte, doch das war gut so. Er sah zu dem Mann hoch.

»Schnaps«, erklärte er und hielt die Flasche in die Höhe.

Der Mann nickte und trollte sich wieder zu der Wandseite, die er offenbar zu seinem Platz auserkoren hatte. Weidenberg streckte sich auf seiner Matratze aus. Endlose Stunden lagen vor ihm. Solange es hell war, konnte er nicht weg. Und wenn es dunkel war, musste es besser klappen als vergangene Nacht. Er sah zu dem Mann hinüber. Der hockte mit angewinkelten Beinen am Boden, die Ellbogen auf die Knie gestützt. Sein Blick ging ins Leere. Irgendwas stimmte nicht mit dem Kerl. Ob er sich vor jemandem versteckte, so wie er selbst?

»Wie heißt du?«, fragte er und bereute es augenblicklich. Im Gegenzug würde der Typ auch seinen Namen wissen wollen.

»Willi«, antwortete sein Gast.

Weidenberg wartete. Die befürchtete Gegenfrage kam nicht.

»Ich bin Harry«, log er.

Wenn der Kerl irgendwem von ihm erzählte, war ein falscher Name nicht die schlechteste Idee. Willi gab keine Antwort. Weidenberg setzte sich wieder. Er fand keine Ruhe, zudem musste er selbst einmal nach draußen, das Gebüsch aufsuchen. Er zog seinen Strumpf wieder an, schüttelte seine Schuhe aus, nur für den Fall, dass wieder eine Maus darinnen Asyl gesucht hatte, und schlüpfte hinein. Vorsichtig stand er auf und belastete den wehen Fuß. Es ging besser als erwartet. Wohl war ihm nicht, den Kerl allein im Hotel zu lassen. Eine Wahl hatte er aber auch nicht.

Weidenberg stieg über sämtlichen Unrat und trat nach draußen. Der Tag war sehr kalt, die Bäume waren von Raureif überzogen, und dem Stand der Sonne nach zu urteilen, war es schon Nachmittag. Er hatte wohl viel länger geschlafen, als er für möglich gehalten hatte. Im Grunde kein Wunder. Seit Tagen und Nächten war er ständig in Habachtstellung. Schlich nachts durch den Wald in den Ort, huschte im Schatten von Häusern und Bäumen durch die Straßen und in die Gärten, um mit dem, was arglose Anwohner auf ihre Terrassen und Fenstersimse stellten, sein Überleben zu sichern. Das war purer Stress. Irgendwann forderte der Körper ein, was er brauchte, und das war wohl vergangene Nacht Schlaf gewesen. Weidenberg verrichtete, was notwendig war, und ging wieder zurück.

Sein Besucher hockte auf seiner Matratze und schnupperte am Kognak.

»Trink«, forderte er ihn auf.

Wenn der Kerl dem Branntwein frönte, vielleicht schlief er dann ein, tief genug, dass er sich davonmachen konnte, sowie es dunkel wurde. Willi trank aber nicht, sondern verkorkte die Flasche und stellte sie beiseite.

»Magst nicht?«, fragte Weidenberg, obgleich die Antwort klar war.

Willi schüttelte den Kopf.

»Warum bist du hier? Hast du was angestellt?«, fragte Weidenberg weiter.

»Nein«, antwortete sein Besucher und blieb auf seiner Matratze sitzen.

»Warum bist du hier?«, wiederholte er seine Frage. »Vor wem versteckst du dich?«

»Vor den vielen Menschen«, antwortete der Mann.

Aha. Mit der Auskunft konnte er nichts anfangen, gleichwohl versteckte ja auch er sich vor den Menschen. Zumindest vor denen, die ihn in den Knast zurückbringen würden. Weidenberg setzte sich neben ihn.

»Gib mir die Flasche«, verlangte er.

Gehorsam reichte der Mann sie ihm. Weidenberg entkorkte sie, setzte sie an den Mund und tat so, als würde er daraus trinken. Er setzte sie ab und wischte sich über den Mund.

»Magst du wirklich nichts?«, fragte er und hielt ihm den Kognak wieder hin.

Der andere zögerte.

»Das ist scharf«, gab er zu bedenken.

Weidenberg grinste. »Ja. Aber gut.«

Willi machte keine Anstalten, nach dem Alkohol zu greifen. Weidenberg fiel etwas ein. Er stand auf, ging zu dem umgekippten Tresen und holte den klaren Schnaps heraus. Auf dem gelblichen Etikett waren Birnen abgebildet.

»Lieber den hier?«, fragte er und hielt seinem Gast den Obstler hin.

Etwas in der Miene des Mannes hellte sich auf. Er nickte eifrig und griff nach der Flasche.

35

Tim Gohlke wohnte in einer Zwei-Zimmer-Wohnung, direkt an der Königsallee, stadtauswärts. Kristina hatte ihren Wagen in einer Seitenstraße abgestellt, Am Eichelberg, gleich um die Ecke.

Unmittelbar vor dem Haus verlief ein Fuß- und Radweg, der die Wohnhäuser von der Straße trennte. Sie hatte darauf verzichtet, dem Mann ihren Besuch anzukündigen, und hoffte, er war zu Hause.

Sie betrat das Grundstück, das zur Straße hin so klein war, dass man bis zur Haustür nur wenige Schritte brauchte, und läutete an der unteren der beiden Glocken. Sie hatte den Finger noch nicht von der Klingel genommen, als die Tür geöffnet wurde. Vor ihr stand eine füllige Frau um die sechzig Jahre, noch ein Stückchen kleiner als Kristina. In der Hand hielt sie eine zugeknotete Mülltüte.

Fragend sah die Frau sie an.

»Hallo, ich möchte zu Herrn Gohlke«, sagte Kristina, bemühte sich um ein winziges Lächeln und beschloss, auf eine Vorstellung zu verzichten.

»Na, der ist eben los, zu seinem Spaziergang«, informierte die Frau sie, deutete mit dem Daumen in Richtung Aichig und schob sich an ihr vorbei, nach draußen. »Der geht immer den Panoramaweg. Wenn Sie flott machen, holen Sie ihn noch ein.« Sie öffnete die Restmülltonne, die neben der Haustür stand, und ließ den Abfallbeutel hineinfallen.

»Danke«, erwiderte Kristina und beeilte sich. Mit seinem eingegipsten Arm würde sie Gohlke hoffentlich auch von hinten erkennen. Es sei denn, er trug eine Jacke, die weit genug war, um sein momentanes Handicap zu verbergen.

Den Panoramaweg kannte Kristina. Es handelte sich um einen schmalen asphaltierten Weg seitlich der Königsallee, der am Ortsteil Aichig vorbeiging und der in erster Linie Spaziergängern vorbehalten war. Er begann gegenüber der sogenannten »Rollwenzelei«, einem kleinen, vor etlichen Jahrhunderten erbauten Haus, in dem der Dichter Jean Paul in den letzten zwanzig Jahren seines Lebens fast täglich verkehrt hatte. Damals, es mochte zu Beginn des 19. Jahrhunderts gewesen sein, wurde die Rollwenzelei als Gaststätte betrieben. Der Name des Anwesens war von den damaligen Wirtsleuten abgeleitet, die Rollwenzel hießen. Soweit Kristina wusste, war der Raum, in dem Jean Paul gearbeitet hatte, mittlerweile zu dem kleinsten Museum Deutschlands geworden.

Von der Rollwenzelei aus konnte man über einen Rundweg spazieren gehen, vorbei an Feldern und Wiesen. Nach etwa der Hälfte des Weges kam man an Gut Grunau vorbei, einem alten schlossartigen Gebäude, um letztendlich wieder am Ausgangspunkt, gegenüber der Rollwenzelei, anzukommen. Bei moderater Gehgeschwindigkeit brauchte man etwa eine Stunde.

Von Gohlkes Adresse aus musste sie nur etwa hundert Meter den Gehweg entlanglaufen und an einer Bushaltestelle vorbei, bis zum Beginn des Rundwegs.

Sie sah Gohlke, als sie auf Höhe der Bushaltestelle war. Er stand nur wenige Meter entfernt und telefonierte. Bis sie ihn eingeholt hatte, war sie ein wenig außer Atem. Gohlke steckte sein Handy in die Jackentasche und sah ihr entgegen. Seiner reglosen Miene konnte sie reinweg nichts entnehmen. Er schien weder verwundert, noch strahlte er Distanz aus, aber auch keine Freundlichkeit.

»Hallo, Herr Gohlke«, begrüßte sie ihn, als sie ihn erreicht hatte.

»Hallo. Frau Herbich, richtig?«, fragte er.

Sie nickte.

»Wollen Sie zu mir, oder machen Sie auch einen Spaziergang?«, fragte er weiter.

»Tatsächlich wollte ich zu Ihnen.«

Sie konnte sich gar nicht mehr erinnern, wann sie zuletzt spazieren gegangen war. Gohlke schob die unverletzte Hand unter den eingegipsten Arm, der tatsächlich im Ärmel seiner weit geschnittenen Jacke steckte.

»Hat Schmittke sich schon zu der Anzeige geäußert?«, fragte er.

»Davon weiß ich nichts«, gab Kristina zu. »Für Überfälle, Schlägereien und dergleichen ist mein Kollege Stefan Brettschneider zuständig.«

Gohlke nickte.

»Von dem hat mir die Dame, die meine Anzeige aufgenommen hat, eine Visitenkarte gegeben. Ich dachte nur, weil Sie ... also, weil dieser Herr Willbrandt unbedingt wollte, dass ich Ihnen erzähle, was passiert ist ...« Er brach ab.

»Ja. Aber das hat einen anderen Zusammenhang.« Sie fragte sich plötzlich, ob Willbrandt Gohlke von Breuers Verschwinden erzählt hatte. Möglicherweise nicht. Aber vielleicht wusste er es von Dennis.

»Ich habe noch ein paar Fragen, Herr Gohlke«, sagte Kristina, um auf den Punkt zu kommen.

»Gehen wir ein Stück gemeinsam?«, fragte er und machte eine Kopfbewegung Richtung Panoramaweg.

»Ja«, erwiderte sie nur und schob die Hände in die Manteltaschen. Der Tag war kalt, aber windstill und trocken. Gohlke setzte sich in Bewegung. Er lief nicht allzu zügig, was Kristina nur recht war.

»Sie sagten, Schmittke wäre wegen Ihrer sexuellen Ausrichtung aggressiv gegen Sie geworden. Sind Sie schon öfters Anfeindungen deswegen ausgesetzt gewesen?«, erkundigte sie sich und fragte sich, ob sie ihre Worte einfühlsam genug gewählt hatte. Sexuelle Ausrichtung. Das klang sehr nüchtern und sachlich. Aber sachlich war ja in Ordnung, oder?

Gohlke blieb wieder stehen. Er sah sie an und gab ein leises schnaubendes Geräusch von sich.

»Machen Sie Witze, Frau Kommissarin? Was denken Sie denn? Dass wir in einer Welt leben, in der gleichgeschlechtliche Liebe akzeptiert wird? Das ist ein Trugschluss. Das denken vielleicht diejenigen, die sich mit dem Thema noch nie wirklich befasst haben oder befassen mussten. Die der ›Problematik‹ nicht ausgesetzt sind.« Er betonte das Wort.

Etwas in ihr zog sich zusammen. Sie wäre gern weitergelaufen, um den Mann nicht ansehen zu müssen, oder, noch besser, umgekehrt.

»Wie meinen Sie das?«, zwang sie sich zu fragen.

»Es gibt eine Menge Menschen, die geben sich aufgeschlossen und weltoffen und tun so, als wäre es völlig normal, wenn man in einer gleichgeschlechtlichen Beziehung lebt. Ich denke aber, dass viele nur *so tun*! In einer Stadt wie Bayreuth trifft man an allen Ecken und Enden auf Widerstand, Ablehnung und Anfeindungen. Schlimmer ist es wohl nur noch auf dem Land.« Er wirkte verbittert.

»Was ist passiert?« Ihre Kehle war trocken. Hatte Breuer auch solche Erfahrungen machen müssen?

»Ich habe immer gern Fußball gespielt. Der Verein hat mich rausgeworfen, als … Na ja. Ich habe es mir selbst zuzuschreiben. Ich habe mich dem Trainer anvertraut. Ich dachte, er wäre ein echter Kumpel. Ich hab mich geirrt. Eine Tunte hätte beim Fußball nichts verloren, hat Rainer gesagt.«

Sie glaubte zu sehen, dass er die unverletzte Hand ballte.

»Rainer?«

»Rainer Laub, der Trainer«, ergänzte Gohlke. »Vor vier Wochen hat jemand über Nacht meinen Wagen mit roter Farbe beschmiert und auf die Motorhaube ›Schwule Sau‹ geschrieben. Meine Eltern haben sich von mir distanziert. Sie wohnen in Mistelbach und sind schon im Ort groß geworden. Da kennt jeder jeden. Vorne rum tun die Leute freundlich, und hinter dem Rücken meiner Eltern zerreißen sie sich das Maul. Ich bin von Beruf Erzieher. Meinen letzten Arbeitsplatz habe ich verloren, angeblich, weil Personal eingespart werden musste. Ich war kaum weg, da wurden zwei neue Kräfte eingestellt. Jetzt arbeite ich in einem Getränkemarkt an der Kasse.«

Ein Zittern durchlief ihn. Seine Miene war nicht mehr reglos, sondern er wirkte aufgebracht und unglücklich. Mistelbach war eine kleine Gemeinde auf dem Land, nur wenige Kilometer von Bayreuth entfernt, mit etwa tausendsechshundert Einwohnern. Da wusste vermutlich wirklich jeder von jedem alles, und auf dem Land mochten es bekennende Homosexuelle durchaus noch schwerer haben als in der Stadt.

»Es tut mir leid«, stieß Kristina hervor und meinte es absolut ehrlich.

Gohlke zuckte mit den Schultern.

»Was soll's. Ist nicht zu ändern«, sagte er.

»Weiß Dennis von Ihren Erfahrungen?« Es spielte für die Suche nach Breuer keine Rolle. Wissen wollte sie es dennoch.

Gohlke nickte.

»Ich will mein Leben leben und mich nicht verstecken. Ich wünsche mir eine solide Beziehung. Ich hätte gerne Kinder. Ich möchte einem oder zwei Kindern ein liebevolles, sicheres Zuhause geben. Was ist denn daran verkehrt? Weil ich mit einem Mann als Partner nicht das klassische Rollenbild abliefere?«

Sie hörte die Verbitterung in seinen Worten.

Sie wusste keine Antwort. Eine Zustimmung zu seinen Sehnsüchten hätte geklungen, als wollte sie ihm nach dem Mund reden.

»Hat Dennis jemals etwas von ähnlichen Erfahrungen erzählt?«, fragte sie.

Gohlke schüttelte den Kopf.

»Er hat allgemein nicht viel von sich erzählt.«

Ein leichter Wind kam auf. Kristina fror.

»Danke, Herr Gohlke«, sagte sie.

»Das war es? Mehr Fragen haben Sie nicht?«

»Im Moment nicht.«

»Und wozu sind meine Erfahrungen wichtig?«

Jetzt lag eine Spur Misstrauen in seiner Miene. Kristina zögerte.

»Konrad Breuer ist seit Tagen verschwunden«, sagte sie schließlich.

»Was?« Verblüfft sah Gohlke sie an.

»Es gab einen Streit zwischen ihm und Dennis«, ergänzte sie. Vielleicht hätte sie das für sich behalten sollen.

»Weswegen? Wegen mir?« Feine Röte stieg in das Gesicht des Mannes.

»Fragen Sie Dennis.« Weiter wollte sie sich nicht aus dem Fenster lehnen.

»Haben die beiden sich getrennt?«

»Davon ist mir nichts bekannt.«

Ihr Handy läutete. Kristina nahm es aus ihrer Jackentasche. Ulf Keller rief an. In Anwesenheit von Gohlke wollte sie das Gespräch nicht annehmen. Sie würde ihn gleich zurückrufen.

»Herr Gohlke, vielen Dank für die Auskünfte. Ich muss weiter, ich bin im Dienst.«

Gohlke nickte.

»Auf Wiedersehen«, sagte er.

»Auf Wiedersehen.«

Sie wandte sich um und ging mit schnellen Schritten den Fußweg der Königsallee entlang. Als sie außer Gohlkes Hörweite war und auch sonst kein Zuhörer in ihrer Nähe zu sehen war, nahm sie ihr Handy aus der Tasche. Keller hatte mittlerweile eine Sprachnachricht geschickt.

Auf dem Weg zu ihrem Auto hörte sie sie ab.

»Hallo, Frau Herbich, ich habe eben versucht, Sie anzurufen. Ich bin mit der Obduktion der beiden Toten jetzt fertig. Ich habe noch etwas für Sie, was Sie sicher sofort wissen möchten. Und weil ich jetzt außer Haus muss, spreche ich Ihnen eine Sprachnachricht …«

Verblüfft hörte Kristina, was der Rechtsmediziner herausgefunden hatte. Sie hatte augenblicklich den Drang, ihn persönlich zu sprechen, und versuchte, ihn zurückzurufen. Es schaltete sich jedoch nur Kellers Mailbox ein. Frustriert ließ sie ihr Handy in ihrer Manteltasche verschwinden. Sie hatte keine Ahnung, wie sie die neue Information einsortieren sollte. Der Fall wurde immer skurriler. Sie beschloss, später darüber nachzudenken.

Sie würde jetzt ins Präsidium fahren, hoffen, dass sie Annika

Bogen dort antraf, und die Frau zurechtstutzen, wobei es ihr völlig gleich war, dass sie im weitesten Sinn mit Willbrandt bekannt war. Zumindest versuchte Kristina, sich das einzureden. Es war unerhört, dass die Bogen sich bis jetzt nicht bei ihr gemeldet hatte.

36

Je länger Kristina nachdachte, umso wütender wurde sie. Willbrandt stellte ihr die Frau zur Seite, und während sie von Befragung zu Befragung hetzte und sich auch den Hof noch einmal angesehen hatte, schaffte es die junge Kollegin offenbar nicht einmal, beim Grundbuchamt anzurufen, eine schlichte Frage zu stellen und ihr das Ergebnis telefonisch mitzuteilen. Und zu den Vermisstenfällen hatte sie sich ja auch noch nicht geäußert. Was machte die Frau den ganzen Tag?

Kristina rangierte ihren Peugeot in die letzte freie Parklücke in der Werner-Siemens-Straße vor dem Präsidium und stieg aus. Mit der Fernbedienung des Zündschlüssels verschloss sie den Wagen und eilte ins Gebäude. Rudi Grassmann saß an seinem Platz am Empfang, hinter einer gläsernen Abtrennung. Neben dem Bildschirm seines Computers lag eine angebissene Banane, daneben stand eine Tasse aus hellblauem Steingut. Das Etikett eines Teebeutels hing über den Rand. Pfefferminztee. Das Getränk war ihr ein Graus, wie nahezu jeder Kräutertee, der Kollege jedoch trank ihn literweise.

Grassmann telefonierte, lächelte Kristina zu und hob grüßend die Hand. Sie lächelte zurück und nickte. Eigentlich hatte sie ihn fragen wollen, wo die Bogen sich rumtrieb. Sie wusste gar nicht, wo im Präsidium die junge Kollegin ihren Arbeitsplatz hatte. Statt Grassmanns Telefonat zu unterbrechen, betrat sie den langen Flur hinter dem Eingangsbereich und ging zügig zu ihrem Büro, das sich hinter der dritten Tür links befand.

Annika Bogen stand vor Kristinas Schreibtisch und hantierte mit einigen Papieren.

»Was machen Sie denn da?«, fuhr Kristina sie an statt einer Begrüßung.

Annika richtete sich auf und lächelte ihr entgegen.

»Hallo, Frau Herbich, ich habe Sie telefonisch leider nicht erreicht. Deswegen wollte ich Ihnen die Auskunft vom Grundbuchamt schriftlich geben.« Sie deutete auf einige übereinandergelegte Zettel auf der Schreibunterlage.

»Wie, Sie haben mich nicht erreicht?«, empörte sich Kristina, zog ihr Handy aus der Tasche und betrachtete das Display.

Keine Nachricht, kein verpasster Anruf.

»Ich habe mehrfach versucht, Sie zurückzurufen. Sie sind aber nicht ans Telefon gegangen«, erklärte Annika, deren freundliche Miene in sich zusammengefallen war.

»Ich weiß nicht, wo und bei wem Sie angerufen haben, bei mir jedenfalls nicht«, regte Kristina sich auf.

Annika wurde rot, zerrte ihrerseits ihr Handy aus der Brusttasche ihrer Bluse, tippte hektisch darauf und hielt ihr das Mobiltelefon entgegen.

»Hier. Ich habe Sie viermal angerufen«, verteidigte sie sich.

Kristina überflog die Rufnummer.

»Die Nummer passt nicht. Die Sieben ist falsch, da gehört eine Vier hin. Wir sind hier nicht auf dem Jahrmarkt, Frau Bogen. Sorgfalt ist oberstes Gebot.«

»Ich bin sorgfältig!« Plötzlich sah die Kollegin aus, als würde sie jeden Moment in Tränen ausbrechen. »Die Nummer hat mir Torsten notiert. Ich habe anstelle der Vier eine Sieben gelesen.«

Nun nestelte sie eine zusammengefaltete Notiz aus der Hosentasche und zeigte sie Kristina. Sie erkannte Willbrandts Schrift. Die besagte Zahl war in der Tat zweideutig lesbar.

»Ich hatte Sie vorderhand schon über Ihr Mobiltelefon angerufen. Sie hätten einfach nur zurückrufen müssen«, maßregelte sie sie, ohne auf die schludrige Schrift des Vorgesetzten einzugehen. »Dann hätten Sie mich erreicht.«

Annika presste die Lippen aufeinander und gab keine Antwort.

»Sie wussten, dass ich auf Ihre Nachricht warte. Sie hätten die Nummer noch einmal überprüfen können«, beharrte Kristina.

Ihr Ärger war keineswegs besänftigt. Dazu kam, dass sie nun wusste, dass Annika sehr persönlich mit dem Chef war. Bisher hatte sie diese Möglichkeit verdrängt. Dass die Mutter der Kollegin mit Willbrandts Frau befreundet war, musste ja nicht heißen, dass alle miteinander in gutem Kontakt standen.

Ihr wurde klar, dass sie neben ihrem Schreibtisch stand und Annika davor, als wäre es ihr Arbeitsplatz. Kristina schob sich an der Kollegin vorbei und zog ihren Stuhl zurecht, sodass Annika gezwungen war, zur Seite zu treten. Sie setzte sich.

»Also?«, fragte sie sie. »Was haben Sie herausgefunden?«

Nun musste sie zu ihr aufsehen. Darüber hatte sie nicht nachgedacht. Annika trat von sich aus einige Schritte zurück.

»Sorry«, würgte sie hervor und klang, als würde ihr jemand die Luft abdrücken.

»Schon gut. Jetzt sagen Sie endlich.« Dummerweise tat sie ihr jetzt auch noch leid.

»Der Hof gehört einer Sybille Wendt, geborene Weißgerber. Sie wohnt in Röthenbach bei Nürnberg«, sagte Annika. Ihre Stimme zitterte. »Sie hat ihn von ihren Eltern geerbt. Die hießen Almut und Bernhard Weißgerber. Ich habe den Namen spaßeshalber in den Computer eingegeben. Ich weiß nicht, ob es wichtig ist, aber es kam was Interessantes dabei heraus.«

Spaßeshalber. Kristina unterdrückte eine missbilligende Bemerkung zu dem Ausdruck. Wie konnte man unter den gegebenen Umständen solch ein Wort verwenden? Zudem ahnte sie bereits, was Annika herausgefunden hatte. Onkel Johan hatte ihr ja schon einige Informationen geben können.

»Und?«, fragte sie dennoch, lehnte sich in ihrem Stuhl zurück und schob ihn, wie zufällig, noch ein Stück weiter nach hinten, weg von der Kollegin.

»Sybille Wendt hat 2007 gegen einen Artur Dettmer Anzeige erstattet. Dettmer war der Pflegesohn der Familie, und er soll sie sexuell belästigt haben. Einmal kam es beinahe zu einer Vergewaltigung. Ihr Vater Bernhard ist gerade noch rechtzeitig dazugekommen und soll Dettmer vom Hof gejagt haben«, ratterte Annika herunter, als hätte sie ihre Informationen auswendig gelernt.

Kristina lag es auf der Zunge, ihr brüsk mitzuteilen, dass sie all das schon wusste. Lediglich der Name »Wendt« war ihr neu.

Dann hatte Sybille wohl geheiratet. Und Arturs Nachnamen hatte Onkel Johan auch nicht erwähnt.

Sie wartete, ob Annika auch etwas von dem Brand der Hütte erzählte, in der Dettmer zu Tode gekommen sein sollte, doch die Kollegin sprach nicht weiter.

Kristina beschloss, ihr Wissen für sich zu behalten. Sie musste mit Sybille Wendt reden. Vielleicht hatte sie den Hof vermietet.

»Versuchen Sie, diese Frau Wendt zu erreichen. Ich will mit ihr sprechen«, wies sie Annika an.

»Telefonisch? Oder soll sie herkommen?«

»Fürs Erste reicht mir eine Telefonnummer«, entschied Kristina.

»Ich habe auch versucht herauszufinden, was aus Dettmer geworden ist«, ergänzte Annika eifrig, die ihre Zurechtweisung inzwischen offenbar verschmerzt hatte.

Aha. Also doch.

»Und?«, fragte Kristina.

»Er soll bei einem Brand ums Leben gekommen sein, aber …« Sie brach ab und sah sie erwartungsvoll an.

»Was?«, fragte Kristina ungeduldig.

»In einer Hütte in der Nähe seines Elternhauses! Verstehen Sie? Wenn ich mir vorstelle, dass der Pflegesohn versucht hat, die Tochter zu vergewaltigen … Vielleicht ist der alte Weißgerber durchgedreht und hat ihn im Affekt getötet? Und dann hat er ihn in die Hütte geschleppt und sie abgefackelt«, fuhr sie aufgeregt fort.

Kristina stieß ein unfrohes Lachen aus.

»Mit Ihnen geht die Phantasie durch, Frau Bogen. Selbst wenn es so sein sollte, was ich nicht glaube, was würde uns das helfen? Bernhard Weißgerber ist tot, und wir müssen herausfinden, was auf dem Hof vor sich gegangen ist. Wer sind die Toten? Wurden sie getötet, oder war es ein Unfall? Haben Sie die Vermisstenfälle überprüft?«

»Hab ich.« Annika Bogen verschränkte die Arme vor der Brust. »Es gibt aber niemand, der zu den Toten auf dem Hof passt.«

Kristina überlegte, ob sie Annikas Angaben lieber selbst noch einmal prüfen sollte, beschloss aber, es für den Moment gut sein zu lassen. Die Kollegin sah trotzig und enttäuscht drein, und für einen unsinnigen Augenblick hatte sie den nächsten Anflug von Mitleid mit ihr. Eindeutig hatte sie sich für ihr Engagement, etwas über die Weißgerbers herausgefunden zu haben, ein Lob erhofft und den Tadel wegen der Handynummer als ungerecht empfunden. Ihre Überlegung, ob Bernhard Weißgerber seinen Ziehsohn getötet und verbrannt hatte, fand Kristina völlig aus der Luft gegriffen und zudem für die Ermittlungen nicht relevant.

»Gibt es sonst noch irgendetwas, was ich wissen sollte?«, fragte sie, um ein wenig Verbindlichkeit vorzugeben.

»Ich meine ja nur«, beharrte Annika. »Die Sybille hat ihren Bruder angezeigt, weil er sie fast vergewaltigt hätte. Zum Zeitpunkt der Anzeige war Artur aber schon verschwunden. Vielleicht war die Anzeige ein Ablenkungsmanöver? Vielleicht wollte sie ihren Vater schützen?«

»Ich denke, sie hat ihn angezeigt, weil sie davon ausgegangen ist, dass er früher oder später zurückkommt«, entgegnete Kristina. »Außerdem ist Ihnen eine Kleinigkeit durchgegangen, Frau Bogen. Nachdem Weißgerber Artur vom Hof gejagt hatte, soll er sich eine Weile im Wald herumgedrückt haben. Ein paar Tage oder Wochen, was weiß ich. Das passt mit Ihrer Überlegung ›Tötung im Affekt‹ nicht zusammen.«

Annika betrachtete ihre Schuhspitzen.

»Artur könnte zurückgekommen sein und noch mal versucht haben –«, begann sie hartnäckig.

»Nein, Frau Bogen. Genug der Spekulationen, die uns nicht weiterhelfen. Haben Sie noch mehr Informationen für mich?«, fragte Kristina und hoffte, sie würde endlich aufgeben.

»Ich soll Ihnen von Torsten ausrichten, dass Weidenberg in der JVA ein absoluter Einzelgänger war und Kontakte vermieden hat«, antwortete sie und stand in steifer Haltung neben Kristinas Schreibtisch.

»Danke. Noch mehr?«

»Die Fahndung nach Konrad Breuer hat bisher nichts ergeben«, erwiderte Annika sachlich.

Kristina nickte, und eine große Mutlosigkeit drohte sie zu überwältigen. Es gab immer wieder Vermisstenfälle, die nie aufgeklärt wurden. Was, wenn Breuer dazugehörte? Was, wenn er einem Verbrechen zum Opfer gefallen war?

»Vielleicht will er nicht gefunden werden«, gab Annika zu bedenken.

»Das glaube ich nicht«, widersprach Kristina. »Machen Sie mir den Kontakt mit Sybille Wendt.«

Irgendwie musste sie ja weitermachen. Ihr Handy meldete den Eingang einer Nachricht. Sie kam von Philipp.

»Alles klar bei dir?«, schrieb er.

Kein Smiley. Kein Herzchen, kein Kuss. Es schnürte ihr die Kehle zu.

»Nein. Ich laufe mit sämtlichen Ermittlungen ins Leere«, schrieb sie, verzichtete gleichfalls auf Smileys und schickte den Text ab.

Wie blöd bin ich eigentlich?, dachte sie, kaum dass die Nachricht gesendet worden war und zwei blaue Häkchen anzeigten, dass er sie gelesen hatte. Er hatte mit Sicherheit nichts Berufliches wissen wollen.

»Vermisse dich«, schrieb sie eilig hinterher und schickte nun doch ein Herz.

In rosa Farbe, nicht in Rot. Ein wenig Zurückhaltung musste sein. Wieder wurden die Häkchen blau. Philipp schickte einen einzelnen Kuss-Smiley und ging wieder offline. Ihr wurde flau im Magen. Wortkarg kannte sie ihn nicht.

»Alles in Ordnung?«, fragte Annika. Kristina sah hoch. Sie hatte ihre Anwesenheit ganz vergessen.

»Ja, ja. Alles in Ordnung.«

»Gut. Ich kümmere mich um die Kontaktdaten zu Sybille Wendt und schicke sie Ihnen. An die richtige Nummer.« Annika wandte sich um und verließ grußlos den Raum.

37

Pfarrer Johan Kunze stieg in seine dick gefütterten Winterstiefel, nahm die warme Jacke vom Haken, schlüpfte hinein und schloss den Reißverschluss. Arno hockte neben ihm, blickte zu ihm auf und wedelte erwartungsvoll mit dem Schwanz.

»Ja, mein Junge, gleich geht es los. Gleich machen wir einen schönen Abendspaziergang«, versicherte Kunze und nahm seine Schirmmütze, die auf dem Schuhschrank lag.

»Wuff«, machte Arno, erhob sich und stupste seinen Herrn gegen das Schienbein.

»Bist mein Guter. Kannst es kaum erwarten, ich weiß. Heute gehen wir aber nicht in den Wald. Es ist schon nach fünf und zappenduster draußen. Wir gehen in den Ort.«

Im Wald gefiel es Arno besser, aber da war jetzt nichts zu machen. Im Dunkeln mied Johan Kunze das Gehölz. Es war ihm unheimlich, und er sah ja auch nichts. Trotz der Stirnlampe, die er vor Jahren im Kreuzworträtsel gewonnen hatte. Sie leistete ihm aber gute Dienste, wenn er im Keller, der Garage oder auf dem Dachboden etwas suchen wollte.

Kunze versuchte den Hund an die Leine zu legen, was nicht ganz einfach war, weil der Dackel vor Aufregung herumzappelte.

»Jetzt halt doch mal still«, verlangte er schnaufend.

Ob des heruntergebeugten Oberkörpers wurde ihm die Luft knapp. Warm wurde ihm auch. Kurz gehorchte Arno, und der Moment genügte, um den Karabinerhaken in die Öse am Halsband einzuhängen. Kunze stopfte noch zwei Plastiktütchen in seine Jackentasche, um die Hinterlassenschaften seines vierbeinigen Kameraden aufzusammeln, und verließ das Haus.

Am nachtschwarzen Himmel glitzerten bereits die Sterne. Die Luft war kalt und klar, es roch nach Schnee und Winter. Kunze bedauerte, keine Handschuhe mitgenommen zu haben, doch umkehren mochte er auch nicht. Er verließ das Grundstück. Arno schnupperte eifrig am Gehweg entlang und hob am ersten Grasbüschel schwungvoll eine Hinterpfote. Kunze wartete, und als der Dackel fertig war, machte er sich auf den Weg ins Ortszentrum. Vielleicht traf er ein paar Bekannte, auf ein Schwätzchen.

Als Erstes begegnete ihm Elvira Braun. Sie war pensionierte Lehrerin und hatte über viele Jahre an der Grund- und Mittelschule in Bad Berneck unterrichtet. Welche Fächer, das wusste er nicht mehr. Sie hatte seine Gottesdienste nie besucht, lediglich bei der Beisetzung ihres Mannes vor etwa fünfzehn Jahren hatte er sie ein wenig kennengelernt. Elvira Braun war eindeutig nicht an einem Gespräch interessiert. Sie grüßte ihn freundlich und schob sich eilig an ihm vorbei.

Das Ehepaar Rilk kam ihm entgegen. Er hatte die beiden vor einigen Jahren getraut. Sie waren schon um die fünfzig, und für beide war es die zweite Ehe. Es war eine seiner letzten Amtshandlungen gewesen. Rilks waren in ein ernstes Gespräch vertieft und grüßten ihn nur flüchtig.

Am Marktbrunnen standen drei Jugendliche, zwei Jungen und ein Mädchen. Das Mädchen kannte Kunze. Es war die kleine Emily Weiß. Sie wohnte mit ihrer Mutter beim Großvater, in einem Haus an der Ölschnitz. Die Mutter arbeitete nachts in Bayreuth in einem Lokal als Kellnerin. In welchem Lokal, das wusste Kunze nicht. Der Vater des Mädchens hatte sich aus dem Staub gemacht, da war Emily noch ganz klein gewesen. Und der Großvater von Emily hatte alle Hände voll zu tun, das pubertierende Mädchen unter Kontrolle zu halten, das wusste ganz Berneck.

Die Kleine radelte abends häufig zur Bushaltestelle am Ortsausgang, stellte neben dem Bushäuschen ihr Rad ab und ließ sich dort von Julian Krause mitnehmen, der neunzehn Jahre alt war und einen Führerschein und ein klappriges Fahrzeug besaß. Dann fuhren sie nach Bayreuth, fühlten sich sehr erwachsen, schüttelten grinsend den Kopf über besorgte Eltern und Großeltern und suchten diverse Lokale auf. Emily, die gerade siebzehn Jahre alt war, hielt sich selten an die Heimkehrzeiten, die der Großvater ihr antrug. Aber jetzt, um kurz nach siebzehn Uhr, sprach ja nichts dagegen, dass sie mit Freunden beisammenstand. Kunze bezweifelte allerdings, ob Walter Weiß damit einverstanden war, dass seine Enkeltochter an einer Zigarette zog. Nun, er würde sich da nicht einmischen.

Die Jugendlichen beachteten ihn nicht, als er an ihnen vorüberging. Er hatte die drei keine fünf Meter hinter sich gelassen, als Arno im Laufen innehielt und einen Buckel machte. Betreten schielte Kunze zu den jungen Leuten. Tatsächlich sah einer der Jungen zu ihnen herüber. Wie unangenehm. Im Licht der Straßenlaterne sah er den jungen Mann grinsen und etwas zu seinen Freunden sagen.

»Mach schneller, Arno«, zischte Kunze und nestelte seine Tüte aus der Jackentasche.

Arno ließ sich unbeeindruckt Zeit. Ein Mann kam an der gegenüberliegenden Häuserzeile um die Biegung, die der Verlauf der Straße dort machte. Der Mann blieb stehen, schlug den Kragen seines Mantels hoch und rückte an seinem Hut. Das musste Gottfried Franke sein. Er war der Einzige, den Kunze kannte, der einen Hut trug. Hüte waren längst aus der Mode, schon gleich für Männer. Männer trugen Strickmützen, Schirmmützen oder Käppis, je nach Jahreszeit und persönlichem Gusto.

Endlich war Arno fertig. Er trat ein paar Pfotenschritte beiseite und schüttelte sich, während Kunze beflissen beseitigte, was der Hund hatte fallen lassen. Das war umso wichtiger, weil er sicher war, dass Franke ihn beobachtete. Franke war ein unzufriedener Griesgram, der ständig nach Verfehlungen anderer suchte, um dann dagegen vorzugehen. Nicht, dass er Arnos Hinterlassenschaften nicht ohnehin entsorgt hätte. Doch Franke durfte man keine Sekunde im Zweifel lassen, dass man sich korrekt verhielt.

Kunze richtete sich auf und versuchte, den Beutel aus dünnem Plastik zu verknoten.

»Herr Pfarrer? Guten Abend.« Aufrechten Schrittes überquerte Franke die kopfsteingepflasterte Straße und lüpfte dabei leicht den Hut.

»Herr Franke, guten Abend«, grüßte Kunze zurück.

So gern er ein wenig geplaudert hätte, gerade mit Franke musste es nicht sein. Der Mann schaffte es, einem innerhalb von Sekunden die Laune zu vermiesen, wenn er einen schlechten Tag hatte, und den hatte er meistens. Er begriff gar nicht, wie die patente, humorvolle Dietlinde mit ihm als Ehemann auskam. Der Beutel wollte sich nicht zuknoten lassen. Wahrscheinlich lag es daran, dass Kunze schon ganz kalte Finger hatte.

»Kalt heute, was? Bestimmt schneit es bald wieder«, eröffnete Franke das Gespräch und stellte sich vor Arno, der ihm keine Beachtung schenkte, sondern über den Gehweg schnüffelte.

»Ja, Schnee ist angekündigt«, stimmte Kunze zu. Endlich hatte er einen Zipfel der Tüte durch die gelegte Schlaufe gezogen. Er sah nicht genug, Franke stand ihm im Licht der Laterne.

»Vielleicht hilft uns das«, ergänzte Franke und straffte die Schultern.

»Wie? Wobei?« Verwirrt sah Kunze ihn an.

»Na, bei den Diebstählen! Hier wird doch seit einiger Zeit des Nachts hemmungslos geklaut. Fußspuren könnten zumindest Hinweise geben! Seien Sie bloß froh, dass Sie den Hund haben. Der passt auf, zumindest wenn er gut erzogen ist.«

»Welche Diebstähle?« Endlich war die Tüte zu. Kunze wollte sie gleich in den Müll werfen. Nur zwei Meter weiter stand ein Abfallkübel.

»Aber Herr Pfarrer! Haben Sie denn nichts mitbekommen? Seit einiger Zeit treibt sich bei uns nachts ein Dieb herum und lässt alles mitgehen, was er zwischen die Finger bekommt. Bei mir ist ein ganzer Bräter mit Hühnerschenkeln abgängig! Von der Terrasse gestohlen. Ich bin außer mir. Und die Polizei unternimmt nichts.«

Er musste den Beutel loswerden. Kunze schob sich an Franke vorbei und nahm seinen konsternierten Blick wahr.

»Ich geb nur die Tüte in den Abfall«, erklärte er, wollte den

Arm Richtung Mülleimer ausstrecken und merkte, dass der Beutel an etwas festhing. Er sah darauf, und trotz des trüben Laternenlichtes erkannte er, dass er die Tüte mit der Hundeleine verknotet hatte. Heiße Verlegenheit durchlief ihn. Das konnte ja wohl nicht wahr sein.

»Ja, nun. Machen Sie doch«, forderte Franke ihn auf, der eindeutig die Unterhaltung fortsetzen wollte.

Kunze ignorierte seine Worte. Es war völlig indiskutabel, sein Missgeschick vor Franke zuzugeben.

»Sie haben den Diebstahl angezeigt?«, fragte er und hoffte, Frankes Aufmerksamkeit von dem festgezurrten Beutel wegzubekommen.

»Selbstredend! Ich bin ja auch nicht der Einzige in Bad Berneck, der bestohlen wurde. Bei Walter Weiß war jemand im Garten und hat Äpfel geklaut, auch nachts. Er hat die Emily fürchterlich erschreckt, die ist an dem Abend wieder viel zu spät nach Hause gekommen. Ich habe Gustav Huber im Verdacht, aber mir glaubt ja keiner. Verbohrtes Volk. Außerdem haben ihm seine Mutter und die Habicht ein Alibi gegeben. Ja, und bei Rita Schuster ist eine ganze Ladung frisch gebackener Lebkuchen geklaut worden, die sie zum Auskühlen auf den Terrassentisch gestellt hatte, so wie Dietlinde unseren Bräter mit den Hühnerschenkeln.«

Kunze schüttelte den Kopf. Das klang nach Jugendlichen, die sich aus Langeweile Scherze erlaubten. Er dachte an Emily und ihre Gefährten, die beim Brunnen standen. Es war besser, nicht hinzusehen, damit Franke seinem Blick nicht folgte. Obwohl, wenn der Dieb die Emily erschreckt hatte …

Nein, damit waren die drei dort drüben wohl aus dem Schneider.

»Aber die Schuster hat Glück gehabt, zumindest ihr Backblech hat der Dieb ihr gelassen«, fuhr Franke fort.

Das war wahrscheinlich auch schlecht zu transportieren und auffällig zudem. Der Bräter allerdings auch.

»Es sind Zustände bei uns, das hätte man sich früher nicht träumen lassen«, empörte Franke sich weiter. »Und bei der

Polizei herrscht auch kein Zug mehr. Ich sage Ihnen, die Vorfälle haben den Beamten gar nicht interessiert.«

»Aber aufgenommen wurde die Anzeige?« Wenn er nur gewusst hätte, wie er Franke wieder loswurde, ehe dem auffiel, dass er den Beutel nicht loswurde.

»Das schon. Aber mehr passiert nicht. Ich hatte ja gehofft, dass jemand von den Behörden eine Inaugenscheinnahme macht und sich die Gegebenheiten ansieht. Aber: weit gefehlt. Wahrscheinlich ist die Anzeige schon zu den Akten gelegt worden. Ich bin wirklich mehr als verärgert«, regte Franke sich auf. Letzteres hätte er nicht betonen müssen. »Und bei Ihnen ist noch nichts vorgefallen?« Missbilligende Neugier stand Franke ins Gesicht geschrieben.

»Nein«, gab Kunze zu und fragte sich, ob er ein schlechtes Gewissen haben sollte.

»Nun, ich würde mich nicht in Sicherheit wiegen. Ich muss weiter. Meine Frau hat einen Termin beim Zahnarzt. Ich gedenke, sie abzuholen. Ich möchte nicht, dass sie in dieser heiklen Zeit allein im Dunklen unterwegs ist. Man ist ja nirgends mehr sicher. Guten Abend, Herr Pfarrer, und achten Sie auf sich und Ihr Hab und Gut.«

Erneut lüpfte er seinen Hut und schritt, ohne eine Antwort abzuwarten, die Straße zurück, die er gekommen war. Kunze sah ihm nach. Er war rechtschaffen froh, ihn losgeworden zu sein, auch wenn die elende Tüte noch immer an der Leine hing. Er hatte jetzt auch keine Lust mehr, den Spaziergang fortzusetzen. Er würde gemütlich zurück nach Hause laufen und hoffen, dass ihm keiner mehr begegnete.

38

Weidenberg ließ den Lichtstrahl seiner Taschenlampe, der beängstigend schwach war, über seinen unerwünschten Gast gleiten. Der lag seitlich am Boden und schnarchte mit halb offenem Mund. Auf Höhe seines Ellbogens stand die Flasche mit dem Birnengeist, die er knapp zur Hälfte geleert hatte. Wenn er wieder zu sich kam, würde es ihm dreckig gehen, doch bis dahin war noch ein wenig Zeit. Für Weidenberg dagegen wurde es höchste Zeit. Er musste hier weg, und zwar bevor der Kerl wieder aufwachte.

Nachdem er sich zunächst geweigert hatte, den Kognak zu probieren, hatte er bei dem Obstler gleich zugegriffen. Hätten Weidenberg nicht so viele Probleme belastet, so hätte er noch im Nachhinein über den Verlauf der Situation grinsen können. Offenbar konnte der Typ nicht lesen. Jedenfalls hatte er freudig nach der Schnapsflasche gegriffen, wohl in der Annahme, es handele sich bei dem Inhalt um Saft.

Zuerst hatte er misstrauisch an dem Alkohol geschnuppert, aber anscheinend war er durstig gewesen und hatte letztendlich probiert. Grinsend hatte er Weidenberg versichert, dass auch diese Flüssigkeit scharf wäre, was Weidenberg mit einem bestätigenden »Ja, aber gut« kommentiert hatte. Sein Gast hatte zustimmend genickt und zügig getrunken. Nun war er hackedicht, und draußen war es inzwischen stockdunkel.

Leider hatte Weidenberg keine Ahnung, wie spät es war. Dass ausgerechnet jetzt die Batterie seiner Uhr versagt hatte, war richtig beschissen. Für sein Vorhaben war ihm eine Zeit Richtung Mitternacht am liebsten, da war in Bad Berneck wahrscheinlich kaum noch jemand unterwegs. Er musterte den Betrunkenen. Er musste ihn mit irgendwas fesseln, um ihn am Weglaufen zu hindern, wenn er aufwachte. Er durfte kein Risiko eingehen.

Er beugte sich zu dem Mann und zog mit spitzen Fingern

dessen schmierigen Pullover ein Stück hoch. Er trug keinen Gürtel. Weidenberg ließ den Saum des Pullis fallen. Er konnte sich nicht erinnern, zwischen dem Unrat im Hotel in den letzten Tagen etwas gesehen zu haben, womit er dem Kerl Hände und Füße verschnüren konnte. Trotzdem leuchtete er die Umgebung noch einmal ab. Sein Blick blieb an dem üppigen Schal eines wohl bodenlangen Vorhangs hängen, der lose hingeworfen in der Nähe des Aufzugschachtes lag. Weidenberg zögerte. Perfekt war die Lösung nicht, aber besser als nichts.

Gottfried Franke saß in seinem Ohrensessel und war sehr ärgerlich. Nachdem er sich mit dem pensionierten Pfarrer verplaudert hatte, war er zu spät zum Zahnarzt gekommen, und Dietlinde war schon weg gewesen. Nicht nur, dass er den Weg umsonst gemacht hatte, auch die überschminkte Göre vom Empfang, die sich großspurig Sprechstundenhilfe nannte, hatte ihn genervt.

Die Praxis sei schon geschlossen, hatte sie ihn wissen lassen und ihn nicht einmal mehr in den Flur gelassen, da sie selbst gerade gehen wollte. Regelrecht abserviert war er sich vorgekommen. Dabei hatte er gleich auch für sich noch einen Termin ausmachen wollen. Doch das, so hatte die Madame gesagt, die kaum zwanzig Jahre alt sein mochte, konnte er auch morgen telefonisch erledigen. Der Computer war schon aus, und sie hatte Feierabend.

Die Jugend hatte keinerlei Respekt mehr. Vor nichts. Und Dietlinde, die schon fünfzehn Minuten zu Hause war, ihrer Aussage nach, als er heimgekommen war, hatte sich auch uneinsichtig gezeigt. Es war ja nicht vereinbart gewesen, dass er sie abholte, und nebenher fand sie, dass er hoffnungslos übertrieb. Nur weil derzeit im Ort Lebkuchen und Hühnerschenkel geklaut wurden, sah sie für sich keine Gefahr, wenn sie im Dunkeln wenige Minuten nach Hause lief. Schon gar nicht am frühen Abend, wenn noch viele Leute unterwegs waren. Mit ihr zu streiten machte keinen Sinn. Er zog stets den Kürzeren. So musste er mit seiner Missstimmung allein klarkommen.

Mittlerweile hatten sie zu Abend gegessen, die Nachrichten angesehen und eine Folge einer Quizsendung, und nun war Dietlinde wieder in der Küche beschäftigt. Franke machte seine Zeitung keine rechte Freude. Pfarrer Kunze hatte seinen Ärger wegen der Diebstähle und des gleichgültigen Verhaltens der Polizei auch nicht geteilt. Auf seinen Gedankengang, dass in frisch gefallenem Schnee Spuren zu dem Dieb führen mochten, war er gar nicht eingegangen.

Der Ärger ballte sich in Frankes Bauch. Er legte seine Zeitung weg und sah zur Küche. Dietlinde räumte den Geschirrspüler aus. Sein Blick ging zu der antiken Uhr aus Nussbaum, deren goldenes Pendel sacht hin- und herschwang. Es war kurz nach zweiundzwanzig Uhr. Er erhob sich von seinem Sessel.

»Dietlinde?«, rief er.

»Hm?«, machte seine Frau und wandte sich ihm zu.

»Ich geh noch ein paar Schritte an die Luft«, informierte er sie.

»Jetzt noch?« Verwundert sah ihn seine Frau an.

»Ja. Mir liegt das Salamibrot im Magen. Ein wenig Bewegung wird mir guttun«, täuschte er vor.

Eindringlich musterte Dietlinde ihn. Wacker hielt er ihrem Blick stand.

»Ich bleib nicht lange draußen«, behauptete er. Das würde sich zeigen. Aber Hauptsache, er war erst zur Tür hinaus.

»Wie du meinst.«

»Bis dann.«

Raschen Schrittes ging er in den Flur. Er zog Schuhe und Mantel an. Aus der Küche drang das Klappern von Geschirr. Nun musste er nur noch den schmalen Schrank geräuschlos auf- und wieder zubekommen, in dem sein Gewehr eingeschlossen war. Es war besser, Dietlinde bekam von seinem Vorhaben nichts mit. Der Schlüssel lag auf dem Oberboden des Schrankes. Franke tastete danach und fand ihn auch sofort. Behutsam schob er ihn ins Schloss. Dumm nur, dass die Tür schon seit einiger Zeit quietschte. Er hatte es vor sich hergeschoben, sie zu ölen.

Aus der Küche schepperte es laut.

Hastig sperrte er den Schrank auf und rief gleichzeitig: »Ist was passiert?«

Rasch nahm er das Gewehr heraus und schulterte es.

»Nein, nein. Mir ist nur ein Topf runtergefallen«, rief seine Frau zurück.

Noch während sie sprach, drückte er die Schranktür zu. Geschafft.

»Gut. Bis später.«

Schnell verließ er das Haus. Es hatte zu schneien begonnen.

Weidenberg eilte durch den Wald. Feine Schneeflocken rieselten durch die Bäume, und eine dünne Schneedecke hatte sich bereits auf dem Laub gebildet. Er würde jetzt im Ort ein Auto klauen und zusehen, dass er so weit wie möglich aus Oberfranken herauskam. Ein älteres Baujahr, das traute er sich durchaus zu. Ein bisschen eine Ahnung hatte er, wie er es anstellen musste. Als Jugendlicher hatte er mit seinen Freunden so manche Spritztour unternommen, und nicht jeder Wagen hatte ihnen beziehungsweise ihren Eltern gehört. Sie hatten die Autos auch immer wohlbehalten zurückgebracht, nur die Tanks waren zumeist um etliche Liter leerer gewesen. Es war lange her.

Weidenberg hatte den Waldrand erreicht. Jetzt ging es über einige Meter die asphaltierte Straße hinunter, dann führte linker Hand eine steile Treppe in den Ort. Mit gesenktem Kopf lief er die Stufen hinunter. Unten angekommen wandte er sich nach links. Er meinte, in der Richtung vor einigen Nächten in einer Seitenstraße einen betagten Pkw vor einem der Häuser gesehen zu haben. Vielleicht stand der Wagen noch da. Er eilte weiter, genau in dem Tempo, vom dem er hoffte, es sähe aus, als wollte er bei dem Wetter rasch nach Hause kommen. Nicht überstürzt, aber doch zügig. Die Straßen waren verlassen, die Laternen warfen kalte Lichtkegel durchs Dunkel der Nacht.

Ein Schatten huschte an ihm vorbei, und er schrak zusammen. Eine Katze! Es war nur eine Katze gewesen. Sein Puls jagte. Plötzlich glaubte er hinter sich Schritte zu hören, die stetig näher kamen. Ganz ruhig. Wer immer außer ihm noch unterwegs war, weshalb sollte er ihm zur Gefahr werden?

Die Schritte machten ihn ganz verrückt, das Wissen, dass sich jemand hinter ihm befand, kostete ihn Nerven, die er nicht hatte.

Weidenberg blieb stehen und ging in die Knie, als wollte er seinen Schnürsenkel binden. Die Schritte verhielten. Ihm brach kalter Schweiß aus. Obgleich er fürchtete, einen Fehler zu machen, wandte er sich um, während er sich wieder aufrichtete.

In etwa fünf Metern Entfernung stand ein junger Mann, zündete sich eine Zigarette an und nahm seinen Weg wieder auf. Ohne ihn anzusehen, ging er an Weidenberg vorbei, lief weiter geradeaus und verschwand in der Dunkelheit. Weidenbergs Herz drosch gegen die Rippen. Es wurde Zeit, seinen Plan umzusetzen, sonst scheiterte er noch zuvor an seinem Verfolgungswahn. Neben ihm rauschte die Ölschnitz durch ihr Bett.

Weidenberg blieb stehen. Er konnte sein Glück kaum fassen. Dort vorne, neben einem alten Fachwerkhaus, hinter dessen Fenstern es finster war, stand ein alter Opel. Ein richtig alter Opel. Der kam wie gerufen.

Gottfried Franke stiefelte durch die Ortschaft und hoffte, niemandem zu begegnen. Nur den Dieb, den wollte er stellen. Sein Gewehr auf dem Rücken erfüllte ihn mit Stolz, gleichzeitig fürchtete er, von missliebigen Mitbürgern ausgelacht zu werden.

Letzte Nacht war, soweit er wusste, in Berneck nichts abhandengekommen. So mochte es diese Nacht wieder so weit sein. Und er würde jetzt eine Runde drehen und dabei Augen und Ohren offen halten. Neben ihm rauschte das Wasser der Ölschnitz, und im Licht der Straßenlaternen rieselten Schneeflocken vom Himmel. Leider schmolz das gefrorene Nass, sowie es auf den Boden fiel. Von daher war im Moment mit Spuren nicht zu rechnen.

Franke blieb stehen, straffte die Schultern und sah sich um. Die Ortschaft wirkte verlassen und nachtschlafend gleichermaßen. Auf der anderen Seite des Flusses standen etliche Häuser leer. Das musste nichts heißen. Vielleicht campierte jemand darinnen? Jemand, der das Tageslicht scheute, aber nachts im Schutz der Dunkelheit herauskroch und lange Finger machte, wo immer es sich anbot? Es wunderte ihn ja nur, dass es noch keine Einbrüche gegeben hatte oder Überfälle auf Personen. Doch das mochte noch kommen. Leider schien niemand außer ihm die Courage zu haben, aktiv zu werden. Die Polizei schon gar nicht. Es ging ja auch nur um Hühnerschenkel und Lebkuchen. Solange niemand Hunger leiden musste, waren diese Nahrungsmittel in haushaltsüblichen Mengen keinen Polizeieinsatz wert.

Franke richtete den Gurt seines Gewehrs, womit er sich lediglich der Existenz seiner Waffe versichern wollte. Niemals hätte er es zugegeben, auch nicht vor sich selbst, doch ein wenig unheimlich war die Nacht schon. Er setzte seinen Weg fort.

Dort vorne war das Haus von Greta Habicht. Die alte Schreckschraube hatte Gustav Huber ein Alibi für den Hühnerschenkel-Diebstahl gegeben. Ein lächerliches Alibi, schließlich hatte sie während des Tatzeitpunkts lediglich mit der Mutter des Verdächtigen telefoniert. Die Mutter wiederum hatte der Habicht erzählt, dass der Gustav just in dem Augenblick bei einem Freund in Bindlach gewesen war. Weibergeschwätz.

Gottfried Franke blieb stehen. Sekundenlang stockte sein Herzschlag. Am Wagen der Habicht machte sich jemand zu schaffen, und das war weder die Habicht selbst, die schlief ja um die Zeit schon längst, noch der Gustav. Der Gustav war von ganz anderer Statur als die Gestalt dort vorne. Franke kniff die Augen zusammen. Die Sicht war schlecht, denn der alte Opel der Habicht parkte nahe einer defekten Straßenlaterne. Dennoch, Franke war sicher. Jemand versuchte, den Wagen zu öffnen. Sein Puls schoss nach oben. Er spürte das gleiche Jagdfieber wie früher, wenn er auf seinem Hochsitz das ersehnte Wild erspäht hatte. Er ließ den Gurt von der Schulter gleiten und legte das Gewehr an.

»Hände hoch!«, brüllte er und bedauerte sofort, dass er nicht ein Stück näher an den Ort des Geschehens getreten war.

Der Angesprochene richtete sich auf und rannte, ohne sich zuvor umzudrehen, davon. Franke drückte ab. Ein markerschütternder Schrei drang durch die Nacht. Der Tonlage nach zu urteilen, war der Täter ein Mann, da war Franke jetzt sicher. Der Mann strauchelte, stürzte zu Boden und rappelte sich wieder auf.

»Bleib stehen!«

Franke hielt weiterhin die Waffe auf den Mann gerichtet, doch der taumelte vorwärts. »Stehen bleiben!«

Franke drückte noch einmal ab, und der Mann verschwand in der Dunkelheit. Franke ließ sein Gewehr sinken. Ein Zittern durchlief ihn, und er merkte, dass er längst nicht so unerschrocken war, wie er gedacht hatte. Mit dem ersten Schuss war sein Mut wahrhaft flöten gegangen, und jetzt erst wurde ihm klar, was er getan hatte. Er hatte auf jemanden geschossen und ihn getroffen.

Das ging nicht einmal als Notwehr durch.

39

Kristina saß auf ihrem Sofa, die Füße hatte sie auf den Couchtisch gelegt. Eben hatte Philipp ihr eine Nachricht geschickt, die nur aus einem Wort bestand. »Telefonieren?« hatte er geschrieben. Ihr Herz war bis in die Magengrube gesackt. Wollte er ihre Beziehung jetzt beenden? Weil, für sein Empfinden, ihr Beruf zu viel Zeit in Anspruch nahm? Auf ihr »Vermisse dich«, das sie ihm heute Nachmittag geschickt hatte, hatte er nicht mehr reagiert. Sie nahm die Füße vom Tisch und zog sie unter den Po. Es half ja nichts. Wenn er es beenden wollte, konnte sie dem nicht ausweichen.

»Okay«, tippte sie in das Telefon.

Die beiden Häkchen dahinter wurden blau, und Sekunden später läutete ihr Handy. Ein Beben überkam sie, und sie nahm das Gespräch an.

»Hey«, würgte sie hervor. Ihr war kalt.

»Hey, Schatzi«, hörte sie seine Stimme, die sanft durch die Leitung drang, und eine Woge der Erleichterung überrollte sie. »Wie geht's dich?«

Dir, dachte sie. Bei uns sagt man »Wie geht's dir?«. Sie korrigierte ihn nicht.

»Passt schon«, erwiderte sie. »Und dir?«

Philipp lachte leise. Sie liebte dieses warmherzige leise Lachen, sein Lispeln, wenn er »Schatzi« zu ihr sagte, sowie bei allen anderen Lauten, die ein S beinhalteten.

»Jetzt, wo ich dich höre, passt es schon«, erwiderte er amüsiert. Etwas in ihr entspannte sich. Er hatte sie vermisst.

»Wie läuft dein Kurs?«, fragte sie, und die Vorstellung, wie er mit anderen Frauen tanzte, zwickte in ihrem Bauch. Obgleich sie, wenn sie gemeinsam unterwegs waren, oft froh war, wenn er seiner Lieblingsbeschäftigung mit anderen Tanzpartnerinnen nachging. Dann war sie zumindest aus dem Stress raus, seinen Wünschen diesbezüglich zu genügen. Aber dann war sie auch präsent. Jetzt trennten sie etwa vierhundertfünfzig Kilometer.

»Der ist scheiße«, erklärte Philipp unverblümt, und wieder fiel ihr sein Lispeln auf.

»Wieso denn das?«, erkundigte sie sich und empfand stille Befriedigung.

»Ich komme mit der einen Figur überhaupt nicht zurecht, und die Olivia weiß ständig alles besser und lässt sich nicht führen«, klagte er.

»Wechseln die Paare nicht durch?«, forschte Kristina. In guten Workshops wurden alle paar Minuten neue Paare gebildet, damit Damen wie Herren sich eine gewisse Flexibilität angewöhnten, auf andere Tanz- und Führungsstile einzugehen.

»Doch. Aber man muss nicht wechseln, wenn man nicht will, und Olivia will nicht. Und weil ich als Ersatz eingesprungen bin, muss ich das akzeptieren.«

Geschah ihm recht.

»Das tut mir leid«, behauptete sie dennoch.

»Es war blöd von mir, zu fahren«, gestand Philipp ein.

Noch besser. Wunderbar. Hervorragend sozusagen.

»Ja, ich fand es auch schade.«

»Ich mach es wieder gut«, versprach Philipp.

Nun war sie es, die leise lachte.

»Ich hoffe es«, sagte sie.

»Versprochen. Wie laufen deine Ermittlungen? Ist ein Ende abzusehen?«

Wie sollte es? Sie dachte daran, was Philipp alles nicht wusste.

Er wusste nichts von dem makabren Leichenfund auf dem Weißgerber-Hof, er wusste nicht einmal etwas von dem Hof. Er wusste nichts von Stalkerin Scholz und nichts von dem, was Gohlke ihr von den Anfeindungen ob seiner Homosexualität erzählt hatte, und dass sie diesbezüglich Sorge hatte, hinter Breuers Verschwinden könnte Gewalt gegen Schwule stecken. Sie beschloss, all dies für sich zu behalten. Philipp hatte sie sicher nicht angerufen, um Details zu den Ermittlungen zu erfahren.

»Leider nicht. Es gibt zwar etliche neue Erkenntnisse, aber die helfen nicht weiter«, antwortete sie kurz und bündig.

»Was ist mit Breuer?«, sprach er ihren im Moment wundesten Punkt an.

Ein schwerer Druck senkte sich auf sie.

»Auch nichts. Ehrlich gesagt habe ich Angst, dass … er nie wieder auftaucht.« Ihre schlimmste Befürchtung bekam sie nicht ausgesprochen.

»Was machst du morgen?«, fragte Philipp, ohne auf ihre Angst einzugehen.

»Ich muss mit einer Sybille Wendt sprechen.« Um das zu verstehen, musste sie ihm nun doch von dem Weißgerber-Hof und dem Leichenfund erzählen. »Die Frau wohnt in Röthenbach bei Nürnberg, und die Bogen findet keine Telefonnummer von ihr. Vielleicht hat sie auch nur ein Handy. Ich will hinfahren und versuchen, sie vor Ort zu erreichen.«

»Wer ist die Bogen?«, fragte er.

»Eine neue Kollegin. Willbrandt hat sie mir zugeteilt, quasi als … Ersatz für Breuer.« Es war schwer gewesen, das auszusprechen.

»Kann die Fahrt nicht die Kollegin machen? Du hast doch bestimmt genug zu tun. Von Bayreuth nach Nürnberg, das sind doch etwa neunzig Kilometer«, erinnerte sie Philipp. »Und zurück musst du ja auch wieder.«

Er kannte die Strecke, er fuhr sie stets, wenn er zu ihr wollte.

»Bloß nicht. Die ist zu doof für alles. Sie ist über ein paar Ecken mit Willbrandts Frau bekannt oder befreundet, und er protegiert sie«, machte Kristina ihrem Ärger Luft.

Philipp lachte leise.

»Dann ist es wohl wirklich besser, du fährst selbst.«

Ihr Festnetztelefon läutete, und Kristina fuhr zusammen. Hektisch sah sie zu der Tischuhr, die auf dem Sideboard stand. Kurz vor elf Uhr. Wenn um die Zeit ein Anruf kam, war etwas passiert.

»Philipp, ich muss Schluss machen.«

Er würde sich wieder zurückgesetzt fühlen. Und warum er gefragt hatte, was sie morgen machte, wusste sie auch noch nicht, wobei es im Grunde nur einen Anlass dafür geben konnte. Er wollte wiederkommen. Ihre Tür stand ihm offen, Zeit hatte sie keine für ihn.

»Ja, ich hör schon. Der andere Apparat klingelt. Bis bald, Schatzi.«

Er klang resigniert, sie hörte es genau. Und sie hatte keine Zeit, darauf einzugehen.

Das Bild, das sich Kristina im nächtlichen Bad Berneck seitlich der Ölschnitz bot, war gespenstisch, auch wenn es im Moment noch keinen Toten oder Verletzten gab. Blaulicht von Polizei- und Krankenwagen zuckte durch die Nacht. Zwei Tatortlampen leuchteten den Ort des Geschehens aus. Seitlich, auf dem Rand eines Blumenkübels, aus dem verdorrte Zweige staksten, kauerte ein hagerer Mann mit gesenktem Kopf und gebeugten Schultern. Ein Arzt war bei ihm.

Die Kollegen waren damit beschäftigt, Aufnahmen von einer dunklen Lache zu machen, die im noch immer fein rieselnden Schnee zu verlaufen drohte. Kristina nahm an, es war eine Blutlache.

Alexander Forsch war nirgends zu sehen, doch er wurde üblicherweise nur bei Todesfällen dazugerufen, die Fremdeinwirkung vermuten ließen. Im Moment ging man noch von einem Verletzten aus, nicht von einem Toten.

Um das Areal des Vorfalls war in großzügigem Abstand das übliche rot-weiße Absperrband gezogen. Zwei Polizisten versuchten, aufgeschreckte, neugierige Anwohner zurück in ihre Häuser zu schicken, ohne nennenswerten Erfolg.

Ein weiterer Polizeibeamter kam zu Kristina. Er hielt ein Gewehr in der Hand, und seine Hand wiederum steckte in einem Plastikbeutel.

»Guten Abend. Jan Martens, ich bin der Einsatzleiter. Sie sind die Kommissarin?«

Kristina nickte.

»Kristina Herbich, Kriminalhauptkommissarin«, erwiderte sie. »Was wissen wir bereits?«

»Der Verletzte ist Richtung Wald gelaufen«, informierte Martens sie. »Es gibt Blutspuren. Der Mann, der geschossen hat, heißt Gottfried Franke und ist pensionierter Jäger.« Er zeigte zu der zusammengesunkenen Gestalt, die auf dem Rand des Blumenkübels hockte. »Er sagt, es geht seit einiger Zeit nachts ein Dieb im Ort um, der vorwiegend Lebensmittel klaut. Er hätte Anzeige bei der Polizei erstattet, die seiner Aussage nach nichts unternimmt. Deswegen hätte er denjenigen selbst stellen wollen.«

»Ich rede mit ihm«, erwiderte Kristina.

»Der Größe der Blutlache nach ist der Angeschossene heftig getroffen worden. Die Spuren verlieren sich allerdings rasch. Zwei Kollegen haben versucht, ihnen zu folgen, und mussten schnell aufgeben. Das ist einerseits dem Wetter geschuldet, andererseits natürlich dem Waldboden. Der Doktor sagt, im schlimmsten Fall besteht Lebensgefahr für den Verletzten. Er sollte rasch gefunden und versorgt werden«, fuhr Martens fort, ohne auf Kristinas Worte einzugehen.

»Fordern Sie einen Mantrailer an«, entschied Kristina und dachte flüchtig an Wastl, der sie zu den Leichen auf dem Weißgerber-Hof geführt hatte.

»Geht klar«, erwiderte der Beamte, ohne sich zu rühren.

»Sofort!«, ergänzte sie mit scharfer Stimme.

»Jawoll.« Ohne Eile zog der Mann sein Funkgerät aus dem Gürtel.

Kristina ging zu Gottfried Franke.

»Guten Abend. Herr Franke?«

Der Mann sah zu ihr hoch. Sein schmales Gesicht war voller Falten, er hatte dichte, buschige Augenbrauen, die wohl schlohweiß waren. Ganz sicher war sie bei der von Scheinwerfern und Laternen erhellten Nacht nicht.

»Ich wollte nicht schießen. Ich wollte nur, dass er sich ergibt«, stieß er hervor.

»Mein Name ist Kristina Herbich. Ich bin Kriminalhauptkommissarin. Was genau ist passiert?«

Franke schnaufte vernehmlich. »Wir werden hier im Ort bestohlen wie die Raben«, regte er sich auf und klang eher hilflos und verzweifelt als empört. Dass er das Sprichwort nicht richtig wiedergegeben hatte, fiel ihm nicht auf. »Und keinen interessiert es. Ich wollte nur mal gucken, ob ich den Dieb stellen kann. Jetzt hat mir Ihr Kollege mein Gewehr weggenommen. Das gehört mir! Ich bin Jäger, wenn auch schon in Pension.«

»Sie sind also mit Ihrem Gewehr auf Streife gegangen?«, brachte Kristina seine Ausführungen auf den Punkt.

Es war unglaublich, mit welcher Selbstherrlichkeit sich manche Leute aufspielten, um vermeintlich für Recht und Ordnung zu sorgen.

»Ja! Und dann war da der Kerl, der sich an der Habicht ihrem Wagen zu schaffen gemacht hat. Ich habe nur gesagt, dass er die Hände hochnehmen soll, und dann ist er auch gleich weggerannt.«

»Und dann haben Sie geschossen? Warum?«

»Ja, weil er nicht hören wollte! Er hätte doch nur stehen bleiben müssen und die Hände hochnehmen.« Aufgelöst fuhr sich Franke mit der flachen Hand übers Gesicht.

Kristina musterte den betagten Mann. War er bei Verstand? Erst lief er mit einem Gewehr durch die Nacht, um angebliche Diebe zu stellen, und dann schoss er auf jemanden, den er mit seinem Ansinnen, die Hände zu heben, vermutlich fürchterlich erschreckt hatte.

»Kannten Sie den Mann? War es jemand aus Bad Berneck?«, fragte sie.

»Ich weiß es doch nicht. Ich dachte ja die ganze Zeit, der Gustav Huber bestiehlt uns. Aber er war es nicht. Der hat eine ganz andere Statur«, regte sich Franke auf.

»Herr Franke, wir müssen Sie mitnehmen«, entschied sie.

»Mitnehmen? Wohin denn?« Entgeistert sah der Mann zu ihr hoch.

»Aufs Präsidium. Wir müssen Ihre Aussage zu Protokoll nehmen.«

»Aber das geht nicht! Meine Frau wartet auf mich. Sie ist bestimmt schon in großer Sorge.«

»Wir informieren Ihre Frau.«

Sie wandte sich suchend um, entdeckte Martens, der mit einem Kollegen sprach, und gab ihm ein Zeichen. Franke stand auf.

»Sie können mich nicht gegen meinen Willen festnehmen. Ich gehe jetzt nach Hause. Meine Kontaktdaten hat Ihr Kollege schon aufgenommen. Was ist denn jetzt mit meiner Waffe?«

Er war ein gutes Stück größer als sie. Kristina trat zwei Schritte nach hinten.

»Die Waffe bleibt fürs Erste bei uns. Sie muss kriminaltechnisch untersucht werden. Und Sie kommen mit aufs Präsidium, für das Protokoll. Von einer Festnahme war bislang nicht die Rede.«

»Ich möchte aber –«, protestierte Franke, und Kristina registrierte den herrischen Ton, den er jetzt anschlug.

»Nein! Sonst überlege ich mir das mit der Verhaftung noch einmal«, fuhr sie ihn an.

Franke klappte den Mund zu und presste die Lippen aufeinander.

Martens kam zu ihr.

»Der Mantrailer ist gleich da«, informierte er sie.

»Gut. Schicken Sie einen Ihrer Männer mit Franke zum Präsidium. Es soll jemand seine Aussage aufnehmen. Danach kann er wieder nach Hause, muss sich aber zur Verfügung halten. Und es muss jemand seine Frau verständigen«, wies sie an.

Martens nickte.

»Wird erledigt«, versicherte er. »Da kommt Giese mit seinem Hund«, fuhr er fort und zeigte zu einem weißen Pkw-Kombi, der sich in Schrittgeschwindigkeit näherte und einige Meter vor dem Absperrband stehen blieb.

Die Scheinwerfer des Autos erloschen, der Motor wurde

abgestellt, und Kristina sah den Kollegen aussteigen. Giese öffnete die Heckklappe des Wagens. Er ließ seinen Hund herausspringen, schlüpfte unter dem Absperrband durch und kam, Wastl an der kurzen Leine, zu ihr.

»Guten Abend, Jan, guten Abend, Frau Herbich. Ich hätte nicht gedacht, dass wir uns so rasch wiedersehen«, begrüßte er Kristina und Martens. Martens nickte ihm zu.

»Ich auch nicht, Herr Giese«, antwortete Kristina. »Wir dürfen keine Zeit verlieren. Lassen Sie Ihren Hund die Spur aufnehmen. Die Witterung ist gegen uns.«

»Ja, ich weiß. Ein paar Sekunden Geduld bitte. Ich gehe ja nicht allein mit Wastl. Es kommen noch ein paar Kollegen. Sie müssen jeden Moment hier sein. Von Breuer noch immer keine Spur?«, fragte Giese und rückte an seiner Mütze.

»Nein.«

Zwei weitere Fahrzeuge näherten sich. Mittlerweile, so erschien es Kristina, war die schmale Straße am Fluss völlig übervölkert. Noch immer drängten sich Schaulustige um das Absperrband, und die Kollegen wurden auch immer mehr. Lediglich Franke war nicht mehr vor Ort und mit ihm einer der Beamten.

»Ich komme mit«, informierte Kristina Giese und wandte sich an Martens. »Sorgen Sie bitte dafür, dass der Doktor hierbleibt, damit der Verletzte umgehend versorgt werden kann.«

»Soll ich nicht lieber gleich einen Krankenwagen rufen?«, schlug Martens vor.

»Ja, Sie haben recht. Machen Sie das«, stimmte Kristina zu.

Warum war der Angeschossene überhaupt Richtung Wald gelaufen? Um sich vor Franke zu verstecken? Eine planlose Reaktion?

»Wir können«, meldete sich Giese zu Wort.

Der Hund nahm ruhig und zielstrebig die Fährte des Gesuchten auf. Er führte seinen Herrn und dessen Begleiterin ein Stück durch den Ort, und schließlich wandte sich das Tier nach links. Hier gab es etliche Häuser am Anstieg eines Hügels.

Zwischen ihnen führte eine steile Treppe nach oben. Sie endete an einer Straße, die links zu weiteren Häusern eines Wohngebietes führte und rechts nach etwa fünfzig Metern in einen Wald mündete. Sie hatten kaum den Wald betreten, als Kristina meinte, dumpfe Schläge zu hören. Sie streckte die Hand aus und berührte Giese am Arm.

»Hören Sie das?«, sagte sie leise.

Giese nickte. Sein Hund spitzte die Ohren und gab ein leises Knurren von sich.

»Aus, Wastl«, wisperte Giese.

Der Hund gehorchte.

»Klingt eigenartig«, raunte er. »Es könnte aus dem verlassenen Hotel kommen«, ergänzte er.

»Welches Hotel?«

Urplötzlich lief Kristina ein Schauer über Arme und Rücken. Das Geräusch verstummte.

»Na, das Hotel am Berg. Sagt Ihnen das etwa nichts?«

Giese sah sie verwundert an, und augenblicklich stieg schamvolle Hitze in ihr auf und löste den vorherigen Kälteschauer ab. Das Hotel am Berg sagte ihr wahrhaftig nichts. Offenbar war dies eine Bildungslücke. Giese blieb stehen und gab den Männern, die hinter ihnen liefen, ein Handzeichen.

»Das ist ein richtiger Lost Place, echt unheimlich. Dort treibt sich immer wieder allerhand Gesindel rum. Manchmal Jugendliche, die ordentlich abfeiern wollen und dabei komplett eskalieren, aber auch Strauchdiebe und Penner. Es herrscht blinde Zerstörungswut. Eigentlich ist das Gelände rundum abgesichert, und das Betreten ist verboten. Aber seitlich, ein gutes Stück von der ehemaligen Zufahrt, ist der Zaun marode. Da kann man rein. Wahrscheinlich wurde da auch nachgeholfen. Wie dem auch sei, wir sollten Verstärkung anfordern, wenn Sie reinwollen.«

»Jetzt suchen wir erst mal weiter nach dem Verletzten«, entschied sie.

Verstärkung anfordern konnten sie immer noch. Die Schläge setzten wieder ein. Rhythmisch und eigentümlich kraftvoll.

»Hier stimmt doch was nicht«, murmelte Giese.

»Hier stimmt allerhand nicht. Vorwärts jetzt. Sonst ist der Mann verblutet, bis wir ihn haben«, verlangte Kristina.

Giese zog sein Funkgerät hervor.

»Ich fordere die Verstärkung an, und dann machen wir weiter«, konterte er.

Hilflose Empörung schoss in ihr auf, und zugleich waren ihr die Hände gebunden. Wenn Giese sich querstellte, kam sie keinen Meter weiter.

Die Zeit, die der Hundeführer brauchte, um seine Anweisung in den Apparat zu raunen, kam ihr endlos vor. In Wirklichkeit war es wohl keine halbe Minute. Dann setzten sie ihren Weg fort. Es ging sacht bergan, der Weg war schmal und holprig. An einer Stelle wuchs, mitten durch den Pfad, ein Baumstamm. Im ersten Moment glaubte Kristina, der Weg sei hier zu Ende, doch dann erkannte sie, dass man um den Stamm herumlaufen konnte.

Der Schäferhund bellte.

»Frau Herbich! Dort vorne!« Giese zeigte ins Dunkel des nächtlichen Waldes, das von den Lampen des Suchtrupps kegelförmig in kaltes bläuliches Licht getaucht wurde.

Sie sah eine zusammengekrümmte Gestalt am Boden liegen, direkt vor einer Bank. Eilig lief sie voraus.

»Frau Herbich! So warten Sie doch!«, zischte Giese mit gesenkter Stimme.

Kristina ignorierte ihn. Sie beugte sich über die Gestalt. Es war ein Mann, und er schien bewusstlos.

»Sind Sie von allen guten Geistern verlassen?«, fuhr Giese sie an, als er bei ihr war. »Das hätte eine Falle sein können.«

»Eine Falle? Er ist schwer verletzt«, protestierte Kristina.

»Das wissen wir doch noch gar nicht. Wir vermuten es nur«, hielt Giese dagegen.

»Ihr Hund hat die Spur von dem Angeschossenen aufgenommen und hat hier verbellt. Auf Wastl ist doch wohl Verlass, oder?«

Giese gab einen unterdrückten, unverständlichen Laut von

sich. Die dumpfen Schläge, die vorübergehend abgebrochen waren, setzten wieder ein. Sie schienen dem Geräusch jetzt näher gekommen zu sein.

»Also wird es der Verletzte sein, den wir suchen. Jetzt leuchten Sie endlich mal, damit ich was sehe«, regte sie sich auf.

Wortlos richtete Giese den Lichtkegel seiner Lampe auf den Mann. Kristina musterte ihn. Sein bleiches Gesicht in der kalten Beleuchtung wirkte blutleer und kam ihr eigentümlich bekannt vor. Am Kinn- und Wangenbereich hatte er einige Schrammen, dazwischen wuchsen unregelmäßig Barthaare, als hätte er unprofessionell versucht, sich zu rasieren. In ihrem Kopf setzte sich etwas in Bewegung, schwerfällig zunächst, dann immer schneller.

»Das ist Weidenberg, Herr Giese«, entfuhr es ihr. Ihr Mund war schneller gewesen als ihre Gedanken. Erst als sie es ausgesprochen hatte, war sie sicher.

»Weidenberg?«, fragte Giese irritiert.

»Ja!« Sie ging in die Knie und tastete nach dem Puls des Mannes.

»Er lebt«, informierte sie den Hundeführer. »Wir brauchen sofort den Rettungsdienst hier oben. Das ist der flüchtige Freigänger, nach dem seit Tagen gesucht wird. Sie fordern Verstärkung an und –«

»Hab ich doch schon«, unterbrach er sie, mit leiser Befriedigung in der Stimme.

»Ach ja. Sowie der Rettungsdienst da ist, gehen wir dem Geräusch nach. Ich will wissen, was das ist. Ist Hoffmann wieder im Dienst?«

»Nicht, dass ich wüsste. Aber die Gerber ist wieder da«, antwortete Giese.

»Gut. Dann lassen Sie sie verständigen. Und Weidenberg steht unter ständiger Bewachung. Notfalls sogar im OP. Er muss bestimmt operiert werden.«

»Sind Sie sicher, dass der Mann Weidenberg ist?« Giese hielt seine Lampe näher an das Gesicht des Bewusstlosen.

»Natürlich! Die Fahndungsbilder sind doch überall präsent«, erwiderte Kristina ungehalten und richtete sich auf.

»Ja, gut. Jetzt, wo Sie es sagen, vermute ich es auch«, stimmte Giese zu.

Er nahm sein Funkgerät vom Gürtel. Kristina wartete, bis er die Meldung, dass sie Weidenberg gewissermaßen gefasst hatten, an die Zentrale durchgegeben hatte, die wiederum Corinna Gerber informieren würde. Giese steckte sein Funkgerät zurück an den Gürtel.

»Die Schläge werden schwächer«, bemerkte er.

»Wie weit ist es noch bis zum Berghotel?«, fragte sie.

»Hotel am Berg«, korrigierte Giese. »Nicht mehr weit. Zwanzig oder dreißig Meter vielleicht noch.«

40

Giese führte sie zügig zu dem Hotel. Mit ihnen gingen die drei Kollegen, die zur Verstärkung gekommen waren.

Der Rettungsdienst hatte Weidenberg auf eine Trage gelegt. Er musste zu Fuß aus dem hanglagigen Wald gebracht werden. Kristina hatte ihre Anweisungen wiederholt, dass der Mann unter ständiger Bewachung zu stehen hatte. Sie wusste, dass sie Willbrandt zeitnah über die Geschehnisse unterrichten musste, doch zunächst wollte sie noch den eigenartigen Geräuschen nachgehen.

Der Pfad, den sie entlangstapften, führte zu einem zweiflügeligen angerosteten Gittertor, das verschlossen war. Ein Schild hing daran, das darauf hinwies, dass das Gelände nicht betreten werden durfte. Giese leitete sie seitlich daran vorbei. Sie liefen an einer maroden Mauer aus Natursteinen entlang, auf der sich eine Einzäunung befand, die neugierige Kletterer aufhalten sollte. Giese schritt stramm voran, den Hund dicht an seiner Seite. Bäume und Sträucher schienen mit jedem Meter, den sie zurücklegten, dichter am Wegrand zu wachsen. Eine Hütte tauchte vor ihnen auf, die von der Dunkelheit nahezu verschluckt wurde. Kristina sah sie erst im letzten Moment. Giese blieb stehen.

»Hier?«, fragte sie irritiert und zeigte auf das hölzerne Gebäude.

»Natürlich nicht.«

Giese machte eine Kopfbewegung nach links. Dort war die Umzäunung eingebrochen, sodass ein schmaler Durchgang entstanden war. Ein einzelner dumpfer Schlag ertönte, schwächer als die anderen bisher. Zuvor war es eine Weile ruhig gewesen. Jetzt war sie sicher, das Geräusch kam aus dem Hotel. Vielleicht von einer Tür, die hin- und herschlug? Doch es war weitgehend windstill. Auch der Schneefall hatte aufgehört.

»Wir sind da.«

Giese blieb stehen. Kristina sah ihn an und machte eine Handbewegung zu dem Durchlass.

»Gehen Sie voran«, forderte sie ihn auf.

Giese schüttelte den Kopf.

»Unmöglich. Mit dem Hund kann ich da nicht rein. Der Boden ist voll Unrat und Scherben. Er wird sich mit Sicherheit verletzen.«

»Gut. Dann warten Sie hier.« Kristina wandte sich den drei Polizisten zu, die sie begleitet hatten. »Wir gehen rein«, entschied sie.

Sie kletterte über niedriges Gestrüpp, gefolgt von den Beamten, und erkannte schon nach wenigen Schritten, dass Giese recht hatte. Große Scherben lagen am Boden, wahrscheinlich Bruchstücke von mutwillig zertrümmerten Fensterscheiben. Dazwischen zerbrochene Rahmen, von denen helle Farbe abblätterte. Sie betraten eine Art Rondell, eingefasst von wuchernden Sträuchern. Links stand eine alte Bank, aus ihrer Verankerung gerissen. Am Boden lagen Bier- und Schnapsflaschen, dazwischen Zigarettenkippen sowie eine leere Chipstüte, die nicht sehr alt aussah. Sie überquerte das Rondell. An einer Seite lichteten sich die dichten Büsche, und nun sah sie das Hotel, über das der Halbmond kaltes Licht goss.

Etliche Stockwerke hoch ragte es in den Nachthimmel, wirkte bedrohlich und verlassen gleichermaßen. Kristina blieb stehen und betrachtete den Bau mit zurückgeneigtem Kopf.

Die Fassade war von schmuddeligem Weiß, hinter Balkongittern reihte sich Fenster an Fenster. Bei nahezu allen waren die Scheiben zertrümmert, als hätte eine riesige Faust mitten hineingedroschen. Gefährlich scharfe Zacken ragten seitlich aus den Rahmen, als wollten sie jeden neugierigen Eindringling abwehren. Im Gegensatz dazu stand die zweiflügelige Eingangstür ein Stück weit offen. Eine unheimliche Stille lag über der Kulisse.

Kristina wandte sich zu ihren Begleitern um und deutete mit einer Kopfbewegung zum Eingang. Leise ging sie voran. Vier steinerne Stufen führten zur Tür. Sie schlüpfte durch den Spalt ins Gebäude und sah sich auch hier purem Vandalismus gegenüber. Den Boden bedeckten Schutt und Scherben, dazwischen lagen zerstörte Möbel, Türen waren aus den Angeln gerissen, an den Wänden waren Schmierereien angebracht, teils obszön, teils verblüffenderweise humorvoll. In der Mitte des Raums, der zu Glanzzeiten wohl das Foyer des Hotels gewesen war, lag ein großer aufgerollter Vorhangschal, sehr unförmig. Ihr Blick hing an diesem Vorhangschal fest, und ihr Puls beschleunigte sich. Er bewegte sich. Eiskalt überlief es sie.

***

Sein Kopf dröhnte, seine Augen brannten, und sein Mund fühlte sich innen ganz komisch an. Er hatte unerträglichen Durst, und er bekam kaum Luft. Außerdem war ihm übel. Düster erinnerte er sich, Saft getrunken zu haben. Sehr scharfen Saft. Er war gut gewesen, und nach ein paar Schlucken hatte er sich wunderbar gefühlt. Ganz leicht, und er hatte viel grinsen müssen. Irgendwann war ihm schwindelig geworden, so sehr, dass er sich hinlegen musste. Dann war er eingeschlafen.

Jetzt war er seit geraumer Zeit wieder wach, und nun steckte er in etwas fest. So fest, dass er sich nicht wirklich bewegen konnte. Dieses Etwas roch eklig, fühlte sich weich an und hielt ihn dennoch umklammert. Seine Hände waren hinter seinem Rücken dicht beieinander und taten sehr weh. Er bekam sie weder auseinander noch nach vorne. Nur seine Beine konnte er auf und ab schlagen, wenn er sich richtig anstrengte. Allmählich hatte er aber keine Kraft mehr dazu. Harry musste ihm helfen, doch von ihm hörte er nichts. Vielleicht war er draußen oder schlief ganz fest?

Der Saft war schlecht gewesen, und deswegen ging es ihm jetzt schlecht. Er hatte immer gewusst, dass scharfe Getränke nicht gut waren. Deshalb hatte er auch nie was davon genommen, wenn die anderen ihm grinsend etwas anboten. Irgendwann hatten sie es akzeptiert, dass er nichts wollte, und ihn in Ruhe gelassen. Aber als Harry ihm die Flasche hingehalten hatte, auf deren Aufkleber so schöne Birnen waren, war der Durst zu stark gewesen. Er hatte einfach trinken müssen.

Er spannte die Beinmuskeln an und schlug erneut auf den Boden, in der Hoffnung, Harry würde endlich auf ihn und seine Notlage aufmerksam. Er war aber inzwischen viel zu schwach und brachte nur noch ein leises Geräusch zustande. Und in seinem Kopf war ganz viel Watte. Plötzlich witterte er etwas. Etwas, was ganz in seiner Nähe geschah, er wusste nur noch nicht, was es war. Er blieb ganz ruhig liegen und atmete leise und vorsichtig. Schritte! Viele Schritte, von mehreren Leuten! Wo war Harry? Verzweifelt versuchte er, seine Hände freizubekommen. Irgendwas schnitt ihm in die Handgelenke.

***

Einer der Polizeibeamten hatte den Vorhang aufgerollt, ein zweiter Beamter hatte die Hand an der Waffe, für alle Fälle. Fassungslos betrachtete Kristina den kräftigen bärtigen Mann, der in den Vorhang eingewickelt gewesen war. Mit den ungewöhnlich langen Schlaufen einer Stofftragetasche waren seine Hände hinter dem Rücken verschnürt. Einer der Polizisten löste die Fessel, die nicht verknotet, sondern mehrfach und straff um die Handgelenke des Mannes geschlungen war.

»Wer sind Sie?«, fragte Kristina. »Wer hat Sie in den Vorhang gewickelt?«

Der Mann rappelte sich in eine sitzende Position. Seine Kleidung war warm, aber schäbig. Seine Haare waren struppig und womöglich unprofessionell geschnitten, das konnte sie bei der Beleuchtung schlecht sehen. Er rieb sich die Handgelenke.

»Das tut weh«, klagte er.

Er stank. Er stank, als würde er Wasser und Seife grundsätzlich meiden, und eine Schnapsfahne hatte er auch. Vermutlich war er ein Landstreicher, der in dem Hotel ein Dach über dem Kopf gesucht hatte.

»Wer sind Sie?«, wiederholte sie ihre Frage.

»Willi«, nuschelte er bereitwillig. »Ich hab Durst.«

Er sah zu ihr hoch und musterte sie. Unvermittelt zuckte er zusammen und rutschte auf dem Po ein Stück nach hinten.

»Nicht! Hier liegen überall Scherben!«, sagte Kristina erschrocken.

Willi gab keine Antwort, sondern kauerte sich zusammen.

»Willi? Und wie noch? Wie sind Sie in den Vorhang gekommen?«, drängte Kristina. »Sind Sie überfallen worden? Campieren Sie hier?«

»Was?« Mit eingezogenem Kopf und misstrauischem Blick betrachtete er sie.

»Ich glaube, das Wort kennt er nicht«, schaltete sich einer der Polizisten ein. »Wohnen Sie hier, Willi?«, stellte er Kristinas Frage noch einmal.

Willi schüttelte den Kopf. »Wo ist Harry?«, fragte er und sah sich um.

»Wer ist denn das jetzt noch?« Ratlos wandte sich Kristina an den Kollegen, der Willi das Wort »campieren« übersetzt hatte.

»Gute Frage«, antwortete er.

»Harry wohnt hier.«

Beflissen zeigte Willi zu dem Matratzenlager an der linken Wandseite, das Kristina bislang nicht als Schlafplatz wahrgenommen hatte. Sehr einladend sah es nicht aus. Offenbar hatten sich in dem Hotel ein paar Penner häuslich niedergelassen. Die Frage war, wer Willi behelfsmäßig gefesselt und in den Vorhang gewickelt hatte und warum. Dieser Harry? Und wo war der?

Wieder sah Kristina zu dem Polizisten, der ihr am nächsten stand.

»Holen Sie noch ein paar Kollegen dazu und suchen Sie das Anwesen nach diesem Harry ab«, ordnete sie an und wandte sich wieder an Willi.

»Willi, Sie kommen mit uns. Können Sie aufstehen?«

»Kann ich.«

Er rappelte sich hoch und schwankte kurz. Offenbar verweigerten seine Beine den Dienst. Möglicherweise war er stundenlang eingewickelt gewesen. Er schien nicht der Klügste zu sein, möglicherweise hatte er geistige Einschränkungen. Im Grunde hätte er nur versuchen müssen, sich mehrfach nach links oder rechts zu rollen, und schon hätte er sich zumindest aus dem Vorhang befreien können.

»Ich hab Durst«, wiederholte er.

»Ja. Sie bekommen etwas zu trinken. Aber erst brauchen Sie einen Arzt.«

Und eine Dusche und frische Kleidung. Ihr fiel auf, dass Willi so gut als möglich Abstand zu ihr hielt, während er vor ihren männlichen Kollegen weniger Scheu zu haben schien. Wenn er wirklich ein Obdachloser war, brauchte er auch eine Unterkunft, zumindest für diese Nacht, von der inzwischen nicht mehr sehr viel übrig war.

Bisher hatte sie mit Wohnungslosen kaum je Kontakt gehabt, doch vom Hörensagen wusste sie, dass viele sich so an das Leben auf der Straße gewöhnt hatten, dass sie nichts anderes mehr wollten oder akzeptieren konnten. Wenn Willi nicht bereit war, einen Nachnamen zu nennen, musste sie auf anderem Weg herausfinden, wer er war. Das konnte die Bogen übernehmen. Nein, besser nicht. Sie musste sich schon um die Wendt kümmern. Mit zwei Aufgabenstellungen war sie wahrscheinlich wieder überfordert.

»Gehen wir?«, fragte einer der Polizisten an Kristina gewandt.

»Ja«, sagte sie nur und verließ als Erste das Hotel.

41

Es war neun Uhr morgens, und Kristina saß Willbrandt in dessen Büro gegenüber. Sie hatte nur wenige Stunden geschlafen und war dennoch eigentümlich wach. Eben hatte sie ihrem Vorgesetzten die neuesten Entwicklungen mitgeteilt. Weidenberg lag im Klinikum in Bayreuth. Er war umgehend nach seiner Einlieferung operiert worden.

»Er hat unheimlich viel Glück gehabt«, ergänzte Kristina ihren Bericht. »Der Schuss hat den Darm verletzt. Weidenberg hat viel Blut verloren, konnte aber quasi in letzter Sekunde gerettet werden. Er ist noch auf der Intensivstation.«

Willbrandt nickte und legte die Fingerspitzen aneinander. »Und dieser Willi? Wo ist der jetzt?«

»Auch noch in der Klinik. Dr. Morgen, der Arzt, der letzte Nacht Dienst hatte, sagt, der Mann hat wahrscheinlich eine Intelligenzminderung. Er hatte keine Papiere bei sich, und auf die Frage, wer er ist, nennt er immer nur seinen Vornamen. Er war recht aufgeregt, weil der Arzt ihn untersuchen wollte. Morgen hat ihm ein leichtes Beruhigungsmittel gegeben. Medizinisch gesehen gibt es, Stand letzte Nacht, keinen Grund, ihn in der Klinik zu behalten. Er wird heute entlassen werden. Er kann oder will auch nichts dazu sagen, wer ihn gefesselt und in den Vorhang gewickelt hat. Allerdings hatte er eine ziemliche Fahne, als wir ihn gefunden haben. Möglicherweise war er stockvoll, als ihm jemand das angetan hat, und weiß wirklich nichts mehr. Er hat von einem Harry gesprochen, der im Hotel wohnen soll, und hat auf ein gammeliges Matratzenlager gezeigt. Ich habe angewiesen, dass ein paar Kollegen im Gebäude nach diesem Harry suchen sollten. Es war aber niemand weiter dort.«

»Eigenartig. Vielleicht hat Weidenberg sich auch dort oben aufgehalten, und die drci sind sich in die Quere gekommen«, überlegte Willbrandt.

»Denkbar«, stimmte Kristina zu. »Aber wo steckt dieser Harry dann jetzt?«

»Vielleicht ist er einfach stiften gegangen und sucht sich jetzt einen neuen Platz«, schlug Willbrandt vor.

Kristina nickte.

»Was machen wir denn nun mit Willi? Sollen wir ihn einfach laufen lassen?«, fragte sie.

Willbrandt überlegte.

»Grundlos wurde er bestimmt nicht gefesselt. Die Frage ist, ob uns das interessieren muss, wenn er keine Anzeige gegen jemanden erstattet, und davon gehe ich aus. Wahrscheinlich ein Streit unter Pennern. Trotzdem, ihn einfach seiner Wege gehen zu lassen, ohne dass wir wissen, wer er überhaupt ist, widerstrebt mir irgendwie.«

»Vielleicht sollten wir ihn erkennungsdienstlich behandeln lassen«, schlug Kristina vor. »Eventuell finden wir so heraus, wer er ist.«

»Machen Sie das«, sagte ihr Vorgesetzter. »Und wenn er keine Adresse benennen kann, an der wir ihn antreffen können, fragen Sie doch mal bei der Wohnungslosenhilfe der Diakonie nach, ob die einen Platz für ihn haben. Dann ist er zumindest vorübergehend irgendwo erreichbar. Oder nein, lassen Sie das Annika machen. Sie haben ja wirklich genug zu tun.«

»Ich habe Frau Bogen nach Röthenbach bei Nürnberg geschickt«, erwiderte Kristina. »Laut Grundbuchamt gehört der Weißgerber-Hof, auf dem wir die mumifizierten Toten gefunden haben, der Tochter Sybille Weißgerber, verheiratete Wendt. Sie muss ja informiert werden über den Leichenfund. Außerdem wollte ich sie fragen, ob sie den Hof vielleicht vermietet oder verpachtet hat. Sie war telefonisch nicht erreichbar«, erklärte sie.

»Und da haben Sie Annika hingeschickt?« Direkt bestürzt sah Willbrandt sie an.

»Ja.« Ihr wurde mulmig. Sie hatte ja selbst Bedenken gehabt.

»Meinen Sie, sie hat das nötige Feingefühl für solch eine Mitteilung? Ich hätte mir gewünscht, Sie hätten das selbst übernommen.«

»Tut mir leid, Chef. Ich wollte es ja selbst erledigen. Aber ich war quasi die ganze Nacht auf den Beinen, und ich möchte mit diesem Willi reden. Irgendwas ist mir suspekt an dem Mann. Ich dachte, unter den Umständen kann Frau Bogen die Fahrt nach Röthenbach machen.«

Willbrandt fuhr sich mit der flachen Hand über seine Haartolle.

»Ja, schon gut. Sie haben ja recht, ehe Sie sich völlig übernächtigt für solch eine Fahrt hinters Steuer setzen. Was ist mit Franke?«

»Nach dem Protokoll letzte Nacht habe ich ihn nach Hause schicken lassen. Ich glaube nicht, dass Flucht- oder Wiederholungsgefahr besteht. Außerdem habe ich ihn angewiesen, dass er erreichbar sein muss«, erwiderte Kristina.

»Gut«, sagte Willbrandt und schwieg sekundenlang. »In Sachen Breuer hat sich nichts ergeben, fürchte ich?«, fuhr er übergangslos fort.

Stumm schüttelte Kristina den Kopf. Bei seiner Frage wurde ihr hundeelend. »Ich habe ständig das Gefühl, ich müsste hier noch aktiver werden, aber ich weiß allmählich nicht mehr, was wir noch unternehmen können«, platzte sie heraus. »Wenn er nicht von allein wiederauftaucht …« Sie hob in hilfloser Geste die Hände. Willbrandt deutete ein Nicken an. »Gleichzeitig denke ich, dass ich etwas Wichtiges übersehen habe«, ergänzte sie.

»Sie meinen, in Bezug auf sein Verschwinden?«

»Ja. Ich habe jeden in seinem Umfeld befragt. Immer wieder stoße ich auf Anfeindungen gegen Homosexuelle, aber etwas Greifbares ist nicht darunter. Die Beschattung von der Scholz hat nichts ergeben. Sie hat ihre Wohnung nur einmal verlassen, um zum Mülleimer und zum Briefkasten zu gehen. Ich glaube nicht, dass es Sinn macht, sie noch länger zu beobachten. Wir haben großräumig das Gebiet abgesucht, wo Breuers Wagen laut Daniel Weigel liegen geblieben ist. Statt zu ihm hat uns der Hund von Giese zu dem Hof geführt, auf dem wir die beiden Toten gefunden haben.«

»Dann war Breuer womöglich dort und hat versucht Hilfe zu holen, wegen der Autopanne«, warf Willbrandt ein, was sie selbst schon gedacht hatte. »Ich vermute, es hat ihm niemand geöffnet, und er ist zu Fuß weiter. Vielleicht haben Sie die Suche durch den Leichenfund verfrüht abgebrochen, und der Hund hätte die Fährte vom Hof aus weiterverfolgt.«

Von einer Sekunde zur nächsten fühlte sie sich entsetzlich schuldig und unfähig dazu.

»Ich hatte angewiesen, die Suche im Umkreis fortzusetzen«, verteidigte sie sich.

»Hm«, machte ihr Chef.

»Wir könnten den Hund noch einmal einsetzen«, schlug sie vor und ahnte bereits, was er ihr sagen würde.

»Das bringt doch jetzt nichts mehr, Frau Herbich. Bedenken Sie den Zeitfaktor und die Witterung.«

»Wir suchen den Bereich um den Hof und die Wagenfundstelle noch einmal großräumiger ab«, versuchte sie ihn zu überzeugen.

Willbrandt griff nach einem Bleistift und spielte damit herum.

»Wenn Breuer sich wirklich irgendwo im näheren Umkreis aufhält, im Freien zum Beispiel, dann … Nun, dann steht es nicht zum Besten. Natürlich sollte er auch in dem Fall gefunden werden.«

Es drückte ihr die Luft ab, und lähmende Stille breitete sich im Raum aus.

»Es tut mir wahnsinnig leid um Breuer. Ein absolut fähiger Mann. Souverän und zuverlässig und ein großartiger Ermittler. Ein bisschen Hoffnung habe ich noch, doch wir sollten uns auch darauf vorbereiten, dass –«

»Nein! Nein, Chef. Sagen Sie so was nicht«, fuhr sie dazwischen.

Willbrandt schwieg. In ihrem Kopf dehnte sich schmerzhafte Leere aus.

»Gut, dann –«

Unvermittelt fiel ihr noch etwas ein.

»Keller ist mit der Obduktion fertig«, unterbrach sie ihren Vorgesetzten. Der Themenwechsel kam sehr abrupt, doch das war ihr egal.

»Der Toten auf dem Hof?«, fragte Willbrandt schwerfällig, als könnte er sich von dem Gedanken an Breuer nicht lösen.

»Ja. Aufgrund sämtlicher Frakturen und so weiter kann sowohl ein Unfall als auch Misshandlung ursächlich für den Tod von der Frau und dem Kind sein. Aber er hat noch etwas herausgefunden, was ich sehr suspekt finde.«

»Und?« Nun hatte sie seine Aufmerksamkeit.

»Die beiden sind … Also, ich bin einfach davon ausgegangen, es handle sich um Mutter und Sohn. Keller hat die DNA abgeglichen. Die beiden sind nicht miteinander verwandt.«

Willbrandt trommelte mit den Fingerspitzen auf seine Schreibtischunterlage.

»Hm«, machte er. »Das ist sehr eigenartig. Ich muss zugeben, ich dachte … aufgrund der Fundsituation …«

»Ja. Ich bin auch gar nicht auf die Idee gekommen, dass es anders sein könnte«, sagte Kristina. »Es gab auf dem Hof eine uralte Blutspur. Die hat er zuerst mit der DNA der Toten verglichen, und dabei ist ihm das aufgefallen. Das Blut stammt von der Frau«, ergänzte sie.

»Wir denken zu sehr in Mustern«, erwiderte Willbrandt nachdenklich. »Das verstellt uns oft den Blick.« Er stützte sich mit den Ellbogen auf den Schreibtisch und sah auf die Arbeitsplatte. »Was, wenn Dennis uns angelogen hat?«, wechselte er das Thema.

»Wie meinen Sie das?«, fragte Kristina.

»Nun, Dennis hat Breuer betrogen. Durch den Überfall kam er zu spät und in sehr desolatem Zustand nach Hause. Nehmen wir an, der Streit zwischen ihm und Breuer ist eskaliert, und Dennis hat ihn … erschlagen, erwürgt, was weiß ich. Vielleicht war es nicht einmal Absicht. Er könnte ihn im Affekt gestoßen haben, und er ist mit dem Kopf auf eine Kante geknallt. Und dann hat er ihn in Breuers Wagen verschafft …«

»Um ihn irgendwo im Wald bei Bad Berneck zu verbuddeln,

wobei ihm dann eine Wagenpanne unerwartete Schwierigkeiten gemacht hat?«

Ungläubig sah Kristina Willbrandt an. Ihr Chef lehnte sich in seinem Stuhl zurück.

»Ich gebe zu, die Überlegung ist hanebüchen«, sagte er. Kristina schwieg.

»Hätten ihn dann nicht die Hunde finden müssen?«, gab sie zu bedenken.

Willbrandt nickte nachdenklich.

»Es sei denn, der Wagen ist von vornherein eine falsche Spur. Dennis könnte ihn auch im eigenen Auto verschafft haben«, fuhr er fort.

»Hm«, machte Kristina. Das Szenario, das Willbrandt zeichnete, fühlte sich unstimmig an.

»Geben Sie die Suchmeldung nach Breuer noch einmal in die Medien. Fernsehen, Tageszeitung, Radio, alles, was irgendwie möglich ist«, ergänzte er. »Er kann sich doch nicht in Luft aufgelöst haben.«

Dass ihr Chef das Schlimmste in Erwägung zog, setzte ihr gewaltig zu. Auch wenn sie ihm eine gewisse Zuversicht nicht abgenommen hätte, so hätte sie sich an ihr doch ein wenig festhalten können.

»Mach ich«, presste sie hervor.

Kristina legte den Hörer auf. Gerade hatte sie mit einer Krankenschwester des Klinikums telefoniert. Willi sollte entlassen werden. Sie hatte die Schwester gebeten, den Mann aufzuhalten, bis jemand vom Präsidium kam, um ihn abzuholen. Es klopfte an ihrer Bürotür.

»Ja?«, rief sie.

Annika Bogen betrat den Raum. Die Kollegin kam ihr wie gerufen. Sie würde sie gleich weiterschicken, damit sie sich um Willi kümmerte.

Kristina fiel auf, wie mager, beinahe knochig die junge Frau war. Vermutlich trug sie die kleinste verfügbare Größe der Uniform, und selbst die saß zu locker. Das blonde dünne Haar war in einem straffen Pferdeschwanz im Nacken gebunden. Ihr Gesicht war bleich, wie üblich, und die hellen Wimpern, die die wasserblauen Augen umrahmten, waren kaum zu sehen.

»Hallo, Frau Herbich.« Steif blieb Annika seitlich des Schreibtisches stehen.

»Hallo, Frau Bogen. Sie waren in Röthenbach?«

Annika nickte.

»Und? Haben Sie Frau Wendt angetroffen oder in der Nachbarschaft etwas erfahren?«

»Ich habe sie nicht angetroffen, aber in der Nachbarschaft etwas erfahren«, wiederholte Annika einen Teil von Kristinas Worten.

»Erzählen Sie.«

Kristina deutete auf den Besucherstuhl, um nicht länger zu ihr aufsehen zu müssen. Mit sehr aufrechtem Rücken setzte die Kollegin sich.

»Ich habe einige Male geklingelt, und als niemand geöffnet hat, wollte ich eine Nachricht in den Briefschlitz stecken, und genau da kam ein älterer Herr an der Wohnung von der Wendt vorbei.« Sie machte eine erwartungsvolle Redepause.

»Und?«, drängte Kristina.

»Die Wendts wohnen nicht mehr da, und die Wohnung steht leer«, sagte sie.

»Wie?« Kristina runzelte die Stirn.

»Ja. Laut Auskunft von dem Nachbarn ist Christian Wendt vor ein paar Jahren mit einer anderen Frau auf und davon. Sybille ist in der Wohnung geblieben, mit dem gemeinsamen Sohn Anton. Sie hatte ein wenig Kontakt mit einer Nachbarin, Anja Schöppe. Der hat sie irgendwann erzählt, dass sie wegmöchte aus Röthenbach, um mit ihrer Ehe und der Enttäuschung abzuschließen. Die Wohnung ist eine Eigentumswohnung und gehört Christian Wendt. Der soll gut gezahlt haben, wohl aus schlechtem Gewissen. Also Unterhalt und per Dauerauftrag auch die laufenden Kosten wie Strom und so weiter. Ich hab das überprüft, das stimmt. Jedenfalls war die Wendt mit dem

Jungen eines Tages verschwunden. Die Schöppe hat sich keine Gedanken gemacht, so gut waren sie auch wieder nicht miteinander.«

»Und das hat Ihnen alles der ältere Mann erzählt? Wohnt der auch im Haus?«

»Ja. Er heißt Guntram Steglich. Er hat sich über den Leerstand empört. Wohnungen wären ja knapp, man könnte sie vermieten oder verkaufen. Sein Enkel zum Beispiel würde schon lange vergeblich suchen.«

»Okay«, murmelte Kristina.

Diese Wendt war irgendwie ungreifbar. Dennoch musste sie von irgendwas leben, und wenn ihr Mann oder Ex-Mann gut zahlte, so würde sie ja auf dieses Geld gelegentlich zurückgreifen müssen, wenn sie keine anderen Einnahmen oder Ersparnisse hatte. Vielleicht war es möglich, die Frau über eine Bankverbindung zu ermitteln. Dazu musste herausgefunden werden, bei welcher Bank sie ein Konto hatte. Es konnte auch sein, dass sie den Weißgerber-Hof unter der Hand vermietet hatte und auf dem Weg zu eigenem Geld kam.

»Unter der Hand« hatte eine gewisse Logik, damit Christian Wendt seine Zuwendungen nicht herunterfuhr. Das zu überprüfen, bedeutete sehr lästige Ermittlungstätigkeit, die viel Sorgfalt erforderte und Zeit kostete. Eine Beschäftigung, die sie unter anderen Umständen Breuer angetragen hätte. Rasch schob sie die Erinnerung beiseite. Die Bogen schien ihr dafür nicht geeignet, sie würde es selbst übernehmen müssen. Sie beschloss, diese Ermittlungen auf später zu verschieben.

Doch wenn sie mit ihren Überlegungen recht hatte, wer war der Mieter, und wo steckte er oder sie jetzt? Hatte der Mieter etwa mit den Toten zusammengelebt? Oder war die tote Frau die Mieterin? Dann mochte schon viele Jahre kein Geld mehr bei der Wendt eingegangen sein. Oder doch? Liefen auch hier irgendwelche Daueraufträge weiter, ohne dass auffällig wurde, dass die Auftraggeberin nicht mehr unter den Lebenden weilte? Wie auch immer, es hatte sich jemand mit den Toten im Haus aufgehalten, darauf hatte das benutzte

Geschirr mit den noch nicht eingetrockneten Speiseresten eindeutig hingewiesen.

Wenn sie es recht bedachte, wurde es Zeit, dort noch einmal vorbeizusehen. Vielleicht hatte sich zwischenzeitlich jemand Zutritt verschafft. Aber das war auch keine Aufgabe für die Kollegin. Das musste sie selbst erledigen.

»Annika«, begann sie, und erst als sie den Vornamen der Kollegin ausgesprochen hatte, wurde ihr die persönliche Anrede bewusst. Verstimmt ging sie darüber hinweg. »Sie fahren jetzt ins Klinikum und holen diesen Willi ab und bringen ihn hierher. Ich habe veranlasst, dass er erkennungsdienstlich behandelt wird, um bestenfalls auf dem Weg seine Identität festzustellen. Er bleibt hartnäckig dabei, uns nur seinen Vornamen zu nennen. Sobald die erkennungsdienstliche Behandlung abgeschlossen ist, sehen Sie in die polizeiliche Datenbank, ob er schon mal irgendwo und irgendwie auffällig wurde, und teilen mir umgehend mit, was dabei herausgekommen ist.«

»Jawoll«, erwiderte Annika.

»Außerdem brauchen wir für ihn eine Unterkunft, in der er erreichbar ist. Versuchen Sie im Wohnheim der Diakonie einen Platz für ihn zu bekommen.«

»In Ordnung«, antwortete Annika. Ihre bleichen Wangen hatten einen Hauch Farbe bekommen.

»Sollte es mit der Unterkunft klappen und er ist kooperativ, bringen Sie ihn persönlich dorthin. Der Arzt vermutet bei ihm eine Intelligenzminderung. Es scheint mir sicherer, ihn nicht allein loszuschicken.«

»Hm«, machte Annika.

»Was ist?« Kristina schielte auf die Uhr. Sie war plötzlich hundemüde. Am liebsten wäre sie einfach nach Hause gefahren, um sich ins Bett zu legen. Es war gerade erst elf Uhr am Vormittag.

»Wie ist denn der bisher zurechtgekommen, wenn er obdachlos und zudem auch nicht ganz richtig im Kopf ist?«, fragte Annika.

Wieder musste Kristina an Breuer denken. Er hätte niemals

solche Worte verwendet, die zwar möglicherweise zutrafen und doch unsensibel und für ihr Empfinden abwertend waren.

»Keine Ahnung«, erwiderte sie ungehalten. »Ich habe mal gelesen, dass durchaus auch Menschen mit eingeschränkten geistigen Fähigkeiten in einem gewissen und ihnen vertrauten Rahmen gut zurechtkommen. Nun machen Sie sich auf den Weg. Uns schlägt die Arbeit über dem Kopf zusammen.«

Wortlos stand Annika auf.

»Tschüss«, sagte sie und verließ den Raum, ehe Kristina sich entschieden hatte, ob sie ebenfalls »Tschüss« sagen wollte oder förmlich »Auf Wiedersehen«.

Nachdem Annika die Tür hinter sich zugezogen hatte, rief sie die Pressestelle im Haus an und gab Willbrandts Anweisung weiter, sämtliche Suchmeldungen nach Breuer zu wiederholen. Anschließend beschloss sie, selbst noch einmal alle Vermisstenfälle Oberfrankens der relevanten Jahre durchzugehen und die Suche auch gleich auf Unter- und Mittelfranken auszudehnen.

Onkel Johan schickte eine WhatsApp-Nachricht, noch ehe sie ihr Vorhaben begonnen hatte.

»Alles in Ordnung bei dir, Tinchen? Stör ich?«, hatte er geschrieben.

Der Hauch eines Lächelns ging über ihr Gesicht, und unerwartet fühlte sie sich ein wenig leichter. Statt zurückzuschreiben, rief sie ihn an.

»Tinchen, schön, dich zu hören«, sagte ihr Onkel freudig.

»Hallo, Onkel Johan, ich dachte, ich ruf dich lieber an, als zu schreiben.«

»Immer gerne, mein Mädchen. Sag mal, stimmt es, was im Dorf die Runde macht? Ich habe gar nichts mitbekommen, dabei muss es ja hoch hergegangen sein«, erkundigte sich ihr Onkel gleich nach dem, was ihn eindeutig sehr beschäftigte.

»Wenn du meinst, dass Gottfried Franke auf den flüchtigen Freigänger Weidenberg geschossen hat und wir ihn aufgrund dessen wieder einsammeln konnten, dann ja. Kam nix in den Nachrichten?«

»Doch, natürlich. Aber die habe ich gar nicht gehört. Ich

war heute Morgen beim Bäcker, und dort hat man von nichts anderem gesprochen. Die Leute sind regelrecht über mich hergefallen, weil irgendwer dich am Tatort gesehen hat. Nun dachten sie alle, ich kann ihnen mehr erzählen. Aber ich sage dir, ich habe letzte Nacht so prima geschlafen, da hätte der Blitz neben mir einschlagen können, ich hätte es nicht mitbekommen.«

Kristina lächelte. Ihr Onkel hatte meist einen guten Schlaf, und wenn nicht, so gönnte er sich einen Schluck von seinem Lieblingskognak, um Abhilfe zu schaffen.

»Das ist ja schon übel, das hätte ich dem Franke gar nicht zugetraut. Ich habe ihn gestern Abend noch getroffen, als ich mit Arno unterwegs war. Er hat sich über die Lebensmitteldiebstähle im Ort aufgeregt und geschimpft, weil die Polizei nichts unternimmt. Er hat nämlich Anzeige erstattet.«

»Davon hat mir ein Kollege erzählt«, sagte Kristina. Dafür war sie ja nicht zuständig.

»Vielleicht hat euer entflohener Sträfling das Essen geklaut«, überlegte Johan Kunze.

»Möglich«, stimmte Kristina zu.

»Apropos Essen, Tinchen. Wenn dein Weißgerber-Fall abgeschlossen und Breuer wiederaufgetaucht ist, lade ich dich zum Essen ein. Ich könnte uns Krenfleisch machen, mit Knödeln. Was hältst du davon?«

Augenblicklich lief ihr das Wasser im Mund zusammen. Weiches, zartes Rindfleisch, reichlich köstlich scharfer Kren und dazu jede Menge Knödel, mit in viel Butter gerösteten Weißbrotwürfeln in der Mitte. Breuer war Vegetarier, und Willbrandt glaubte nicht an seine Rückkehr. Onkel Johan schon, aber der steckte ja auch nicht in völlig ergebnislosen Ermittlungen.

»Das klingt wunderbar, Onkel Johan.«

»Und wenn das Wetter passt, machen wir hinterher einen schönen Spaziergang mit Arno.« Den Teil des Vorschlags fand sie jetzt nicht so erstrebenswert. Wenn sie den Bauch gut voll hatte, war ihr eher nicht nach Bewegung.

»Einverstanden«, sagte sie dennoch. Vielleicht passte das

Wetter ja überhaupt nicht. Ein wenig plagte sie das Gewissen wegen dieser Hoffnung.

»Dann halte ich dich jetzt nicht länger auf. Arno will raus. Melde dich, Tinchen, ja?«

»Versprochen. Bis bald, Onkel Johan.«

Kristina legte auf. Ihr Blick ging zum Bildschirm des Computers. Sie war müde und sie hatte Kopfschmerzen. Die Vorstellung, nun stundenlang Vermisstenfälle frankenweit zu durchforsten, lähmte sie. Sie konnte auch alle Banken und Sparkassen in der Umgebung kontaktieren und versuchen herauszufinden, wo die Wendt eventuell ein Konto hatte oder mehrere. Vielleicht fand sie so eine aktuelle Anschrift heraus. Kristina stützte den Kopf in die Hände. Nein, das ging jetzt alles nicht, übermüdet und niedergeschlagen, wie sie war. Nur keine Schreibtischarbeit.

Wenn Willbrandt mit einer neuen Suchmannschaft für Breuer nicht einverstanden war, dann würde sie ihn jetzt persönlich suchen. Sie lehnte sich in ihrem Stuhl zurück und ließ die Arme seitlich hängen. Auch nein. Das Vorhaben war aussichtslos. Wo sollte sie anfangen und wo aufhören? Intuitiv hätte sie bei dem Rastplatz angefangen, auf welchem Daniel Weigel Breuers Auto gefunden hatte. Doch der Wald war bereits gründlich abgesucht worden.

Kristina stand von ihrem Platz auf. Sie würde sich jetzt vergewissern, ob zwischenzeitlich jemand versucht hatte, den Weißgerber-Hof zu betreten. Sie war ziemlich sicher, dass das nicht der Fall war. Wer immer sich darin aufgehalten hatte, das Polizeisiegel würde ihn abgeschreckt haben, und ebenso sicher war, dass derjenige etwas zu verbergen hatte. Sonst hätte er sich längst gemeldet.

Sie schlüpfte in ihre Jacke, legte den Riemen ihrer Tasche über die Schulter und verließ das Büro. Sie grüßte Grassmann, der wie immer hinter seinem Platz am Empfang saß, und stieß die gläserne Eingangstür auf. Eben kam Annika in Begleitung von Willi über die Straße. Kristina stutzte. Willi sah verändert aus, jünger, als sie letzte Nacht gedacht hatte. Annika blieb stehen. Willi musterte Kristina misstrauisch und machte einen unsicheren Schritt nach hinten, sodass er vom Gehweg wieder auf die Straße trat.

»Nicht«, mahnte Annika und fasste ihn am Arm. »Nicht auf der Straße stehen bleiben.«

Kristina taxierte ihn. Seine Kleidung war unverändert, aber der Bart war geschnitten, und seine Haare waren gewaschen. Letzte Nacht hätte sie ihn auf etwa fünfzig Jahre geschätzt. Jetzt, bei Tageslicht und mit ein wenig Körperpflege, sah er gut zehn Jahre jünger aus.

»Wo ist Harry?«, fragte Willi und hielt sicheren Abstand zu ihr.

»Keine Ahnung«, gab sie zurück. »Wir haben ihn gesucht, aber nicht gefunden.«

Wen fand sie eigentlich noch alles nicht? Breuer nicht, Harry nicht und denjenigen nicht, der sich mit den Toten auf dem Weißgerber-Hof aufgehalten hatte. Sie war in ihrem Beruf eine absolute Fehlbesetzung.

»Kümmern Sie sich um den Diakonieplatz, Annika«, wies sie die Kollegin an, schroffer, als sie beabsichtigt hatte. Nicht, dass sie demnächst auch Willi nicht mehr fand.

42

Kristina ging um den Weißgerber-Hof und überprüfte Fenster und Türen. Alles war verschlossen, und auch die Polizeisiegel waren unbeschädigt. Es war niemand hier gewesen. Eigentlich hätte sie jetzt wieder gehen können. Unschlüssig stand sie vor dem Anwesen, die Hände in die Manteltaschen geschoben. Bei ihrem letzten Besuch hatte sie sich gründlich umgesehen. Es stand nicht zu erwarten, dass sie im Haus etwas fand, was ihr letzthin nicht aufgefallen war und was bei den Ermittlungen weiterhalf. Die Dachbodenklappe fiel ihr ein. Sie hatte keinen Ziehhaken gefunden, und auch jetzt hatte sie keinen dabei. Groß schien ihr die Wahrscheinlichkeit nicht, im Speicher noch etwas Bedeutsames zu finden, doch außer Acht lassen wollte sie auch nichts. Und nun war sie schon einmal hier. Vielleicht fand sie im Haus einen Regenschirm, mit dem sie die Klappe herunterziehen konnte, wenn der Griff nicht zu dick war.

Sie betrat das Anwesen diesmal durch den vorderen Eingang. Die Luft im Inneren roch modrig und kalt. Die düstere, bedrückende Stimmung des alten Gehöfts schlug ihr entgegen. Ihr Blick ging nach oben, zu der Dachbodenklappe. Eigentlich konnte sie sich die Suche nach einem Schirm sparen. Die Öse zum Einhängen war viel zu klein, um einen Griff durchzuschieben. Nach kurzem Grübeln kam ihr eine neue Idee, womit sie es versuchen könnte.

Kristina ging in die Küche. Noch immer stand das benutzte Geschirr im Spülbecken. Der Rest vom Senf war endgültig eingetrocknet. Sie fand den gesuchten Schürhaken neben dem Ofen. Er hatte zwar keinen Haken, aber vielleicht konnte sie trotzdem mit ein wenig Geschick mit ihm die Klappe herunterziehen.

Zweimal rutschte ihr der Schürhaken ab, unter anderem deswegen, weil sie einige Zentimeter zu klein war beziehungsweise der Stiel des Schüreisens nicht lang genug war. Beim dritten Mal senkte sich endlich die Klappe. Sie war um einiges schwerer, als sie erwartet hatte. Behutsam zog sie sie tiefer, ständig darauf gefasst, dass sie ihr entglitt und mit einem Knall nach oben donnerte.

Endlich hatte sie es geschafft. Durch die Luke drang ein dünner Streifen Tageslicht. Kristina lehnte ihren behelfsmäßigen Haken an die Wand und klappte die dreiteilige Holzstiege herunter. Sie musterte die Stufen. Sie wirkten stabil, doch das konnte täuschen. Vorsichtig machte sie sich auf den Weg. Das alte Holz hielt. Sie war gleich oben. Kristina nahm die nächste Stufe und konnte nun in den Dachboden sehen. Verblüfft betrachtete sie den Raum mit den schrägen Wänden, dessen Kniestock höchstens zwanzig Zentimeter betrug.

Links im Raum stand ein Bett, auf dem eine geblümte Tagesdecke lag. Unter dem Bett sah sie einen Nachttopf, wie man ihn vor hundert Jahren oder länger des Nachts benutzt hatte. Ein grob gewebter Teppich lag auf dem Dielenboden, und unter dem winzigen Fenster, das von außen nachlässig mit Brettern zugenagelt war, stand eine alte Holztruhe. Zwischen den Brettern waren jeweils ein bis zwei Zentimeter Abstand. Rechts im Raum gab es einen kleinen hölzernen Tisch mit zwei Stühlen. Unter der Tischplatte war eine Schublade angebracht. Sie stieg die letzten Stufen hoch und kletterte in die Dachkammer. Mittig war der First so hoch, dass sie stehen konnte.

Kristina ließ den Raum auf sich wirken. Sie sah sich um, zunächst ohne sich von der Stelle zu bewegen. Das Bett war sorgfältig gemacht. Neben der Holztruhe lag eine Schaufel mit einem Handfeger, daneben stand ein offener Karton. Sie ging hin und sah hinein. Es lagen Krümel darinnen, vielleicht von Keksen. Zwei benutzte Papiertaschentücher und etwas, von dem sie nach genauerem Hinsehen meinte, es könnten Obstkerne sein. Sie öffnete die Klappe der Holztruhe. Sie war bis etwa zur Hälfte mit Kleidung gefüllt. Kristina nahm einige Teile heraus. Manche waren sehr altmodisch. Sie sah eine vergilbte Bluse mit Lochstickerei und perlenartigen Knöpfen sowie eine bunt bestickte Weste. Darunter lagen ein neonfarbiger Pullover mit Schulterpolstern im Stil der achtziger Jahre und eine Bundfaltenjeans, karottenförmig geschnitten, aus der gleichen Zeit. Rasch wühlte sie sich durch die alte Kleidung, die einen muffigen Geruch verströmte. Ganz unten, am Boden der Truhe, ertastete sie Papier.

Sie zog ein altes Schulheft hervor. Das Papier war mürbe, die Umschlagfarbe in ausgeblichenem Jeansblau. Solche Schulhefte hatte es in ihrer Kindheit gegeben, erinnerte sich Kristina. Sie schlug das erste auf. Es war nicht benutzt, die Seiten waren leer, doch zwischen ihnen lag ein zusammengefaltetes Blatt. Es war eine Doppelseite, mittig aus dem Heft gelöst und mit verblassendem Bleistift beschrieben. Sie faltete es auseinander.

Bitte, Esther, ich weiß, was ich dir angetan habe, und es tut mir unendlich leid. Ich brauche deine Hilfe! Wir sind auf dem Hof. Er ist hier, und er hält uns hier fest. Ich habe keine Chance. Noch tut er uns nichts, aber ich weiß nicht, wie er reagiert, wenn Purzel weiter schreit. Wir kommen hier nie wieder weg, wenn nicht ein Wunder geschieht. Ich versuche ihn zu überzeugen, dass ich mit dem Kleinen nach draußen darf. Er braucht doch frische Luft. Vielleicht kann ich den Brief Passanten zustecken, die begreifen, in welcher Not wir sind, und die ihn an dich abschicken. Ich umarme dich, Bille

Kristina las den Text ein zweites Mal, und plötzlich hatte sie das Gefühl, von allen Seiten beobachtet zu werden. Ein Schauer lief ihr über den Rücken, und rasch sah sie zu der Dachbodenluke. Bille. Das mochte eine Abkürzung von Sybille sein. Sie betrachtete das mürbe Papier, drehte es um und sah eine Anschrift auf einer Seite. Esther Grau, Laufamholz. Das war ein Stadtteil von Nürnberg.

War Sybille Wendt, geborene Weißgerber, hier auf dem Hof ihrer Eltern gefangen gehalten worden? Zusammen mit ihrem Sohn? Hatte sie versucht zu fliehen, und ihr Peiniger hatte sie mit Gewalt zurückgehalten? Oder hatte er sie letzten Endes doch misshandelt und das Kind ebenso? … *Noch tut er uns nichts* … Das mochte sich geändert haben.

Kristina ließ den Brief sinken. Andererseits waren die tote Frau und der tote Junge laut Keller nicht Mutter und Sohn. Die Wendt hatte aber einen eigenen Sohn. Das hatte die Bogen jedenfalls in Röthenbach in Erfahrung gebracht. Vielleicht war es auch Zufall, dass die Verfasserin des Schreibens ähnlich hieß wie die Wendt.

Kristinas Handy läutete, und sie erschrak derart, dass sie zusammenfuhr und den Brief fallen ließ. Eilig hob sie ihn auf und nahm ihr Handy aus der Tasche. Es war Willbrandt.

»Frau Herbich, wo stecken Sie denn?«, fragte er.

»Ich bin auf dem Weißgerber-Hof und habe eben eine sehr interessante Entdeckung gemacht, auch wenn ich noch nicht weiß, ob sie uns weiterhilft«, antwortete sie und sah sich beim Sprechen um.

In der Dachkammer saß sie quasi in einer Falle. Wenn in der Zwischenzeit jemand das Haus betreten hatte und die Luke zuschlug … Sie musste hier raus.

»Chef, ich rufe Sie sofort zurück«, stieß sie hervor und legte auf, ehe Willbrandt protestieren konnte.

Rasch steckte sie den Brief in ihre Tasche und beeilte sich, die Stiege wieder herunterzukommen. Sie beschloss, die Luke offen zu lassen, und verließ zügig das Haus. Ihr Puls ging zu schnell. Mit pochendem Herzen stand sie im Freien. Es war milder geworden, und es regnete.

Kristina sperrte das Haus ab und klebte ein neues Siegel an die Tür. Erst als sie in ihrem Wagen saß, rief sie Willbrandt zurück.

»Was war denn los?«, fragte er vorwurfsvoll.

»Ich … hab Sie kaum verstanden. Der Empfang war schlecht«, schwindelte sie.

Unmöglich, ihm zu sagen, dass sie plötzlich die reinste Paranoia entwickelt hatte.

»Ist es jetzt besser?«, erkundigte sich Willbrandt.

»Ja, alles gut. Weswegen haben Sie mich angerufen?«

Sie beobachtete das Haus. Es barg ein düsteres Geheimnis, zum Greifen nah, und doch wusste sie nicht genau, was das gedrungene, schweigsame Gehöft in sich verschlossen hielt.

»Es geht um Weidenberg. Er ist auf die Normalstation verlegt worden, und er will Sie sehen und mit Ihnen sprechen«, teilte ihr Chef ihr mit.

»Was? Wieso das denn?« Kurz war ihre Aufmerksamkeit von dem Weißgerber-Hof abgelenkt.

»Eigentlich möchte er mit dem Kommissar sprechen, der ihn seinerzeit verhaftet hat. Das war Krözauer, Ihr Vorgänger, und der ist bekanntlich seit geraumer Zeit in Pension.«

»Und warum dann jetzt mich? Wenn er was will, kann er doch mit der Gerber reden.«

»Das will er eben nicht. Also, seien Sie so gut und statten ihm einen Besuch ab.«

»Chef ...« Sie wollte nicht.

»Ja, ich weiß. Sie haben eine interessante Entdeckung gemacht. Erzählen Sie.«

»Ich komme ins Büro. Ich würde Ihnen gern was zeigen.«

»Gut. Und vergessen Sie Weidenberg nicht. Wenn es bei Ihrer Entdeckung nicht um etwas geht, was höchste Priorität hat, fahren Sie zuerst in die Klinik. Dann können Sie mir im Anschluss komplett Bericht erstatten«, wies Willbrandt sie an.

Kristina resignierte. Ob sie den Brief ihrem Vorgesetzten sofort oder in zwei Stunden zeigte, machte sicher für die Ermittlungen keinen relevanten Unterschied. Sie legte den Sicherheitsgurt um und ließ den Wagen an.

43

Kristina eilte den mit Kunstlicht erhellten Flur des Klinikums entlang. Die undefinierbaren Gerüche des Krankenhauses, durchdrungen von der Schärfe von Desinfektionsmitteln, setzten ihr zu. Stets ereilte sie ein diffuses Unwohlsein, wenn sie eine Klinik betreten musste. Eine dralle Krankenschwester in weißem Kittel huschte in dem für diese Berufsgruppe typischen kaum hörbaren Schritt an ihr vorüber. Nur ganz leise quietschten die Sohlen ihrer weißen Lederclogs auf dem Linoleumboden, begleitet von dem Rascheln ihrer gestärkten Schwesternkleidung.

Vor der Tür von Weidenbergs Zimmer saß ein uniformierter Beamter und las Zeitung. Neben ihm auf dem Boden stand ein Becher Kaffee. Ein zweiter Stuhl war leer, darauf lag ein Kreuzworträtselheft.

»Hallo«, grüßte Kristina den Polizisten und hielt ihm ihren Ausweis hin.

»Hallo, Frau Kommissarin.« Er prüfte ihr Dokument nur flüchtig. »Eine Befragung?«, erkundigte er sich.

»Sozusagen.«

Sie pochte an die Tür des Krankenzimmers und betrat sofort den Raum. Weidenberg lag flach auf dem Rücken, starrte zur Zimmerdecke, und über einen Infusionsschlauch tropfte eine Flüssigkeit in eine Vene am Arm. Er war bleich und hatte tiefe dunkle Ringe unter den Augen. Bei ihrem Eintreten senkte er den Blick, sodass er ihr entgegensehen konnte.

»Hallo, Herr Weidenberg«, begrüßte ihn Kristina und trat an das Fußende des Klinikbettes. »Mein Name ist Kristina Herbich, ich bin Kriminalhauptkommissarin und die Nachfolgerin von Herrn Krözauer.«

Weidenberg deutete ein Nicken an.

»Sie wollten mit mir reden?«

Wieder nickte er, und Kristina fragte sich, ob es ihm die Sprache verschlagen hatte.

»Worum geht es denn?«

»Um die Tat, die mir vorgeworfen wird«, antwortete er.

»Für die sind Sie rechtskräftig verurteilt worden.«

»Ich glaube aber nicht, dass ich es war«, erwiderte Weidenberg.

Er suchte ihren Blick, und er hatte Mühe, sie aus seiner flach liegenden Position anzusehen. Sie überlegte, ob sie seitlich an sein Bett treten sollte, um es ihm zu erleichtern, konnte sich aber nicht dazu durchringen.

»Was heißt das: Sie glauben nicht, dass Sie es waren? Sie sind sich nicht sicher?«

Irritiert musterte sie den Mann. Er war durchschnittlich groß und schlank und von den Gesichtszügen her eine unauffällige Erscheinung. Er hatte eine abheilende Schnittverletzung am Kinn und eine weitere an der rechten Wange, wahrscheinlich vom Rasieren.

»Können Sie nicht hierherkommen? Ich sehe Sie so schlecht«, bat er und machte eine Kopfbewegung zur Seite.

Widerstrebend kam sie der Aufforderung nach. Weidenberg hatte dunkelgraue Augen. Er ließ sie nicht aus dem Blick.

»Ja, ich bin verurteilt worden. Sämtliche Indizien haben gegen mich gesprochen. Alle! Ich hatte kein Alibi, Sophie hatte ein Verhältnis mit diesem Dennstett, und es gab Hinweise, dass ich aggressiv gegen sie vorgegangen bin, wie diesen Nagellacksplitter. Aber was erzähle ich Ihnen. Es gibt Akten, in denen alles dokumentiert ist. Die können Sie lesen. Bitte, Frau Kommissarin. Es sind Jahre vergangen, und ich kann mir nicht vorstellen, dass ich das war!«

»Sie sprechen in Rätseln. Was soll das heißen: Sie können es sich nicht vorstellen?«

»Ich kann mich nicht erinnern, verstehen Sie? Ich bin absolut sicher, dass ich Sophie und Merle nie etwas angetan hätte. Aber da ist diese Lücke in meinem Kopf. Sophie hatte sich von Dennstett getrennt, und sie wollte zu mir zurück. Trotzdem haben wir uns am Tattag fürchterlich gestritten. Ich gebe zu, ich habe sie sogar geschubst. Sie ist gestolpert und hat sich im

Reflex an meinen Arm gekrallt. Wahrscheinlich ist der Nagellacksplitter dabei in die Kratzspuren gekommen, die ich von den Brombeersträuchern abbekommen hatte. Sophie war schwanger von dem Kerl. Ich bin komplett ausgerastet, als sie mir das gesagt hat. Das Wichtigste war aber trotzdem, dass sie zurückkommt und bei mir bleibt. Ich war so wütend, ich hatte Angst, ich schlage zu. Deswegen habe ich sie stehen lassen und bin nach Pottenstein gefahren. Ich wollte in der Püttlach angeln, um mich zu beruhigen. Allein natürlich. Als ich Stunden später wieder zu Hause war, waren Sophie und Merle weg. Ich dachte, sie ist jetzt doch wieder zu dem Kerl. Und am anderen Tag kamen Ihre Kollegen, um mich zu befragen und schließlich zu verhaften.«

Kristina schüttelte den Kopf.

»Herr Weidenberg, ich kann nichts für Sie tun, selbst wenn ich Ihre Akte lese.« Dass sie das bereits getan hatte, musste er nicht wissen. »Ein Wiederaufnahmeverfahren ist nur möglich, wenn es neue Tatsachen oder Beweise gibt, die Sie entlasten können.«

Er krampfte die Hände um die Bettdecke. »Da will mir doch jemand was anhängen, und dazu fällt mir nur Dennstett ein. Und außerdem … Sophie und Merle wurden nie gefunden. Vielleicht … also, ich meine … Selbst wenn ich in meiner Wut Unvorstellbares getan hätte, ich hätte sie doch nicht auch noch irgendwohin geschafft. Das passt alles nicht zusammen. Bitte, lesen Sie meine Akte.«

»Ich kann Ihnen nicht helfen, Herr Weidenberg.«

Weidenbergs Kiefer mahlten aufeinander.

»Wir hatten uns gestritten. Ich bin immer wütender geworden. Um nicht handgreiflich zu werden, bin ich nach Pottenstein gefahren, zum Angeln. Als ich zurückgekommen bin, waren Sophie und Merle verschwunden«, wiederholte er jetzt, ohne sie anzusehen.

»Wo war Ihre Tochter während der Auseinandersetzung?«

»Ich denke, in ihrem Zimmer. Zumindest hatte Sophie sie dorthin geschickt.«

Sekundenlang durchbohrte sein Blick den Raum. Dann wandte er den Kopf wieder zu Kristina.

»Was ist mit den Fotos? Ich bin doch nicht übergeschnappt, töte zwei Menschen, mache Bilder und lasse sie den Bullen zukommen?«

Dafür hatte sie allerdings auch keine Erklärung. Eine Möglichkeit war, Weidenberg war durchgedreht, hatte Frau und Tochter wie im Rausch getötet und war danach zur Besinnung gekommen. Schockiert von dem, was er getan hatte, hatte er den Tatort fluchtartig verlassen, um nachzudenken, und war nach Stunden zurückgekommen, um die Leichen zu entsorgen. Dann musste jemand in der Zwischenzeit bei ihm gewesen sein. Jemand, der gesehen hatte, was geschehen war, und der, ohne selbst in den Fokus zu rücken, einen Hinweis auf ihn hatte geben wollen.

Dennstett konnte es nicht gewesen sein. Er war bei seinem Bruder am Starnberger See gewesen. Aber vielleicht Schulz, der Vater von Sophie Weidenberg. Den konnte man nicht mehr befragen, nachdem er seinem Leben eigenhändig ein Ende gesetzt hatte.

Blieb die Frage, wo waren die Leichen?

Unvermittelt fiel ihr noch etwas ein, das mit Weidenbergs Ansinnen nichts zu tun hatte, sie aber einfach interessierte.

»Sagt Ihnen der Name Willi etwas?«, fragte sie.

Weidenberg ließ sich Zeit mit der Antwort.

»Ja«, sagte er schließlich. »Das ist der Penner. Der kam spätabends oder nachts ins Hotel. Dort oben hatte ich mich verkrochen. Plötzlich stand der da und wollte bleiben.«

»Und wer ist Harry?« Wieder dauerte es mit der Antwort.

»Harry bin ich«, gab Weidenberg zu. »Ich habe dem Kerl einen falschen Namen genannt, nur zur Sicherheit, falls er ausquatscht, dass sich im Hotel noch wer aufhält.«

»Haben Sie Willi in den Vorhang gewickelt?« Allmählich klärte sich das Bild.

»Ja. Ich wollte ja weg, einen Wagen klauen und … na ja. Ich habe ihm Schnaps gegeben, und als er besoffen war, wollte ich auf Nummer sicher gehen. Dass er mir nicht hinterherläuft oder so schnell irgendwem von mir erzählt.«

Kristina nickte. Die Ausführungen erschienen ihr logisch.

»Was ist jetzt, Frau Kommissarin? Sehen Sie sich meinen Fall noch einmal an?«, drängte der Mann.

»Solange es keine neuen Tatsachen oder Beweise gibt, kann niemand etwas für Sie tun, Herr Weidenberg«, beschloss Kristina, das Gespräch zu beenden.

Weidenberg senkte die Augen und wirkte unendlich resigniert.

44

»Das ist wirklich interessant«, bestätigte Willbrandt, nachdem Kristina ihm sämtliche Entwicklungen und Erkenntnisse mitgeteilt hatte.

»Diese Bille könnte theoretisch Sybille Wendt, geborene Weißgerber sein«, schlussfolgerte er.

»Das war auch mein erster Gedanke«, erwiderte Kristina. »Aber Keller sagt, die tote Frau und das Kind sind nicht miteinander verwandt. Sybille soll aber einen Sohn gehabt haben. Also ist der Name vielleicht Zufall.«

»Versuchen Sie mal herauszufinden, bei welchem Zahnarzt Sybille Wendt war. Dann ist ein Abgleich vom Zahnstatus möglich, und wir wissen mehr. Und finden Sie diese Esther Grau und reden mit ihr«, entschied Willbrandt. »Weidenbergs Ersuchen können Sie vergessen. Das kostet nur wertvolle Zeit. Ich bin sicher, er war es und kommt nicht damit zurecht. Manche Menschen verbiegen sich die Tatsachen komplett, weil sie mit der Wahrheit nicht leben können.«

»Möglich«, sagte Kristina.

»Haben Sie in dieser Dachkammer noch mehr gefunden?«

Die Frage war unangenehm. Während sie mit Willbrandt telefoniert hatte, waren ihr ja unerwartet die Nerven durchgegangen, und sie hatte im Eiltempo den Raum und den Hof verlassen.

»Frau Herbich?« Forschend sah ihr Chef sie an.

»Nachdem ich den Brief gefunden habe, habe die Suche abgebrochen«, gab sie zu. Gerne hätte sie noch ergänzt, dass sein Anruf maßgeblich beteiligt gewesen war, doch ihr Gefühl sagte ihr, es war besser, das nicht zu erwähnen.

»Hm. Nun, lassen wir das für den Moment so stehen. Was ist mit Willi? Wissen wir jetzt, wer er ist?«

»Nein. Ein Abgleich mit der Datenbank hat nichts gebracht. Frau Bogen hat ihn zur Diakonie begleitet. Er wollte partout nicht dortbleiben und hat sich sehr aufgeregt. Letzten Endes ist er doch geblieben, aber laut Frau Bogen nur, weil gerade Essenszeit war und es Nudeln mit Hackfleisch gab. Wahrscheinlich verschwindet er, sowie er die Möglichkeit dazu hat.«

»Ja, gut. Da können wir nichts dagegen tun. Erfasst ist er jetzt zumindest«, sagte Willbrandt. »Also, an die Arbeit. Sie informieren Keller und finden die Grau, um mit ihr zu reden.«

»Mach ich.«

Kristina stand auf und warf dabei einen Blick auf Willbrandts Uhr, die auf einem deckenhohen Einbauregal hinter seinem Schreibtisch stand. Kurz nach neunzehn Uhr. Sie war müde und sehnte sich nach ihrem Feierabend. Und sie dachte an Philipp, der sich seit ihrem Telefonat gestern Abend, das sie so abrupt hatte beenden müssen, nicht mehr gemeldet hatte. Sie sollte ihm schreiben oder, noch besser, ihn anrufen.

»Instruieren Sie Keller und beauftragen Sie Annika mit der Adressermittlung von der Grau«, sagte Willbrandt, der ihren Blick bemerkt hatte. »Und dann gehen Sie nach Hause, Frau Herbich.«

Er klang ungewöhnlich sanft, fast väterlich.

»Danke, Chef«, murmelte sie. »Bis morgen.«

»Bis morgen«, erwiderte er. Kristina verließ sein Büro. Ihre Beine waren schwer, und ihre Füße schienen am Boden zu kleben vor Erschöpfung.

45

Kristina wählte die Rufnummer von Esther Grau, die sie im Telefonverzeichnis im Internet gefunden hatte. Vor ihr standen eine Tasse frisch gebrühter Kaffee und ein Teller mit zwei Scheiben gebuttertem Toast. Sie hatte Hunger, aber zuerst wollte sie versuchen, die Frau zu erreichen und einen Termin mit ihr zu vereinbaren. Am besten sofort. Nach dem dritten Läuten wurde abgehoben.

»Grau«, sagte eine helle Frauenstimme.

»Guten Morgen. Spreche ich mit Esther Grau?«, erkundigte sich Kristina und überlegte, ob sie geräuschlos einen Schluck von ihrem Kaffee trinken konnte.

»Ja. Worum geht es?«

»Mein Name ist Kristina Herbich. Ich bin Kriminalhauptkommissarin bei der Polizei in Bayreuth. Ich hätte ein paar Fragen an Sie. Es geht um eine Frau, von der ich nur den Vornamen kenne beziehungsweise eine Abkürzung davon. Bille. Sagt Ihnen das was?«

»Bille?« Der Ton, in dem sie den Namen wiederholte, klang, als würde sie etwas mit ihm verbinden, an was sie nicht erinnert werden wollte.

»Ja. Sie kennen sie?«

»Das ist schon eine Weile her. Ich glaube nicht, dass ich Ihnen helfen kann«, sagte Esther Grau.

Kristina verzichtete auf den Hinweis, dass sie ja noch gar nicht wusste, worum es ging. »Wie ist denn der komplette Name von Bille?«, fragte sie, ohne auf die Zurückweisung einzugehen.

»Sybille Wendt.« Zack. Kristina fuhr die Auskunft wie ein Hieb in den Magen, obgleich sie damit gerechnet hatte. Sie sah die mumifizierte Tote wieder vor sich, daneben das Kind. Kein Wunder, dass sie die Wendt nicht hatten ausfindig machen können.

»Geborene Weißgerber?«, forschte sie und bemühte sich um einen professionellen Tonfall.

»Ja. Worum geht es denn jetzt? Suchen Sie Bille?«

Jetzt nicht mehr, dachte Kristina.

»Ich habe schon ewig nichts mehr von ihr gehört«, fuhr Esther Grau fort.

Schon klar, dachte Kristina.

»Frau Grau, ich würde gerne mit Ihnen persönlich sprechen, am liebsten zeitnah. Ich kann in einer guten Stunde bei Ihnen sein. Passt das?«, fragte sie.

»Ich sage Ihnen doch, ich habe schon lange nichts mehr von Bille gehört, und es ist auch besser so«, wehrte die Frau ab.

»Bitte, Frau Grau. Es ist wirklich wichtig«, bat sie. Theoretisch konnte sie sie vorladen lassen. Sie musste schließlich in einer wichtigen Angelegenheit befragt werden.

»Also gut. Dann kommen Sie halt vorbei«, stimmte Frau Grau nun überraschend gleichmütig zu.

»Danke, bis später.« Kristina legte das Telefon beiseite und trank von ihrem Kaffee. Frühstücken würde sie schon noch vorher.

Nachdem sie gestern Abend noch Ulf Keller auf den Stand der Dinge gebracht und gebeten hatte, den Zahnstatus der Toten mit dem von Sybille Wendt, geborene Weißgerber, abzugleichen, war sie nach Hause gefahren. Vom heimischen Sofa aus hatte sie versucht, die Adresse von Esther Grau herausfinden. Es war einfacher gewesen, als sie gedacht hatte. Es gab eine Frau mit diesem Namen in Laufamholz, in der Moritzbergstraße.

Aufs Geratewohl hatte sie nicht hinfahren wollen und sich deswegen entschlossen, zuvor anzurufen. Nun hatte sie quasi einen Termin mit ihr.

Auch hatte sie gestern Abend Philipp eine Nachricht geschickt, in der sie ihn gefragt hatte, wie es ihm ging und was er gerade machte. Über dem Warten auf Antwort war sie auf dem Sofa eingeschlafen. Gegen Mitternacht war sie aufgewacht und hatte sich ins Bett geschleppt. Bis dahin hatte er ihre Nachricht noch gar nicht gelesen. Um drei Uhr früh hatte er endlich geschrieben.

Er hatte den Abend in der Pyramide in Mainz verbracht, einem Eventcenter, in dem es häufig Tanzveranstaltungen gab. Sie war selbst schon mit ihm dort gewesen. Die Erinnerung daran war jedoch nicht sehr erfreulich. Sie waren an dem Abend auch wieder einmal in Streit geraten ob seiner Tanzleidenschaft.

Obwohl sie immer froh war, wenn sie um sein liebstes Hobby herumkam, frustrierte es sie doch gewaltig, dass er ohne sie dort gewesen war. Und es frustrierte sie, dass er es ihr vorher nicht gesagt hatte. War er allein dort gewesen? Oder mit einer seiner Tanzpartnerinnen, mit denen er sonst Workshops, Kurse oder die Tanzsportvereine besuchte? Und wo hatte er übernachtet? Direkt neben der Pyramide gab es ein B&B Hotel. Aber so, wie sie Philipp kannte, hatte er sich eine private Unterkunft gesucht, im Bekanntenkreis. Er hatte ja überall Bekannte, zumeist weiblicher Natur.

Der Kaffee schmeckte ihr nicht, der Toast auch nicht. Sie aß ihn dennoch. Wenig später verließ sie das Haus.

Die Autobahn A 9, die in Richtung Nürnberg führte, war, was selten vorkam, nicht allzu stark befahren. Sechsundvierzig Minuten darauf parkte Kristina in Laufamholz in der Nähe der Moritz-Apotheke am Straßenrand. Ihre Gedanken wechselten von dem Fall zu Philipp und wieder zurück. Philipp dominierte. In ihrer Empörung, dass er ohne sie in der Pyramide gewesen war, in die sie eigentlich gar nicht wollte, hatte sie ihm noch nicht zurückgeschrieben. Es hatte auch keine Eile. Er schlief vermutlich jetzt wieder bis Mittag, um sich von der Aktion zu erholen.

Sie stieg aus ihrem Peugeot und knallte die Wagentür zu. Hauchfeine Schneeflocken rieselten vom Himmel und überzogen die Hausdächer, die parkenden Autos und die Straße mit einer dünnen weißen Schicht. Auf das Wetter war kein Verlass. Gestern hatte es geregnet, die Tage davor war es sehr kalt gewesen. Sie schlug den Kragen ihrer Jacke hoch und betrachtete die Straße in beide Richtungen. Laut ihrem Navi befand sie sich in unmittelbarer Nähe der angegebenen Adresse.

Kaum eine Minute später läutete sie bei Esther Grau. Die Frau hatte eine Wohnung im Erdgeschoss eines Mehrfamilienhauses. Für Kristinas Empfinden dauerte es endlos, bis sie öffnete. Gerade als sie ein weiteres Mal klingeln wollte, ging die Tür auf. Esther Grau hatte etwa die Größe und Statur von ihr selbst. Auch sie hatte ein paar Pfunde zu viel, wie ihr eng anliegendes dunkles Strickkleid verriet. Die Haare trug sie kinnlang. Sie waren zu einem akkuraten Bob geschnitten und schimmerten haselnussbraun. Sie hatte ausdrucksvolle Augen von so intensivem Blau, dass Kristina farbige Kontaktlinsen vermutete. Sie stellte sich vor und zeigte der Frau ihren Dienstausweis.

Esther nickte.

»Gehen wir ins Wohnzimmer. Worum genau geht es denn jetzt?«, fragte sie und ging voran.

»Frau Grau, wir müssen davon ausgehen, dass Frau Wendt nicht mehr am Leben ist«, begann sie, so vorsichtig sie konnte.

»Was?« Entgeistert sah Esther sie an. »Was ist passiert? Und warum kommen Sie damit zu mir?«

»Darf ich mich setzen?« Kristina musste Zeit gewinnen, um ihre Gedanken zu sortieren. Sie hatte während der Fahrt zu viel an Philipp gedacht und sich nicht überlegt, wie sie vorgehen wollte.

»Natürlich.«

Mitten im Raum stand ein himmelblaues Sofa. Kristina setzte sich. Im Grund konnte sie der Frau alles erzählen, was mit dem Fall zu tun hatte. Auch ohne Kellers DNA-Abgleich war sie mittlerweile überzeugt, dass die Tote die Weißgerber war. Aber wie passte der Junge da rein?

»Jetzt reden Sie doch!«

Esther setzte sich auf einen Sessel, ihr gegenüber. Kristina beschloss, ihr in aller Kürze von dem Leichenfund zu erzählen und den vergeblichen Versuchen, die Identität der Toten zu klären und Sybille Wendt aufzufinden, sowie von dem Brief, den sie gestern in der Dachkammer gefunden hatte. Esther hörte wortlos zu, die Arme um den Oberkörper geschlungen.

»Das ist grauenvoll«, stieß sie hervor, als Kristina fertig war. »Einfach nur grauenvoll.«

Kristina ließ ihr Zeit, das Unbegreifliche ankommen zu lassen.

»Frau Grau, was könnte passiert sein? Haben Sie irgendeine Vermutung?«, fragte sie schließlich.

»Ich weiß es nicht. Ich weiß es wirklich nicht. Was, sagten Sie, steht in dem Brief an mich?«

Sie war deutlich erschüttert, und doch hatte Kristina den Eindruck, dass sie etwas verbarg.

»Moment. Ich habe für Sie ein Foto gemacht.« Sie nahm ihr Handy aus der Tasche, rief das Bild auf und hielt es Esther hin. Die las den Text und schüttelte verzweifelt den Kopf.

»Das ist ihre Schrift. Wie schrecklich. Und wer ist ›er‹?«

»Das wissen wir eben nicht«, antwortete Kristina. »Und wer ist Purzel?«, fuhr sie fort.

»Ihr Sohn.«

»Unsere Rechtsmedizin hat die DNA der Frau mit der des Kindes verglichen. Sie sind nicht miteinander verwandt«, sagte Kristina.

»Stimmt. Christian hat den Kleinen mit in die Ehe gebracht. Er war erst wenige Wochen alt, als seine Frau schwer krank wurde. Es war schnell klar, dass sie nicht mehr viel Zeit hatte. Bille hat als Krankenschwester gearbeitet, im Klinikum Nürnberg Nord. Christian und sie haben sich dort kennengelernt, während seine Frau als Patientin in der Klinik war. Ich glaube, die beiden hatten schon was miteinander, ehe seine Frau … Na ja. Kurz nachdem sie gestorben ist, hat Christian die Wohnung in Röthenbach gekauft, und sie sind eingezogen. Da war Anton ungefähr anderthalb Jahre alt. Um ganz für den Jungen da zu sein, hat Bille ihre Arbeit aufgegeben. Sie und Christian haben schnell und in aller Stille geheiratet«, berichtete Esther.

So war wohl jeder, der keine Hintergründe kannte, der Annahme gewesen, Sybille sei die leibliche Mutter von Anton, schlussfolgerte Kristina.

»Nach unseren Ermittlungen hat Herr Wendt seine Frau aber wieder verlassen«, wandte sie ein.

»Ja. Hat auch gar nicht lange gedauert. Der Christian konnte einfach nicht treu sein. Er hat Bille von Anfang an betrogen. Ich verstehe bis heute nicht, warum er sie überhaupt geheiratet hat. Ungefähr ein Jahr nach der Hochzeit ist er abgehauen. Den Kleinen hat er bei ihr gelassen. Die Bille hat das Kind sehr geliebt. Purzel hat ihr Halt und Trost gegeben. Christian hat auch brav gezahlt, nur gemeldet hat er sich kaum je. Sie hatte aber trotzdem immer Angst, er stellt den Unterhalt irgendwann ein. Deswegen wollte sie den Hof verkaufen, den sie von ihren Eltern geerbt hatte, um mit eigenem Geld ein bisschen Sicherheit zu haben. Das hat sie immer wieder gesagt. Sie wollte auch wieder arbeiten, aber erst, wenn Purzel schulpflichtig war«, sagte Esther.

»Sybille hat in ihrem Brief an Sie erwähnt, sie wüsste, was sie Ihnen angetan hat. Was hat sie gemeint?«

Für die Ermittlungen war es wohl nicht wichtig. Ruhe ließ es ihr aber nicht. Esther schoss die Hitze ins Gesicht.

»Darüber möchte ich nicht reden«, stieß sie hervor.

»Ist der Vorfall, über den Sie nicht reden möchten, der Grund, weswegen Sie schon lange nichts mehr voneinander gehört hatten? Sie haben in unserem Telefonat davon gesprochen.«

Esther betrachtete ihre Fingernägel. Sie waren sauber und kurz geschnitten.

»Es ist einfach nur unfassbar schrecklich.« Sie hielt den Kopf gesenkt.

»Frau Grau? Gibt es irgendetwas, das ich wissen sollte?«

»Vielleicht wären die beiden noch am Leben, wenn ich den Kontakt nicht abgebrochen hätte.« Ihre Stimme zitterte.

»Wie meinen Sie das?«

Esther zog die Beine an den Bauch und schlang die Arme darum, als wollte sie sich an etwas festhalten.

»Bille und ich waren quasi beste Freundinnen. Ich habe sie getröstet, nachdem Christian abgehauen war. Manchmal habe ich auf Purzel aufgepasst, damit sie auch mal was unternehmen kann. Das wollte sie gar nicht. Sie wollte die Zeit mit dem Kleinen genießen. Aber mal zum Friseur oder zum Zahnarzt, das musste schon sein, und dann habe ich mich gekümmert. Sie hat ihre Termine nach meinem Dienstplan gemacht. Ich bin auch Krankenschwester. Dann habe ich jemanden kennengelernt und mich in ihn verguckt. Dirk. Ich habe ihn ihr sogar noch vorgestellt, ich war total verknallt. Kurz darauf ging es los, dass Bille plötzlich doch am Abend oder am Wochenende auch mal einen Babysitter wollte. Das kam mir echt ungelegen, aber ich habe getan, was ich konnte. Dirk hat das ganz locker weggesteckt. Bis ich gemerkt habe, dass Bille und Dirk ... Verstehen Sie? Unter mir ist der Boden eingebrochen. Ich habe beide zum Teufel geschickt.«

»Das tut mir sehr leid, Frau Grau«, sagte Kristina leise. Aus unerfindlichen Gründen musste sie an Philipp denken.

»Während ich auf Purzel aufgepasst habe, hatte sie eine Affäre mit meinem Freund. Wie abgebrüht kann man sein? Ich konnte es nicht fassen.« Die Verbitterung war ihr noch immer anzuhören. »Dabei lag ihr gar nichts an ihm. Aber er hat ihrem Selbstbewusstsein als Frau gutgetan, nach der Sache mit ihrem Mann.«

»Das hat sie Ihnen gesagt?« Verblüfft betrachtete Kristina Esther.

»Ja.« Esther zuckte mit den Schultern und löste dabei den Griff um ihre Beine.

»Ich habe ihr gesagt, auf so eine Freundin kann ich verzichten, und danach den Kontakt abgebrochen. Sie hat sich noch ein paarmal gemeldet und sich entschuldigt und mir gesagt, wie sehr sie den Vertrauensbruch bereut. Aber von meiner Seite her ... Ich konnte ihr nicht verzeihen. Und Dirk auch nicht. Und damit hatte sich auch die Betreuung für Purzel erledigt. Zu dem Zeitpunkt hatte sie bereits konkret vor, zum Hof zu fahren. Sie wollte ihn sich ansehen, in welchem Zustand er ist und so weiter. Sie war ja auch schon lange nicht mehr dort gewesen. Sie wollte den Kleinen nicht mitnehmen und hat mich gebeten, ob ich zwei oder drei Tage auf ihn aufpassen würde. Es war sogar schon ein Termin ausgemacht.«

Nun war Kristina diejenige, die erschüttert war. Wäre Sybille Wendt nicht mit dem Freund von Esther Grau fremdgegangen, so hätte zumindest der Junge noch am Leben sein können. Sybille vielleicht auch, denn dann wäre Esther aufgefallen, dass die Freundin nicht zurückkam, und sie hätte mit Sicherheit etwas unternommen.

»Als Bille sich nicht mehr gemeldet hat, dachte ich, sie hat es endlich kapiert, dass ich nichts mehr mit ihr zu tun haben will. Dabei war alles ganz anders.«

In Esthers Gesicht stand das Entsetzen.

»Wissen Sie, wie sie zum Hof gekommen ist? Wir haben kein Auto auf dem Grundstück gefunden.«

»Sie wollte mit dem Zug nach Bayreuth fahren und von dort weiter mit dem Taxi. Sybille hatte kein Auto. Das hatte Christian mitgenommen. Sie wollte sich zwar immer wieder eins kaufen, hat es aber vor sich hergeschoben. Sie kam auch mit den öffentlichen Verkehrsmitteln gut zurecht, auch mit Purzel zusammen.«

»Wer könnte sie auf dem Hof festgehalten haben?«, fragte Kristina.

»Ich weiß es nicht. Vielleicht jemand, der sich dort unerlaubterweise eingenistet hat und zu Tode erschrocken ist, als sie aufgetaucht ist. Der Hof stand ja lange leer. Das mag Gesindel anziehen.«

»Könnte es Artur gewesen sein?«, fragte Kristina.

»Wer ist Artur?« Irritiert sah Esther sie an.

»Sybilles Bruder. Hat sie nie von ihm gesprochen?« Überrascht erwiderte Kristina den Blick der Frau.

»Nein. Sie hat ihn mit keinem Wort erwähnt. Ich dachte immer, sie sei ein Einzelkind, so wie ich.«

So gut waren die Frauen offenbar doch nicht befreundet gewesen, wenn Esther nichts von Artur wusste. Erzählten sich

Frauen nicht fast alles, wenn sie eng miteinander waren? Kristina wusste es nicht. Sie selbst hatte keine enge oder »beste« Freundin. Es gab nur Bernadette, und von ihr hatte sie auch schon lange nichts mehr gehört. Die wusste nicht einmal was von Philipp, fiel Kristina ein. Ihre übrigen Bekannten waren dünn gesät, zumal sie ja ohnehin nie Zeit für ein Privatleben hatte.

»Vielleicht hätte ich Bille und Purzel retten können, wenn ich nicht so unversöhnlich gewesen wäre«, klagte Esther sich unerwartet an. »Ich habe ja sogar noch einen Schlüssel zu ihrer Wohnung. Ich dachte, sie wird sich schon melden, wenn sie ihn wiederhaben will. Hat sie aber nicht.«

Der Schlüssel konnte noch von Nutzen sein. Letzten Endes musste überprüft werden, ob es sich bei dem toten Kind wirklich um Anton Wendt handelte. In der Wohnung gab es bestimmt eine Zahnbürste des Kindes, die Keller für einen DNA-Abgleich nutzen konnte.

»Machen Sie sich bitte keine Vorwürfe, Frau Grau. Ihre Reaktion ist absolut verständlich, und Sie konnten nicht ahnen, was passiert ist.«

Esther Grau nickte, doch es wirkte nicht wie eine Zustimmung. Eher hatte Kristina das Gefühl, dass sie jetzt allein sein wollte. Das konnte sie bestens nachvollziehen.

Ehe sie sich verabschiedete, bat sie Esther um den Schlüssel.

Zwanzig Minuten später betrat sie in Röthenbach die Wohnung von Sybille Wendt. Hinter der Tür lag ein Stapel Post, der über die Jahre gedankenlos durch den Briefschlitz geworfen worden war. Das meiste war Werbung.

Kristina warf in jeden Raum einen Blick. Auf sämtlichen Möbeln lag Staub, auf den meisten Fensterbrettern standen verdorrte Pflanzen. Im Bad auf dem Rand des Waschbeckens fand sie, was sie suchte. Eine grüne Kinderzahnbürste, auf deren Griff ein Dinosaurier abgebildet war. Sie nahm auch gleich die Zahnbürste mit, die wohl von Sybille Wendt benutzt worden war. Für alle Fälle, falls Keller Schwierigkeiten hatte, ihren behandelnden Zahnarzt zu ermitteln.

46

»Gute Arbeit, Frau Herbich«, lobte Willbrandt. Diesmal war er es, der in ihr Büro gekommen war. »Keller ist schon mit der Auswertung beschäftigt?«

Kristina nickte.

»Ich denke ja, es ist nur noch eine Formsache, und wir wissen endlich, wer die beiden Toten auf dem Hof sind. Bleibt die Frage, ob sie gewaltsam zu Tode gekommen sind, und falls ja, wer der Täter ist«, fuhr Willbrandt fort.

Wieder nickte sie. Die Frage beschäftigte sie natürlich auch. Jäh fiel ihr ein, dass sie ihn hatte fragen wollen, wie er über eine Beobachtung vom Hof dachte. Sie hatte es vor sich hergeschoben, und nun war es wohl zu spät. Vielleicht war derjenige, der sich dort aufgehalten hatte, ja doch zwischenzeitlich einmal zurückgekommen und um das Anwesen geschlichen. Dann hatte er oder sie wohl das Weite gesucht, ob der Polizeisiegel.

»Die Spurensicherung hat ja den Hof innen wie außen gründlich überprüft«, ergänzte ihr Vorgesetzter.

Wahrscheinlich würde er sie jetzt gleich auf ihre eigenen Unzulänglichkeiten hinweisen, und hoffentlich wollte er sie nicht erneut hinschicken. Sie hatte nun wirklich genug von dem Weißgerber-Hof. Sie gab keine Antwort.

»Sie haben eine weitergehende Suche abgebrochen, nachdem Sie in der Dachkammer den Brief gefunden hatten«, fuhr Willbrandt fort.

Sie hatte es geahnt.

»Versprechen Sie sich etwas davon, die Suche abzuschließen?«, fragte er und sah sie arglos an. Geschickter Schachzug, so zu tun, als sei es ihre Entscheidung.

»Eigentlich nicht«, erwiderte sie und sah die Kammer wieder vor sich.

Es gab nicht viele Möglichkeiten, in dem Raum noch Aufschlussreiches zu finden. Vielleicht unter dem Bett oder unter

Dielenbrettern, und in der Truhe hätte sie das Unterste zuoberst kehren können. Die flache Schublade unter dem Tisch hatte sie auch noch nicht inspiziert. Doch, ein bisschen was konnte man noch durchforsten. Dennoch bezweifelte sie, dass dabei etwas Nützliches herauskam. Eine Notiz mit dem Namen ihres Peinigers würde Sybille Wendt kaum irgendwo versteckt haben.

»Versuchen Sie, diesen Christian Wendt ausfindig zu machen. Offenbar sind die beiden ja nicht geschieden worden. Er muss über den Tod von Frau und Kind in Kenntnis gesetzt werden. Wahrscheinlich hat er auch den Hof geerbt.«

»Mach ich«, erwiderte Kristina. Sie würde die Bogen damit beauftragen.

»Und machen Sie sich mal schlau, ob es in den letzten Jahren irgendwelche vergleichbaren Fälle gegeben hat«, fuhr Willbrandt fort.

»Sie meinen Entführungen mit Todesfällen, bei denen die Leichen sehr lange nicht gefunden wurden, dann aber in ähnlicher Situation wie die Wendt und der Junge?«, forschte Kristina.

»So in der Art, ja«, bestätigte Willbrandt.

»Also, Chef, ich weiß nicht. Bekannt ist mir nichts.«

»Mir auch nicht«, gab ihr Vorgesetzter zu. »Aber wir können den Fall doch nicht einfach zu den Akten legen, weil wir keinen Ansatzpunkt finden.«

»Ja«, sagte sie nur. Im Grunde dachte sie genauso. Die Aufgabe konnte sie der Bogen nicht überlassen. Das würde sie selbst tun müssen.

»Überprüfen Sie das erst im Raum Oberfranken, wenn das nichts ergibt, bayernweit. Wenn das auch nichts ergibt, sehen wir weiter.«

»Hm«, machte Kristina unzufrieden.

Nachdem Willbrandt die Tür hinter sich zugezogen hatte, rief sie Annika an und beauftragte sie mit der Suche nach Christian Wendt. Anschließend fuhr sie ihren Computer hoch und tippte lustlos auf der Tastatur herum. Willbrandts

Überlegung kam ihr vor, als wollte er sie beschäftigen, um sich selbst sagen zu können, dass man alles Denkbare unternommen hatte, um den Fall zu klären. Vermutlich war es auch so. Drei Stunden später brach sie die Überprüfung ab. Zwar hatte sie ein paar Entführungsfälle bayernweit gefunden, doch keine Tat war mit dem Fall von Sybille und Anton Wendt zu vergleichen.

Ihr schwirrte der Kopf, und sie sehnte sich nach frischer Luft. Kristina sah zum Fenster. Der Himmel war grau, aber es war trocken. Wenn sie noch einmal zum Weißgerber-Hof fuhr und die letzten Ecken und Winkel der Dachkammer durchsuchte, war sie wenigstens ein bisschen draußen. Aber gegen die Vorstellung wehrte sich alles in ihr. Zumal sie nicht glaubte, noch etwas Bedeutendes zu finden.

Sie konnte ihren Onkel besuchen, doch dann kam sie mit der Arbeit nicht voran.

Sie konnte Philipp schreiben oder anrufen. Sie wusste noch immer nicht, mit wem er in der Pyramide gewesen war.

Sie wollte Breuer aufspüren, und sie wusste nicht, was sie noch tun konnte, um herauszufinden, wo er war und was passiert war. Ihr Blick ging zu seinem leeren Schreibtisch. Es war nicht zu fassen. Er war einfach verschwunden. Beim Gedanken an ihn empfand sie eine Trostlosigkeit, die ihr nicht angemessen schien. Sie waren Kollegen gewesen, kein Paar und auch nicht wirklich Freunde. Und doch war es unerträglich, nicht zu wissen, was ihm zugestoßen war. Dass ihm etwas zugestoßen war, da war sie sicher. Es passte nicht zu ihm, alles hinter sich zu lassen, schon gar nicht, von einem Moment zum anderen und ohne Abschied. Nicht einmal in einer emotionalen Ausnahmesituation, wie dem Betrug durch seinen Lebensgefährten, konnte sie sich das vorstellen. Wobei sie sich Breuer in einer emotionalen Ausnahmesituation ohnehin nicht vorstellen konnte.

Sie stützte die Ellbogen auf den Schreibtisch und musste unvermittelt an Weidenberg denken. Er behauptete, nicht zu wissen, wo seine Frau und seine Tochter waren. Unabhängig davon, ob er die Tat begangen hatte oder nicht, wenn es stimmte, was er sagte, mochte er sich auch mit dieser Ungewissheit quälen. Sie beschloss, sich seine Akte doch noch einmal anzusehen.

47

Das Licht des Nachmittags war trüb, die Luft war kalt, und feine Schneeflocken rieselten vom Himmel. Es war erst kurz nach fünfzehn Uhr, und doch ahnte man schon die hereinbrechende Dunkelheit.

Anja Küster joggte schneller. Sie hatte sich in der Zeit und der Strecke verschätzt. Es wäre besser gewesen, eine vertraute Route zu laufen, statt sich um die Uhrzeit und bei dem Wetter an etwas Neues zu wagen. Die Landstraße war einsam, es gab keine Straßenlaternen, und ihr graute davor, plötzlich im Finsteren laufen zu müssen. Wenigstens hatte sie ihr Handy dabei, und dessen Akku war voll geladen. Schlimmstenfalls musste sie eben mit der Lampenfunktion den Weg nach Bad Berneck finden, wo sie unerlaubterweise ihr Auto auf dem Parkplatz eines Supermarktes abgestellt hatte.

Die Flocken fielen dichter und wurden größer. Die Fahrbahn war inzwischen mit einer ebenmäßigen Schneeschicht bedeckt. Links der Straße tauchte ein Anwesen auf, vielleicht fünfzig Meter vom Straßenrand entfernt, mitten in der Natur. Es war ein gedrungener Bau, daneben gab es einen Schuppen oder zwei, das konnte sie durch das trübe Licht schlecht erkennen. Hinter einem der kleinen Fenster bewegte sich ein Licht, und urplötzlich vernahm Anja einen Aufschrei, laut und entsetzt, beinahe wie von einem gequälten Tier. Abrupt blieb sie stehen.

»Neeeeeinnn!«, brüllte jemand, und im gleichen Moment verlosch das Licht, das sich bewegt hatte.

Der Schrei war aus dem Hof gekommen. Über ihren vom Joggen erhitzten Körper rann ein eisiger Schauer. Eine Gestalt stürzte aus der Haustür, und unwillkürlich hatte Anja den Wunsch, zu fliehen oder sich wenigstens zu verstecken, doch dafür gab es weit und breit keine Möglichkeit. Die Gestalt war ein Mann. Er hielt seinen Kopf mit beiden Händen, als wollte er ihn am Zerplatzen hindern, und stolperte vorwärts, Richtung Straße.

Eine hysterische Welle der Angst durchjagte Anja. Er kam direkt auf sie zu. Unvermittelt blieb er stehen und sah hoch. Sein Gesicht war zur reinsten Fratze verzerrt. Er keuchte. Ein verzweifeltes Schluchzen stieg ihr in die Kehle. Das war das Ende. Vor ihr stand ein Irrer, hier in völliger Einsamkeit bei einbrechender Dunkelheit, und nur noch das Asphaltband der schmalen Straße trennte sie. Er starrte sie an, drehte sich auf dem Absatz um und rannte davon.

Anja fühlte sich, als wären die Sohlen ihrer Laufschuhe in Blei gegossen. Mit bebenden Fingern zog sie ihr Handy aus der Tasche. Sie wagte sich keinen Schritt weiter. Sie würde jetzt ihre Schwester anrufen. Von ihr würde sie zwar einen Anschiss kassieren, weil sie wieder allein in der Einsamkeit joggen gegangen war, aber Julia war bei der Polizei, und sie würde wissen, was zu tun war. Vor allem aber würde sie sie abholen.

Polizeimeisterin Julia Kirsch steckte ihr Handy in die Brusttasche ihrer Uniform und verließ ihren Platz am Schreibtisch. Zügig lief sie aus ihrem Büro und eilte die Treppe ein Stockwerk tiefer ins Erdgeschoss. Vor dem Zimmer von KHK Herbich blieb sie stehen und klopfte.

»Ja«, rief es von innen.

Rasch öffnete sie die Tür. Die Kommissarin saß an ihrem Schreibtisch und hatte vor sich eine Akte liegen.

»Frau Herbich, ich hatte eben einen Anruf von meiner Schwester. Sie ist bei Bad Berneck joggen gegangen, und wenn ich sie richtig verstanden habe, hat sich jemand auf dem Weißgerber-Hof herumgetrieben und ist plötzlich schreiend davongerannt«, teilte sie ihr hektisch mit.

»Was?«

Augenblicklich hatte sie die volle Aufmerksamkeit der Kommissarin. Kristina Herbich stand auf.

»Ja. Ich muss Anja abholen. Sie steht auf der Landstraße gegenüber dem Hof und traut sich keinen Meter vor und zurück. Aber ich dachte, das interessiert Sie doch bestimmt, wegen der Toten, die Sie dort gefunden haben.«

»Ja, natürlich! Ich schicke gleich zwei Streifenwagen und fahre auch hin.«

Die Polizeisiegel an der Haustür und an der Küchentür hinten waren aufgebrochen. Im Haus war alles unverändert, nur die Tür zu der Schlafkammer stand jetzt offen. Kristina war sicher, sie nach ihrer letzten Raumbegehung vor ein paar Tagen geschlossen zu haben.

»Er war hier«, sagte sie zu einem der Polizisten, der mit dem Streifenwagen gekommen war und sie ins Haus begleitet hatte.

»Wer?«, fragte der Kollege und ließ den Lichtkegel seiner Taschenlampe durch die Schlafkammer gleiten.

»Derjenige, der sich hier eingenistet und vermutlich mit den Toten zusammengelebt hat«, erklärte Kristina.

»Gucken Sie mal.« Der Beamte leuchtete auf den Boden vor dem Bett. Dort lag eine alte Taschenlampe. Er bückte sich. »Das ist eine, die man über Strom auflädt.«

Kristina beugte sich zu ihm.

»Die sieht ziemlich kaputt aus. Und wo hat er oder sie die aufgeladen? Im Haus gibt es keinen Strom.«

»Das kann ich Ihnen nicht sagen.« Der Mann erhob sich und betätigte den altmodischen Kippschalter neben der Tür. Die Lampe mit dem orangefarbenen kegelförmigen Stoffschirm über dem Bett blieb dunkel. »Vielleicht ist ja nur die Glühbirne kaputt«, bemerkte er.

Kristina beschloss, diesen Gedankengang zu übergehen.

»Wo ist denn Frau Kirsch?«, fragte sie stattdessen.

»Die wartet außen mit ihrer Schwester«, antwortete der Kollege.

»Versiegeln Sie das Haus wieder«, bat Kristina. »Ich rede mit der Schwester.«

Sie ging aus der Schlafkammer und verließ das Gebäude durch den vorderen Eingang.

Anja Küster saß mit Julia Kirsch in einem der Streifenwagen

auf der Rückbank. Kristina stieg vorne auf der Beifahrerseite ein und wandte sich den Frauen zu. Anja Küster war schmal und blond wie ihre Schwester, und ihre Miene war unverkennbar verängstigt. Nachdem Kristina sich vorgestellt hatte, sprach sie die junge Frau direkt an.

»Können Sie den Mann, der aus dem Haus gerannt ist, beschreiben?«

»Es ging alles so schnell. Er hat geschrien. Der erste Schrei kam aus dem Haus. Deswegen bin ich ja stehen geblieben. Hinter einem Fenster hat Licht geflackert. Plötzlich ist es ausgegangen, und dann ist er auch gleich nach draußen gestürzt. Ich glaube, er muss etwas Fürchterliches gesehen haben.« Sie klang sehr aufgeregt.

»Wie groß war er? Wie alt in etwa? Wissen Sie etwas über seine Kleidung?«, forschte Kristina.

»Nein, nein. Es war doch schon so düster. Ich kann echt nicht sagen, wie alt der war. Er hat sich an den Kopf gefasst, als hätte er Schmerzen.«

»Hat er mit Ihnen gesprochen?«

»Nein. Er hat mich nur angestarrt, dann ist er davongerannt.« Sie zeigte aus dem Autofenster und deutete in unbestimmter Richtung zum Wald, der etwa hundert Meter entfernt war.

»Wie weit standen Sie voneinander weg, als er Sie angestarrt hat?«

Sie hätte diese Anja Küster packen und schütteln mögen. Möglicherweise hatte sie dem Mörder von Sybille und Anton Wendt gegenübergestanden und wusste nun reinweg nichts, womit sie ihr weiterhelfen konnte.

»Nicht weit. Da war nur noch die Straße zwischen uns. Deswegen hatte ich ja solche Angst. Ich dachte echt, der ist nicht normal, so wie der dreingesehen hat.«

Nur die Straße, und die war schmal. Aber das Licht war schlecht gewesen.

»Frau Küster, können Sie sich vorstellen, dass wir mit Ihrer Hilfe ein Phantombild von dem Mann erstellen können?«

Anja Küster schwieg lange. Kristina war überzeugt, sie würde verneinen.

»Wir können es ja mal versuchen«, sagte sie schließlich.

»Gut. Wir fahren ins Präsidium«, entschied Kristina. Viel Hoffnung hatte sie nicht, dass die Aktion etwas bringen würde.

Zwei Stunden später stand sie im Büro des Kollegen Stiegler, der als Grafiker für die Polizei arbeitete, und sah ihm und Anja Küster über die Schulter. Sehr treffend war das Phantombild nicht geworden, und doch war sie überzeugt, es war Willi, den Frau Küster beschrieben hatte. Sie ließ sich das Bild ausdrucken und ging damit zu Willbrandt.

Willbrandt ruckte an seiner Brille und betrachtete es.

»Das, meinen Sie, ist Willi?«, erkundigte er sich.

»Er könnte es sein. Ich meine, die Nase wäre größer und seine Augen würden weiter auseinanderstehen. Aber er könnte es sein«, beharrte sie.

»Und wo er jetzt ist, wissen wir nicht?«, fragte Willbrandt, ruckte wieder an seiner Brille und lehnte sich im Stuhl zurück.

»Nein. Er wollte ja nicht in der Diakonie bleiben.«

»Dann machen wir den nächsten Fahndungsaufruf. Zeitung, Fernsehen, Internet, Radio. Alles eben, und zwar sofort«, entschied Willbrandt.

48

Die Frau, die auf einem Plastikstuhl im Eingangsbereich des Präsidiums hockte, lebte vermutlich auf der Straße. Ihre Kleidung starrte vor Schmutz, ihre Haare waren strähnig und verfilzt. Sie trug zwei prall gefüllte Plastiktüten bei sich. Das kleine Foyer war durchdrungen von den Ausdünstungen eines lange nicht gewaschenen Körpers. Ihre Haut im Gesicht und an den Händen war bräunlich und wettergegerbt, die Fingernägel waren rissig, mit dunklen Rändern. Sie hielt den Nordbayerischen Kurier des heutigen Tages umklammert.

Grassmann, der hinter seiner Glasscheibe zumindest vor den Gerüchen geschützt saß, die die Frau verströmte, wies mit einer Kopfbewegung zu ihr. Kristina deutete ein Nicken an.

»Frau Hellmann?«, fragte sie und blieb in größtmöglicher Entfernung zu ihr stehen.

»Wanja. Sagen Sie Wanja«, bat sie. Ihr fehlten ein paar Zähne. »Die Hellmann gibt es schon lang nicht mehr.«

»Wanja. Sie kommen wegen Willi? Sie kennen ihn?«, fragte Kristina.

Wanja klappte die Zeitung auf. Auf der ersten Seite war das Phantombild von Willi abgedruckt.

»Ich kenn ihn«, sagte sie und tippte mit ihrem knotigen Zeigefinger auf das Bild. »Aber er heißt nicht Willi, und ich hab ihn auch endlos lange nicht mehr gesehen.«

»Er heißt nicht Willi?«, wiederholte Kristina irritiert.

»Nee. Er heißt Artur. Aber er wollte mein Willi sein, um mich zu trösten. Er ist ein Guter.« Sie tippte sich an die Stirn. »Er ist nicht ganz helle, aber er will nix Böses.«

Willi hieß eigentlich Artur. Sie brauchte länger, als ihr lieb war, um diese Information sacken zu lassen. Artur Dettmer? Aber der war doch bei dem Brand verstorben. War eigentlich damals gesichert nachgewiesen worden, dass der Tote aus der Hütte Dettmer war? Sie hatte das nicht überprüft und auch keinen Anlass dafür gesehen. Dafür, dass Willi und Dettmer eine Person waren, sprach, dass er sich gestern auf dem Hof aufgehalten hatte.

»Wissen Sie den Nachnamen von Artur?«, forschte sie.

Wanja schüttelte den Kopf.

»Nee. War auch nicht wichtig. Er war eines Tages bei uns. Ist schon lange her.«

Kristina hatte das Gefühl, an den Ausdünstungen der Frau zu ersticken.

»Gehen wir einen Moment nach draußen?«, schlug sie vor. Sie würde erbärmlich frieren in ihrem Pulli.

Wanja sah zu ihr hoch, als wüsste sie den Grund für die Frage. Dennoch stand sie auf und folgte Kristina ins Freie.

»Erzählen Sie mir von Willi«, bat sie. »Er wollte Sie trösten?«

Wanja nickte.

»Wir waren zu dritt. Ali, Willi und ich. Also, der richtige Willi. Im Sommer haben wir unter der überdachten Brücke beim Rotmain-Center geschlafen. Eines Nachts, als wir von der Essensbeschaffung zurückgekommen sind, lag da einer an unserem Platz«, berichtete sie.

Kristina beschloss, nicht nachzufragen, wie die Essensbeschaffung ausgesehen hatte.

»Ali und Willi wollten ihn verscheuchen, aber mir hat der Junge leidgetan. Er war total verängstigt und erschöpft. Ich hab gesagt, er kann bei uns bleiben. Das hat den Jungs nicht gepasst. Der Ali hat's schon akzeptiert, der Willi war stinksauer. Aber mit der Zeit ... hat schon gepasst.«

Sie schniefte und rieb sich mit dem Handrücken unter der Nase.

»Ab da waren Sie zu viert?«, erkundigte sich Kristina. Sie verschränkte die Arme vor der Brust. Es war wirklich sehr kalt ohne Jacke.

»Ja. Der Artur hat ganz lang nix erzählt, wo er herkommt oder wer er ist. Er war aber oft still und traurig und wie gesagt ...« Wieder tippte sie sich an die Stirn. »Bisschen einfältig war er schon.«

Kristina wartete. Sie war sicher, Wanja hatte noch mehr zu berichten.

»Krieg ich 'nen Kaffee?«, fragte sie unvermittelt.

»Klar. Moment.« Hoffentlich lief sie nicht weg. Kristina öffnete die Tür zum Haupteingang einen Spalt.

»Rudi?«, rief sie, und Grassmann sah zu ihr hoch. »Lass doch bitte einen Kaffee aus dem Automaten bringen. Und bring was zu essen mit.«

Grassmann nickte und stand auf.

»Jedenfalls ... Der Ali lag eines Morgens tot da. Ich glaub ja, er hat sich kaputtgesoffen. Das war schon schlimm, eigentlich war er ein feiner Kerl und auch ein kluger Kopf. Na ja. Und der Willi, der richtige Willi, ist kurz darauf krank geworden. Er hatte oft schlimme Schmerzen, aber ... Ist ja schwierig, mit Doktor und so, wenn man keine Versichertenkarte hat.«

Sie brach ab. Grassmann kam aus der Tür. Er hielt einen dampfenden Keramikbecher in der Hand, und auf einem Teller lag ein Croissant. Über Wanjas Gesicht ging ein Leuchten, und plötzlich schnürte es Kristina die Kehle zu. Irgendwann, vor Jahren, die sie nicht abschätzen konnte, war diese Frau geboren worden. Ihr Leben hatte einen unglücklichen Verlauf genommen, und irgendwann war sie auf der Straße gelandet. Jetzt bestand das Glück aus einer Tasse frisch gebrühten Kaffees und einem Stück Gebäck, erworben im Austausch gegen ein paar Informationen. Wanja stellte den Teller auf den Rand eines Blumenkübels neben dem Zugang zum Präsidium und trank von ihrem Kaffee.

»Der Willi ist vor einen Lkw gelaufen. Da war nix mehr zu machen. Ich glaub ja, das war Absicht. Wegen der Schmerzen, wissen Sie.« Hektisch nippte sie an dem heißen Getränk.

Wie furchtbar. Wenn sie Schmerzen hatte, ging sie früher oder später zum Arzt. Und bis dahin gab es Schmerztabletten. Aber die kosteten Geld, wenn auch nicht viel. Aber vielleicht hatte es nicht einmal dafür gereicht. Oder Wanja und Willi, die ja sicher um ihr Erscheinungsbild wussten, hatten sich in keine Apotheke getraut.

»Mir ging es sehr mies. Der Willi war wie ein Bruder für mich und der Artur immer bisschen eifersüchtig auf ihn. Als wir nur noch zu zweit waren, hat der Artur gesagt, er wollte jetzt mein Willi sein. Dass das nicht geht, hat er nicht verstanden.« Wieder tippte sie sich an die Stirn. »Er war ja nicht ganz helle«, wiederholte sie. »Ich hab ihm dann halt den Gefallen getan und ihn ein paarmal Willi genannt. Das hat ihn gefreut.«

»Und dann?«, fragte Kristina.

Wenn Willi und Artur Dettmer identisch waren, dann musste es einen Moment gegeben haben, in dem Willi sich entschieden hatte, zu dem Hof zurückzukehren. Hatte er mit Wanja dort leben wollen, und sie hatte abgelehnt?

»Das ging nicht lange. Ich fand es schlimm, ihn Willi zu nennen, und er war sehr niedergeschlagen deswegen. Eines Tages hat er gesagt, er geht jetzt seine Eltern besuchen. Sein Vater wäre sehr böse auf ihn gewesen, aber vielleicht war es ja jetzt wieder gut. Warum der mit ihm böse war, hat er mir nicht erzählen wollen. Dann war der Artur auch noch weg.«

Sie trank ihren Kaffee aus, wischte sich mit dem Handrücken über den Mund, stellte die Tasse auf den Boden und griff nach dem Croissant. Ehe sie hineinbiss, schnupperte sie daran.

Er hatte den Hof der Eltern verlassen vorgefunden und beschlossen, dort zu bleiben. Und irgendwann war Sybille mit dem Kind ihres Mannes dort erschienen. Ein erstes Bild der Erklärung tauchte vor Kristina auf.

»Und jetzt sind Sie allein?«, fragte sie. Die zerlumpte, übel riechende Frau tat ihr schrecklich leid.

»Nee. Mit der Rita und dem Horst«, nuschelte sie mit vollem Mund.

Kristina spürte einen Anflug von Erleichterung.

»Wo könnte Willi denn jetzt sein? Also, Artur«, erkundigte sie sich.

»Wenn ich das mal wüsste.« Sie stopfte den Rest des Croissants in den Mund.

Es hatte wohl keinen Sinn, weiter in sie zu dringen.

»Frau Hellmann, ich meine Wanja, ich danke Ihnen sehr,

dass Sie gekommen sind. Möchten Sie noch ein Hörnchen? Oder einen Kaffee?«

»Ich hab schon so lange kein Schinkenbrötchen mehr gehabt«, sagte Wanja.

In ihrem Mundwinkel hingen Krümel. Kristina konnte ihr fünf oder zehn Euro geben, damit sie sich in der Richard-Wagner-Straße, die parallel zur Werner-Siemens-Straße lag, beim Metzger etwas kaufte. Aber so wie sie aussah … Schlimmstenfalls verwies man sie der Tür. Und sie selbst war durchgefroren bis auf die Knochen. Wahrscheinlich bekam sie jetzt eine Erkältung.

»Warten Sie hier. Ich hole rasch meinen Geldbeutel und kaufe Ihnen etwas beim Metzger.«

Möglicherweise machte sie einen Fehler. Schlimmstenfalls stand Wanja nun öfter vor der Tür des Präsidiums, und vielleicht brachte sie sogar Rita und Horst mit. So weit wollte Kristina nicht denken. Wohlig umfing sie die Wärme des Polizeireviers, auch wenn es im Foyer noch immer übel roch. Sie eilte in ihr Büro, war dankbar, in ihre Jacke schlüpfen zu können, und beschloss, Wanja Hellmann zu dem Brötchen noch eine Salami oder Ähnliches dazuzukaufen. Irgendwas, was sich ein paar Tage hielt, damit sie was davon hatte.

Und sie würde die Bogen und die Kirsch zusammen mit zwei Kollegen von der Streife zu dem Hotel am Berg schicken. Es war der einzige Ort, den sie sich spontan vorstellen konnte, an dem sich Willi-Artur jetzt aufhielt.

49

Willi-Artur saß auf dem Besucherstuhl neben Kristinas Schreibtisch. Er sah völlig verzweifelt aus. Tatsächlich hatten ihn die Kollegen im Hotel am Berg angetroffen. Er hatte schluchzend auf dem Boden gesessen und mehrfach nach Harry gefragt. Offenbar hatte er sich aus irgendeinem Grund Trost, Zuspruch, einen Rat oder aktive Hilfe von dem vermeintlichen Kumpan erhofft. In welcher Angelegenheit, das konnte sie nur raten.

Willis Augen waren gerötet, und immer wieder knetete er seine kräftigen Hände. Gesagt hatte er bisher kein Wort, obgleich sie ihm schon etliche Fragen gestellt hatte. Offenbar war er nicht bereit, mit ihr zu reden. Kristina versuchte, den leeren Platz an Breuers Schreibtisch zu ignorieren. Vielleicht wäre er der Richtige gewesen für ein Gespräch mit dem Mann.

Sie griff nach dem Hörer des Telefons. Annika war nicht geeignet, um Dettmer zu befragen, und Julia Kirsch war diesbezüglich nicht ausgebildet. Viele Möglichkeiten gab es nicht.

»Willbrandt. Was liegt an, Frau Herbich?«, drang die Stimme ihres Vorgesetzten durch die Leitung, kaum dass sie seine Nummer gewählt hatte.

»Chef. Willi spricht nicht mit mir. Könnten Sie Ihr Glück versuchen?«, bat sie.

»Ich bin gleich bei Ihnen«, sagte Willbrandt zu. »Sagen Sie, wie sicher können wir sein, dass der Mann wirklich Dettmer ist?«, fragte er noch.

Kristina sah zu Willi.

»Im Moment haben wir nur die Aussage von Frau Hellmann. Willi bestreitet aber gar nicht, Artur zu sein. Er will nur Willi genannt werden«, sagte sie und behielt den Mann dabei im Blick. Seine Miene verriet ihr nicht, ob er bei ihren Worten irgendwelche Empfindungen hatte.

»Er muss ja während der Zeit bei den Weißgerbers auch mal in ärztlicher Behandlung gewesen sein. Vielleicht lässt sich auf dem Weg seine Identität sicher feststellen. Ich gebe das rasch noch an Annika weiter, dann komm ich in Ihr Büro«, entschied Willbrandt.

»Bis gleich, Chef.«

Kristina legte den Hörer auf. Manchmal war auf ihren Vorgesetzten wirklich Verlass.

Willbrandt zog Breuers Stuhl von dessen Schreibtisch weg und setzte sich schräg gegenüber von Willi. Der betrachtete ihn anklagend aus rot geweinten Augen und wirkte todunglücklich. Seine Schultern waren nach vorne gesunken, und immer wieder sah er zu Boden.

»Willi oder Artur?«, fragte Willbrandt. »Wie soll ich Sie nennen?«

Sekundenlang hörte man nur das leise Rauschen der Heizung.

»Willi«, sagte der Mann und klang trotzig. Unerwartet fing er an zu schluchzen und deutete auf Kristina.

»Sie hat sie mir weggenommen«, stieß er hervor. »Ich wollte doch auf sie aufpassen.«

»Wen?«, fragte Willbrandt sanft.

»Bille und Purzel.« Willi fuhr sich mit dem Ärmel übers Gesicht.

»Bille und Purzel?«, wiederholte Willbrandt.

Heftig nickte Willi. »Sie hatten sich wehgetan. Ich habe sie ins Bett gebracht, und sie sind eingeschlafen.« Plötzlich ging ein unsicheres Flackern über sein Gesicht.

»Was ist, Willi?«, fragte Willbrandt. »Gerade haben Sie an was gedacht.«

»Sie schlafen dauernd und essen gar nix. Und sie sehen schlimm aus. Sehr schlimm. Gar nicht mehr so wie sonst. Wo sind sie?«

»Bille und Purzel sind tot, Artur«, schaltete sich Kristina ein.

Heftig schüttelte Willi den Kopf.

»Nein. Sie schlafen nur«, beharrte er, und an seiner Mi-

mik konnte sie erkennen, dass er genau wusste, dass das nicht stimmte.

»Sie wachen nicht mehr auf«, fuhr sie fort. »Das weißt du, nicht wahr?«

Sie beschloss, zum Du zu wechseln. Der Mann war ein Kind. Ein Kind mit eingeschränkten geistigen Möglichkeiten. Willi senkte den Kopf und legte die Hände vors Gesicht.

»Was ist passiert, Willi?«, fragte Willbrandt und sprach weiterhin sanft.

»Ich war daheim. Es waren alle weg. Mama und Papa auch, und Bille. Ich habe gewartet, ob jemand wiederkommt. Dann war Bille plötzlich da, mit Purzel. Ich hab mich so gefreut. Sie sollte dableiben. Ich habe gut aufgepasst, dass sie nicht mehr geht. Tür zu und so. Aber Purzel hat viel geweint. Bille hat gesagt, wenn er draußen spielen darf, weint er nicht mehr.« In Gedanken versunken saß Willi auf seinem Stuhl.

»Hast du Bille und Purzel nach draußen gelassen?«, fragte Willbrandt und sprach ihn nun auch mit Du an. Willi nickte.

»Ich hab Angst gehabt, dass sie weglaufen.«

»Und?«, forschte Kristina nach.

»Purzel hat nicht spielen wollen«, gab er Auskunft.

»Und dann?« Kristina ließ ihn nicht aus den Augen. Willi verschränkte die Arme vor der Brust.

»Hab ich sie wieder reingeschickt«, antwortete er und sah ins Leere.

»Sind die beiden ins Haus zurückgegangen?«, wollte Willbrandt wissen.

»Bille wollte nicht«, murrte Willi. Er sah aus, als wäre er immer noch verärgert deswegen. »Ich hab gesagt, ich hol das Gewehr, wenn sie nicht reingeht. Dann hat sie Purzel geschnappt und ist gerannt, aber zur Straße. Sie war doll schnell und hat den Ast nicht gesehen. Sie ist ganz schlimm hingefallen und mit dem Kopf auf die Steine.« Er schlug sich mit dem Handballen gegen die Stirn.

»Auf welche Steine?«, fragte Willbrandt.

»Auf Mamas Kräutermauer«, informierte er ihn bereitwillig.

»Was für eine Kräutermauer?«

Nun sah Willbrandt zu ihr. Kristina erinnerte sich an das Mauerstück, das wie verloren zwischen dem Wohnhaus und den Schuppen stand. Möglicherweise sprach Willi davon. Seine Mutter mochte Kräutertöpfe an die Haken gehängt haben. Damit hatte die Mauer sowohl einen dekorativen Zweck erfüllt als auch einen nützlichen. In wenigen Worten setzte sie Willbrandt in Kenntnis.

»Und Purzel?«, fragte sie und wandte sich wieder an Willi.

»Hat nicht mehr geweint«, versicherte Willi. »Aber Bille ist nicht aufgestanden, und Purzel lag unter ihr. Ich habe beide ins Bett gebracht.«

Kristina tauschte einen Blick mit Willbrandt. Der fuhr sich mit dem Zeigefinger zwischen Hals und Kragen und schluckte.

»Dann haben die beiden geschlafen?«, erkundigte er sich mit belegter Stimme.

Willi nickte.

»Ich musste sie in das Bett von Mama und Papa legen. Die waren ja nicht zu Hause, und in die Dachkammer, das hab ich nicht geschafft, mit der Treppe.«

»Bille und Purzel haben sonst in der Dachkammer geschlafen?«, fragte Willbrandt.

Wieder nickte Willi.

»Schön dort oben«, beteuerte er. »Das war Billes Zimmer.«

»Hast du die Treppe offen gelassen, wenn Bille und Purzel oben waren?«, fragte Kristina, obgleich sie überzeugt war, die Antwort zu kennen.

»Nö.« Willi schüttelte heftig den Kopf und sah wieder zu Boden. »Sollten nicht weglaufen«, ergänzte er schließlich.

»Gut, Willi.« Willbrandt klang müde und so, als wollte er das Gespräch beenden. »Du wirst ein bisschen bei uns bleiben müssen. Wir haben ein Zimmer für dich.«

Ein Zimmer, aus dem auch er nicht weglaufen konnte.

Ruckartig hob Willi den Kopf und sah Kristinas Vorgesetzten aus weit aufgerissenen Augen an. »Ich hab den Mann und die Frau vergessen. Ich muss ihnen Essen bringen.«

»Welchen Mann und welche Frau?« Irritiert erwiderte Willbrandt seinen Blick.

»Die gekommen sind. Die Frau wollte mein Gemüse klauen. Es ist gut geworden. Ich kann das. Hat Mama mir gezeigt. Und der Mann ist einfach reingekommen. Das macht man nicht. Man muss klopfen oder klingeln. Er hat Bille und Purzel gesehen.« Er sprach sehr aufgeregt und fasste sich beim Reden mit beiden Händen an den Kopf.

»Sie ist auch gekommen, mit vielen Leuten und einem großen Hund!«, fuhr er aufgeregt fort und sah zu Kristina. »Das waren zu viele.«

Er war weggelaufen, als er sie mit Giese, dem Hund und dem Suchtrupp hatte kommen sehen, schlussfolgerte Kristina.

Ein Mann und eine Frau waren auf den Hof gekommen.

Eine hysterische Vorstellung, begleitet von unglaublicher Furcht, erfasste sie. Sie wollte diese Vorstellung nicht groß werden lassen und klammerte sich doch umgehend daran.

Ein Mann und eine Frau waren auf den Hof gekommen. Gemeinsam? Wenn der Mann Breuer war, mit wem war er unterwegs gewesen?

»Wo sind die beiden?«, fragte sie hektisch.

Willi wich mit dem Oberkörper zurück, ohne von seinem Stuhl aufzustehen.

»Im Keller.«

»In welchem Keller?«

Sie hatte auf dem Hof keinen gesehen. Alte Bauernhöfe hatten ihre Keller meist in der Nähe, in Felsen geschlagen und nicht unter dem Haus. Zumindest, soweit ihr bekannt war. Oder auch mit Felssteinen errichtet und mit einer dicken Erdschicht abgedeckt. Sie hatte nichts dergleichen im näheren Umkreis bemerkt.

»Im Keller eben«, beharrte Willi. »Ich muss Essen runterbringen.«

Runterbringen. Das klang, als würde es irgendwo in die Tiefe gehen.

»Willi«, sie sah rasch zu Willbrandt. »Wenn wir gemeinsam zum Hof fahren, zeigst du mir dann, wo der Keller ist?«

Willi rutschte auf seinem Stuhl hin und her. Der innere Kampf war ihm anzusehen. Er machte sie dafür verantwortlich, dass ihm seine Bille entzogen worden war, auch wenn ihm in den Tiefen seines eingeschränkten Verstandes vermutlich klar war, dass sie ohnehin nicht mehr aufgewacht wäre.

»Nicht allein mit dir«, sagte er schließlich und blickte ebenfalls zu Willbrandt.

»Gut. Ich komme auch mit«, antwortete dieser und stand auf.

50

Willi wollte, dass sie direkt zu dem Hof fuhren. Willbrandt saß am Steuer. Kristina war innerlich eiskalt. Führte Willi sie zu Breuer? Und wer war die Frau? Wenn Breuer in einem Keller auf dem Hof war, wie konnte es sein, dass sie ihn dort nicht gefunden hatte? Viele Male war sie dort gewesen und hatte sich immer wieder gründlich umgesehen.

Nicht nur sie, auch Forsch von der Spurensicherung mit seinen Leuten. Gieses Hund hatte Breuers Fährte bis zu dem Hof aufgenommen. Nach dem Leichenfund in der Schlafkammer hatte sie Giese mit dem Hund nach draußen geschickt, um weiter nach Breuer zu suchen. War das ein fataler, nicht wiedergutzumachender Fehler gewesen? Hätten sie den Hund im Haus weitersuchen lassen sollen? Wo war dieser Keller?

Willbrandt parkte in der Hofzufahrt, und sie stiegen aus.

»Rein«, verlangte Willi und marschierte zur Haustür.

Willbrandt sperrte auf. Kristina durchlief ein Zittern. Es gab keinen Keller im Haus! Vielleicht holte Willi einfach nur einen Schlüssel, den er für einen außen liegenden Felsenkeller brauchte. Aber auch solch einer war ja weder ihr noch dem Suchtrupp aufgefallen und Gieses Wastl wohl auch nicht.

Sie betraten das Haus, dessen bedrückende Enge sich wie eine Last auf sie senkte. Die unheilvolle Stille, das trübe Licht, der modrige Geruch, der unverändert zwischen den alten Mauern hing, drohten ihr die Luft zu nehmen.

Willi schob sich an ihr vorbei und ging zu der Vorratskammer. Hier? Da war nichts dahinter, außer völlig veralteten Putzutensilien und abgelaufenen Lebensmitteln. Er drehte den rostigen Schlüssel, der im Schloss steckte.

Sie sah wieder die drei deckenhohen Holzregale, die Kisten mit den schrumpeligen Äpfeln und den keimenden Kartoffeln sowie den abgegriffenen Karton, der mittig im Raum stand. Willi bückte sich und zog den Karton aus der Kammer. Kristina war es, als würde sie einen brutalen Schlag in den Magen bekommen. Sie wollte nach Luft schnappen und konnte nicht. Im Boden eingelassen befand sich eine Falltür. An einer Stelle gab es eine winzige Vertiefung, in die man wohl hineingreifen sollte, um die Tür hochzuklappen.

»Da«, sagte Willi und zeigte auf die Falltür.

»Nein.« Kristina schüttelte den Kopf. »Nein, das kann nicht sein.«

Sie wagte nicht, Willbrandt anzusehen. Wenn Breuer dort unten war, konnte sie nie wieder mit ihm zusammenarbeiten, falls er überhaupt noch am Leben war. Sie hatte versagt. Sie hatte auf ganzer Linie versagt. Warum war sie nicht auf die Idee gekommen, den Karton wegzuziehen? Warum hatte sie Giese mit seinem Wastl nach draußen geschickt, statt ihn den inneren Bereich des Hofes absuchen zu lassen?

»Mach auf«, wies Willbrandt Willi mit ruhiger Stimme an. Willi gehorchte.

Eine steile Treppe mit ausgetretenen Stufen ging in die Tiefe. Rechts an der Wand gab es einen Kippschalter, den Willi betätigte. Licht flammte auf, und Kristina zuckte zusammen. Es gab also durchaus Strom auf dem Hof. Wahrscheinlich hatte der Kollege recht, mit dem sie nach dem Anruf von Anja Küster hier gewesen war, und es waren lediglich etliche Glühbirnen kaputt. Doch auch den Strom musste ja jemand zahlen. Das war alles mehr als eigenartig, aber im Moment völlig egal. Ihr graute vor dem, was sie im Keller finden mochten.

»Du gehst vor«, sagte Willbrandt zu Willi.

Der nickte und trottete mit schweren Schritten die Treppe hinunter. Am Ende der Stiege war wieder eine Tür, die mit einem massiven Riegel verschlossen war. Willi schob ihn beiseite und stieß die Tür nach innen auf. Dahinter war es dunkel. Er tastete an die rechte Wandseite. Kristina hörte das Klacken eines Schalters, doch es blieb dunkel.

»Das Licht ist kaputt«, bemerkte Willi betrübt. »Hallo?«, rief er übergangslos in den Keller.

Von innen kam ein leises Stöhnen. Kristina presste die Hand

vor den Mund. Willbrandt zog sein Handy hervor, schaltete die Lampenfunktion ein und leuchtete durch den Raum. Vor ihnen lag ein Gewölbekeller mittlerer Größe, zwei ausgetretene Stufen führten hinein. Von der Decke hing eine nutzlose Glühbirne. Licht und Schatten von Willbrandts Handy huschten über die alten Mauern.

Mitten im Raum lag eine zusammengekrümmte Gestalt am Boden. Es war Breuer.

Kristina saß in einer der Besucherecken des Klinikums und wartete darauf, mit dem Arzt sprechen zu können, der Breuer und die Frau behandelte, die ebenfalls im Keller des Weißgerber-Hofes eingesperrt gewesen war. Die Frau hieß Andrea Rank. Willbrandt hatte in einem Verschlag einen Rucksack gefunden, in dem sich außer einer leeren Colaflasche ein Geldbeutel mit einem Ausweis auf diesen Namen befunden hatte. Unzählige Gedanken jagten durch Kristinas Kopf, keinen davon konnte sie greifen.

Breuer war zwar nicht bewusstlos gewesen, als sie ihn aufgefunden hatten, jedoch nicht ansprechbar. Willbrandt hatte den Rettungsdienst verständigt und sich im Keller umgesehen, während sie auf die medizinische Hilfe gewartet hatten. Benutztes Geschirr, leere Flaschen und Plastikdosen verteilt in den unterirdischen Räumen hatten darauf hingewiesen, dass Willi seine Gefangenen gewissermaßen versorgt hatte, bis zu dem Zeitpunkt, an dem er wohl fluchtartig den Hof verlassen hatte, weil sie mit dem Suchtrupp aufgetaucht war. In der Konsequenz hieß das, ihr Engagement, Breuer zu finden, hätte ihn beinahe das Leben gekostet. Wobei sie ja noch gar nicht wusste, ob er überleben würde. Für die Frau jedenfalls sah es nicht gut aus, hatte der Notarzt gesagt.

»Frau Herbich?« Eine weibliche Stimme riss sie aus ihren tranceartigen Überlegungen. Eine gepflegte Mittvierzigerin stand vor ihr. »Der Arzt hat jetzt Zeit für Sie.«

Kristina nickte und folgte ihr über den mit Kunstlicht erhellten Flur.

Dr. Kopinski saß hinter einem schlichten weißen Schreibtisch. Er taxierte Kristina mit einem Blick von unten über seine schmale goldgeränderte Brille. Dies war eine Haltung, andere Menschen anzusehen, die sie von Grund heraus ablehnte. Sie straffte die Schultern und setzte sich ihm gegenüber, ohne eine Aufforderung abzuwarten.

»Frau Herbich«, begann der Arzt gedehnt und sah in die Unterlagen, die vor ihm auf dem Schreibtisch lagen. »In welcher Eigenschaft sind Sie noch mal hier? Sie sind die Freundin von Herrn Breuer?«

»Seine Kollegin, besser gesagt, ich bin seine Vorgesetzte.« Sie zog ihren Dienstausweis hervor und hielt ihn dem Arzt hin.

»Und jetzt sind Sie dienstlich hier? Oder privat?« Wieder dieser bescheuerte Blick von unten nach oben, mit zur Tischplatte geneigtem Gesicht, als wollte er sich die Mühe sparen, den Kopf zu heben.

»Dienstlich«, fuhr sie ihn an. »Es geht um Mord- und Entführungsermittlungen. Wie geht es meinem Kollegen? Und Frau Rank?«

»Die Frau, ja. Nicht so gut. Sie ist nach wie vor ohne Bewusstsein. Es stehen noch ein paar Untersuchungen an. Gewalt wurde ihr nicht angetan, zumindest nicht im Sinne von Misshandlung oder Vergewaltigung«, antwortete Dr. Kopinski und sah Kristina zum ersten Mal direkt an.

Er hatte hellgraue Augen, und Wimpern und Augenbrauen waren so hell, dass sie kaum zu erkennen waren.

»Und was ist mit Herrn Breuer?«

Kopinski rutschte mit seinem Stuhl ein Stück vom Schreibtisch weg, lehnte sich zurück und verschränkte locker die Finger über dem Bauch.

»Ihr Kollege hat eine Lungenentzündung, eine Nieren- und Blasenentzündung, hohes Fieber und ist komplett dehydriert. Er bekommt intravenös Flüssigkeit und Antibiotika sowie fiebersenkende und schmerzstillende Mittel. Im Übrigen rate ich beiden Patienten eine psychotherapeutische Behandlung an, zur Aufarbeitung des Geschehens.«

»Dehydriert?« Das Wort hatte sie schon mal gehört.

»Ausgetrocknet. Starker Flüssigkeitsmangel«, übersetzte der Doktor. »Viel Zeit wäre ihm nicht mehr geblieben.«

Sie hatte es beständig geahnt, dass die Zeit gegen sie arbeitete. Und dann stand sie vor dem Karton, der die Falltür verdeckte, und kam nicht auf die Idee, ihn beiseitezuziehen. Sie wollte Breuer unbedingt sehen und wusste doch nicht, wie sie ihm gegenübertreten sollte. Fast wären sie zu spät gekommen.

»Wird er wieder richtig gesund?«

»Körperlich sehe ich gute Chancen bei Ihrem Kollegen. Wie die Psyche mit dem Erlebten umgeht ... Das ist nicht mein Fachgebiet. Wie ich schon sagte, ich empfehle einen Kollegen zur Unterstützung.«

»Kann ich jetzt zu ihm?«

»Sicher.«

Kopinski rutschte wieder an seinen Schreibtisch und senkte den Blick. Offenbar betrachtete er das Gespräch als beendet.

Sie spürte ihre Wangen brennen, während sie den Flur der Klinik entlangeilte, zu Breuers Zimmer. Es trieb sie vorwärts, ihn zu sehen und zu sprechen und sich zu vergewissern, dass er wieder existent war. Und sie war sicher, komplett versagt zu haben.

Sie klopfte an die Zimmertür mit der Nummer 14. Von innen kam kein Laut. Trotzdem betrat sie den Raum.

Breuer lag allein in dem Klinikbett. Über einen Plastikschlauch tropfte eine durchsichtige Flüssigkeit in seine Vene. Seine Wangen waren eingefallen, dunkle Schatten lagen unter seinen Augen, und die Mundwinkel wirkten nach unten gezogen. Aber er war es. Er war wieder da. Sie hatte nicht mehr daran geglaubt. Als sie ins Zimmer kam, wandte er ihr den Blick zu. In seinem Gesicht konnte sie keine Reaktion erkennen, fast, als wüsste er nicht, wer sie war. Sie bekam nur mühsam Luft.

»Herr Breuer ...«, begann sie und ging zum Fußende des Bettes. Was sollte sie jetzt sagen? Dass es ihr leidtat? Es tat ihr unendlich leid, alles, was geschehen war. Dass sie froh war, ihn lebendig wiederzusehen? Das erklärte sich von selbst und war doch zu lapidar für den Moment. Sollte sie ihn fragen, wie es ihm ging? Es konnte ihm nur schrecklich gehen.

»Haben Sie Schmerzen?«, entschied sie sich spontan.

Breuer deutete ein Kopfschütteln an.

»Es tut mir so leid«, stieß sie unvermittelt hervor, griff nach der metallenen Einfassung am Fußende des Bettes und umklammerte sie.

»Haben Sie ihn?«, fragte Breuer unvermittelt.

Er sprach kraftlos, und doch tat es gut, seine Stimme zu hören.

»Ja.« Sie überlegte, ob sie ihm erste Einzelheiten berichten sollte, und entschied, dass das Zeit hatte.

»Und Andrea?«

»Sie ist auch hier in der Klinik.« Auch hier war es wohl besser, nicht mehr dazu zu sagen.

»Der Wagen ... irgendwas hat nicht gestimmt, und dann bin ich auch noch in den Morast gefahren, als ich wenden wollte.« Er sah zur Zimmerdecke, während er sprach. »Ich wollte auf dem Hof telefonieren. Haben Sie die Leichen gefunden?«

»Ja.«

»Mir ist kalt.«

Rasch sah sie sich um. Über dem Besucherstuhl lag eine zweite Decke. Sie nahm sie und legte sie behutsam über Breuers Deckbett.

»Danke«, murmelte er und schloss die Augen. In einer spontanen Aufwallung drückte sie sacht seinen Oberarm, der sich unter den Decken abzeichnete.

»Schlafen Sie. Ich komme bald wieder«, sagte sie leise.

Sie wollte sich gerade abwenden, als ein Zucken durch Breuer lief, als kämpfe er gegen etwas, was ihn erbarmungslos attackierte, und im gleichen Moment sah sie, dass unter seinen Wimpern Tränen hervorquollen. In hilfloser Bestürzung ließ sie ihre Hand auf seinem Arm liegen und begann vorsichtig, ihn zu streicheln.

»Es tut mir so leid«, flüsterte sie und hätte am liebsten mitgeweint, doch irgendwie blieb ihr dies versagt.

Breuer drehte sich mühsam zur Seite, wobei er ihr den Rücken zuwandte, und krümmte sich in Embryonalstellung zusammen. Seine Schultern zuckten. Erschüttert stand sie neben seinem Bett, unschlüssig, ob es besser war, zu bleiben oder ihn allein zu lassen. Sie entschied sich für Letzteres und drückte zuvor sacht seine Schulter.

51

Kristina traf Annika Bogen im Flur vor ihrem Büro.

»Ah, Frau Herbich, hallo. Gerade wollte ich zu Ihnen«, begrüßte Annika sie.

»Hallo, Annika, ich war in der Klinik. Was gibt's?« Ihr war nicht danach, mit der Kollegin über Breuer und Frau Rank zu reden. Sie hoffte, sie fragte nicht nach.

»Ich habe Herrn Wendt ausfindig gemacht. Er hält sich zurzeit aus beruflichen Gründen in Frankreich auf.«

»Gut«, antwortete sie und dachte einige Sekunden nach. Willbrandt hegte Zweifel, ob Annika in der Lage war, schlimme Nachrichten einfühlsam mitzuteilen. Sie wiederum hatte die Nase gestrichen voll von allem, was mit dem Weißgerber-Hof in irgendeiner Form zusammenhing.

Breuer war wieder hier, und er hatte Schreckliches erlebt. Sie wollte wissen, was genau passiert war und wie er die Zeit im Keller ertragen musste. Dazu brauchte sie Zeit, ihn immer wieder zu besuchen, wenn er das akzeptieren konnte.

Philipp wartete, zumindest hoffte sie das.

Onkel Johan wartete auch, mit seinem Angebot, für sie zu kochen.

Und die Akte Weidenberg lag auf ihrem Schreibtisch. Ihr war letzthin etwas aufgefallen, was sie sich noch einmal genauer ansehen wollte, ungeachtet dessen, dass sie Weidenbergs Bitte, ihm zu helfen, abgelehnt hatte. Annika sah sie abwartend an.

»Rufen Sie ihn an und sagen Sie ihm, was passiert ist«, beschloss sie.

»Am Telefon?« Perplex sah Annika sie an.

»Ja. Oder wollen Sie nach Frankreich fahren? Die Fahrt- und Übernachtungskosten können Sie wahrscheinlich gar nicht als Spesen geltend machen«, sagte sie.

»Er kann herkommen«, erwiderte die Kollegin.

»Ja, kann er. Fragen Sie ihn, ob er das will.«

Der Mann hatte sich jahrelang nicht um seine Frau und seinen Sohn gekümmert. Vielleicht war er dennoch erschüttert, wenn er erfuhr, was den beiden widerfahren war. Aus ihrer Sicht hatte er jedenfalls keine einfühlsame Vorgehensweise verdient.

»Okay«, erwiderte Annika gedehnt.

Kristina setzte sich an ihren Schreibtisch. Eine Weile ruhte ihr Blick auf Breuers Arbeitsplatz, der ihrem gegenüberlag. Vielleicht saß er bald wieder dort, trank dampfenden Kräutertee und aß Vollkornbrot mit Frischkäse, sorgsam mit Messer und Gabel. Vielleicht.

Sie beschloss, sich auf Weidenberg zu konzentrieren, und zog die oberste linke Schublade unter ihrem Schreibtisch auf. Darin lag seine Akte. Sie blätterte bis zu der Stelle, an der Julia Kirsch sie gestern unterbrochen hatte, und begann zu lesen. Sie blätterte vor und zurück, verglich Daten, Aussagen, Indizien und Protokolle. Hin und wieder machte sie sich Notizen.

Drei Stunden später schlug sie die Akte zu. Ihr Nacken war verspannt, und ihre Augen brannten. Doch sie hatte sich richtig erinnert. Es gab etwas, was sie gewaltig störte, und sie beschloss, dem nachzugehen. Dazu musste sie mit Arne Dennstett reden, und das wollte sie persönlich machen. Bis Starnberg waren es knapp drei Stunden mit dem Auto, wenn sie ohne Stau durchkam. An einem Tag hin und zurück, das war ihr zu viel. Sie brauchte eine Übernachtung. Willbrandt würde mit ihrem Vorhaben wahrscheinlich nicht einverstanden sein. Dass er keinen Handlungsbedarf sah, hatte er ja neulich schon kundgetan.

Es stand aber auch das Wochenende bevor, und sie hatte unzählige Überstunden. Nachdenklich betrachtete sie den hellbraunen Aktendeckel. Sie konnte Philipp fragen, ob er Zeit und Lust hatte, sie in Starnberg zu treffen. Die Gegend dort war auch im Winter schön, und die Befragung von Dennstett würde sicher nicht unendlich viel Zeit in Anspruch nehmen. Allerdings war Philipp erfahrungsgemäß nicht sehr spontan.

Wahrscheinlich hatte er schon wieder diverse Tanzaktionen vor, die er nicht absagen wollte.

Nein, sie würde ihn nicht fragen. Aber Willbrandt würde sie unterrichten.

Ihr Vorgesetzter runzelte die Stirn, als sie ihm eine viertel Stunde später sagte, was sie vorhatte.

»Sie wollen allen Ernstes dorthin fahren? Wozu, Frau Herbich?«

»In Weidenbergs Akte steht, dass Dennstett durch seinen Bruder für die anzunehmende Tatzeit ein Alibi hatte. Das Alibi wurde durch einen Nachbarn bestätigt, der die Brüder auf ihrem Grundstück beim Grillen gesehen haben will«, erläuterte sie.

Willbrandt musterte sie, ohne eine Miene zu verziehen.

»Aber sämtliche Alibis wurden nur telefonisch eingeholt. Niemand hat die Brüder oder den Nachbarn persönlich gesprochen«, ergänzte sie.

»Ja und? Starnberg ist ja nicht um die Ecke. Und was hätte Dennstett für einen Grund gehabt haben sollen, seine schwangere Freundin und deren Tochter zu töten? Weidenbergs Aussage, seine Frau wollte zu ihm zurück, war eine glatte Lüge, um jeglichen Verdacht zurückzuweisen«, sagte Willbrandt. »Er war jähzornig und hat sie geschlagen und nicht nur einmal. Sie hat ihn betrogen, war schwanger von einem anderen und wollte ihn verlassen. Was wollen Sie denn noch?«

»Es gibt keine Leichen, nur Fotos. Ich frage mich die ganze Zeit, wer die gemacht haben könnte. Weidenberg mag gewalttätig sein, aber ich kann mir nicht vorstellen, dass er Frau und Tochter tötet, Bilder macht und sie der Polizei zuspielt. Das macht keinen Sinn. Das muss jemand getan haben, der ihm schaden will.«

»Da gebe ich Ihnen recht. Das könnte tatsächlich Dennstett gewesen sein, das mit den Fotos. Nehmen wir an, er wollte seine Freundin und das Kind mit Sack und Pack zu Hause abholen und mit nach Starnberg nehmen, für ein neues gemeinsames

Leben, und findet die beiden tot auf. Er will, dass Weidenberg für seine Tat zur Rechenschaft gezogen wird –«

»Herr Willbrandt. Dann ruft er die Polizei und fertig«, unterbrach Kristina ihren Chef.

»Und wenn er die Toten angefasst hat? Irgendwas verändert hat, was ihm zur Last gelegt werden könnte? Dann hat er Angst, selbst in den Fokus zu geraten«, hielt Willbrandt dagegen.

»Das wiederum würde heißen, sein Alibi ist so oder so falsch. Er kann ja nicht gleichzeitig mit seinem Bruder im Garten Grillsteaks gewendet haben, aber auch Fotos von Sophie und Merle gemacht haben«, konterte Kristina.

Willbrandt seufzte.

»Sie haben sich festgebissen, Frau Herbich.« Sie entnahm seinem Tonfall einen Anflug von Resignation. Wenn Willbrandt resignierte, war er nahe daran, nachzugeben.

»Und wo sind die Toten?«, setzte sie noch eine ungeklärte Frage obenauf.

»Weidenberg wird sich hüten, uns das zu sagen. Damit würde er die Tat ja zugeben«, entgegnete Willbrandt. »Ich vermute, er hat Frau und Tochter im Wutrausch getötet. Als es zu spät war, hat er Hals über Kopf das Haus verlassen und ist irgendwann zurückgekommen, um die Leichen zu entsorgen. Dass Dennstett in der Zwischenzeit vor Ort war und Bilder gemacht hat, konnte er nicht wissen.«

»Er sagt, er hat eine Lücke in seinem Gedächtnis«, erinnerte Kristina Willbrandt, ohne auf seine Ausführungen einzugehen.

»Das spricht für ihn als Täter. Manche Menschen, die in ihrem gnadenlosen eskalierenden Zorn Gewalttaten begehen, haben im Nachhinein gar keine oder nur eine verschwommene Erinnerung«, bemerkte Willbrandt.

»Wie dem auch sei. Ich möchte mit den Dennstett-Brüdern und dem Nachbarn reden«, beharrte Kristina.

»Nun gut. Tun Sie, was Ihnen keine Ruhe lässt. Keller hat übrigens eine Mail an Sie geschickt und mich in CC gesetzt. Es handelt sich bei den Leichen auf dem Weißgerber-Hof definitiv um Sybille und Anton Wendt. Haben Sie die Mail schon gelesen?«

»Nein. Ich war mit der Akte von Weidenberg beschäftigt.« Willbrandt nickte.

»Wann wollen Sie fahren?«, fragte er.

»Morgen früh.«

»Gute Fahrt, Frau Herbich.«

»Danke.«

»Und überprüfen Sie vorher, ob sämtliche Herren auch noch unter den damaligen Adressen gemeldet sind. Nicht, dass die Aktion komplett ins Leere läuft«, ergänzte er.

»Hab ich schon. Schönen Abend, Chef.«

52

Am Starnberger See lag der Schnee reichlich zwanzig Zentimeter hoch, und vom klarblauen Himmel schien die Sonne, ganz anders als im trüben Oberfranken.

Die Dennstett-Brüder wohnten in einem Villenviertel, nur etwa fünfzig Meter vom See entfernt. Um das weitläufige gepflegte Grundstück war ein schmiedeeiserner Zaun gezogen. Das Wohnhaus hatte einen gediegenen hellgelben Anstrich, und zu der überdachten zweiflügeligen Eingangstür führten drei breite weiße Stufen.

Neben dem Gartentor befand sich eine Glocke in einer steinernen Säule. Auf einem Schild aus Messing stand in geschwungenen Buchstaben »Arne und Leon Dennstett«. Frauen schien es im Haus nicht zu geben, und wenn doch, so war auf ihre Erwähnung verzichtet worden. Kristina läutete. Sie rechnete damit, dass durch die Gegensprechanlage unterhalb der Glocke nachgefragt wurde, wer sie war und was sie wollte, doch es ertönte nur ein Türsummer.

Sie betrat das Grundstück, und die Eingangstür öffnete sich. Ein schlanker Mann mit dunklen, aus der Stirn gekämmten Haaren erschien im Rahmen. Überrascht sah er ihr entgegen.

»Herr Dennstett?«, fragte Kristina und nahm ihren Dienstausweis aus der Tasche. »Mein Name ist Kristina Herbich. Ich bin Kriminalhauptkommissarin und komme aus Bayreuth.«

»Aus Bayreuth?«

Er verschränkte die Arme vor der Brust. Kristina hatte die Eingangstreppe erreicht und stieg die Stufen hoch. Er prüfte ihren Ausweis für ihr Gefühl unverhältnismäßig lange.

»Ja. Ich würde gerne mit Ihnen und mit Ihrem Bruder sprechen. Sind Sie Arne oder Leon?«

Der Mann ließ die Frage unbeantwortet und blieb unter der Tür stehen.

»Sie hätten sich ankündigen können. Worum geht es denn?«, fragte er.

»Um Sophie und Merle Weidenberg.« Sie glaubte ein winziges Zucken neben seinem linken Auge zu sehen.

»Das ist über zehn Jahre her. Gibt es neue Erkenntnisse?«

»Nein. Aber eine für mich ungeklärte Frage«, antwortete sie.

»Und die wäre?«

»Leon? Wer ist da? Wo bleibst du?«, tönte eine schwache Männerstimme aus dem Haus.

»Ich komme gleich«, rief Leon zurück.

»Ist das Ihr Bruder, der nach Ihnen gerufen hat?«, fragte Kristina.

»Ja. Es geht ihm nicht gut. Ich dachte, es ist die Pflegerin. Sie wollte noch ein Medikament vorbeibringen.«

»Können wir ins Haus gehen?«

»Nein. Hören Sie. Mein Bruder ist schwer krank. Er braucht Ruhe. Die ganze Sache war furchtbar. Er hat sich von dem Schock nie wieder erholt. Lassen Sie uns in Frieden.«

»Es tut mir sehr leid, dass es Ihrem Bruder nicht gut geht. Es dauert nicht lange.«

»Nein!«

»Leon. Wer ist das?«

Die Stimme erklang direkt hinter dem Mann, der ihr den Zutritt zum Haus nicht gewähren wollte. Widerwillig drehte Leon sich um. Kristina sah eine geräumige Eingangshalle, mit weißen Marmorfliesen auf dem Fußboden. Ein Mann im Rollstuhl stand im Foyer. Er sah Leon zum Verwechseln ähnlich, auch wenn er im Vergleich zu ihm gealtert und ausgezehrt wirkte.

»Guten Tag, Herr Dennstett. Sie sind Arne?«, wandte sich Kristina direkt an ihn.

Der Rollstuhlfahrer nickte. Die Brüder waren Zwillinge, das war eindeutig. Kristina stellte sich erneut vor.

»Was wollen Sie, Frau Kommissarin?«, fragte Arne.

»Es geht um Sophie und Merle Weidenberg«, wiederholte sie.

»Leon, lass sie rein«, sagte Arne. »Und schieb mich zurück ins Wohnzimmer, bitte.«

»Sie sollten sich schämen, einem schwer kranken Mann die schlimmste Zeit seines Lebens wieder vor Augen zu führen!«, zischte Leon wütend, tat aber, was sein Bruder verlangte.

Kristina gab keine Antwort und folgte den Brüdern in ein weitläufiges Wohnzimmer. Durch eine Fensterfront, die fast eine komplette Wandseite einnahm, konnte man auf den See sehen, auf dessen Oberfläche die Sonne glitzerte.

Ein herrlicher Ausblick, dachte Kristina. Leon schob Arne mit seinem Rollstuhl so vor das Fenster, dass er hinaussehen konnte, und brachte dann den Stuhl in Kippstellung, sodass sich Arne nun in halb liegender Position befand.

»Setzen Sie sich, Frau Kommissarin. Möchten Sie etwas trinken?«, fragte Arne.

Er klang ganz ruhig. Auf Leons Gesicht spiegelte sich Wut.

Kristina setzte sich auf einen grauen Hocker in Würfelform, der so stand, dass sie Arne ansehen konnte.

»Ich möchte nichts trinken, vielen Dank.«

»Wissen Sie, über alle die Jahre habe ich damit gerechnet, dass mich einholt, was ich getan habe«, begann Arne zu sprechen, noch ehe Kristina eine Frage hatte stellen können.

»Arne! Was soll das?«, fuhr ihn sein Bruder an.

»Nicht, Leon, bitte. Du musst mich nicht mehr schützen. Ich habe nicht mehr viel Zeit, und ich möchte reinen Tisch machen.«

»Arne! Was redest du? Das sind die Medikamente. Du bist nicht mehr ganz bei Trost«, regte sich Leon auf.

Kristina sah neben Wut und Entsetzen auch Angst im Gesicht des Mannes.

»Ich bin absolut bei Trost«, hielt Arne sachlich dagegen. »Und ich hätte mich niemals auf diesen abartigen Plan einlassen sollen. Ich will so nicht gehen. Ich will jetzt die Wahrheit sagen.«

Kristina sah zwischen den Brüdern hin und her. Sie hatte den Eindruck, gar nichts mehr fragen zu müssen. Offenbar hatte ihr Erscheinen bei dem kranken Mann Schranken eingerissen.

»Du bist bescheuert, Arne. Es geht nicht nur um dich!«, fuhr Leon erneut auf.

»Das ist es ja gerade. Ich will nicht behaupten, dass Weidenberg ein Unschuldiger ist. Er hat viel dafür getan, dass das mit Sophie und mir angefangen hat. Aber er hat sie nicht umgebracht.«

Leon Dennstett riss die Arme in die Höhe und fasste sich mit beiden Händen in die Haare. Die Geste erinnerte Kristina an Willi.

»Scheiß auf Weidenberg! Es geht auch um mich!«, brüllte Leon.

Arne beachtete ihn nicht.

»Wollen Sie meine Aussage aufzeichnen, Frau Kommissarin?«, fragte er.

Sie hatte nichts dabei, womit das möglich gewesen wäre, höchstens ihr Handy. Aber sie konnte Willbrandt anrufen und das Handy auf Lautsprecher stellen. Dann hörte er zumindest mit.

»Ich würde gerne einen Kollegen anrufen und auf Lautsprecher stellen, wenn Sie einverstanden sind«, sagte sie.

»Natürlich.«

Arne nickte. Leon ließ sich auf ein großes graues Sofa fallen.

»Das kann nicht dein Ernst sein«, stieß er hervor. Sein Gesicht war wie versteinert.

Willbrandt hob beim zweiten Läuten ab. Sie unterrichtete ihn in wenigen Sätzen darüber, dass Arne Dennstett ein Geständnis ablegen wollte und sie ihn bitten wollte, mitzuhören. Willbrandt stimmte sofort zu. Kristina rückte etwas dichter an Arnes Rollstuhl und hielt das Handy so nahe zu ihm, wie es ihr vertretbar schien, ohne ihn zu bedrängen.

»Als das mit Sophie und mir angefangen hat, war ich sehr glücklich«, begann Arne. »Ich dachte, sie ist die Frau fürs Leben. Ich habe sie oft gedrängt, sich von ihrem Mann zu trennen, und habe nie eine klare Antwort darauf bekommen. Ich wollte, dass sie sich scheiden lässt. Was ist denn das für ein Zustand, ein Mann, der seine Frau schlägt? Und die Kleine musste das alles miterleben. Als Sophie von mir schwanger wurde, dachte ich, jetzt muss endlich alles gut werden. Ich wollte sie heiraten und ihr und den Kindern ein sicheres Zuhause geben.«

Er brach ab und rang nach Luft.

»Sie hat Nein gesagt. Ich konnte es nicht fassen. Sie wollte ernsthaft zurück zu ihrem Mann. Ich hab's nicht begriffen, und das tu ich bis heute nicht. Man hört das ja immer wieder, dass Frauen zu ihren gewalttätigen Männern zurückkehren. Das ist wohl irgendeine Form von Abhängigkeit. Aber dass mir so was passiert … Jedenfalls hat sie unsere Beziehung beendet, und das habe ich nicht ertragen.«

»Sie sind zu ihr nach Hause und haben sie erwürgt? Und Merle?«, fragte Kristina erschüttert. Dann war es ein eiskalt geplanter Mord gewesen.

»Nein. Nein, so war das nicht. Ja, ich bin zu ihr nach Hause. Ich hatte gehofft, sie allein anzutreffen, und das hat auch geklappt. Wäre Weidenberg daheim gewesen, ich weiß nicht, ob ich mich mit ihm angelegt hätte oder es ein anderes Mal wieder versucht hätte. Jedenfalls stand sein Wagen nicht in der Garage, und die war offen. Sophie hat mich reingelassen. Ich habe mit Engelszungen auf sie eingeredet, ihr gesagt, wie viel sie mir bedeutet und so weiter. Es hat alles nichts genützt. Ich habe ihr gesagt, dass ich nicht will, dass mein Kind in einer solchen Atmosphäre von Angst und Gewalt aufwächst. Und plötzlich kam sie damit, es sei gar nicht sicher, dass das Kind wirklich von mir ist. Da bin ich durchgedreht.«

Er wirkte ganz ruhig, doch auf seinem Gesicht stand plötzlich eine glänzende Schweißschicht.

»Ich habe sie gewürgt, das weiß ich noch. Irgendwann hat sie sich nicht mehr gewehrt, und Merle hat geschrien wie am Spieß. Ich hatte gar nicht mitbekommen, dass sie plötzlich in die Küche gekommen ist. Ich habe ihr den Mund zugehalten, nur damit sie aufhört. Wahrscheinlich zu fest und zu lange.

Auf einmal wurde sie ganz schlaff … und …« Er brach ab und wischte sich mit der flachen Hand übers Gesicht.

»Und dann?« Kristina sprach leise.

Dennstett schüttelte den Kopf.

»Ich wusste nicht, was ich tun sollte. Ich war wie gelähmt. Da lagen Sophie und Merle, und beide waren tot. Durch mich! Die beiden wichtigsten Menschen für mich, mit denen ich mein Leben verbringen wollte. Ich wollte nur noch weg und konnte nicht. Ich habe Leon angerufen.«

Kristina sah zu dem Bruder. Der hielt die Lippen aufeinandergepresst und mied ihren Blick.

»Er wollte mir nicht glauben. Deswegen habe ich ihm Fotos geschickt.«

Arne sah jetzt aus dem Fenster. Die Sonne glitzerte noch immer auf dem See und auf der dicken unberührten Schneedecke ringsum. Sauber und rein. Und hier, in diesem feudalen Haus, erzählte ein todkranker Mann von seiner entsetzlichen Tat, begangen aus enttäuschter Liebe und Zurückweisung. Welch ein Kontrast.

»Leon hat gesagt, ich muss die beiden vergraben und sofort zu ihm zurückfahren. Er wollte mir ein Alibi geben. Ich habe gesagt, das funktioniert nie. Ich brauche Stunden, um die beiden zu vergraben, ich wusste nicht, wo, und eigentlich habe ich mich dazu auch gar nicht fähig gefühlt. Ich hatte furchtbare Angst, Weidenberg könnte plötzlich auftauchen, und dann musste ich ja auch noch zurück nach Starnberg.« Er senkte den Kopf, so tief, dass sein Kinn beinahe seine Brust berührte.

Kristina wartete, doch er sprach nicht weiter. Sie hörte Willbrandt atmen. Gerade als sie Dennstett mit einer Frage daran erinnern wollte, dass er noch nicht zu Ende berichtet hatte, fuhr er fort.

»Ich habe Sophie und Merle in mein Auto gebracht. Es war schon dunkel. Es gibt ein paar Weiher in der Gegend um Bindlach. Bis zu dem Ort waren es ja nur ein paar Kilometer. In einem davon habe ich die beiden versenkt. In welchem, das weiß ich nicht mehr. Ich war völlig neben mir.«

»Versenkt?«, fuhr Leon dazwischen und richtete sich auf. »Ich dachte, du hast sie auf Weidenbergs Grundstück vergraben?«

»Unsinn!« Unerwartet kam Leben in Arne. »Ich hätte viel zu lange gebraucht.«

»Aber … die tauchen doch wieder auf«, rief Leon.

»Ich hab zwei von Weidenbergs Hantelscheiben genommen und sie ihnen mit Gürteln um den Bauch gebunden«, sagte Arne. Er betrachtete seine mageren Hände. »Dann bin ich nach Starnberg gefahren.«

Leon stand vom Sofa auf.

»Du bist ein verdammter Idiot, Arne. Mehr als zehn Jahre ist alles gut gegangen. Weidenberg hat seine Strafe so oder so verdient«, sagte er.

»Nichts ist gut gegangen. Sieh mich an. Das ist *meine* Strafe«, erwiderte Arne und hob in hilfloser Geste die Hände.

»Wie haben Sie das mit dem Alibi gemacht?«, fragte Kristina und sah wechselweise beide Brüder an.

Arne schwieg. Leon setzte sich wieder aufs Sofa, diesmal jedoch nur auf die Kante.

»Ich habe unserem Nachbarn Hilmar Kochelt erzählt, dass wir grillen wollen, und ob er dazukommen möchte. Ich wusste, dass er ablehnt. Er mag keine Geselligkeiten, und Samstagabend schneidet er immer seine Rosen, wenn das Wetter es zulässt. Da ist für ihn nichts daran zu rütteln. Und es war Samstagabend.«

»Und wegen Ihrer Behauptung, dass Sie gemeinsam grillen wollen, hat er Ihrem Bruder ein Alibi gegeben?« Ungläubig sah Kristina Leon an.

»Natürlich nicht. Arne trug die Haare damals mit einem auffälligen Pony und Seitenscheitel. Ich habe sie schon immer zurückgekämmt getragen. Ich habe so getan, als würden wir den Grillabend vorbereiten, und immer wenn ich im Haus war, habe ich die Frisur geändert und das T-Shirt gewechselt. Zwischendurch bin ich an den Zaun und habe mich mit Kochelt unterhalten. Er musste denken, dass er sich wechselweise mit Arne und mir unterhält.«

Unglaublich, dachte Kristina. Und was für ein Einfaltspinsel mochte der Nachbar sein, dass ihm nichts aufgefallen war.

»Zu zweit hat er uns natürlich nicht gesehen. Ging ja auch gar nicht«, ergänzte Leon.

»Aber Sie konnten auch nicht zu zweit auf der Terrasse sitzen«, wandte Kristina ein.

»Nein. Aber die ist von Kochelts Grundstück schlecht einsehbar. Er hat einfach geglaubt, was er sollte«, sagte Leon.

»Und die Fotos? Wie haben Sie das gemacht?«, fragte sie.

Arne sah hoch und warf seinem Bruder einen Blick zu, den Kristina nicht deuten konnte.

»Das war eine ganz miese Masche. Das hat er mir erst erzählt, als ich nichts mehr ändern konnte«, sagte er.

»Ich wollte jeden Verdacht von dir fernhalten«, beharrte Leon. »Ich habe sie an einem Automaten per Sofortdruck entwickeln lassen und bin in der darauffolgenden Nacht nach Bayreuth gefahren, um sie direkt bei der Polizei einzuwerfen. Ich wollte, dass die Polizei so schnell wie möglich aktiv wird und im besten Fall Weidenberg verhaftet. Bei seiner Vorgeschichte … Hat ja auch geklappt.«

Stille senkte sich über das luxuriöse Wohnzimmer. Es war alles gesagt. Kristina schaltete den Lautsprecher ihres Handys aus und hielt sich das Telefon ans Ohr.

»Herr Willbrandt?«, fragte sie.

»Ja. Es ist unglaublich. Ich verständige die Kollegen in Starnberg, Frau Herbich. Die Männer müssen festgenommen werden. Bleiben Sie bitte vor Ort, bis jemand da ist.«

»Arne Dennstett ist schwer krank. Ich glaube nicht, dass Fluchtgefahr oder Ähnliches besteht«, wandte sie ein.

»Gut. Das soll ein Kollege vor Ort entscheiden. Wir sehen uns morgen, Frau Herbich.«

53

Kristina stand in ihrem Peugeot auf dem Parkplatz des Klinikums. Breuer wurde entlassen, und sie hatte ihm förmlich aufgedrängt, ihn abzuholen. Eigentlich hatte er ein Taxi nehmen wollen.

Sie sah ihn die breite Treppe des Haupteinganges herunterkommen, eine Reisetasche in der Hand. Er war noch schlanker als vor dem schrecklichen Ereignis. Die Tasche hatte sie ihm besorgt, zusammen mit einigen Kleinigkeiten aus dem Haus, das er mit Dennis bewohnte. Breuer hatte sich, noch während er in der Klinik gelegen hatte, von seinem Lebensgefährten getrennt. Dieser wiederum war vorübergehend zu seinen Bekannten nach Bamberg gefahren. Ein endgültiger Auszug würde irgendwann in den nächsten Monaten erfolgen.

Mit der Andeutung eines Lächelns öffnete Breuer die Tür der Beifahrerseite und setzte sich. Wie immer hatte er ein wenig Mühe, seine langen Beine in der Enge ihres Zweisitzers unterzubringen.

»Wohin möchten Sie? Nach Hause oder ins Büro?«, fragte Kristina in einem Versuch, zu scherzen.

»Ins Büro natürlich«, erwiderte Breuer und legte den Sicherheitsgurt an.

»Nicht Ihr Ernst.« Sie wandte ihm das Gesicht zu, für einen Moment verunsichert, ob er es wirklich so meinte.

Breuer lächelte.

»Nein. Aber ich will wirklich so schnell wie möglich wieder arbeiten.«

»Das beruhigt mich zu hören. Dann fahre ich Sie jetzt nach Hause. Sollen wir vorher noch was einkaufen gehen?«

»Nein. Ich komme schon zurecht, vielen Dank, Frau Herbich.«

»Fühlen Sie sich denn fit genug allein?« Die Vorstellung, dass er nun einsam in dem Haus saß, in dem er mit Dennis gelebt hatte und in dem das Drama seinen Anfang genommen hatte, belastete sie.

»Sicher. Ich bin in der Klinik gut wiederhergestellt worden.«

Breuer sah aus dem Fenster. Seine Hände hingen zwischen seinen Knien. Im Fußraum stand die Reisetasche. Es mochte sehr unbequem sein. Sie dachte an die dringende Empfehlung von Kopinski zu einer Therapie, um das Geschehen zu verarbeiten. Doch jetzt war wohl nicht der richtige Zeitpunkt, Breuer darauf anzusprechen.

Ihr Handy, das in der Freisprecheinrichtung steckte, läutete. Es war Onkel Johan.

»Gehen Sie ruhig ran«, sagte Breuer.

Kristina tippte auf »Gespräch annehmen«.

»Hallo, Onkel Johan. Ich bin eben unterwegs. Ich fahre Herrn Breuer nach Hause. Er ist heute entlassen worden«, sagte sie eilig, um den Onkel zu informieren, dass sie nicht allein war und Breuer zuhörte.

»Hallo, Tinchen, schön. Ich habe gestern Gulasch gekocht. Es ist sehr reichlich geworden. Magst du zum Essen kommen? Du kannst deinen Kollegen gern mitbringen.«

Sie warf Breuer einen Blick zu. Der lächelte wieder, schüttelte aber den Kopf.

»Ich komme gerne, Onkel Johan. Aber allein. Herr Breuer isst kein Fleisch«, sagte sie.

»Ach so, ja. Ich freu mich auf dich. Vielleicht mag Herr Breuer ein anderes Mal mitkommen, dann koche ich auch vegetarisch.«

»Das ist lieb von dir.« Sie beendete das Gespräch und wagte nicht, zu Breuer zu sehen.

»Ich komme gern mal mit«, sagte er unerwartet. »Nur heute nicht. Ich muss mich erst mal sortieren.«

»Ja, das verstehe ich«, antwortete sie. Sie hatte den Wunsch, seine Hand zu drücken, verbat sich aber die Vertraulichkeit.

»Eigentlich hattest du mir ja Krenfleisch versprochen«, bemerkte Kristina, als sie sich zu ihrem Onkel an den gedeckten

Tisch setzte. Sie faltete die Papierserviette auseinander und legte sie über ihre Oberschenkel. Mit Gulasch und Soße kleckerte sie rasch, das war ein Erfahrungswert. Dackel Arno saß erwartungsvoll zu ihren Füßen.

»Ich weiß. Bekommst du beim nächsten Besuch«, versprach er. »Der Metzger hatte das Gulasch im Angebot. Wunderbares Fleisch, ich konnte nicht widerstehen. Ist auch butterweich geworden.«

Er stellte eine Schüssel mit dem Gulasch und eine weitere mit Spätzle auf den Tisch und setzte sich.

»Lass es dir schmecken, Tinchen. Guten Appetit.«

»Danke, Onkel Johan, guten Appetit.«

Arno drückte behutsam seine feuchte Nase an ihr Bein und blies seinen warmen Atem durch den Stoff der Jeans.

»Darf ich ihm ein Stückchen geben?«, fragte Kristina artig, deutete mit einer Kopfbewegung nach unten und kannte schon die Antwort.

»Nur, wenn ich es nicht merke«, erwiderte Johan Kunze und aß mit unbewegter Miene weiter.

Kristina pikte ein Stück Fleisch auf die Gabel, strich die Soße am Tellerrand ab und ließ die Leckerei Richtung Arnos Schnauze fallen. Der Dackel schnappte sich seinen Anteil im Flug, kaute schmatzend und schluckte. Sofort lag seine Nase wieder an ihrem Bein.

»Wie geht's Breuer?«, fragte Johan Kunze und lud eine große Ladung Spätzle mit Soße auf seinen Löffel.

»Schlecht«, entfuhr es ihr, ehe sie nachgedacht hatte, und sie spürte, es war die Wahrheit. »Er spricht kaum über die Zeit in dem Keller. Ich denke, er wird sehr lange brauchen, bis er sich von dem Grauen erholt hat. Falls das überhaupt geht.«

Johan Kunze nickte.

»Ich komm nicht drüber weg, dass ich nicht unter den Karton gesehen habe«, gestand Kristina. »Wir hätten ihn viel eher befreien können.«

»Das ginge mir an deiner Stelle wahrscheinlich auch so. Trotzdem solltest du dir keine Vorwürfe machen. Du hast mit allem Einsatz versucht, ihn ausfindig zu machen. So, wie du mir die Vorratskammer beschrieben hast, hätte ich den Karton bestimmt auch nicht zur Seite geschoben oder gezogen.«

»So was Ähnliches sagt Willbrandt auch«, sagte Kristina.

»Außerdem sind die Falltüren in alten Bauernhöfen meist im Eingangsbereich gewesen, der Diele oder so. Glaube ich«, ergänzte ihr Onkel.

Kristina gab keine Antwort. Sie war nicht sicher, ob er sie nicht nur besänftigen wollte.

»Wer denkt denn da in einer Vorratskammer an so was«, fügte er noch hinzu.

Eine Weile aßen sie schweigend. Arno drückte seine Nase mit einem sachten Schubs fester an ihr Bein, und Kristina gönnte ihm noch einen Happen.

»Aber ich hätte Giese mit seinem Hund nicht so rasch aus dem Haus schicken sollen«, sprach sie aus, was sie zusätzlich quälte.

»Aufgrund der Gesamtsituation ist deine Anweisung aber absolut nachvollziehbar«, hielt Kunze dagegen. »Der Hund hat euch zu dem Hof geführt, wo er Breuer gewittert hat. Er ist weiter durchs Haus, bis zu der Schlafkammer, wo Breuer auch war. Dann musstet ihr quasi erst mal auf den Leichenfund reagieren, und Giese hat sicher den Befehl gegeben, dass der Hund abwartet.«

»Ja«, stimmte sie resigniert zu.

»Du bist davon ausgegangen, dass euch der Hund aus seinem Instinkt heraus zu den Toten geführt hat und seine eigentliche Aufgabe vorübergehend ähm … Na, du weißt schon.«

»Ja«, wiederholte sie.

Hätte sie Wastl im Haus weitersuchen lassen, wäre Breuer viel eher gefunden worden. Doch diese belastende Erkenntnis änderte nichts mehr. Von Breuer war kein Wort des Vorwurfs gekommen. Tatsächlich hatte sie das Gefühl, dass er absolut nichts nachtrug. Bedächtig aß sie weiter.

»Wie geht's der Frau?«, fragte Kunze nach einer Weile.

»Besser.«

»Es muss unerträglich sein, im Finsteren eingesperrt zu sein«, bemerkte der betagte Pfarrer leise.

»Ja. Aber ganz finster war es nicht. Es gibt Strom auf dem Hof. Im Keller waren ein paar Glühbirnen, zum Teil funktionsfähig. Es sind aber mit der Zeit einige durchgebrannt. Schlussendlich hat nur noch eine funktioniert. Die hat Breuer irgendwann ausgeschaltet, um auf eine Notbeleuchtung zurückgreifen zu können«, berichtete Kristina.

»Strom? Wie denn das? Der Hof stand doch schon Jahre leer. Wurde der Strom nicht abgemeldet?«

»Nein.« Sie hatte ihren Teller leer. Es war köstlich gewesen, und allein deswegen plagte sie das Gewissen. Breuer hatte sicher nichts Vergleichbares.

»Nach dem Tod ihrer Eltern wollte Sybille den Hof rasch verkaufen. Er ist alt, eng und düster. Gerade deswegen hat sie den Strom nicht gekündigt. Sie hat Interessenten das Haus uneingeschränkt von Jahres- oder Tageszeit zeigen wollen. Tatsächlich hat sie es dann aber vor sich hergeschoben.«

»Jahrelang?« Kunze schüttelte den Kopf.

»Sie muss in praktischen Dingen sehr träge gewesen sein.«

»Woher weißt du das?«

»Von Christian Wendt. Annika Bogen hat ihn ausfindig gemacht und über den Tod von Frau und Sohn unterrichtet. Er ist tatsächlich aus Frankreich angereist, wo er inzwischen lebt und arbeitet, wegen der Bestattung, Wohnungsauflösung und so weiter. Der Hof gehört jetzt auch ihm. Was er damit macht, weiß ich nicht.«

»Und was passiert mit den Dennstett-Brüdern?«, fragte Kunze.

Arno schnaufte und legte sich auf den Boden. Er hatte wohl gemerkt, dass Kristina mit dem Essen fertig war.

»Sie werden beide angeklagt. Arne wegen zweifachem Totschlag und Leon wegen Beihilfe. Arne wird seinen Prozess nicht mehr erleben. Er liegt inzwischen in einem Hospiz. Es kann jeden Tag zu Ende gehen.«

Bedächtig nickte Johan Kunze.

»Da kann man noch so viel Vermögen haben, ohne die Gesundheit ist alles nichts«, sagte er.

»Woher weißt du, dass die beiden vermögend sind? Also, ich glaube, es stimmt. Die Villa am See ist jedenfalls feudal.« Verwundert sah Kristina ihren Onkel an.

»Die arbeiten beide in führender Position für einen Immobilien-Konzern. Dennstett-Immobilien«, informierte Johan Kunze sie.

»Aha«, machte Kristina. Von der Firma hatte sie noch nichts gehört.

»Wie läuft's mit dir und Philipp?«, erkundigte sich ihr Onkel.

Kristina betrachtete ihren leeren Teller.

»Wir haben zweimal telefoniert in letzter Zeit. Einmal, als die Schwester von der Kirsch Licht im Weißgerber-Hof gesehen hat und Willi schreien hörte. Da musste ich wieder ruckzuck auflegen. An dem Abend hatte er mich fragen wollen, ob er spontan wieder zu mir kommen kann. So weit sind wir aber nicht gekommen, dann kam ja wieder die Arbeit dazwischen.«

Aufmerksam beobachtete Johan Kunze sie. Sie merkte es, auch ohne den Kopf zu heben.

»Kurz darauf war er dann ohne mich in der Pyramide in Mainz.«

»In dem Tanzlokal?«

»In dem Eventcenter. Die machen oft Tanzveranstaltungen. Er war als Taxitänzer dort und hat bei einer Tamara übernachtet.«

»Das tut mir leid, Tinchen«, sagte Kunze bedauernd.

Sie zuckte mit den Schultern.

»Ist halt so«, erwiderte sie schließlich. »Übrigens hat Franke seinen Bräter wieder.«

»Na prima«, antwortete ihr Onkel ohne Begeisterung in der Stimme. »Dann ist ein Teil seiner Ordnung wiederhergestellt. Er wird aber doch wohl belangt werden, wegen dem Schuss?«

»Natürlich«, sagte Kristina. »Er hat seinen Topf im Präsidium abgeholt und ist stinksauer, weil er zu Weidenbergs Ergreifung maßgeblich beigetragen hat und trotzdem für seine Handlung angeklagt wird.«

Kunze nickte. Arno stand auf, reckte und streckte sich und gähnte dabei. Dann schüttelte er sich und tappte zu seinem Herrn. Erwartungsvoll sah er zu ihm hoch und begann zu wedeln, als Kunze seinen Blick erwiderte.

»Er möchte ein Stück Gulasch von dir«, erklärte Kristina. »Du hast ihm noch nichts gegeben.«

»Nein, er will jetzt spazieren gehen.«

Kristina seufzte.

»Dein Ernst? Ich mag mich überhaupt nicht bewegen.«

»Ich auch nicht. Aber Arno. Komm, Tinchen. Ein bisschen frische Luft wird uns guttun.«

Ergeben nickte sie. Vielleicht würde sie gegen Abend Breuer noch einmal anrufen, wie es ihm ging und ob er klarkam. Vielleicht aber auch nicht. Vielleicht war ihm das zu viel der Fürsorge.

Mit Philipp wollte sie später auch telefonieren. Sie wollte ihn fragen, ob er sie wieder besuchen wollte. Sie wäre gerne mit ihm über Weihnachtsmärkte gebummelt, sie wollte mit ihm Glühwein trinken und abends auf dem Sofa kuscheln. Sie konnte ihm aber auch anbieten, dass sie zu ihm ins Saarland fuhr, falls Willbrandt ihr ein paar Tage freigab. Aber Breuer war noch nicht wieder einsatzfähig und somit die Abteilung nicht besetzt, wenn sie verreisen wollte. Nein, das war keine gute Idee. Eine kurze Reise musste bis zum Frühling warten, dann konnte er vielleicht wieder arbeiten. Apropos Reise, Philipp wartete ja auch hier noch auf ihre Antwort. Sie würde sich vor dem Telefonat die Prospekte noch einmal ansehen. Vielleicht konnte sie sich doch mit der von ihm ersehnten Tanzreise arrangieren.

Mit Onkel Johan und Dackel Arno verließ sie das Haus. Der Tag war klar und kalt und in milchiges Sonnenlicht getaucht.

»Lass uns in den Wald gehen«, bat Onkel Johan. »Da gefällt es Arno so gut.«

Kristina lächelte.

»Einverstanden.«

Jacqueline Lochmüller
FRÄNKISCHE VERFÜHRUNG
Broschur, 432 Seiten
ISBN 978-3-95451-360-4

»In ›Fränkische Verführung‹ von Jacqueline Lochmüller sorgt die in Bayreuth ermittelnde nymphomane Kommissarin selbst für den besonderen Kitzel.« heimatzeitung.de/pnp

Jacqueline Lochmüller
FRÄNKISCHE VERGELTUNG
Broschur, 224 Seiten
ISBN 978-3-95451-811-1

Hanno Reichert, ein unscheinbarer Einzelgänger, kommt auf mysteriöse Weise zu Tode. Bei ihren Ermittlungen stellt Kommissarin Benita Luengo fest, dass Reichert sich so einiges hat zuschulden kommen lassen. Stalking, Erpressung, und nebenbei hat er auch noch eine ganze Familie in den Ruin getrieben. Noch während Benita den Mörder sucht, bekommt sie einen zweiten Fall auf den Tisch. Stadtrat Dennis Meyer, zuständig für die Landesgartenschau, ist verschwunden ...

www.emons-verlag.de

JACQUELINE LOCHMÜLLER
TOD IM FICHTELGEBIRGE
Kriminalroman
emons:

Jacqueline Lochmüller
ZAPPEDUSCHDER
Broschur, 256 Seiten
ISBN 978-3-7408-0965-2

Eigentlich hat Kommissarin Kristina Herbich in Bayreuth alle Hände voll zu tun: Ein Mordfall in einer Tanzbar fordert ihre ganze Aufmerksamkeit. Doch bei ihren Nachforschungen verliebt sie sich, und ehe sie sich's versieht, ist sie schon auf dem Weg ins Saarland, wo ihr neuer Freund wohnt. Auf der Fahrt dorthin begegnet sie einer Anhalterin – wenig später wird die junge Frau ermordet am Bostalsee aufgefunden. Als Kristina erfährt, dass in der Gegend immer wieder Anhalterinnen spurlos verschwinden, beschließt sie, der Sache auf den Grund zu gehen, und gerät dabei in größte Gefahr.